HENGAMEH YAGHOOBIFARAH

MINISTERIUM DER TRÄUME

atb aufbau taschenbuch

Hengameh Yaghoobifarah, lebt und arbeitet in Berlin. Seit 2014 ist Hengameh Yaghoobifarah Redaktionsmitglied beim Missy Magazine. Zwischen 2016 und 2022 erschien die Kolumne »Habibitus« in der taz. Gemeinsam mit Fatma Aydemir hat Hengameh Yaghoobifarah 2019 den viel beachteten Essayband »Eure Heimat ist unser Albtraum« herausgegeben.

Als die Polizei vor ihrer Tür steht, bricht für Nas eine Welt zusammen: Ihre Schwester Nushin ist tot. Autounfall, sagen die Beamten. Suizid, ist Nas überzeugt. Gemeinsam haben sie alles überstanden: die Migration nach Deutschland, den Verlust ihres Vaters, die emotionale Abwesenheit ihrer Mutter, Nushins ungeplante Mutterschaft. Obwohl ein Kind nicht in ihr Leben passt, nimmt Nas ihre Nichte auf. Selbst als sie entdeckt, dass Nushin Geheimnisse hatte, schluckt Nas den Verrat herunter, gibt alles dafür, die Geschichte ihrer Schwester zu rekonstruieren – und erkennt, dass Nushin sie niemals im Stich gelassen hätte.

HENGAMEH YAGHOOBIFARAH

MINISTERIUM DER TRÄUME

ROMAN

atb aufbau taschenbuch

MIX
Papier | Fördert gute Waldnutzung
FSC® C083411

ISBN 978-3-7466-3997-0

Aufbau Taschenbuch ist eine Marke
der Aufbau Verlage GmbH & Co. KG

2. Auflage 2023
Vollständige Taschenbuchausgabe

www.aufbau-verlage.de
10969 Berlin, Prinzenstraße 85
Die Originalausgabe erschien 2021 bei Blumenbar,
einer Marke der Aufbau Verlage GmbH & Co. KG

Umschlaggestaltung zero-media.net, München
unter Verwendung eines Motivs von Rupprecht Geiger /
Galerie Schlichtenmaier und © VG Bild-Kunst, Bonn 2020
Satz Greiner & Reichel, Köln
Druck und Binden CPI books GmbH, Leck, Germany

Printed in Germany

Für meine Ride or Dies

»Sometimes I trip on how happy we could be«

PRINCE

War ja klar, dass es brennt. Der Boden ist eine riesige dunkle Fläche aus zu Asphalt zusammengeschmolzener Kohle, unregelmäßig verteilten Schlaglöchern und allen Sprüchen, die mich je verletzt haben. Er will mich schlucken. Der Regen, der vor einer Stunde gegen mein Fenster prasselte, ist verdampft. Wie meine Träume, nur dass die keine schwüle Luft hinterlassen haben. Wer kann denn auch ahnen, dass es selbst abends zu stickig ist, um rauszugehen? Nicht schlecht, Deutschland.

Jeder Schritt: eine Drohung meiner schweißnassen Füße, aus den Schlappen zu rutschen. Ausgerechnet meine Sohlen sind die einzigen Körperteile, die nicht kleben. Dann Staffelfinale im Kampf zwischen Mode und Mensch: Wie in Zeitlupe falle ich aus meinen Schuhen und stolpere über eines der Schlaglöcher. *Every now and then I fall apart.* Dunkelrot glänzt mein Blut auf dem Boden, ein frischer Knutschfleck, den mein aufgeschlagenes Knie hinterlassen hat. Ich ignoriere die Wunde und renne weiter. Mein Puls schlägt schnell, doch meine Schritte sind schneller.

Mit dem Geschmack von Eisen im Mund nähere ich mich meinem Ziel. Vor der Telefonzelle stehen Menschen, sie bilden eine unendlich lange Schlange. Ihr Tuscheln klingt rhythmisch, es erinnert mich wie das Ticken einer Uhr daran, wie wenig Zeit mir bleibt. Stress ist auch eine Droge, nur habe ich noch nicht gelernt, sie richtig zu dosieren.

Ein junger Mann stellt sich hinter mich, liest ein Buch. *Woher die Ruhe, Bruder*, will ich fragen. Ich mustere ihn. Vermutlich Student. Oder Lehrer. Plötzlich fällt ihm sein Buch aus der Hand, landet vor meinen Zehen. Als ich mich bücke, um danach zu greifen, schaue ich auf die aufgeschlagene Seite. Alle paar Absätze hat jemand Löcher ins Papier geschnitten. Es fehlen Wörter, teilweise ganze Sätze. Der Mann schnappt mir das Ding aus der Hand, er zieht am Buchrücken, die Seiten öffnen sich wie ein Fächer, fast alle von ihnen sind so zerschnitten. Entsetzen will sich in mir ausbreiten, aber irgendwie auch keine Zeit dafür.

Ich drehe mich um und versuche zu zählen, wie viele Menschen vor mir stehen. 30? 50? 100? Nach zwei Versuchen, bei denen ich nur bis 23 komme, gebe ich auf. In dieser Scheißhektik kann ich keinen klaren Gedanken fassen, obwohl ich erst mal nur hier stehe und warte. Die Leute zappeln rum, brabbeln wirr durcheinander, die Leitung surrt, die Hitze sticht, mir ist nach Kotzen zumute.

Plötzlich setzt ein schrilles Klingeln ein. Schon wieder dieses Geräusch. Es klingelt nur für mich. Ich versuche, nach vorne zu gelangen, doch man lässt mich nicht. Immer wieder versuche ich, die Dringlichkeit zu erklären. *Verstehen Sie es denn nicht?*, will ich brüllen. Vielleicht verstehen sie es ja doch, und es ist ihnen einfach egal. Ich renne an den Anfang der Schlange. Verzweiflung macht sich in mir breit, ich darf den Anruf nicht verpassen. Es könnte der letzte sein.

»Bitte, ich muss in die Telefonzelle«, flehe ich die Person an der Spitze an, wie so ein Opfer, das ich nie sein wollte. Ohne einen Funken Empathie wirft sie einen abfälligen Blick auf mich, sieht dabei zu, wie der Schweiß von meinem Kinn auf den Boden tropft, wo er sofort verdampft. Ich öffne meinen Geldbeutel und biete der Person alles an, was drin ist. Sie willigt schließlich ein und lässt mich vorbei.

Hier drinnen ist es noch wärmer und stickiger als draußen. Der Gestank von abgestandenem Zigarettenqualm dringt in meine Nase. Meine Augen tränen. Der Hörer vibriert vom Klingeln so stark, dass ich vor Schmerz aufschreie, als ich nach ihm greife.

»Hallo?«, frage ich hastig. Stille. Komm schon. Durch die Glasscheibe erkenne ich meine Schwester und Mâmân in der Ferne. Endlich. Ich winke ihnen zu.

»Hallo, Nasrin«, tönt es durch die Leitung.

Erleichtert atme ich auf. »Bâbâ«, flüstere ich. Er klingt erschöpft, seine Stimme etwas kratziger als in meiner Erinnerung. Ich schaue in den Himmel, wo sich die Telefonleitungen als schwarze Linien parallel zueinander entlangstrecken. Auf ihnen sitzen Vögel, so viele von ihnen, dass sie aggressiv um ihren Platz drängeln müssen. Warum gucken Krähen eigentlich immer so brutal?

»Mâmân und Nushin sind gleich hier«, sage ich, aber erstarre, als die beiden Figuren, denen ich eben noch zugewinkt habe, jetzt vor der Tür stehen. Aus ein paar Metern Abstand war ich mir so sicher gewesen, dass es sich um meine Mutter und meine Schwester handelt. Jetzt bete ich mit jeder Zelle meines Gehirns dafür, dass das eine Sinnestäuschung war. Die beiden Gestalten sind am gesamten Körper mit Brandnarben übersät, die ihre Haut wie geschmolzenes Plastik wirken lassen. Ihre Augen sind leer, bluten. Uff, in was für eine Freak-Show bin ich hier reingeschlittert? Doch dann höre ich Nushins Stimme. »Ist Bâbâ am Telefon?«, fragt die kleinere der beiden Personen.

Meine Panik ist ein geplatztes Rohr, sie bricht über mich herein, erst fällt sie mir auf den Kopf, dann stehe ich mit dem ganzen Körper im Abwasser, umgeben von Ratten.

»Nasrin, mach die Tür nicht auf«, befiehlt Bâbâ in einem

strengen Ton. Es raschelt bei ihm, auf einmal höre ich Mâmân durch die Leitung sprechen. »Es ist eine Falle.«

Ich verstehe überhaupt nichts mehr. »Mâmân? Warum bist du bei Bâbâ? Wo ist Nushin?«

»Sie ist bei uns«, antwortet sie.

In diesem Moment klopft es an der Scheibe. Die Person, die ich für Nushin gehalten habe, hört nicht auf, mit ihrer geballten Faust dagegenzuhämmern. »Lass uns endlich rein«, fordert sie und rüttelt an der Tür. Mit meiner freien Hand umklammere ich den Griff, obwohl ich unsicher bin, wem ich glauben soll.

»Du darfst niemanden in die Zelle lassen, aber du darfst auch nicht rausgehen«, höre ich Nush durch das Telefon sprechen. Um mich herum wird es immer wärmer. Erst halte ich es für einen Kopffick, einen Nebeneffekt der Anstrengung, doch plötzlich ist der Telefonhörer so heiß, dass ich es nicht mehr aushalte und ihn fallen lasse. »Scheiße«, rufe ich und bemühe mich, ihn wieder zu greifen. Auf einmal scheint es grell durch die Glasscheibe. Welcher Hund versucht, mich mit seinem Scheinwerfer zu blenden? Ich drehe mich in die Richtung des Lichts und erschrecke beim Anblick der Flammen, die das Draußen so hell aufleuchten lassen.

Hastig ziehe ich mein T-Shirt aus, wickle es um meine Hand und schnappe mir den Hörer. Die Temperatur wird mit jeder Sekunde unerträglicher. Die Tränen platzen aus mir heraus. Immerhin sind es nicht die Glasscheiben, die explodieren. Noch nicht. »Was passiert hier?«

»Nas, hör für einen Moment auf, so naiv zu sein. Was denkst du, was hier gerade passiert?« Verwirrt schaue ich mich um. Im glänzenden Metall der Telefonzelle suche ich nach meiner Spiegelung und finde nichts als Leere.

I

»There's this empty space you left behind
Now you're not here with me
I keep digging through our waste of time
But the picture's incomplete«

ROBYN

O

Eigentlich heule ich nicht laut, ich habe es in dem Moment verlernt, als Mâmân meinem siebenjährigen Ich in einem spöttischen Ton erklärte, dass laut heulende – oder überhaupt heulende – Mädchen hässlich seien, und welches Kind will das schon: dick, ausländisch, schwach *und* hässlich sein? Aber in diesem Augenblick ist alles vergessen, alle Regeln, jede Sprache, mein eigenes Gesicht. Tränen, Regen, das Ende der Welt, alles prasselt eimerweise auf meine haarigen Zehen. Sie hat immer gesagt, ein Ende ist immer auch ein Anfang, manchmal ist es halt der Anfang von etwas Beschissenem.

Ein hupendes Auto reißt mich zurück. Seine Scheinwerfer blenden mich, mit einem Reifen steht es auf dem Gehsteig, ich stelle fest, dass es eine Einfahrt ist, die ich mit meinem mächtigen Körper blockiere. Der Fahrer macht hektische Handzeichen.

»Bist du schwer von Begriff, oder was?«, ruft er durch sein heruntergekurbeltes Fenster, ich schaue ihn schweigend an und frage mich, ob es ihm das wert war, die Scheibe herunterzulassen und seinen Regenschutz aufzugeben, nur um einen Spruch zu drücken, was für ein dummer Wichser, hält sich wohl für besonders geil, weil er das Gesetz der Straße durchboxt. Überfahr mich doch, du Hundesohn, will ich brüllen, aber ich sage nichts und gehe weiter.

Unter jeder noch so durchlässigen Überdachung stehen Menschen auf der Sonnenallee dicht aneinandergedrängt, obwohl der Wind sicherstellt, die Nässe trotzdem von allen Seiten in ihre Richtung zu wehen. Ich laufe an ihnen vorbei, sie sind mir egal, genau wie die vorbeirasenden Autos, die mich im Minutentakt mit dem dreckigen Wasser aus den Pfützen am Seitenrand vollspritzen. Alles schwimmt an mir vorbei. Nur der hellbraune Fleck auf meiner Brust nicht. Wer hätte gedacht, dass Erdnusssoße so sturmresistent ist? In diesem Moment ist dieser Fleck das Relikt einer Zeit, auf die ich nun keinen Zugriff mehr habe. Dabei ist er nur einige Stunden alt, er manifestierte sich auf meinem Shirt, als ich nach meiner Schicht auf dem Bordstein vor dem sudanesischen Imbiss saß und die nächtliche Anonymität genoss, in der ich ungestört mit meinem Sandwich rummachen konnte. Der Inhalt landete überwiegend in meinem Mund, doch dieser große Klecks löste sich vom restlichen Sandwich und wurde im Fallen von meiner Brust abgefangen. Ich blickte mich um, niemand war in der Nähe, also zog ich mein Shirt zu meinem Mund hoch und leckte die Soße ab, bis nur noch ein dünner Film von ihr übrig blieb. Zu Hause angekommen war ich so erschöpft, dass ich mich auf die Matratze legte und die Augen schloss. Ich erinnere mich nicht mehr daran, was ich träumte, ich weiß nur, dass ich irritiert war, als die Türklingel mich weckte. Vor meinem Fenster zitterten die Äste, dahinter grauer Himmel, der Wind schlug sie gegen meine Scheibe wie eine Vorwarnung.

Beim zweiten Klingeln verließ ich das Bett und zwang mich in den Flur. »Ja, hallo?«, krächzte ich in den Hörer der Türsprechanlage und spürte mein Herz rasen, als sich am anderen Ende der Leitung die Polizei ankündigte. Überfordert drückte ich ihnen die Eingangstür auf. Während die Beamten sich in den dritten Stock zu mir schleppten, kontrollierte ich alle offenen Flächen im Wohnzimmer auf Graskrümel, Pillen und weiße Pulverklümpchen. Im Spiegel bemerkte ich, dass ich immer noch mein dreckiges T-Shirt trug, und zog mir wenigstens eine Hose an. Eine Faust schlug forsch gegen meine Wohnungstür. Ich atmete tief aus und drückte die Türklinke herunter. Vor mir standen zwei Typen, einer von ihnen mit beschlagener Brille, der andere mit vom Regen tropfendem Schnauzbart.

»Guten Tag, sind Sie Nasrin Behzadi?«, grüßte mich der mit dem Bart. Ich nickte.

»Wir würden gern mit Ihnen unter vier Augen sprechen.«

Ich sagte nichts, blieb vor ihnen stehen und blockierte die Sicht ins Innere meiner Wohnung.

»Könnten Sie vielleicht ...?«, begann einer von ihnen, doch ich ließ ihn nicht ausreden.

»Wenn es um die Familie aus dem vierten Stock geht, kann ich Ihnen versichern, dass es sich wirklich nicht um einen kriminellen Clan handelt«, schoss es aus mir heraus. In den letzten Monaten waren schon einige Beamte wegen dubioser Befragungen in unserem Haus gewesen.

Verblüfft wechselten die beiden wieder einen Blick, einer schüttelte nur den Kopf und zog seine grauen Brauen hoch.

»Vielleicht lassen Sie uns einfach mal kurz reinkommen?«

Etwas widerwillig machte ich einen großen Schritt nach hinten. Bestimmt traten die beiden in meine Wohnung, ich nickte in Richtung meiner Küche und dachte darüber nach, später unbedingt jeden Zentimeter meiner Bude mit dem Salbei auszuräuchern, den meine Kollegin Gigi mir neulich geschenkt hatte. Oder nach Wanzen abzutasten. Die matschigen Spuren ihrer Stiefelsohlen würden mich sicher zwei Stunden und eine halbe Flasche Putzmittel kosten.

»Haben wir Sie geweckt?«, fragte mich der mit der Brille und vergewisserte sich mit einem Blinzeln auf seine Uhr, dass es tatsächlich schon Nachmittag war.

»Nein, nein«, log ich und ärgerte mich über die Frage, deren Antwort so offensichtlich war, während ich eine Karaffe mit Leitungswasser füllte. Etwas ungeschickt knallte ich sie neben drei Gläsern auf den Tisch. Eigentlich war ich noch viel zu verballert, um Gastgeberin zu spielen. Doch in meinem Kopf schob ich die ersten Filme: Wer würde überhaupt mitbekommen, wenn sie mich in meiner eigenen Wohnung abknallten? Bis jemand checken würde, dass ich tot bin und nicht am Ghosten oder Schlafen, könnten ein, zwei Tage verstreichen. Bis dahin würden die Cops sich bestimmt irgendwelche Anhaltspunkte aus dem Arsch ziehen, weswegen sie sich gegen mich wehren mussten. *Türsteherin kommt bei Hausbesuch in Neukölln ums Leben*, würde die *BZ* sensationsgeil titeln, wobei das schon eine verdammt lange Überschrift für ihre Verhältnisse wäre. Wahrscheinlich eher so was wie: *Razzia: Türsteherin stirbt.*

Während ich ein paar Mandeln in ein Schälchen schüttete, warfen die beiden sich merkwürdige Blicke zu. Vielleicht waren sie eine solche Gastfreundschaft nicht gewohnt, witzelte ich noch mit mir selbst und dachte genüsslich daran, später Nush davon zu erzählen. Überfordert wegen Wasser und Nüssen!

Schließlich setzte auch ich mich an den Tisch und schaute die Männer erwartungsvoll an, bis der erste sich räusperte.

»Frau Behzadi, wir sind heute hier, weil wir verpflichtet sind, Sie über etwas zu informieren«, setzte der mit dem Bart an. »Leider gehört es auch zu unseren Aufgaben, manchmal unangenehme Nachrichten zu übermitteln.«

Stutzig schenkte ich ihnen Wasser ein und bemerkte, dass meine Hände nicht mehr ganz so ruhig waren.

Der mit der Brille – hatten sie sich eigentlich vorgestellt? – holte tief Luft und sprach einen Satz, der mich erschütterte wie ein Hammer, der gegen eine Glasscheibe klirrte.

O

Im Regen wird es immer kälter. Meine Erinnerung hat längst begonnen, sich wie eine Tablette in einer Pfütze aufzulösen. An diesem Punkt bin ich schon mal gewesen. Mein Kopf ist ein Gully, und jeder Gedanke, der hineinkullert, verschwindet für immer. Ich weiß nicht einmal mehr, wie ich in diesem Wald gelandet bin. In der Ferne höre ich den Kanal rauschen. Eben waren da noch Menschen und Läden und Autos und Straßen, jetzt sehe ich nur noch nackte Bäume und Matsch. Die Dämmerung bricht langsam an, das merke ich an den Grautönen über mir, die immer dunkler werden. Ich schließe die Augen, stelle mir vor, die Dunkelheit könnte mich vollständig verschlingen.

Ich höre ein lautes Schluchzen, es löst das Unwetter ab, das sich bereits zu einem sanften Nieseln abgeregt hat. Die Stimme klingt zittrig, sie bricht mir das Herz, o Gott, wer ist diese arme Maus, doch erst, als ich mich nach ihr umschauen will, fällt mir auf: Die arme Maus bin ich. Ich stehe wie angewurzelt im Wald und weine. Mir ist schlecht vor Hunger, ich fühle mich unterzuckert, meine Beine sind durchtränkte Löffelbiskuits in einem schlecht zubereiteten Tiramisu. Zum ersten Mal seit Stunden registriere ich, überhaupt einen Körper zu haben. Was für eine Belastung. Resigniert lasse ich ihn zu Boden sinken. Wenn mir der kalte Matsch eine Blasenentzündung verpasst, dann ist es mir auch egal, es haben schon schlimmere Personen unangenehmere Geschlechtskrankheiten auf mich übertragen. Wie schlimm kann es schon sein im Vergleich zu allem anderen?

Ich lehne den Kopf nach hinten gegen den rauen Baumstamm und schließe erneut die Augen. Bilder schießen mir ins Gesicht. Nicht wie Ohrfeigen, sondern wie ein Lastwagen, der mit 250 km/h auf mich zubrettert. Es ist richtig scary, aber birgt auch das Versprechen einer Erlösung, auf die man insgeheim hofft. Ob Nushin wohl in ihrem letzten Augenblick dieselbe Hoffnung hatte?

»Wir konnten trotz der fast bis zur Unkenntlichkeit verbrannten Leiche Ihre Schwester identifizieren«, hatte einer der Polizisten zu mir gesagt.

»Das war aber auch eine ganz schöne Schrottkiste, mit der sie unterwegs war«, fügte der andere hinzu. »Fatal, was für einen Unfall so ein paar lockere Schrauben verursachen können …«

Ein Leben lang vom eigenen Tod besessen und dann plötzlich bei einem Unfall gestorben? Nushin ist – nein, war – viel zu penibel, um ausgerechnet ihren Abgang dem Zufall zu überlassen. Wenn sich ihr Trotz mit ihrer zerstörerischen Energie vermengte, war Nush immer unaufhaltsam gewesen. Da traue ich ihr alles zu – auch, ihre eigenen Reifen zu manipulieren und sich in ihrem Auto gegen einen Baum zu rammen, bis das Teil in Flammen steht. Wie oft hatte sie laut herumphantasiert, auf welche brutalen Arten sie ihr Leben beenden wollte? Und wie oft probiert? Niemand außer mir weiß, wie dreckig es Nushin ihr Leben lang ging. Vor Mâmân und Parvin hat sie ihren Leidensdruck verheimlicht. Hat sie sich vielleicht deshalb für einen Tod entschieden, den sie zwar selbst eingeleitet hat, der aber nach einem Unfall aussieht?

Parvin. Ob die Polizei schon bei ihr war? Und bei Mâmân? Die Schuldgefühle kicken. Vielleicht wissen die beiden noch nichts von dem Elend. Muss ich die beiden informieren? Wie lang könnte ich es vor ihnen geheim halten, nur um der Aussprache dieses Satzes aus dem Weg zu gehen? Denn wenn ich ihn gesagt habe, kann ich ihn nicht mehr zurücknehmen. Die andere Option ist, dass sie schon Bescheid wissen und sich jetzt auch noch um mich sorgen, weil ich einfach so verschwunden bin, ohne Handy, ohne Orientierung, nur mit einem Schlüssel um den Hals. »Erst mal brauchen Sie sich um nichts zu kümmern«, hatten die Polizisten beim Abschied gesagt, und dass sie sich noch mal melden würden.

In meiner Nähe raschelt es, ich höre Schritte. Ich blicke mich um und erkenne einen eingekerbten Satz am gegenüberstehenden Baumstamm. *It's not a threat, it's a warning.* Nushin hat mir diesen Wald schon mal gezeigt. Ihr geheimer Wald. Versteckt sie sich hier etwa doch?

»Hallo?«, rufe ich.

»Ist da wer?« Aus welcher Richtung die Stimme kommt, fällt mir schwer zu sagen, doch sie klingt etwas ängstlich.

»Hallo«, rufe ich erneut. »Ich bin hier. Hilfe!«

Die Strahlen einer Taschenlampe leuchten auf, ich blinzle in das Licht. »Bitte haben Sie keine Angst vor mir. Ich habe mich verlaufen«, sage ich mit erhobenen Händen.

Eine Frau mit grauen, dicken Haaren steht vor mir. In ihrer linken Hand hält sie eine Leine, die zu einem schwer atmenden Rottweiler führt, mit der anderen hält sie ihre Lampe. Obwohl zwischen uns einige Meter sind, weht mir der Geruch ihres nassen Hundes entgegen und schlägt mir direkt auf den Magen.

»Ist bei Ihnen alles okay?«, fragt sie mich, und ich wundere mich, wie jemand nachts eine durchnässte, verheulte, mit Dreck beschmierte Person im Wald auffinden und es trotzdem für eine Möglichkeit halten kann, bei ihr sei auch nur irgendetwas in Ordnung.

Bitch, sehe ich so aus?, würde ich an jedem anderen Abend zischen, aber: heute leider nicht.

Ich schüttele den Kopf und merke, wie mein Hals zu schmerzen beginnt, weil ich ein erneutes Schluchzen herunterzuschlucken versuche.

»Können Sie mich von hier wegbringen?«

O

Zwischen halb geschlossenen Augen schaue ich dabei zu, wie die warmen Duschstrahlen den Matsch und die Kälte von mir herunterspülen. Mindestens seit einer halben Stunde stehe ich schon in der Badewanne und lasse das Wasser auf mich herabfallen, selbst während ich mich einseife oder meine Haare wasche. Ich habe nicht aufs Handy geguckt, als ich zurück in die Wohnung gekommen bin, nur kurz in den Spiegel, um zu verstehen, warum diese Frau so eine Angst vor mir gehabt zu haben schien, während sie mich mit zwei Metern Abstand aus dem Unterholz führte. Ich wollte mich vergewissern, dass ich wirklich besonders angsteinflößend ausgesehen habe und nicht wie sonst, wo Leute einfach so von mir und meiner *brown masculinity* eingeschüchtert sind. Als ich sie nach dem Weg zu mir nach Hause fragte, streckte sie nur den Arm aus und zeigte in eine Richtung, teilte mir so wortlos mit, dass sie keinen einzigen Schritt mehr an meiner Seite gehen wolle. Als ob ich die stinkende Person wäre und nicht sie mit ihrem bärengroßen Hund. Nicht schlimm, ich habe den Rest alleine geschafft. Von dort aus war es nicht schwer, nur weit und kalt.

Jetzt kühlt das Wasser etwas ab. Die alten Leitungen packen es nicht, länger als eine Dreiviertelstunde am Stück warmes Wasser auszuspucken. Xalâs, reicht jetzt auch yani. Ich drehe den Hahn zu und wringe mein Haar aus. Mein Körper tropft, Bewegungen entstehen auf der Oberfläche des Wassers, das sich zu meinen Füßen gesammelt hat und noch eine Weile brauchen wird, um endlich abzufließen. Mit meinen runzeligen

Fingern, die mich von der Textur her an das Gesicht meiner ständig die Bullen rufenden Nachbarin Birgit »Gitti« Meyer erinnern, ziehe ich den Duschvorhang beiseite, lasse den Austausch zwischen dem heißen Dampf und der kühleren Luft des restlichen Raumes zu und greife nach meinem Bademantel. Das Wasser steht zu hoch, als dass ich ihn einfach in der Wanne anziehen könnte, also trete ich hinaus und schlüpfe dann hinein. Noch ist der Spiegel zu sehr beschlagen. Ich reiße das Fenster auf, lasse den Dampf immer dünner werden und sich in kleine Tröpfchen verwandeln, die nun an den Wandfliesen herunterperlen. Peu à peu kristallisiert sich mein Gesicht im Spiegel heraus. Schade, da bin ich wieder. Für immer kann ich mich nicht in meiner feuchten Höhle verstecken, irgendwann muss ich zurück an die Oberfläche tauchen.

Mit schweren Schritten begebe ich mich ins Wohnzimmer, spüre im Vorbeigehen die Vitrine im Flur vibrieren. Da liegt es, mein Handy, ruhig auf der Sofalehne und wahrscheinlich an den Grenzen seiner Akkuleistung. Ich tippe auf das Display und stelle fest, dass es sich bereits ausgeschaltet hat. Ich hebe das Ding auf und stecke es an sein Netzteil. Sechs verpasste Anrufe von Mâmân, zwei von Parvin. Mit wem möchte ich zuerst sprechen, mit der Mutter, die ihr Kind verloren hat, oder dem Kind, das plötzlich keine Mutter mehr hat? Es klingelt nur kurz, dann höre ich meine Nichte sprechen.

»Tante Nas, ey, wo warst du denn?« Sie klingt genervt, aber auch erleichtert.

»Hey, Parvin«, murmele ich in den Hörer. »Sorry, ich musste erst mal raus. Ich ... weiß auch nicht.« Unbeholfen fahre ich mit meinem Finger über den Frottee des Bademantels.

»Dann weißt du's eh.«

Ich schlucke.

»Wo bist du?«, frage ich leise. »Wollen wir uns sehen?« Ich will niemanden sehen. Alleine sein will ich aber genauso wenig.

»Zu Hause. Oma ist auf dem Weg hierher. Sie müsste eigentlich schon am Hauptbahnhof sein.« Schweigend stelle ich mir vor, wie Mâmân, die sich selten aus ihrem Wohnviertel hinausbewegt, mit ihrem Hund Sultan in diesem emotionalen Zustand einfach in den Zug gestiegen ist. Dabei, so hieß es, wurde Nushins Leiche näher an ihrem als an unserem Zuhause gefunden.

»Hallo, bist du noch dran?«, höre ich Parvin fragen.

»Äh, sorry, ja.«

»Und, kommst du auch?«

Was war zuerst da gewesen, der Tod oder die Trauer? Nushin hat bereits mit sechs Jahren auf einem Zeichenblock ihr Desinteresse am Leben signalisiert, man hätte es kommen sehen können, und doch sitzen wir erschlagen auf ihrer Couch, Mâmân mit Sultan auf ihrem Schoß, Parvin und ich, und starren an die Wand. Wie oft hat Nushin morgens nach dem Duschen in ihr Handtuch gewickelt hier gesessen, von ihrer eigenen Apathie zu sehr gelähmt, um sich anzuziehen, und ihr leerer Blick hat sich immer zur selben Stelle der Tapete verirrt?

Das Absurdeste an diesem Moment ist Mâmâns Hund. Niemals hätte ich früher gedacht, dass sie ein Tier in ihr Haus lassen würde. Aber das war, bevor sie über den Telegram-Familienchat erfahren hat, dass alle reichen Frauen in Teheran einen Schoßhund besitzen. Sie ist zwar weder eine reiche Frau, noch lebt sie in Teheran, aber Sultan ist auch kein klassischer Hund. Das sagt man zwar immer über gut erzogene und vor allem gut riechende Köter, aber in Sultans Fall stimmt es wirklich. Diese kleine Diva könnte eine mehrfach geschiedene Frau Ü50 sein, die ausschließlich langstielige, parfümierte Zigaretten raucht und ihren Lippenstift etwas zu weit über den Lippenrand aufträgt. Mâmân und Sultan, sie viben einfach. Sultan ist die Busenfreundin, die sie nie hatte. Nur ohne Busen. Dafür mit einem pinken Louis-Vuitton-Halsband, das ich ihr vor zwei Jahren aus China bestellt habe.

Es ist schon weit nach Mitternacht, und der Verkehrslärm, der tagsüber von der Hauptstraße so laut durch die Fenster dröhnt, ist zum Hintergrundgeräusch verkommen. Seitdem ich hier bin, haben wir nicht viele Worte gewechselt, nicht einmal für die kurze Radstrecke hatte meine Kraft ausgereicht. Stattdessen hatte ich auf der Rückbank des Taxis den Rock-Balladen im *Radio Paradiso* gelauscht, während die Fahrerin ihren Unmut über Apps wie Uber rausließ. Ich hörte nur mit einem Ohr zu. Hatte Nush ihre Wohnung so hinterlassen, dass Mâmân einfach zu Besuch kommen konnte, oder musste ich bei meiner Ankunft noch irgendwas verschwinden lassen?

In einem Raum mit Mâmân zu sitzen und keiner spricht, erscheint mir wie eine Seltenheit, besonders, weil weder der Fernseher läuft noch ihr Smartphone irgendwelche Videos abspielt, die ihr Verwandte geschickt haben. Der Lärm in ihrem Kopf muss für sie schon Reizüberflutung genug sein, so wie es sonst ihre Stimme für mich ist.

Als hätte Parvin meine Gedanken gelesen, schlägt sie vor, einen Film zu schauen.

»Alles, was du willst«, antwortet Mâmân wie aus der Pistole geschossen, dabei verzieht sie ihr Gesicht kein bisschen. Es ist schwer, ihre Gefühle zu lesen, doch so ist es immer schon gewesen, auch als ihr Gesicht noch nicht durch das Botox zu Beton versteinert war. Ich will am liebsten widersprechen, ich weiß nicht einmal wieso, ich glaube, es kommt mir einfach falsch vor, mich von meinem Schmerz abzulenken. Die Welt darf sich doch nicht einfach weiterdrehen. Das wäre irgendwie respektlos.

Parvin schaltet den Fernseher ein und zappt durch das Programm. Ich habe schon lange nicht mehr gesehen, was nachts so läuft. Zu diesen Zeiten bin ich entweder auf der Arbeit, im Club oder beim Sex. Die Stimmen aus dem flimmernden Bildschirm bringen meine Schläfen zum Kribbeln.

»Ich schnappe kurz etwas frische Luft«, sage ich und gehe auf den Balkon. Aus meiner Hosentasche hole ich die Kippenschachtel hervor. »Das Rauchen aufgeben – für Ihre Lieben weiterleben« steht auf der Verpackung, darüber das Bild eines Kindes vor einem Grabstein. Ich stecke sie wieder ein. Mein Blick fällt auf das Feuerzeug auf dem kleinen Holztisch, Nushins Lieblingsfeuerzeug, ein kleines pinkes Teil von Bic. Reflexartig greife ich danach, dann zögere ich doch. Irgendwas in mir will es aufheben und nie wieder benutzen, damit es nie leer geht und ich einen Teil von Nush konservieren kann. Aber dieser Teil schlummert ja nicht in dem Feuerzeug, Nush ist kein Flaschengeist, denke ich, und zünde die Zigarette schließlich an.

»Auf dich, Nush«, murmele ich und muss wieder weinen. Zynisch irgendwie, ihr mit einer Flamme zuzuprosten. Die Zigarette schmeckt scheiße, ich rauche sie trotzdem und stelle mir vor, wie sie mein Inneres verteert und verklebt.

Auf der Fassade des gegenüberliegenden Gebäudes prangen krumme Buchstaben, die jemand vor Kurzem gesprayt haben muss. TRAUMAFABRIK steht da in schwarzer Farbe, wobei das zweite A nachträglich zwischen das M und das F gequetscht worden scheint. Letzte Woche, als ich hier war, war es noch nicht da gewesen. Ob Nush dieses Graffito gesehen hat, bevor sie für immer verschwand?

Obwohl der Wind in meine nassen Haare weht, zünde ich gleich noch eine zweite und dann noch eine dritte Zigarette an. Ich möchte für immer auf diesem Balkon bleiben, hier kann ich mir vorstellen, dass Nush schon in ihrem Bett liegt und ich noch schnell rauchen gegangen bin, ich kann so lange in diesem Gefühl schweben, bis ich selbst eins mit der Nacht werde.

Vorsichtig fahre ich mit dem Finger über die eingeritzten Worte, die Nushin vor vielen Jahren auf dem Holztisch hinterlassen hat, man kann es kaum noch entziffern, wenn man nicht weiß, was da eigentlich steht: *If you live through this with me I swear that I would die for you.* Ich schließe dabei die Augen, erinnere mich an die Nacht, in der diese Kerben entstanden sind, als Nushin mit dem Messer auf den Tisch gehauen und diesen Satz geschnitzt hat. Ich weiß noch, wie verängstigt ich von ihrem Ausbruch war und nicht einschätzen konnte, ob sie das Messer nicht gleich in ihren oder meinen Körper rammen würde. Wenn es ihr schlecht ging, wurde sie unberechenbar.

Ich erschrecke mich, als die Balkontür plötzlich aufgeht und Parvin im Rahmen steht. »Ich wollte nur Gute Nacht sagen«, sagt sie leise.

Ich mustere sie. Ihre sonst großen, dunklen Augen erscheinen mir so gerötet und angeschwollen plötzlich, ganz glasig und klein, als würden sie gleich hinter ihren runden Wangen auf unbestimmte Zeit verschwinden wie eine sinkende Sonne hinter einem bergigen Horizont. Ein paar Strähnen ihres dunkelbraunen, welligen Haars schauen unter der Kapuze eines übergroßen, ausgewaschenen Nike-Pullis hervor. An ihren Beinen, die sie für gewöhnlich in weite, gerade geschnittene Dickies-Hosen steckt, stehen die Haare von der kühlen Luft ab. Auch an den Füßen ist sie nackt.

»Du willst schon schlafen?«

Sie nickt müde. »Ist schon spät. Morgen ist Schule.«

Bevor ich noch irgendwas erwidern kann, dreht sie sich um und verschwindet in der Dunkelheit der Wohnung. »Gute Nacht«, rufe ich noch leise hinterher und beschließe, ihr in die Wärme zu folgen.

Ohne Parvin fühlt sich der erdrückende Griff des Raumes noch fester an. Sultan kauert immer noch auf dem Schoß meiner Mutter, sie schaut mit gesenktem Blick auf den Teppich, ganz so, als versuche sie, sich sein Muster gut einzuprägen. Es ist diese Geisterhaus-Energy, in Mâmâns Nähe verscheucht eine innere Einsamkeit meinen gesunden Verstand, ich muss dringend abhauen.

»Leg dich in Nushins Bett, Mâmân«, sage ich und zwinge mich zu einem Lächeln. »Ich werde zu Hause schlafen.«

Sie zieht ihre Augenbrauen zu einem Stirnrunzeln eng zusammen und fährt mit ihrem Blick senkrecht über meinen Körper.

»Hast du noch was vor, oder was?«

Ungläubig schüttele ich den Kopf. »Was redest du? Ich will einfach in meinem eigenen Bett schlafen.«

»Du denkst, ich kann mich einfach so auf das Kissen meines verstorbenen Kindes legen? Und wovon soll ich dann träumen?« Ob ihre Stimme wütend oder beleidigt klingt, kann ich nicht deuten, meistens trifft bei ihr beides zu. Ihre Augen sind vom Weinen rot unterlaufen und glasig. Sie stiert mich an, guckt, als hätte ich schon wieder etwas ausgefressen.

»Na gut«, murmele ich. »Ich mache dir die Couch fertig.« Ohne ihre Antwort abzuwarten, gehe ich in den Flur und hole aus dem Wandschrank ein frisches Laken, einen Bettbezug und die Gästedecke hervor. Insgeheim erleichtert es mich, dass sie nicht in Nushins Zimmer schläft, ich wünsche mir, dass niemand es betritt, niemand außer mir und irgendwann vielleicht Parvin. Mit dem Kissen fallen ein paar getrocknete Blumen aus dem Schrank, die Nush in ihre Schubladen und Fächer gelegt hat, um dem muffigen Geruch der Textillagerung entgegenzuwirken. Sie hat sich oft über Pinterest-Mütter lustig gemacht, insgeheim hat sie sich von denen aber ein paar Tricks abgeguckt.

Als ich zurück ins Wohnzimmer komme, verzieht sich Mâmân ins Bad. Sobald sie über die Türschwelle ist, stoße ich erleichtert etwas Luft aus und klappe das Sofa zu einem Gästebett auf. Sultan springt fröhlich auf das Polster, ich hebe sie sofort wieder auf den Boden und knurre sie an. Wenn ich knurre, bekommt selbst sie Angst. Knurrenden Lesben gehört das Universum.

Im Schlafanzug und mit ihrer Seidenhaube auf dem Kopf kommt Mâmân nach einer Weile zurück. »Danke«, haucht sie mit minzigem Atem und nickt in die Richtung des frisch bezogenen Betts.

Ihre langsamen Bewegungen lassen sie träge wirken. Sie setzt sich auf ihr Bett und hält ihre angeschwollenen Füße in die Luft. In ihren einst schmalen Fesseln hat sich in den letzten Jahren viel Wasser angesammelt, die Spuren des Alters kann sie nicht an jeder ihrer Körperstellen verwischen. Ich beobachte, wie sie sich hinlegt und die Decke über sich zieht.

»Mach das Licht aus, wenn du gehst«, befiehlt sie leise, und ich befolge ihre Anweisung.

Sobald meine Finger sich vom Schalter gelöst haben, höre ich sie meinen Namen sagen.

»Ja?«, frage ich in den dunklen Raum, dessen Umrisse in der Straßenbeleuchtung nur noch zu erahnen sind.

»Du warst ihre große Schwester. Ich habe dich so oft gebeten, auf sie aufzupassen. Es hätte nicht so weit kommen müssen.«

Mein Herz rast, doch ehe eine Antwort zwischen meinen Lippen hervorschießen kann, verlasse ich wortlos Nushins Wohnung, hinaus in die kühle Nacht, wo mich die Erinnerungen fluten und wie eine Eisscholle davonreißen.

O

1981

Hasserfüllt starrte ich in dieses dunkle Loch, aus dem ein Brüllen herausquoll. Wie eine Alarmanlage schob dieser Klang meine Panik und Abneigung gleichermaßen an. Ich stellte mir vor, einen geballten Stofffetzen in diese Öffnung zu drücken, so tief, dass nie wieder ein Pieps herausdringen konnte. Dann wäre er für immer verschlossen, dieser Tunnel zwischen Nushins Lippen und Stimmbändern. Mir fiel nicht ein einziger Augenblick ein, in dem ihr Schreien in mir keine Mordlust ausgelöst hatte. Schon als Bâbâ mich bei Mâmâns Bruder, Dâyi Mazyâr, abgeholt hatte und mit mir zum Krankenhaus gefahren war, wo Nushin wie ein Berg rohes Hackfleisch in Mâmâns Arm lag, hatte ihre Existenz in mir zu Aversionen geführt. Die Art, wie sie an der Brust hing und gierig dieselbe Milch trank, die einst nur für mich vorgesehen war, oder zu heulen begann, sobald sie für ein paar Sekunden keine Aufmerksamkeit bekam, erschwerte es mir, irgendein positives Gefühl für sie zu entwickeln.

So auch jetzt, wo wir gemeinsam auf dem Teppich in unserem Kinderzimmer saßen und sie laut zu heulen begann. »Nasrin ist schuld«, brüllte sie. Ein Satz, der zum Katalysator für Mâmâns Aggression geworden war. Wie ein »Sesam, öffne dich«, aber hinter der Tür verbarg sich kein Raum voller Schätze, sondern Fight Club Teheran, unser privater Prügelsalon.

»Nushin hat angefangen«, rief ich in der Illusion, noch irgendetwas retten zu können. Hatte natürlich noch nie funktioniert. Nushin funkelte mich wütend an und setzte ein herzzerreißendes Schluchzen auf. Mir reichte es. Ich griff in ihre Locken und zog an ihnen, so fest, als erwartete mich an ihren Enden eine Überraschung, sollte ich es schaffen, sie komplett herauszuziehen. Meine Fingerkuppen kribbelten vor Zerstörungslust. Wenn ich am hungrigsten war, aß ich mit der Hand, ich griff einfach in meinen Reis hinein und führte ihn zwischen meinen kleinen Fingern in den Mund, bis Mâmân mich ermahnte, mir erst mal die dreckigen Pfoten zu waschen. Sie musste mich jedes Mal daran erinnern, weil ich es vor lauter Ungeduld immer vergaß und mich sofort auf das Essen stürzte. Dâyi Mazyâr nannte mich deshalb manchmal Pishi, weil er fand, dass ich wie die wilden Straßenkatzen zwischen den Mülltüten Teherans wirkte, aggressiv und gierig. Und mit denselben Krallen, mit denen ich mir vor allen anderen die Reiskörner in den Mund stopfte, zog ich jetzt an den Haaren meiner Schwester. Ich hatte alles um mich herum vergessen.

Nushin schrie so laut, dass sie das Klacken von Mâmâns Hausschuhen auf dem Steinboden und das Öffnen der Tür übertönte. Erst als Mâmân mit ihren starken Armen, die sie in ihre Hüfte gestemmt hatte, und ihrem Blick aus Lava im Türrahmen stand und mich genau beobachtete, kehrte ich zurück in den Raum und realisierte, dass ich gerade dabei war, mir mein eigenes Grab zu schaufeln.

Hätte der Iran-Irak-Krieg in unserer Wohnung stattgefunden, wäre er in diesem Moment beendet gewesen und man hätte sich die weiteren sieben Jahre sparen können.

»Du kleines Miststück«, bellte sie und ging auf mich los. »Ich hab genau gesehen, was du gerade gemacht hast. Wie oft muss ich dir noch beibringen, dass du deine kleine Schwester nicht anzurühren hast, hm?«

An dieser Stelle der Kassette landeten wir immer wieder, eigentlich kannte ich den Verlauf der Geschichte. Doch ich war noch ein Kind, ich hatte noch Hoffnung, also setzte ich zu meiner Verteidigung an. Ehe ich meinen Satz vervollständigen konnte, landete ihr Hausschuh in meinem Gesicht. Der Wortfluss stockte, meine Zunge vergaß das Sprechen. Meine Stimme änderte ihren Aggregatzustand, sie war nicht mehr fest, sondern flüssig, und drang nicht mehr aus meinem Mund, sondern aus den Augen. Mein Gesicht brannte. Nushin schaute weg.

»Erspar mir deine Tränen. Ich kann dich gar nicht anschauen! Versuch noch einmal, die Tatsachen zu verdrehen, und wir wissen beide, was passiert«, drohte Mâmân weiter. Sie hob den zerbrochenen Plastik-Godzilla vom Boden auf und hielt ihn vor mein Gesicht. Das olle Ding starrte mich an. Ich starrte zurück. Wenige Minuten zuvor hatte dieses Spielzeug mir so viel bedeutet, ich hatte es beim Schlafen immer neben mein Kissen gestellt und beim Duschen mitgenommen, plötzlich fühlte ich nichts mehr bei seinem Anblick. Am liebsten hätte ich ihn nie besessen.

»Weißt du, wie viel wir gearbeitet haben, damit ich euch dieses Ding kaufen konnte? Wo ist deine Dankbarkeit, hm?« Ihre Stimme krachte wie eine Lawine über mir zusammen.

»Aber Mâmân«, begann ich, »weißt du, was wirklich passiert ist?«

Sie klatschte mir noch eine. »Ich will es nicht hören!«

In dem Moment fiel die Haustür ins Schloss, ich hörte Schritte. Die Geschichte auf der Kassette war dabei, ihren Verlauf zu ändern. In meinem Kiefer löste sich die Anspannung.

»Wie oft noch, Mercedeh? Wie oft willst du die armen Kinder noch so bestrafen? Sie sind Kinder!« Erleichtert stand ich auf, lief zu Bâbâ, vergrub meinen Kopf in seinen Bauch und stellte mir vor, dort einzuziehen, wie in der Geschichte von der alten Frau im Kürbis. Ich wäre gerne bis zum Vergammeln in seinen Bauch geschlüpft.

»Komm, wir gehen zum Kiosk und holen Eis, was denkst du?«

Ich nickte. Hauptsache, raus hier.

»Ich will auch«, rief Nushin. Natürlich wollte sie das.

Bevor Mâmân ihren Einwand und ich eine Ausladung äußern konnten, hörten wir die Sirenen, die daran erinnerten, dass auch das Draußen kein sicherer Ort war.

»Sofort in den Keller«, befahl Bâbâ. »Mercedeh, hol die Tasche.«

»Was ist mit dem Eis?«, fragte Nush, aber unsere Eltern hörten schon gar nicht mehr zu. Während mein Vater Nushin und mich hinter sich ins Treppenhaus zog, durchwühlte Mâmân hektisch den Wandschrank. Ich hörte, wie sie Laken, Decken und Kisten hinter sich warf, ihr Aufprallen auf dem Teppich und dem Steinboden vermengte sich mit den Sirenen zu einem Lärm, der heute noch mein Herz zum Rasen bringt.

»Ich kann diese verdammte Tasche nicht finden«, fluchte sie laut.

Unsere Nachbar_innen stürmten aus ihren Wohnungen, die alte Frau von gegenüber war die Erste, die herauseilte, in ihren Plastikschlappen und mit einem Koran in der Hand. »Xânum Karimi, können Sie die beiden Kinder mit nach unten nehmen? Ich komme sofort nach«, fragte mein Vater sie prompt.

Nushin fing zu weinen an. »Ich will mit dir kommen, Bâbâ«, schluchzte sie inmitten des Chaos und klammerte sich an seinen Arm. Er machte sich von ihrem Griff frei, schüttelte sie ab. »Sei vernünftig, Nushin, ich komme doch gleich nach.«

»Komm, meine Süße«, sagte Xânum Karimi und schnappte sich Nushins Hand. Sie zog meine Schwester hinter sich her, ich schaute noch kurz zu Bâbâ, dessen Schatten längst in der Wohnung verschwunden war, und folgte den anderen in den Keller.

Ich war froh, dass sie nicht mich anfasste. Xânum Karimi umgab immer ein seltsamer Geruch, schwer zu beschreiben. Zu erdig für Schweiß, zu säuerlich für Staub. Vielleicht war es der Geruch von Hausarbeit. Ihre Hände waren außerdem immer nass, da haftete der Duft erst mal an einem, und weil ich nicht respektlos sein wollte, wusch ich die Stelle, die sie berührt hatte, nicht vor ihren Augen ab, ich atmete stattdessen flacher. Mit diesem Geruch an mir in diesem Keller zu warten, schien mir damals eine größere Bestrafung zu sein als alle Schläge mit dem Hausschuh meiner Mutter zusammen.

Hinter uns hörte ich die Nachbarinnen aus den höheren Stockwerken darüber tratschen, dass es mal wieder bezeichnend sei, dass meine Eltern uns nicht selbst in den Keller brachten, sondern die Verantwortung auf die arme Xânum Karimi abgewälzt wurde. »Sie war auch schon neulich nicht da, als wir Marmelade für die Soldaten kochten«, raunte die eine der anderen zu. Und: »Ist dir aufgefallen, dass ihr Mann befördert wurde und sie trotzdem keine einzige Decke für die Soldaten gespendet hat?« – »Tja, das habe ich dir doch vor Monaten gesagt. Sie ist keine richtige Patriotin. Soll sie doch nach Amerika gehen, wie ihre Freundinnen. Solche Leute braucht das Land nun wirklich nicht. Nicht jetzt, wo wir uns in dieser Krise befinden!« – »Unsere Männer, Brüder und Söhne kämpfen für sie mit, ihr Mann ist fein raus, und sie zeigt sich nicht einmal dankbar! Frauen wie sie sollten wir nach Xorramshahr schicken, das würde ihr die Augen öffnen, wenn sie von ein paar irakischen Soldaten …«

Xânum Karimis Stimme übertönte den Satz, erst heute kann ich mir vorstellen, wie er geendet haben muss. »Nicht einmal, wenn Bomben auf unsere Stadt fallen, könnt ihr davon ablassen, euch die Mäuler über eure Nachbarin zu zerreißen, was?« Die liebe, zarte Xânum Karimi. Ich hatte sie noch nie so böse erlebt.

»Misch dich nicht in fremde Angelegenheiten ein, alte Frau«, zischte die Schlange hinter mir nur.

Im Keller war die Stimmung nicht besser. Nush hörte erst auf zu weinen, als der Nachbar aus dem dritten Stock sie ermahnte, sich endlich zu beruhigen, während er selbst nicht aufhörte, auf die Araber zu fluchen. Er war mir schon immer unsympathisch gewesen, in diesem Moment ganz besonders. Seine Augen gingen hektisch durch den Raum, mit seinen Fingern schob er die Steine seiner Gebetskette hin und her, dabei betete er nicht, sondern schimpfte nur. Beschützend legte ich meinen Arm um Nush und drückte sie an mich. »Bâbâ und Mâmân kommen gleich«, flüsterte ich in ihr Ohr. Ihr Wimmern wurde immer leiser. In Momenten, in denen das Außen uns am schärfsten schnitt, war unser Zusammenhalt am stärksten.

Zum Beispiel einige Monate später auf dem Flughafenparkplatz. Dâyi Mazyâr lud die schweren Taschen aus dem Kofferraum und hievte sie schnaufend auf einen Gepäckwagen, während Mâmân uns aus seinem Auto holte. An diesem frühen Morgen im März war der Parkplatz des Flughafens voller Familien, die über Noruz in den Urlaub fliegen wollten oder ihre Verwandten abholten, die sie in Teheran besuchen kamen. Und wir mussten so tun, als ob es bei uns genauso sei.

Nushins müde Augen waren noch so angeschwollen, dass sie kaum offen standen, während sie in ihrer dicken Jacke verschlafen meine Hand hielt. Auch mir war es schwergefallen, mitten in der Nacht mein warmes Bett zu verlassen, als Bâbâ mich geweckt hatte. Weder er noch Mâmân hatten geschlafen, stattdessen hatten sie die ganze Nacht lang unsere Koffer gepackt, immer wieder etwas rausgeholt und von vorne angefangen. Seit Tagen hörte ich das Knistern der Plastiktüten, in denen sie Kleidung, Papiere und Schmuck verstaut hatten.

Mâmâns Kopftuch rutschte ein Stück nach hinten, als sie Dâyi Mazyâr mit dem größten Koffer half.

»Und das müssen wir gleich alles alleine schleppen?«, fragte ich besorgt und wünschte mir, Bâbâ wäre einfach mit uns gekommen. Aber er hatte sich bereits in der Wohnung von uns verabschiedet und versprochen, so schnell wie möglich nachzukommen. Anstatt eines Korans hatte er uns einen Hâfiz-Band mitgegeben. Er lächelte dabei, sein Blick war jedoch schwer zu deuten.

»Nasrin joun, bitte rede nicht so viel«, ermahnte mich Mâmân so leise, dass nur ich sie hören konnte. Mit zittrigen Händen schob sie Nush und mich wie lästiges Gepäck zur Seite. Nush stolperte über ihren eigenen Fuß und fiel auf die Knie. Bevor sie selbst realisieren konnte, was passiert war, schaute ich panisch zu Mâmân hoch, die zu sehr mit dem Ausladen beschäftigt war, um zu registrieren, dass ihr Kind sich grade gemault hatte.

»Alles gut, alles gut«, flüsterte ich Nush ins Ohr und half ihr auf. Ich streichelte in schnellen Bewegungen ihren Rücken, ihre Knie, ihre Stirn, alles, damit sie nicht laut losheulte. »Das war nicht schlimm, das tut nicht weh, mach keine große Sache draus.« Wenn ich nur weiter auf sie einredete, verwirrte ich sie genug, damit sie still blieb. Gar kein Bock, dass sie weinte und Mâmân mir vor all diesen Leuten eine Schelle verpasste.

»So, Kinder.« Dâyi Mazyâr klatschte in die Hände. Ich warf einen letzten prüfenden Blick auf Nushins Gesicht, die sich zum Glück beruhigt hatte. Er schob den Gepäckwagen ganz alleine in die Halle. Mâmân hielt jede von uns an einer Hand und platzierte uns auf Bänke nahe der Schalter. »Ihr bleibt sitzen, bis ich zurückkomme«, befahl sie.

Ich war ohnehin zu müde, um irgendwohin zu gehen, aber Nush wimmerte ängstlich, als Mâmân uns in dem Chaos alleine ließ. »Pass auf deine kleine Schwester auf«, rief sie mir noch über die Schulter zu. Es war noch nicht mal acht Uhr am Morgen und ich hatte bereits einen halben Burn-out von der ganzen Verantwortung.

»Mädchen, bitte halt die Klappe, ich habe Migräne«, fauchte eine ältere, in ihren schwarzen Châdor gehüllte Dame, die eben erst von ihrem Sohn oder Enkel auf den freien Platz auf der Sitzbank neben uns geleitet worden war. Ihre runzeligen Hände klammerten sich um den Griff ihrer schwarzen Lederhandtasche. So fest, dass die Knöchel ganz weiß wurden – als hätte jemand sie ihr wegreißen wollen. Sie registrierte meinen Blick und schnatterte laut los. »Man muss hier gut aufpassen, eine junge Frau neben mir hat erzählt, dass ihrer Schwägerin die Geldbörse samt Reisepass und 30000 Toman in bar gestohlen wurde, als sie sich um ihre quengelnden Kinder gekümmert hat. Die arme Frau! Sie konnte ihren Flug nach Dubai dann gar nicht wahrnehmen. Das hat mir das Herz gebrochen. Gerade jetzt zur Noruz-Saison!«

Ich nickte nur abwesend, fragte mich, warum sie nicht einfach selbst die Klappe hielt, wenn ihr Kopf wirklich so wehtat, doch mein Körper fühlte sich zu bleiern an inmitten dieser Geräuschkulisse aus Lautsprecheransagen, ungeduldigen Airline-Mitarbeiter_innen an den Gepäckschaltern, Eltern, die nach ihren Kindern riefen, und schreienden Babys. Endlich kamen Mâmân und Dâyi Mazyâr zu uns, außer einer Handtasche war von dem Gepäck nichts mehr übrig.

»Los geht's, Kinder«, sagte er und wuschelte durch Nushins Locken. »Freut ihr euch auf den Urlaub?«

Ich freute mich nicht, denn ich wusste, dass es kein Urlaub war, aber nickte trotzdem. Er begleitete uns bis zu den Sicherheitskontrollen und schaute durch die Glasscheibe dabei zu, wie wir durch die Metalldetektoren gingen. Erst als wir zum Gate konnten, drehte sich Mâmân um und winkte ihrem Bruder ein letztes Mal zu.

Als wir am Hamburger Flughafen aus der Maschine stiegen, war es zwar schon früher Nachmittag, aber viel kälter als in Teheran. »Setzt eure Mützen auf«, ordnete Mâmân an, die ihr Kopftuch ebenfalls gegen eine Wollmütze eingetauscht hatte. Es war so windig, dass wir uns an ihrem langen Mantel festkrallten und so noch langsamer vorankamen. Von der Zeitung, die sie beim Einsteigen in der Hand gehalten hatte, war nicht mehr viel übrig. Während Nush und ich fast den gesamten Flug über geschlafen hatten, hatte sie fünf Stunden damit verbracht, die Seiten in winzige Schnipsel zu zerreißen. Auf den besorgten Blick der Flugbegleiterin hatte sie lachend erwidert: »Flugangst! Jedes Mal.« Der letzte dieser Schnipsel hing an einem Knopfloch ihres Mantels und wurde vom scharfen Wind in den grauen Himmel hineingeweht.

»Kinder, denkt dran, dass ihr erst wieder was sagt, wenn ich euch ein Zeichen gebe, verstanden?«, murmelte sie leise, und wir flüsterten im Chor: »Bâshe«, einverstanden. Die Halle, in der die Passkontrollen stattfanden, war im Vergleich zum Flugplatz so warm, dass ich es kaum aushielt und den Reißverschluss meiner Jacke so heftig aufriss, dass Mâmân mir mit einem festen Griff ans Handgelenk zu verstehen gab, dass ich mich am besten gar nicht bewegen sollte. Die anderen Kinder in der Halle spielten herum, sie rannten und versteckten sich hinter fremden Erwachsenen. Sehnsüchtig beobachtete Nush das etwa gleichaltrige Mädchen, das von ihrem Vater auf die Schultern genommen wurde und einen Ausblick über den ganzen Raum erhaschte. Die Schlange bewegte sich nur sehr schleppend voran, aber irgendwann kamen wir dran. Ich spürte die Anspannung meiner Mutter, als sie unsere Hände griff und mit uns zu dem Mann hinter der Glasscheibe trat. Er sprach kein Persisch, sie kaum Deutsch, also schob sie ihm unsere Pässe zu und sagte: »Pleasure.« Er reichte die Pässe zurück und signalisierte uns, durchzugehen. In der nächsten Halle holte Mâmân einen Gepäckwagen. Die ersten zwei Taschen kamen direkt, auf die dritte warteten wir etwas länger. Ein junger Mann half Mâmân dabei, den letzten, und schwersten, Koffer auf den Wagen zu stellen. Ein paar Minuten später waren wir draußen.

»Können wir jetzt wieder reden?«, flüsterte Nush mir zu. Ich schielte zu Mâmân hoch, die uns nicht beachtete. Sie war eine Meisterin darin, Mauern zu bauen, an denen sie nicht einmal selbst hochklettern konnte.

Ein älterer Mann kam auf uns zu und nahm Mâmân in den Arm: Amu Manoucher, der eigentlich gar nicht unser Onkel war, sondern ein ehemaliger Schulfreund unseres Vaters. Nur, dass er viel älter aussah als Bâbâ. Wir gaben dem Onkel mit der dicken Brille und der grauen Jacke höflich die Hand. Auf dem Weg zu seinem Auto, einem roten VW mit einer großen Delle in der Tür, redete er mit uns, als hätten wir uns schon tausendmal gesehen, dabei lebte er länger in Deutschland, als ich auf der Welt war.

»Rein in die Limousine und ab nach *Luhbeck*!«, sagte Mâmân in einem angestrengt euphorischen Tonfall, der problemlos als panisch hätte durchgehen können. Ihre Stimme hatte immer etwas Alarmierendes, Sirenenhaftes an sich. Selbst, wenn sie sich normal mit mir unterhielt, versetzte sie mich in Stress.

Wir stiegen ein. Im Auto roch es nach Tabak und dem schon verblichenen Duftbaum, der am Rückspiegel hing. »Schnallt euch an, Kinder«, bat uns Amu Manoucher. Beim Losfahren drehte er das Radio an, es lief ein Popsong, von dem ich später lernte, dass er »Super Trouper« heißt.

Die ersten Tage im Asylbewerber_innenheim bargen nichts als Ungewissheit. Jeden Morgen wachten wir in den Stockbetten auf und warteten auf eine Benachrichtigung, von der ich nicht wusste, wie sie lauten würde. Bis es endlich so weit war.

»Ihr habt Glück, dass ihr jemanden kennt, der Deutsch spricht und euch rausholen kann«, sagte unsere Zimmernachbarin Bitâ. Sie saß breitbeinig im Gang und knackte wie in Trance Sonnenblumenkerne, während wir unsere Taschen packten. Die Schalen warf sie in eine durchsichtige Tüte, wobei sie nicht immer traf. Bitâs Stimme war tief, es war die Stimme einer Frau, die nichts mehr zu verlieren hatte und deswegen maximal furchtlos war. Für Bitâ gab es auch keine Nacht. Ihre Augenringe waren dunkler als ihre Lippen, die vom Salz der Sonnenblumenkerne ganz trocken geworden waren. Bitâ erinnerte mich an eine dieser Tauben mit den roten Augen, doch in Wirklichkeit konnte ihr kein Vogel der Welt gerecht werden. Sie war eine verdammte Hyäne. Ich hatte Angst vor ihr, und gleichzeitig wollte ich ihr gefallen.

»Kommst du uns mal besuchen?«, fragte Nush mit großen Augen. Bitâ lachte verächtlich auf. »Ich habe kein Auto, wie soll ich da überhaupt zu euch kommen? Kommt ihr doch mich besuchen.« An ihrer Lippe hing ein Stück Sonnenblumenkernschale.

»Okay, Mädchen, habt ihr alles? Manoucher wartet schon draußen«, rief Mâmân. Ich wusste nicht, ob sie genervt oder gestresst war. Sie trug bereits ihre Jacke und drückte mir in jede Hand eine Tasche.

»Die sind viel zu schwer, Mâmân«, beschwerte ich mich. »Warum können wir nicht Jamâl oder Mehdi fragen, ob sie uns tragen helfen?«

»Wir kriegen das auch so hin«, zischte sie, und ich sah im Augenwinkel, wie Bitâ die Szene genüsslich beobachtete. Kein noch so banales Drama im Heim entging ihren Blicken. Irgendwas musste sie ja am Leben halten, wenn schon kein Schlaf oder richtiges Essen.

Wir machten uns auf den Weg, doch es dauerte ewig, bis wir am Ende des Ganges angelangt waren, weil ich alle paar Meter eine Pause vom Tragen brauchte. Irgendwann sah Mâmân ein, dass wir so nicht weiterkamen, und befahl Nush und mir, auf die Taschen aufzupassen – Nush drinnen, ich draußen –, während sie mehrere Runden lief, um sie hinauszubefördern.

Als wir die neue Wohnung betraten, atmete ich eine Luft ein, die mindestens so alt wie ich selbst sein musste. Der Gestank von Zigarettenqualm, Katzenurin und undefinierbaren Mittelnoten schwebte über dem Teppichboden. »Zieht eure Schuhe aus, Kinder!« Nush und ich schauten uns etwas angewidert an, doch wir hörten auf Mâmân. Amu Manoucher und sie trugen die Taschen rein, rissen alle Fenster auf und machten die Lichter an. Wir schauten uns um. Obwohl die Wohnung bis auf eine Einbauküche und ein paar wenige Möbel – darunter ein Etagenbett – leer stand, wirkte sie im Vergleich zu unserem Zuhause in Teheran winzig.

»Schaut mal, Kinder«, rief Mâmân, »ihr wolltet doch immer ein Hochbett. Da habt ihr eins.«

»Willkommen zu Hause«, sagte Amu Manoucher und schloss einen Wasserkocher auf der Küchenzeile an.

Immer wieder brachte er uns neue Möbel mit, wenn er zu Besuch kam, mal vom Flohmarkt, mal aus Zeitungsannoncen, manchmal vom Sperrmüll. Ab und zu machte ihre Kollegin Zozan aus der Schneiderei, in der Mâmân unter der Hand arbeitete, sie auf Angebote aufmerksam.

Jedes Mal war das Läuten der Klingel so eindringlich, dass ich mich erschrak, wenn der Klang durch unsere Wohnung platzte. »Ich mach auf«, rief ich dieses Mal und drückte auf den Knopf. Die Sprechanlage war schon bei unserem Einzug defekt gewesen, und obwohl Amu Manoucher schon mehrmals bei der Hausverwaltung angerufen hatte, wurde sie nicht repariert.

Mâmân stürmte in den Flur. »Nicht die Wohnungstür aufmachen, ohne durch den Türspion zu gucken«, ermahnte sie mich. Nushin kam jetzt auch in den Flur, wir waren beide schon den ganzen Tag lang aufgeregt, weil Mâmân uns eine Überraschung versprochen hatte. Seitdem feststand, dass nun auch endlich Bâbâ zu uns nach Deutschland kommen würde, war sie außergewöhnlich gut gelaunt.

»Mâmâni, kommt Bâbâ jetzt schon?«, fragte Nushi mit großen, glänzenden Augen.

Mâmân lachte auf. »So schnell geht es leider nicht. Aber bald. Versprochen!«

Wir hatten erst zwei Nächte zuvor mit Bâbâ telefoniert und ihm schon mal mitgeteilt, welche Süßigkeiten aus Teheran er unbedingt mitbringen müsse. »Für mich noch zwei Lavâshak mehr als für Nasrin«, hatte Nushin bestellt und mich überlegen angegrinst.

Es klopfte sanft an der Wohnungstür, und Mâmân prüfte durch den Türspion, wer auf der anderen Seite stand. Sie drehte sich zu uns und fragte mit hochgezogenen Augenbrauen: »Seid ihr bereit für eure Überraschung?«

Wir riefen laut »jaaaa«, es war ein bedingungsloses Ja, ein zu schnell dahingesagtes, denn eigentlich war ich mir nicht sicher, ob ich bereit war.

Sie öffnete die Tür. »Uberraschuuuung«, lachte Amu Manoucher, der mit beiden Händen eine große, schwer aussehende Box festhielt. Wir ließen ihn rein und schauten aufgeregt zu, wie er seine Schuhe abstreifte und die Kiste ins Wohnzimmer, das nachts zu Mâmâns Schlafzimmer wurde, trug.

»Wisst ihr, was hier drin ist?«, fragte er und schaute uns gespannt an.

Wir schüttelten beide den Kopf.

»Trägst du darin Bâbâ?«, vermutete Nush, die ihre Hoffnung einfach noch nicht aufgegeben hatte.

Amu Manoucher lachte wieder. »So eine schwere Kiste könnte ich nun wirklich nicht alleine tragen.«

Ich klopfte vorsichtig gegen die Pappwand. Vielleicht klopfte ja etwas zurück, ein Haustier, dachte ich, aber nichts geschah. Mâmân erlaubte ohnehin keine Tiere im Haus. Schon gar nicht, nachdem sie die Wohnung so oft und obsessiv geputzt hatte, dass sogar der penetrante Teppichgeruch nur noch andeutungsweise wahrzunehmen war.

»Okay, Kinder, geht kurz in euer Zimmer, bis ich euch rufe«, sagte Mâmân, die mit verschränkten Armen im Türrahmen stand und uns beobachtete. Sie schloss unsere Tür.

»Was denkst du, was es ist?«, fragte ich Nush, die mit ihrem Ohr am Schlüsselloch klebte.

»Egal, was es ist, ich hoffe, es reicht für uns beide.«

Es dauerte nur zehn Minuten, aber es kam mir vor wie eine Ewigkeit, bis unsere Namen gerufen wurden. Wir hörten einige Stimmen, die aber nicht aus dem Radio kamen, und rannten ins gegenüberliegende Zimmer. Das Erste, was ich sah, war ein schleichender Kater auf einem flimmernden Fernseher.

»Hurra«, quietschte Nush und lief zum Bildschirm, als wäre es doch eine Familienzusammenführung. Sie streichelte eine braune Zeichentrickmaus und umarmte den Fernseher. »Endlich, ich dachte schon, wir schauen nie wieder fern«, jauchzte sie. Auch ich konnte nicht aufhören zu grinsen. »Danke, Amu Manoucher«, sagte ich höflich und gab ihm die Hand.

»Bedankt euch bei eurer Mutter«, antwortete er.

Nush und ich umarmten Mâmân gemeinsam. »Das ist das nachträgliche Geburtstagsgeschenk für Nasrin, das vorgezogene Geburtstagsgeschenk für Nushin und das Eydi der nächsten drei Jahre«, erklärte sie.

Amu Manoucher lachte. »Aber jetzt genießt erst mal *Tom & Jerry*, bevor das Erwachsenenprogramm beginnt.«

Wir saßen gemeinsam auf dem Boden, lehnten uns mit dem Kissen gegen die Wand und schauten fern, während Mâmân in der Küchenzeile Tee kochte. »Bevor Omid kommt, sollten wir uns auch um eine Couch kümmern«, sagte sie nachdenklich. »Vielleicht kann meine Mutter uns noch etwas Geld schicken. Ein Schlafsofa wäre gut, dann muss der Arme mit seinen Rückenschmerzen nicht auf dem Boden schlafen ...«

»Ehrlich gesagt glaube ich, dass der Boden bequemer ist als die durchgesessenen Teile aus den Zeitungsannoncen oder vom Sperrmüll«, entgegnete Amu Manoucher.

Mâmân brachte ein Tablett mit zwei Gläsern Tee, ein paar Zuckerwürfeln und zwei Schokoriegeln für mich und Nushin zu uns rüber und setzte sich ebenfalls.

»Manoucher«, fragte sie vorsichtig. »Denkst du, du hast Zeit, später mit mir noch mal zur Telefonzelle zu fahren? Ich würde so gern mit Omid sprechen und hören, ob es schon Neuigkeiten zu seiner Anreise gibt.«

Amu Manoucher warf zwei Zuckerwürfel in sein Glas und rührte kleine Kreise mit dem Teelöffel. »Warum nicht«, antwortete er. »Ich habe nichts mehr vor. Hast du noch Guthaben auf deiner Telefonkarte?«

Mâmân nickte. »Ja, ich habe heute Morgen eine neue gekauft. Letzte Woche habe ich einige Überstunden gemacht, ich versuche jetzt noch mehr zu arbeiten, damit das Geld ausreicht, wenn Omid kommt.«

»Und ihr seid sicher, dass ihr eure Wohnung in Teheran nicht verkaufen wollt? Ihr würdet sicher einen ordentlichen Betrag für sie bekommen, Inflation hin oder her.«

Mâmân schüttelte den Kopf. »Auf keinen Fall, Manoucher. Es wäre besser, wir vermieten sie unter. Bis wir, inschallah, zurückkehren.«

Amu Manoucher schaute sie komisch an, seufzte schließlich und murmelte: »Okay, Mercedeh, sprich einfach mit Omid.«

»Können wir mitkommen?«, fragte ich, doch sie schüttelte den Kopf. »Heute nicht, wir können nicht zu lange telefonieren.« Enttäuscht drehte ich mich wieder zum Bildschirm.

Nush und ich putzten uns gerade die Zähne, als die beiden losgingen. Im Dunkeln alleine zu Hause zu sein, ließ die Stille in der Wohnung bedrohlich wirken.

»Ich kann nicht schlafen«, klagte Nush aus der Bettetage

über mir. Ich überredete sie, mit mir ins Wohnzimmer zu gehen und zu schauen, was im Fernsehen lief. Das Programm hatte uns vorhin stundenlang abgelenkt, ich verließ mich darauf, dass es wieder gelingen würde.

»Wenn Mâmân uns dabei erwischt, dass wir so spät noch hier sitzen und was gucken, kriegen wir Ärger«, murmelte Nush, als hätte ich das nicht selber gewusst.

Die Magie des Bildschirms, der uns vor wenigen Stunden in seinen Bann gezogen hatte, kam dieses Mal nicht auf. Einsamkeit hatte keine Flügel, um einfach so davonzufliegen. Erst recht nicht mit dem Erwachsenenprogramm, durch das ich mich nur noch leerer fühlte. Wir schalteten den Fernseher wieder aus und gingen zurück in unser Zimmer. Die lange Wartezeit bei der Telefonzelle kannten wir, wir waren schon einige Male dabei gewesen. Abends war es günstiger, dieses Angebot wollte sich niemand entgehen lassen, Mâmân schon mal gar nicht.

Ich dachte über all die verbotenen Dinge nach, die Nush und ich hätten anstellen können, jetzt, wo wir alleine waren. Doch das nächtliche Fernsehen war so unbefriedigend gewesen, dass der Gedanke an Mitternachtsschokolade nichts in mir auslöste.

Es war sicher nach 1 Uhr, als sie endlich nach Hause kam. Nush schnarchte mittlerweile leise über mir, ich wälzte mich nur schlaflos auf meiner Matratze hin und her. »Mâmân, bist du das?«

»Ja, ich bin es.« Ihre Stimme klang gebrochen.

Ich stand auf und ging in den dunklen Flur. »Und, wann kommt Bâbâ?«, fragte ich neugierig.

Sie stampfte an mir vorbei ins Wohnzimmer, schaute mir nicht ins Gesicht. »Er kommt nicht«, sagte sie mit mechanischer Stimme und ließ die Tür hinter sich zufallen.

In den ersten Tagen nach Nushins Tod kommt es mir seltsam vor, dass Parvin einfach weiter zur Schule geht, als wäre nie etwas vorgefallen. Dabei war auch ich damals am nächsten Morgen pünktlich zum Unterricht erschienen. »Klausurenphase«, sagt Parvin. Ihre Antworten werden einsilbig, manchmal stecken sie auch einfach nur irgendwo in ihren Augen fest, die sich verschließen, sobald ich genauer hinschaue. Meine Nichte, eine Blackbox.

Die Sache mit der Trauer ist: Du fühlst dich scheiße, und das geht erst mal nicht vorbei. Was kickt, ist Langeweile wegen Depressionen. Zu Hause passiert einfach nichts, ich bleibe nur auf meinem eigenen Film hängen, wie ein Alptraum ohne Wecker, aber halt auch ohne Schlaf. Was für ein hässlicher Trip. Kaum eine Woche vergeht, bis ich meine Krankmeldung zurückziehe und wieder anfange zu arbeiten. Wie ein Schwamm sauge ich in der Bar alles auf: den Rauch, den Lärm, die Menschen, das Queer Drama, zumindest für ein paar Stunden kann der Alltag meine eigenen Gedanken überschreiben. An der Tür bin ich nicht so hilflos, an der Tür spüre ich das Gefühl von Kontrolle stärker als irgendwo sonst. Meine Sprachlosigkeit wird mit Toughness verwechselt.

Gigi, die sonst jede freie Minute während unserer Schicht nutzt, um mit mir über die Almans aus ihrem Hausprojekt zu lästern, lächelt mich nur noch verlegen an. Manchmal tätschelt sie im Vorbeigehen meine Schulter und raunt mir zu, dass ich immer mit ihr reden kann, wenn ich will. Ich müsse einfach ein

Zeichen geben. Ich nicke nur und weiß, dass das nie passieren wird. Plötzlich fühlt es sich so an, als verbinde uns jenseits unserer Arbeit nichts mehr miteinander. Diese ganzen Versprechen von Wahlfamilie und Verbundenheit kommen mir vor wie Worthülsen ohne Inhalt. Am Ende fühle ich mich hier genauso einsam wie bei meiner Zwangsfamilie, nur dass ich mich hier nicht zu Gesprächen mit meiner Mutter überwinden muss, sondern in Ruhe Kette rauchen und Schnur saufen kann.

Eines Nachts, und das kommt so unvermittelt, dass ich im ersten Moment nicht hundertprozentig sagen kann, ob ich es mir nicht im Rausch einbilde, macht Gigi eine längere Pause vom Kistenschleppen und Gläsereinsammeln. Der Geruch ihres blumigen Parfüms steigt mir in die Nase, erst dadurch bemerke ich sie und richte meinen Blick von der vagen Ferne in ihr Gesicht. Ohne lange Atempausen führt sie ihre Zigarette zwischen ihren tätowierten Fingern an die Lippen. Ihre langen, spitzen Nägel sind immer grell lackiert, heute in einem Aperol-Orange, im gleichen Ton wie ihr scharf gezogener Lidstrich. Der Abdruck ihres bräunlichen Lipgloss klebt am Filter ihrer Kippe, an der sie so hastig zieht, als müsste sie sofort wieder reingehen, doch sie zündet bereits die zweite in dem Tempo an, als sie zu sprechen beginnt. »Meine Mutter ist an Krebs gestorben, als ich 17 war.« Sie schaut mich nicht an. »Er wurde bei ihr viel zu spät diagnostiziert, weil sie so große Angst vor Ärzten hatte. Die haben ihr immer nur Diäten verschrieben, bis sie irgendwann gar nicht mehr hingegangen ist. Ich denke jetzt, 19 Jahre später, immer noch daran, was für eine Ungerechtigkeit ihr Tod eigentlich ist. Und es fühlte sich damals auch nicht fair an. Niemand, den ich kannte, musste so jung schon Abschied von seiner Mutter nehmen. Dabei war ich bei uns nicht mal die Jüngste. Mein kleiner Bruder war 11. Jeden Tag hat er mich gefragt, wann er nicht mehr traurig sein würde. Als hätte ich die Antwort darauf.« Kopfschüttelnd zündet sie sich direkt eine dritte Kippe an und spricht weiter. »Das Ding ist, die Trauer wird nie enden. Irgendwann findet man einen Umgang damit. Ich weiß, das ist nicht gerade aufbauend. Aber was kann einen in so einer Situation schon wirklich aufbauen.« Wir stehen da, unsere Rücken an der Hauswand lehnend, und starren in den Himmel, in dem gelegentlich ein Flugzeug blinkt. Ich bin unsicher, ob ich das gerade hören wollte. Doch irgendwie fühlt es sich auch gut an. Der Schmerz bleibt, aber für einen Augenblick ist er nicht das Erste, woran ich denke. Bevor mir eine angemessene Reaktion einfällt, ist Gigi auf ihren Plateau-Sneakern wieder nach drinnen verschwunden und hinterlässt nur ihre Parfümwolke in der Nachtluft.

Andere Kolleg_innen gehen mir einfach ganz aus dem Weg. Ich merke, wie schwer es ihnen fällt, mir überhaupt in die Augen zu schauen, wenn wir uns begrüßen. Ich bin Butch Medusa, und ich paralysiere alle, die meinen Blick erwidern.

Kurz vor Feierabend klatscht die Realitätsschelle gegen mein Gesicht. Die Leere verändert sich, die Betäubung lässt nach. Ich will nicht nach Hause. Ehe wir zur letzten Runde aufrufen, falle ich zurück in ein Verhalten, das ich eigentlich längst überwunden hatte: Reste shoppen. Unauffällig schaue ich im Raum nach der Person, mit deren Einsamkeit ich mich am ehesten identifizieren kann. Ich bestelle uns beiden einen Drink, und wir unterhalten uns. Meistens überlasse ich ihr das Reden, dann muss ich nur so tun, als sei ich aufmerksam, denn wenn ich erst mal loslege, bin ich sofort im Tunnel, ich verliere mich in meinen eigenen Sätzen, dabei will ich dringend raus aus meinem Kopf. Dann gibt es zwei Möglichkeiten: Entweder mein Monolog verstört sie – zugegebenermaßen verständlich –, oder sie findet mich auf eine düstere Art attraktiv. In dem Fall gehen wir zu ihr nach Hause, in ihr Hotelzimmer, in ihr Airbnb. Wir reden noch ein bisschen, trinken, rauchen, irgendwann ist es schon hell, und wir sind nackt. Sobald ich realisiere, dass nicht einmal die größte Faust der Welt meine Leere verdrängen kann, ziehe ich mich an, verabschiede mich und gehe nach Hause. Auf dem Weg bin ich bestenfalls einfach nur müde, schlimmstenfalls voller Scham. Nicht, weil ich mehrmals die Woche mit Fremden zu ihnen nach Hause gehe – dafür braucht man sich nicht zu schämen, besonders nicht, wenn man sich eingesteht, dass es noch viele solcher Abende geben wird, wozu also die Scham, hat Nush stets gesagt, in der Hinsicht war sie mir immer voraus –, sondern, weil ich über meine eigene Naivität staune. Mir ist es peinlich, dass ich wirklich glaube, ich bekomme meinen Kopf frei, indem sich jemand draufsetzt. Früher hat das immer geklappt, aber die Probleme von damals scheinen mir heute lächerlich.

O

Mâmân hat Parvin versprochen, so lange bei ihr zu bleiben, wie sie will. Parvin geht zur Schule, ich zur Arbeit, Mâmân kocht und putzt bei ihr, wir essen zusammen. Energietechnisch ist es recht kostspielig, aber trotzdem ein guter Deal für mich. Wenn ich etwas von Nush gelernt habe, dann, ein Auge für gute Deals mit unserer Mutter zu entwickeln. Die Kunst, abzuwägen, wann es sich lohnt, in Streitgesprächen mit Mâmân das letzte Wort zu haben, und wann man es mit der Konfrontation sein lässt, hatte Nush immer perfekt beherrscht.

Die Uhr tickt aufdringlich, als wir in Nushins Wohnung am Esstisch sitzen und Ghorme Sabzi essen, den Eintopf, der stundenlang in der Küche geköchelt hat. Wobei essen etwas übertrieben ist, denn ich bekomme nur schwer etwas runter, und auch Parvin stochert lustlos auf ihrem Teller herum. Schweigend beobachte ich sie und denke über ein Gesprächsthema nach, um die Geräuschkulisse der seit Stunden vögelnden Nachbar_innen im Stockwerk über uns zu übertönen. Selbst bei geschlossenen Fenstern hallen ihre Stimmen so laut durch den Hinterhof, dass ich mich ab und zu umdrehe, um sicherzugehen, dass sie wirklich nicht neben mir bumsen. Ausgerechnet Mâmân durchbricht die Stille mit einem Zungenschnalzen.

»Ts, ts, ts, was ist mit Nushins Nachbarin los? Ich höre sie den ganzen Tag schon heulen, das ist doch nicht mehr normal. Ist sie psychisch krank, oder was?«

Parvin schaut kurz zu mir und konzentriert sich sofort wieder auf ihren Reis.

Mâmân stößt sie mit dem Ellbogen an. »Ist sie immer so? Denkst du, wir sollen mal dahingehen und fragen, was los ist? Der ganze Hinterhof kann schließlich mithören, wie sie schluchzt und keucht und –«

»Ich glaube, du musst dir keine Sorgen machen, Mâmân«, unterbreche ich sie. »In Berlin mischt man sich nicht ein, wenn jemand zu Hause laut weint.«

Mit zusammengedrückten Brauen schaut sie mich an. »Wenn jemand weint, okay, aber so ein Heulkrampf ist doch auffällig, vielleicht braucht sie einen Arzt!«

»Wie stellst du dir das vor, Mâmân? Soll ich da anklopfen und fragen: Entschuldigung, sind Sie psychisch krank?!«

»Na ja, etwas höflicher kann man es schon formulieren …«

Für ein paar Sekunden starre ich an die Decke und hole tief Luft. Die Lava auf meiner Zunge muss abkühlen, bevor ich sie beim Reden ausspucke. Klar denkt sie, dass es Heulgeräusche sind, wenn ihre Kinder nie laut weinen durften und sie vierzig Jahre lang keinen Sex mehr hatte. »Ich glaube, ihr geht es gut, Mâmân. Das sind keine Heulgeräusche. Das sind Sexgeräusche. Sie hat Sex. Sie ist nicht krank.«

Laut schnappt Mâmân nach Luft und verdreht ihre Augen in Parvins Richtung. »Nasrin, sag so was nicht! Das geht schon seit Stunden. Sie hat doch nicht seit heute Morgen … das ist doch nicht normal!«

Parvin schaut mich amüsiert an, für sie scheint diese Tischunterhaltung eine willkommene Ablenkung zu sein. Ich hingegen kämpfe dagegen an, meine Stimme zu erheben.

»Hör mal«, presse ich zwischen zusammengedrückten Zähnen hervor, »ich glaube, du solltest aufhören, alles als krank zu bezeichnen, was nicht in dein Weltbild passt. Nur weil du noch nie solchen Sex hattest und jede auch nur angedeutete

Annäherungsszene in Filmen vorspulst, heißt das nicht, dass es nicht vorkommen kann. Misch dich einfach nicht ins Leben der Nachbarin ein! Was weißt du schon über psychische Gesundheit? Nushin war seit ihrer Kindheit depressiv, und was hast du dagegen unternommen? Einen Scheiß!«

Sie lacht so laut und so schrill, dass ich Angst bekomme. »Willst du mir jetzt ihren Tod in die Schuhe schieben, weil ich ihr gesagt habe, sie soll sich zusammenreißen? Ich habe mich mein ganzes Leben zusammengerissen. Während des Regimewechsels, des Kriegs, als ich alles hinter mir gelassen habe, als mein Mann ermordet wurde, und ich hab mir den Arsch abgearbeitet, damit ihr überhaupt eine Chance in diesem Land habt. Und jetzt willst du so tun, als wäre der Autounfall ein seit Jahren geplanter Selbstmord, der meine Schuld ist? Du tust deiner Schwester unrecht. Euer Vater ist gestorben, damit ihr leben könnt. Und du denkst, sie würde das alles einfach so über Bord werfen? Nicht jeder ist so undankbar wie du, Nasrin.«

Mein Gesicht wird zu Stein, hart und kalt. »Wie scheiße kann man eigentlich sein?«

»Mädchen! Die einzige Person, die sich hier scheiße verhält, bist du! Wie redest du überhaupt mit deiner Mutter?«

Ich rücke den Stuhl zurück, will aufstehen und gehen, doch dann sagt Parvin etwas, das mich wieder zum Erstarren bringt.

»Vielleicht haltet ihr mich jetzt auch für verrückt«, murmelt sie. »Ich glaube auch nicht, dass es ein Unfall war. Aber wenn ich etwas weiß, dann, dass Mama sich nicht umgebracht hat. Sie hat in den Tagen, bevor sie verschwunden ist, viel telefoniert und wirkte irgendwie gestresst. Aber nicht depressiv. Vielleicht ist irgendwas anderes passiert? Was, wenn sie gar nicht tot ist?«

Ich schlucke, fixiere mit dem Blick eine Kidneybohne auf meinem Teller. Für eine Sekunde habe ich mir erlaubt, Parvin zu glauben. Es ist die Sehnsucht danach, dass die Wahrheit nicht so simpel ist, wie sie scheint, sondern etwas im Verborgenen schlummert, etwas, was wir noch aufdecken müssen – in diese Falle bin ich schon einmal getappt. Als Kind war ich davon überzeugt, dass alle schlimmen Sachen nur Täuschungsmanöver des Universums wären und umso bessere Tage auf eine_n warteten. Irgendwas, das alles wettmacht. Doch um diese richtig wertschätzen zu können, bräuchte es eben auch die traurigen Dinge. Zum Beispiel, wenn meine Mutter meinen Geburtstag vergessen hatte. Ich redete mir ein, sie hätte dies absichtlich getan, weil sie eigentlich eine riesige Überraschungsparty geplant hatte. Die Enttäuschung sollte dafür sorgen, dass die Freude mich an meinem Tiefpunkt treffen und noch viel stärker überwältigen konnte. Selbst, als ich nach Mitternacht ohne Feier oder Geschenke in meinem Bett lag, war ich noch davon überzeugt, dass es eine Masche sei. Vielleicht wollte Mâmân in diesem Jahr meine Erwartungen herunterschrauben, weil bereits für das nächste Jahr ein fulminantes Event in Planung war. Erst nach dem dritten vergessenen Geburtstag in Folge realisierte ich, dass es wirklich so simpel war, wie es auf den ersten Blick wirkte: Meine Mutter hatte meinen Geburtstag vergessen. Nicht als Manöver, sondern einfach so. Und Nush ist nicht weg, weil sie im Versteck darauf wartet, dass wir ihre Existenz schätzen lernen, sondern, weil sie sich für den Tod entschieden hat.

Ich höre Mâmân nervös auflachen. »Parvin, mein Schatz, jetzt redest du aber Unsinn. Deine Mutter würde uns so etwas niemals antun. Das wäre ein böser Streich.«

»Ich sage nicht, dass sie ihren Tod vortäuscht, um uns eins auszuwischen, Leute. Ich meine nur, dass ich glaube, sie wurde entführt oder so was.« Parvin klingt, als wäre sie wütend auf uns, weil wir ihre Theorie hinterfragen. Als wäre es ein Angriff auf sie.

Schweigen. Ich zwinge mich zu einem Lächeln, sie wehrt den Augenkontakt ab und steht so ruckartig auf, dass die Schlüsselringkette an ihrer Hose gegen den Stuhl schlägt und laut klirrt.

»Ganz ehrlich«, seufzt sie. »Glaubt, was ihr wollt. Aber glaubt nicht, dass ich hängengeblieben bin, nur weil ich erst 14 bin.«

O

Mein Kopf ist eine Echokammer, Parvins Worte hallen in ihm nach. Zwischen meinen Ohren wütet ein Sturm aus Gedanken, die von innen Gewehre auf meine Schläfen richten und mich wach halten. Was für einen Stress soll Nush vor ihrem Tod gehabt haben? Als ich neulich ihrer Chefin aus dem Friseursalon auf der Straße begegnet bin, wirkte diese nicht besonders gehetzt. Bei meinen letzten Gesprächen mit Nush war mir nichts Ungewöhnliches aufgefallen. Mir kommen die Tränen, diesmal aus Wut. Wenn schon kein Abschiedsbrief, wäre eine Gebrauchsanweisung für ihre Tochter eine angenehme Hinterlassenschaft gewesen, um mir den Umgang mit Parvins Verschwörungstheorien zu erleichtern. Oder einfach irgendwas, was mir hilft, Mâmân und dem Rest der Welt zu beweisen, dass es kein Unfall war. Ich weiß es einfach. Andererseits: wenn Nush bei ihrem Suizid auch nur eine Sekunde an mich gedacht hätte, hätte sie mir vielleicht eine Vorwarnung geschickt, ein kleines Zeichen, irgendwas halt. Jetzt stehe ich mal wieder knietief in ihrem Scherbenhaufen und muss versuchen, mich nicht an den scharfen Kanten zu schneiden, während zeitgleich meine Gedanken wie eine schimmelige Zimmerdecke über mir einzustürzen drohen.

Als ich am nächsten Tag in Nushins Wohnung stolpere, wirkt alles noch leerer als sonst. Nicht mal das Radio in der Küche läuft.

»Nasrin, bist du es?«, höre ich Mâmân rufen.

»Ja!«, rufe ich zurück. Ich streife meine Schuhe und Jacke im Flur ab und gehe zu ihr ins Wohnzimmer.

»Wo ist Parvin?«, frage ich und schaue mich um. Hätte ich gewusst, dass Parvin gar nicht zu Hause ist, wäre ich gleich im Bett geblieben.

»Parvin ist bei ihrem Schulfreund. Sie fahren zusammen ins Kino. Sie kann nicht ewig hier sein und vor sich hin gammeln. Sie ist zu jung, um jetzt schon aufzugeben. Außerdem wollte ich mit dir reden. Setz dich.«

Ich lasse mich auf das Sofa fallen und durchforste mein Hirn nach Ausreden dafür, gleich wieder gehen zu müssen. Ihre gebleichten Haare hat Mâmân mit einer Klammer zu einem unordentlichen beigen Nest hochgesteckt, ihr Ansatz entblößt überwiegend graue Strähnen. Ihr Gesicht sieht ohne die übermalten Lippen und nachgezogenen Brauen ganz anders aus, viel stärker in sich eingefallen. Aus ihrem Kinn ragen ein paar einzelne dunkle Haare, die sie sonst immer zupft. Manchmal dachte ich als Kind, dass sie nichts anderes tut, weil sie immer eine Pinzette in ihrer Hand hatte: beim Fernsehen, beim Telefonieren, beim Reden. Der Lack auf ihren sonst so gepflegten langen Nägeln ist etwas abgesplittert. Selbst auf ihren Händen sind jeden Tag neue Falten, so scheint es mir. Vielleicht habe ich sie einfach sehr lange nicht mehr so genau angeschaut.

Ich kann mich nicht mal daran erinnern, wann wir uns vor Nushins Tod zuletzt gesehen haben, was wohl daran liegt, dass ich stoned gewesen sein muss, weil ich sie im nüchternen Zustand schwer aushalte. Meine geistige Abwesenheit in ihrer Nähe fiel nie auf, weil Parvin und Nushin die Unterhaltungen angestoßen haben, doch jetzt, wo Nush weg und Parvin im Ausnahmezustand ist, realisiere ich, dass die Anzahl der Jahre, in denen Mâmân und ich kein richtiges Gespräch geführt hatten, nicht an zwei Händen abzählbar ist.

Mâmân trinkt einen Schluck grünen Tee aus ihrer Tasse und beginnt: »Ich weiß, es fühlt sich noch zu früh an, um sich darüber Gedanken zu machen. Aber wir müssen jetzt Parvins Umzug planen. Ich werde sie zu mir nehmen. Ich will ihr Vormund werden.«

Moment mal, wie bitte? Meine Hände ballen sich reflexartig zu Fäusten. Aus ihrer Stimme klingt eine Entschlossenheit, die mich maximal irritiert. Was denkt sie eigentlich, wer sie ist? Und vor allem: Was denkt sie, wer ich bin? Ein Esel?

»Du bist so eine miese Schlange«, platze ich heraus. »Reicht es dir nicht, dass du Nushins und mein Leben gefickt hast? Musst du auch noch die nächste Generation ins Verderben drängen? Soll sie jetzt im Ernst auf eine neue Schule und alles? Willst du, dass sie genauso depressiv wird wie ihre Mutter?« Die Argumente rasseln wie der Matrix-Vorspann vor meinem inneren Auge hoch und runter, so schnell, dass ich kaum etwas entziffern kann. Egal. Es würde sie ohnehin nicht jucken, es geht ihr nicht um Parvin, es geht ihr nie um andere, sondern immer nur um sich selbst.

Sie bleibt ruhig, atmet aus, lächelt müde. »Nasrin jân ... Wenn du eigene Kinder hättest, würdest du es verstehen. Was Parvin jetzt braucht, ist ein Neuanfang. Alles hier erinnert sie an Nushin. Wie denn auch nicht! Ohne Nushin hier zu bleiben, das wäre eine zu große Zumutung. Glaub mir. Nur eine Mutter weiß, was jetzt zu tun ist.«

»Ach ja?«, fauche ich. »Ich weiß nicht, ob du dich daran erinnerst oder damals nur mit deinem eigenen Arsch beschäftigt warst, aber ich weiß sehr genau, wie es ist, ein Elternteil zu verlieren. Das haben Parvin und ich gemeinsam. Ich weiß viel besser als du, was Parvin jetzt braucht. Man behtar midunam!« Man behtar midunam. Immer wieder dieser Satz. *Ich weiß es besser.*

Dramatisch ringt sie nach Luft. Heute ist der Tag, an dem ich beschließe, die restliche Angst, die ich vor ihr habe, das Klo runterzuspülen wie diese Tüte weißes Pulver, als sie mal zu früh nach Hause kam. Ich ziehe meine Mundwinkel zu einem schiefen, provokativen Lächeln hoch. *Fight me, bitch.* »Du kannst Parvin nicht an diesen Unort zerren. Das lasse ich nicht zu. Ich werde für Parvin da sein, wie du es für mich und Nushin nie konntest. Mit allem, was in meiner Macht steht.«

In ihren Augen funkelt etwas, das ich von ihr nicht kenne. Hat sie Angst vor mir? Respekt? Oder hält sie mich für verrückt? Ungläubig schüttelt sie den Kopf, zieht ihre Brauen hoch, es wirkt fast herablassend. »Ich bitte dich, Nasrin! Das Mindeste, was wir tun können, ist, Nushins letzten Willen zu respektieren. Vorhin kam ein Anruf. Deine Schwester hat ein Testament hinterlassen.«

O

Meine Sicherheit bricht unter mir wie eine klapprige Brücke zusammen, und ich kralle mich an den Sessellehnen fest. Bis hierher lief's noch ganz gut. Bis hierher lief's noch ganz gut. Bis hierher lief's noch ganz gut. Schließlich knalle ich auf dem Boden auf und zünde mir eine Zigarette an. Mir egal, ob es Mâmân anpisst.

Der Beweis, nach dem ich gesucht habe, ist nun da. Es liegt auf der Hand. Mit Anfang 40 hinterlässt niemand ein Testament, der nicht vorhat, bald zu sterben. Ob Mâmân immer noch glaubt, dass es ihrer Tochter so gut ging, als sie noch lebte? Doch in diesem Fall recht zu haben, fühlt sich nicht nach einem Sieg an. Der Gedanke daran, dass Nush ihren Tod wohl so langfristig geplant hat, lässt meinen Mund vor Wut ganz bitter werden, nur für einige Sekunden, dann wird mir schlecht. Vielleicht habe ich Fehler gemacht. Vielleicht habe ich vor ihrem Tod wichtige Signale ignoriert. Bei unserem letzten Telefonat wirkte sie ein wenig abwesend. Wann habe ich sie das letzte Mal gefragt, wie es ihr geht? Ich meine, wie es ihr wirklich geht. Meine Erinnerung verschwimmt, alles scheint so unklar, dass ich nicht mehr weiß: Was ist wirklich so passiert, und wo trügt mein Gedächtnis? Ich erkenne dieses Gefühl wieder, ich habe schon einmal so empfunden, doch das ist Jahre her.

Demonstrativ wedelt Mâmân den Qualm von ihrem Gesicht weg und winkt mich zurück ins Hier und Jetzt.

»Deine Schwester war nun mal vorsorglich«, wehrt sie meine Vermutung ab. »Sie hat schon immer vorausgeplant. Wenn man ein Kind hat, dann erst recht. Das hat nichts mit Selbstmord zu tun, das ist einfach Vernunft. Aber so was verstehst du ja nicht. Nushin und du, ihr seid nicht gleich.«

»Woher willst du wissen, dass sie ausgerechnet dich als geeigneten Muttterersatz gesehen hätte?«, funkele ich sie wütend an. Meine freie Hand ist zu einer Faust geballt. Ich versuche, tief durchzuatmen. Die Vorstellung, dass Nushin Parvin zu Mâmân schicken würde, fühlt sich wie ein Verrat an. Nie im Leben hätte sie das zugelassen. Klar, sie hat einen engeren Kontakt zu Mâmân gepflegt als ich, aber das heißt nicht, dass sie keine Narben aus der Zeit zu Hause davongetragen hat. Sie würde es nicht zulassen, dass ihrem eigenen Kind dasselbe angetan wird.

Ich gebe mir Mühe, meine Stimme auf Zimmerlautstärke herunterzupegeln. »Du bist einfach nicht in der Lage, Parvins Schmerz aufzufangen. Du konntest es schon bei deinen eigenen Kindern nicht. Ich lasse nicht zu, dass Parvin diese Scheiße auch durchmacht.«

»Nasrin! Willst du das wirklich diskutieren? Mein Kind ist gestorben, und du willst mir jetzt vorwerfen, dass ich keine gute Mutter war? Maraz dâri?« Jetzt klingt auch ihre Stimme gewohnt schrill.

Ich belle zurück: »Parvin geht nirgendwohin. Sie bleibt hier. Bei mir. Ich kümmere mich eh schon viel um sie …« Habe ich das gerade vorgeschlagen? Würde Nushin *das* wirklich wollen? Dass ihr Kind bei ihrer chaotischen Schwester aufwächst, unter deren Aufsicht die einzige überlebende Pflanze das Weed ist, das sie raucht?

Diesen Gedanken hat Mâmân scheinbar auch, denn ihr Gelächter ist so hämisch, als würde sie mit Glasscherben über meinen Rücken fahren. »Du hast wohl völlig den Verstand verloren! Als ob *du* in der Lage wärst, ein Kind zu erziehen. Du schaffst es nicht mal, dir einen richtigen Job zu suchen. Fang vielleicht erst mal damit an.« Mein Blick wird wässrig.

Sie richtet ihren rot lackierten Zeigefinger auf mich. »Du bist selber noch ein Kind. Eine kleine Diskussion, und du brichst in Tränen aus. Mutterschaft ist noch viel strapaziöser als solche Gespräche. Du bist dem nicht gewachsen.«

Im Streit mit ihr fühle ich mich immer unterlegen, denn mir fehlen auf Persisch die Begriffe, die ich auf Deutsch wie Schwerter gegen sie einsetzen kann. Kein Wunder, dass sie mich für hängengeblieben hält, wenn ich so spreche wie mit 10. Ich vergrabe mein Gesicht in den Händen. Sie soll mich gefälligst nicht anschauen, wenn sie schon so auf mir herumtrampelt. Wenn Nush wirklich in ihrem Testament einen Vormund benannt hat und sie es ist, kann ich schlecht das Gericht von mir überzeugen. Aber was, wenn der Vormund Nushins Ex-Freund sein soll? Der würde garantiert ablehnen. Lebt der überhaupt noch hier? Er wollte Parvin schon damals nicht. Und dann entscheidet das Gericht. Ich greife nach einem Taschentuch, schnäuze und räuspere mich. Wenn noch nicht alles verloren ist, lohnt es sich, diplomatisch zu bleiben, sich zusammenzureißen. Sie wird schon sehen, dass ich viel mehr kann, als sie mir zutraut. Und überhaupt, Nushin war auch nicht so unschuldig, wie Mâmân glauben möchte. Nur hatte sie es im Gegensatz zu mir besser drauf, sich durch ihr Doppelleben zu navigieren. Ich hab das Versteckspiel irgendwann aufgegeben, sie nicht.

»Wir werden sehen, wer im Testament steht. Wer weiß, von wann es ist. Und wenn es so ist, wie du es sagst, besprechen wir noch mal, ob ein Umzug sein muss. Aber lass jetzt nicht mehr diskutieren. Ich muss raus, frische Luft schnappen.«

Sie streichelt über Sultans Ohren, die auf ihrem Schoß liegt und döst. Dann schaut sie mich an und murmelt wie eine Drohung: »Wir werden sehen.«

O

Als es klingelt, weiß ich zunächst nicht, ob ich noch träume. Erst beim dritten Klingeln versteht mein Körper, dass er wach ist. Ich trotte zur Tür, nehme den Hörer der Anlage ab.

»Hallo?«, krächze ich hinein, orientierungslos, was die genaue Uhrzeit oder gar den Wochentag anbelangt. Ich verstehe nicht ganz, wer unten steht, nur, dass es wichtig sein muss – war irgendwas mit meiner Heizung oder so? –, und drücke auf.

Im Treppenhaus höre ich Schritte, eine Frau mit blondem Zopf kommt hoch, hinter ihr ein hagerer Typ, den ich auf den zweiten Blick erkenne. Der jüngere der beiden Polizisten. Ich widerstehe dem Reflex, die Tür zuzuknallen.

»Mahlzeit«, brummt der Typ.

Ich nicke ihm zur Begrüßung zu.

Die Frau schaut mich mit ihren wässrigen blauen Augen an und lächelt. »Schönen guten Tag, Kriminalkommissarin Kowalewski mein Name.«

»Wir hatten Ihnen versprochen, uns noch mal bei Ihnen zu melden«, beginnt er, dessen Name mir immer noch nicht einfällt, was ich jedoch als unwichtig markiere, als sie direkt vor meiner Wohnung stehen. Ich weiche keinen Zentimeter zur Seite, um gar nicht erst den Anschein zu erwecken, sie seien willkommen, hereinzutreten. Der Gestank von Zigaretten, Gras und ungewaschenem Geschirr dringt so oder so auch bis nach draußen.

Wie ein Schäferhund bei der Razzia bläst der Typ die Nasenlöcher auf und atmet den Geruch demonstrativ ein. »Boah, hier stinkt's aber …«

»Kommt von den Nachbarn«, murmele ich und setze meinen härtesten Blick auf, den ich auf der Arbeit oft genug geübt habe.

»Na gut«, sagt die Frau, jetzt ohne Lächeln, »machen wir es kurz und knackig.«

»In der Kürze liegt die Würze«, lacht er, als könnte seine hässliche Floskel hier irgendetwas auflockern und als würde ich mir von einer Kartoffel irgendetwas über Würze erzählen lassen. Seine Kollegin lacht mit, ich schaue sie ausdruckslos an. »Haben Sie neue Erkenntnisse zu meiner Schwester, oder …?«

Der Typ räuspert sich. »Heute nicht so gut drauf, was? Na ja, gut, Sie haben sicher mit dem Trauerfall gerade viel auf dem Teller. Wir haben jedenfalls diesbezüglich neue Ergebnisse für Sie.«

Mein Herz bleibt stehen. Haben sie Hinweise auf ihren Suizid gefunden? Einen Abschiedsbrief in der Nähe des Unfallorts? Irgendwas in den Überresten ihres Autos?

»Eine andere Ermittlung hat uns dorthin geführt«, spricht er weiter.

O Gott, denke ich, war Nushin etwa in irgendeine Aktion verwickelt, von der sie nichts erzählt hat? Ist deshalb die Kriminalkommissarin mitgekommen? Außer dem casual Ladendiebstahl fällt mir nichts ein, was ihr eine andere Ermittlung eingebracht haben könnte. Erst recht nichts, bei dem jemand ums Leben kommen könnte.

»Was ist passiert?«

Beschwichtigend hebt er die Hände. »Frau Behzadi, keine Sorge, Ihre Schwester hat kein Verbrechen verübt.«

»Zumindest keins, von dem wir wissen«, zwinkert die Frau und lacht.

»Aber, was wir wissen«, sagt er, »ist Folgendes: Ihre Schwester ist wohl unwissentlich mit einem kriminellen Clan in Berührung gekommen. Jetzt bitte keinen Schreck kriegen!«

Ungläubig mustere ich die beiden. Ist das ein fucking Joke?!

»Es ist so. Wie Sie vielleicht in den Medien verfolgt haben, sind wir in Berlin gerade hinter kriminellen Clans her. Bei einer unserer Razzien haben die fleißigen Kollegen eine Autowerkstatt geprüft und sind fündig geworden.«

»Fündig?«, frage ich. »Was haben Sie denn dort gefunden? Benzin?!« Mir fällt es schwer, nicht zynisch zu werden.

»Na, jetzt aber mal ganz ruhig!«

»Wir können es auch lassen, wenn es Sie nicht interessiert, wie Ihre Schwester ums Leben gekommen ist.«

»'tschuldigung«, knirsche ich. »Bitte fahren Sie fort.«

»Halten Sie sich fest«, sagt der Typ, der diesen Case wohl richtig aufregend findet, denn seine Augen leuchten jetzt. Er nickt auffordernd seiner Kollegin zu, als müsste er ihr aus Respekt vor ihrem wohl höheren Posten den Vortritt lassen.

Die Frau leckt sich langsam nickend über die Lippen. Ich hasse es, wenn sich Klischees bestätigen.

»Passen Sie auf«, sagt der Typ nach einer künstlichen Spannungspause und beginnt nun doch selber, langsam mit den Händen dazu gestikulierend. »Aufgrund eines Clan-Verdachtfalls landeten unsere Kollegen in einem arabischen Familienbetrieb. Eine Kfz-Werkstatt. Sie nahmen dort eine Menge illegalen Shisha-Tabak in Beschlag, außerdem: unzulässige Auto-Aufrüstungsteile.«

»Was hat das mit meiner Schwester zu tun?«, unterbreche ich ihn.

Er hebt grinsend seinen Zeigefinger. »Jetzt kommt's, Frau Bagdadi.«

»Behzadi«, murmele ich.

»Ja, Entschuldigung. Wir konnten aufgrund intensiver Ermittlungen herausfinden, dass Ihre Schwester wenige Tage vor ihrem Tod ihr Auto in ebendieser Werkstatt hat reparieren lassen.«

Ich schaue ihn an und warte auf die Pointe. Er nickt nur verschwörerisch, als hätte er gerade einen mysteriösen Fall bei *X-Factor: Das Unfassbare* gelöst. Seine Kollegin nickt ebenfalls, wenn auch der säuerliche Blick nicht ganz aus ihrem Gesicht schwinden will.

Es dauert ein paar Momente, bis ich verstehe, dass das alles ist, was sie zu sagen haben. »Sie denken, das Auto meiner Schwester ist gegen einen Baum geknallt, weil es in einer Werkstatt repariert wurde, in der abgelaufener Shisha-Tabak gelagert wird?«

»Na, spielen Sie den Fall mal nicht runter. Wir müssen uns genau anschauen, wer zuletzt an ihrem Auto war. Das ist ein Clan-Betrieb. Wir haben drei Leute festgenommen. Mit diesen ganzen illegalen Autoteilen kann man davon ausgehen, dass dort unter der Hand noch ganz andere Geschäfte ablaufen. Wahrscheinlich ist es nicht mal eine richtige Werkstatt. Teilweise arbeiten dort Leute, die gar keine Ausbildung nachweisen konnten. Die Werkstatt ist, so wie es aussieht, getürkt. Das Auto ihrer Schwester wies Mängel auf. Bei einem der Reifen fehlten zwei Schrauben, das hatten wir Ihnen schon beim letzten Mal mitgeteilt. Die müssen gelockert worden und auf der Fahrt abgefallen sein.«

»Warum sollte irgendeine Kfz-Werkstatt die Reifen einer wildfremden Frau manipulieren?«, frage ich und bemühe mich, ruhig zu bleiben.

»Das können wir nur vermuten«, sagt er, »aber wir dachten,

vielleicht wissen Sie das. Haben Sie schon mal irgendwas von dieser Werkstatt gehört? Irgendwelche persönlichen Verflechtungen vielleicht?«

Er hält mir die Visitenkarte der Werkstatt vor die Nase. Ich lese die Aufschrift mehrmals, aber sie erscheint mir genauso random wie die Kausalität zwischen diesen beiden Fällen. Kopfschüttelnd deute ich ihm an, dass er die Karte wieder wegstecken kann. Er kratzt sich am Kinn.

»Nun ja«, sagt die Frau und erhebt ihre Stimme ein bisschen. »Hatte Ihre Schwester vielleicht eine Beziehung zu einem der jungen Männer? Vielleicht ein Ex-Freund? In diesen Kulturen fühlen sich die Männer ja schnell mal in ihrer Ehre verletzt, wenn sie von Frauen abgewiesen werden ...«

»Nein«, sage ich laut, »ganz bestimmt nicht.«

»Wie können Sie sich so sicher sein?«, fragt ihr Kollege. »Als alleinstehende Frau fühlte sie sich doch bestimmt auch mal ... einsam. Gerade so eine hübsche Frau!«

Angewidert verziehe ich das Gesicht. Nushins letzte Beziehung lag vierzehn Jahre zurück.

»Vielleicht hat Ihre Schwester gern Wasserpfeife geraucht?«

Ich schüttele nur den Kopf.

»Na ja«, sagt die andere wieder und kommt mir unangenehm nah, »wir Frauen kennen das ja: Wir wollen einfach nur unser Auto reparieren lassen, aber da ist irgend so ein schmieriger Macho, der einfach nicht aufhört, anzügliche Sprüche zu klopfen. Gerade bei Ihrer Schwester kann ich mir vorstellen, dass es bei solchen Männern etwas auslöst, wenn sie auf so eine hübsche orientalische Frau in dem Alter ohne einen Ehering treffen. Bei den Landsfrauen gelten dann plötzlich andere Regeln. Und andere Grenzen. Da ist einfach die Scham größer, so was anzuzeigen. Ich meine, wir emanzipierten Frauen kennen das ja, wir denken, wir schaffen alles alleine. Und vielleicht hat Ihre Schwester, so wie Sie es darstellen, kein Interesse daran gehabt, kann man ihr auch nicht verübeln, als alleinerziehende Mutter kann sie so einen Gangster ja nicht gebrauchen ... und sie weist ihn ab. Der Mann fühlt sich in seiner Ehre verletzt und rächt sich an ihr, dreht zwei, drei Muttern am Reifen locker. Das ist üblicher, als Sie vielleicht vermuten würden ...«

Soll ich ihnen sagen, dass ich glaube, es könnte Suizid gewesen sein? Ich habe in einer der letzten Nächte, in denen ich wach lag, recherchiert, wie leicht es für Laien ist, so ein paar Reifenschrauben zu lockern. Selbst ich könnte es. Wenn Nushin das gewollt hatte, dann hätte sie es geschafft, die vor ihrer Fahrt selber aufzudrehen. Ein Selbstmord, der nach einem Unfall aussieht. Genau ihr Humor.

»Nun ja«, sagt die Frau schließlich. »So oder so: Es tut uns wirklich leid, dass Ihre Schwester Opfer eines Ehrenmords geworden zu sein scheint. Ihre Schönheit hat da wohl jemanden zum Schlimmsten getrieben ... Schrecklich. Aber das Gute ist, dass der Fall nun geklärt ist.«

»Aber hat irgendeiner der Männer dort behauptet, meine Schwester gekannt zu haben?«, frage ich irritiert.

Die Frau schüttelt den Kopf. »Frauen sind für solche Männer nichts als Objekte. Die erinnern sich wohl nicht an sie, aber wir haben ja in den Unterlagen gesehen, dass sie dort zur Reparatur gewesen ist. Die sind jetzt in Untersuchungshaft.«

»Sie haben einen wahrscheinlich unschuldigen Mann festgenommen?!«

»Sie können sich nicht vorstellen, wie lang die Liste der Anschuldigungen ist, Frau Birzani. Die eine mehr oder weniger wird in der Strafe wenig ausmachen. Es kann sich natürlich auch herausstellen, dass es kein versuchter Mord gewesen ist, sondern die Anfänger aus der Werkstatt die Reifen versehentlich nicht vernünftig festgemacht haben beim Austauschen. Das entscheidet jedoch das Gericht, nicht wir. Wir führen nur das Gesetz aus, wissen Sie?« Die Frau kneift ihre vom Mascara verklebten Wimpern zusammen und zwingt sich zu einem Lächeln.

Ihr Kollege setzt fort: »Sie informieren dann Ihre Nichte und Ihre Mutter, ja? Das können Sie sicher besser als wir, die Kommunikation mit Ihrer Mutter war letztes Mal schon nicht besonders leicht …«

Sprachlos über ihre Dreistigkeit hole ich tief Luft.

»Wir wünschen Ihnen alles Gute. Und noch mal: unser herzliches Beileid.«

O

»Diese ekelhaften Araber«, zischt Mâmân wütend, als ich Parvin und ihr von dem Polizeibesuch erzähle. »Da haut man wegen ihnen aus seiner Heimat ab, und dann erwischen sie meine arme Tochter in Deutschland!« Sie schluchzt dramatisch auf, gerät ins Fluchen, und zwar so sehr, dass sowohl Parvin als auch ich ganz neue persische Wörter lernen.

»Mâmân«, sage ich, »beruhige dich mal bitte kurz. Glaubst du wirklich, was die Polizei behauptet?«

»Warum sollten sie uns anlügen?«

»Weil wir ihnen egal sind, Mâmân.«

»Das ist nicht Iran.«

»Es muss dafür nicht Iran sein.«

»Was denkst du denn?«, fragt Parvin mich und unterbricht unser Hin und Her. »Tante Nas, was glaubst du denn?«

Ich hole tief Luft. »Wisst ihr ... je länger ich darüber nachdenke, desto sicherer bin ich mir, dass es Selbstmord war. Ihr kanntet Nushin nicht so wie ich. Sie hat euch nicht immer erzählt, wie schlecht es ihr ging. Dass sie gerade jetzt gegangen ist, überrascht mich auch, aber vielleicht bedeutet die Tatsache, dass ich nicht vorgewarnt wurde, nur, dass es ihr so schlecht ging, dass sie nicht einmal mehr mit mir darüber reden wollte.«

Parvin schluckt. Ihr Blick richtet sich auf den Couchtisch im Wohnzimmer.

»Nasrin«, mahnt Mâmân hingegen. »Wie oft soll ich dir noch sagen, dass du nicht solche Dinge über deine tote Schwester sagen sollst? Selbstmord ist eine Sünde, und ich verbiete dir, meine Tochter fälschlicherweise als sündigende Frau darzustellen. Xeyli kâre seshtiye. Wenn du auch nur ein bisschen Respekt vor mir und vor deiner Schwester hast, flehe ich dich an: Hör auf mich. Lass es gut sein. Nichts kann uns Nushin zurückbringen. Für mich klingt die Geschichte mit den Arabern plausibel. Aber wenn du sie unbedingt in Schutz nehmen willst, denn ich weiß ja, dass du immer alle in Schutz nimmst, sagen wir meinetwegen: Es war ein Versehen. Sie haben das Auto nicht absichtlich manipuliert, sondern waren bei der Reparatur unaufmerksam. Dann war es ein Unfall. Aber eins sage ich dir: Selbst wenn sie bestreiten, irgendetwas gegen Nushin gehabt zu haben, ich vertraue solchen Männern nicht.«

Mâmâns antiarabische Ressentiments sind schon immer außer Kontrolle gewesen, aber so habe ich sie noch nie sprechen hören. Wenn sie wirklich glaubt, dass die Männer aus der Werkstatt an Nushins Tod schuld sind, kann ich es ihr aber auch nicht verübeln. Heute ist nicht der Tag für eine antirassistische Intervention auf Persisch.

»Ach, ich weiß nicht«, murmelt Parvin. »Mama war eine *bad bitch*, sie hat sich nie irgendwas gefallen lassen … Wenn wir draußen waren und ihr jemand blöd kam, hatten die Leute am Ende mehr Schiss vor ihr als andersrum. Vielleicht war es nicht einer dieser Typen in der Werkstatt, es könnte irgendwie jeder Typ sein, mit dem sie sich draußen angelegt hat …«

»Parvin, bitte nicht du auch noch«, stöhne ich. »Ich wünschte, ihr könntet einfach akzeptieren, dass ich Nushin besser gekannt habe als ihr. Das mit dem Auto macht immer mehr Sinn, je länger ich darüber nachdenke. Wenn ihr Körper verbrennt, dann gibt es kein Blut, das man wegputzen muss und so …«

Klatsch. Schockiert starren Mâmân und ich uns an. Wir sind beide überrumpelt davon, dass sie nach all den Jahren nicht verlernt hat, wie sie mich zum Schweigen bringt. Der Abdruck ihrer Hand hinterlässt ein Glühen auf meiner Wange. Ihre Finger zittern in der Luft. Parvins weit aufgerissene Augen wandern zwischen uns beiden hin und her.

Wütend stehe ich auf. »Siehst du«, schreie ich sie an. »Parvin, hast du das gesehen? Das ist deine Oma. Lass dich von ihr nicht täuschen. Irgendwann wird sie sich auch dir gegenüber nicht mehr zurückhalten. Und das ist der Grund, weshalb ich nicht glaube, dass sie dein Vormund werden sollte. Du bist einfach nicht fähig, wie ein Mensch mit deinen Kindern umzugehen. Wenn ich wollte, dass Parvin von einem Tier aufgezogen wird, würde ich sie in den Wald bringen, nicht zu dir!«

»Sedâye vâmundato biâr pâyn«, brüllt Mâmân zurück.

Ich lache hämisch. »Das hättest du wohl gerne, was? Dass ich meine verdammte Stimme runterdrehe? Damit du mal wieder als diejenige dastehst, die recht hat. Und ich als verrückt.«

»Sahre mâr«, entgegnet sie. Sie setzt Sultan von ihrem Schoß ab und steht jetzt auch auf. »Das kommt dir wohl gerade recht, mich hier als Hexe hinstellen zu können. Du denkst auch, dass du völlig unschuldig bist, nicht wahr? Was fällt dir eigentlich ein, mich vor Parvin zu beschimpfen? Hast du keinen Funken Scham in dir, du undankbare Kuh?«

»Was für Scham, Alter?!« Jetzt steht Parvin zwischen Mâmâns Zeigefinger und meinem vorgereckten Kinn. »Ihr seid so peinlich, alle beide. Meine Mutter ist gestorben, und alles, was euch einfällt, ist, darum zu kämpfen, wer von euch der bessere Ersatz für sie sein wird. Übertreibt mal nicht eure Rolle.« Parvin schubst mich zur Seite und stapft in ihr Zimmer.

»Parvin, warte bitte«, rufe ich ihr hinterher.

»Nein, ich warte nicht. Lass mich einfach in Ruhe, du Selbstsüchtige.« Ich höre nur noch ihre Zimmertür zuknallen.

Mâmân und ich schauen uns verdutzt an, beide rot angelaufen.

»Na gut«, sage ich schließlich. »Ich geh dann mal los. Muss nachher arbeiten. Aber wir sehen uns dann übermorgen beim Notar, oder?«

Unser Termin ist so früh, dass ich nach meiner Arbeitsschicht nur kurz zu Hause war, um das verschüttete Bier und den Geruch von Party abzuduschen und mich umzuziehen. Der Kaffee, den ich in meiner Küche noch schnell heruntergekippt habe, hat schon den ersten Durchfall ausgelöst, die Kippe in meiner Hand droht mir den zweiten an, aber nach der ganzen Hetzerei bin ich jetzt ohnehin zu früh dran. Irgendwie surreal, auf diese Momente ist man nie vorbereitet, hätte ich mir doch damals in Neumünster für den See-you-in-Court-Look diese riesige Sonnenbrille im Designer-Outlet gekauft.

Der bremsende beige Benz reißt mich aus den Gedanken, als er direkt vor meinen Füßen anhält. Die Tür geht auf, und Mâmân steigt mit Sultan im Arm und ihrer riesigen Chanel-Sonnenbrille aus. Sie grüßt mich, spitzt ihre übermalten Lippen zu einem Kussmund und drückt mich an sich. Ich höre ihre schmatzenden Küsschen an meinen Wangen vorbei, sie weiß, dass ich ihr Make-up nicht in meinem Gesicht haben will. Der schwere Geruch von Chanel N°5 tut sein Übriges für meinen Magen, für einen Moment habe ich Angst, mich auf ihren Hund übergeben zu müssen, und ich denke, es wäre wohl eine gute Idee gewesen, zumindest ein Croissant auf dem Weg geknabbert zu haben. Jetzt ist es dafür zu spät, wir müssen rein. Der lange Gang zum Raum erscheint mir unendlich. Das Innere des Gebäudes erinnert mich mit seinen endlosen Fluren und den hohen Decken an meine alte Schule. Ich fühle mich wie an diesen Tagen, an denen Mâmân und ich zum Elternsprechtag einbestellt wurden. Damals war mir auch immer zum Kotzen zumute gewesen, aus Angst und aus Scham, als einziges Kind in der Klasse als Übersetzerin für den eigenen Elternteil mitkommen zu müssen.

»Raum 24, hier sind wir«, sagt Mâmân und klopft gegen die massive Tür. Wir werden hereingebeten und setzen uns auf die vor dem Schreibtisch aufgestellten Stühle. Ein hagerer weißer Mann Ende vierzig streckt seine knochige Hand aus und stellt sich uns als Testamentsvollstrecker vor. Eine jüngere Frau sitzt mit am langen Tisch und sagt, dass sie protokollieren wird. Während er uns über irgendwelche Formalitäten aufklärt, bemühe ich mich, nicht abzudriften. Mein ganzer Körper lehnt sich gegen diese Situation auf. Meine Sicht verschwimmt, ich drücke meine Füße fest gegen den Boden und starre auf den Mund des Typs, damit mir seine Worte nicht komplett entgehen. Ich spüre auf meinen Ohren einen hohen Druck, als säße ich im Flugzeug, und seine Stimme erscheint mir so weit entfernt, dass ich unsicher bin, ob das hier gerade echt ist. Ab und zu erreichen mich ein paar kleine Fetzen.

»... und als Vormund für Parvin Behzadi ernenne ich meine Schwester Nasrin Behzadi.«

Wie von einem Stromschlag erwischt reiße ich die Augen auf und bin auf einmal ganz da.

Mâmân unterbricht ihn sofort: »Das kann nicht sein. Wo kann ich Widerspruch einlegen?«

Ich drehe mich sofort zu ihr und zische: »Lass ihn doch erst mal das vollständige Testament vorlesen. Wir haben doch über Respekt vor Nushins letztem Wunsch gesprochen.«

Sie starrt ungläubig nach vorne. Zähneknirschend vergräbt sie ihre langen Nägel in Sultans Fell.

»Fahren Sie fort«, krächzt sie ungeduldig.

Herr Wiese lächelt müde: »Das war es schon. Der Mietvertrag und die Einrichtung der Wohnung werden an Frau Nasrin Behzadi vererbt, das monetäre Vermögen an Parvin Behzadi mit Zugriff ab dem Eintritt ihrer Volljährigkeit, und Sie, Frau Mercedeh Sadeghi, erben sämtlichen Goldschmuck Ihrer verstorbenen Tochter. Was das Sorgerecht von Parvin Behzadi angeht: Nehmen Sie, Frau Nasrin Behzadi, die Vormundschaft an?« Ich nicke eifrig, so wie damals in der zehnten Klasse, als mein Schwarm mir ihre ausgelatschten Turnschuhe, die mir ohnehin zwei Nummern zu groß waren, für fünfzehn Mark angedreht hat. Sie gammeln wahrscheinlich immer noch irgendwo in meinem Keller vor sich hin.

»Gut«, sagt er. »Dann ist die Sache auch erledigt. Auf Sie wird ein bisschen Papierkram zukommen, Frau Behzadi.«

Draußen zünde ich mir eine Zigarette, das Frühstück für Gewinner_innen, an und atme tief aus. Über den Himmel zieht sich eine hellblaue leuchtende Spur. Mâmân steht neben mir und schluckt. »Ich hoffe, du bist dir deiner Verantwortung bewusst, Nasrin. Kinder sind nicht wie Zimmerpflanzen. Wenn was schiefgeht, kannst du nicht bei IKEA für 12 Euro ein neues kaufen.« Sie lässt Sultan vor das Gebäude pinkeln. »Ich werde für euch da sein, wenn was ist. Egal, ob du willst oder nicht. Ich bin Parvins Oma, und du kannst sie nicht so vor mir abschotten, wie du es bei dir selber tust.«

O

1983–1984

Der Tag, auf den wir so lange gewartet hatten, kam nie. Wir waren fest davon ausgegangen, dass Bâbâ bei Nushins Einschulung dabei sein würde. »Bâbâs verpassen doch keine Einschulungen«, hatte er gesagt, es klang wie eins seiner Versprechen, und die hatte er immer gehalten. Bis zu diesem Tag. Da standen wir, Mâmân, Nushin und ich, an diesem trockenen Augusttag im Rekordsommer, Nushin mit ihrer Schultüte und ihrem neuen Ranzen, der eigentlich mein alter Ranzen war, der irgendwann mal der Ranzen von Zozans älterem Sohn gewesen war. Zozan hatte ihn Mâmân in der Schneiderei überreicht, als sie neu angefangen hatte – »Amigo heißt Freund«, hatte Zozan gesagt und auf die Marke der dunkelgrünen Tasche hingewiesen. Nach ein paar Restaurierungsarbeiten war sie ganz passabel.

Dieser Sommer hatte uns gelehrt, dass Deutschland selbst bei einer rekordverdächtigen Hitze die Kälte nicht verlernte, dass grelle Sonnenstrahlen sich nicht immer wie innige Küsse auf der Haut anfühlten und dass alle auch dann nur über das Wetter redeten, wenn es eigentlich um das Klima gehen sollte.

Mâmâns riesige Sonnenbrille ließ ihr Gesicht mit den eingefallenen Wangen noch knochiger wirken, als es ohnehin schon war. Ihre langen Strähnen hingen wie Gardinen vor ihrem Gesicht, als spielte sie mit uns Verstecken. Seit Monaten schlief sie kaum, übernahm stattdessen mehr Schichten in der Schneiderei, und wenn sie mal zu Hause war, starrte sie mit ihrem Tee in der Hand aus dem Fenster oder saß mit uns auf dem Sofa, das Amu Manoucher uns geschenkt hatte, ja, das passierte manchmal, dann schauten wir zu dritt fern, aber höchstens zwei, drei Mal im Monat, also eigentlich fast nie. Seit sie uns das Wort »Edâm« verkündet hatte, sprachen wir nicht mehr über Bâbâ. Dass »Edâm« auf Deutsch »Hinrichtung« bedeutete, erfuhr ich ohnehin erst Jahre später, vielleicht war es auch besser so, denn immerhin hatten Nushin und ich so zumindest noch keine bildliche Vorstellung davon, weshalb wir Bâbâ nie wieder sehen würden.

Nushins Klassenlehrerin kam zu uns und nahm ihre Hand. »Wir machen jetzt ein Klassenfoto«, sagte sie und zog Nushin, die nur sehr widerwillig mitlief, hinter sich her. Sie sprach sehr laut und sehr langsam mit uns, dabei hatten wir dank des Fernsehprogramms über die Sommerferien ganz schön aufgeholt. Auf die Hand tropfendes Wassereis aus gefrorenem Orangen- oder Multivitaminsaft, Zeichentrickserien und das Wissen darum, dass der Strand ohnehin nur ein paar Kilometer entfernt lag, mehr hatten wir die letzten Wochen nicht gebraucht.

Während alle anderen Kinder Grimassen schnitten, starrte Nushin mit einem ausdruckslosen Blick in die Kameralinse.

»He, du da, mit den Locken und der grünen Schultüte. Lächle mal! Du guckst ja, als wäre gerade jemand gestorben«, prustete der Fotograf und bekam sich wegen seines originellen Spruchs vor Lachen nicht mehr ein. Was für ein Hundesohn. Ich hätte ihm die fette Kamera am liebsten in die Fresse geklatscht, ich stellte es mir vor und spürte, wie mein rechter Mundwinkel sich hob. Nush presste ihre Lippen aufeinander und strengte sich an, auch ihre Mundwinkel hochzuziehen.

»Na, geht doch«, knurrte der Typ und drückte noch zwei Mal auf den Auslöser. Nushins und mein Blick trafen sich. Meine Lippen formten ein mildes Lächeln, das sie erwiderte. Unser kleines Erkennungszeichen, mit dem wir einander durch den Sommer trugen, so wie mich auch das Jucken in meiner Nase an den Tod erinnerte.

Den hatte ich zum ersten Mal gerochen, als ich neun Jahre alt war. Er wehte mit einem bestialischen Geruch durch unsere Küche, und es war meine Schuld. Ich war auf die Arbeitsplatte geklettert, um heimlich Schokolade aus der obersten Etage des Küchenschranks zu holen, und dabei mit meinem Knie gegen die Vase mit den welken Tulpen gekommen, die Zozan Mâmân zum Geburtstag geschenkt hatte. Ich wusste, Mâmân würde mich umbringen, wenn sie den Boden so sah. So schnell ich konnte, stellte ich die noch halb volle Vase wieder auf, wischte die grünliche Pfütze zu meinen Füßen mit Klopapier weg und sammelte die abgefallenen Blütenblätter mit den Händen vom Boden, schmiss sie weg, und realisierte, dass die ausgerupften Stiele in der Vase ein deprimierender Anblick waren. Am Spülbecken griff ich das heraus, was noch von ihnen übrig geblieben war. Die grünen Stiele waren unten durch einen grauen Schleier miteinander verbunden, es sah aus wie eine verträumte Wolke. Der Gestank verbreitete sich weiter in der Luft. Angewidert schmiss ich auch die restlichen verschimmelten Blumen weg und kippte das gammlige Wasser in die Spüle. Der stechende Geruch wurde noch intensiver. Hektisch pumpte ich etwas Spülmittel in die Vase, füllte sie mit heißem Wasser auf, ließ es kurz einwirken.

»Ihhh, was stinkt hier so?«, kreischte Nush, die plötzlich neben mir stand.

»Was willst du?«, fuhr ich sie an.

»Ich wollte nur ein Glas Wasser holen, brauche ich dafür auch deine Erlaubnis, oder was?« Sie hielt sich demonstrativ die Nase zu, drehte mit der anderen Hand das kalte Wasser auf und hielt ihr Glas drunter, bis es voll war.

»Findest du nicht auch, dass es riecht, als wäre jemand gestorben?«, fragte ich sie.

Sie schaute sich panisch um. »Jemand gestorben?«

»Kein Mensch«, sagte ich schnell, »eher wie ein kleines verwestes Lebewesen, eine Maus oder ein Vogel.«

Sie zuckte mit den Schultern.

»Auf eine Art sind die Blumen gestorben«, murmelte ich vor mich hin. »Sie sind so leise gestorben, dass es niemand mitbekommen hat, sie haben einfach ihre Blätter abgeworfen, aber wenn man an die Wurzel geht, um sie zu beerdigen, riecht man, was sie hinterlassen haben.« Ich drehte die Vase um und kippte das Spülmittelwasser ins Becken, in der Hoffnung, dass der Geruch dadurch verschwände, bevor unsere Mutter nach Hause kam.

Der Sommer bestand aus einer Aneinanderreihung von Nächten, in denen ich stundenlang wach lag und den Lattenrost über mir anstarrte. Der Mond schien so hell, dass ich mir vorstellte, wie mein Schatten auf den Zimmerboden fiele, wenn ich vor dem Fenster gestanden hätte. Meine Matratze knarzte bei jedem Drehen auf die Seite, auf der ich wenigstens durch die Fensterscheibe in den Himmel starren konnte. Nicht ganz so einengend wie die Holzleisten, die parallel aneinandergereiht Nushin von mir weghielten. *Your love is like a shadow on me all of the time.* Hoffentlich bringt Amu Manoucher uns nächstes Mal Gardinen mit, wenn er auf den Flohmarkt geht, dachte ich. Oder von seiner Nachbarin, einer aus Süddeutschland nach

Lübeck gezogenen älteren Frau, die ihm immer ihren Ramsch schenkte und ihn »den Manu« nannte. Als wir sie mal in seinem Treppenhaus trafen, grüßte sie ihn mit »Da ist er ja wieder, der Manu«, und ich fand es komisch, dass sie über ihn in der dritten Person sprach, obwohl er doch direkt vor ihr stand. Woher die Gardinen kamen, war mir egal, Hauptsache, sie kamen bald. Amu Manoucher musste ja wissen, wie schlimm es war, nicht schlafen zu können. Mâmân hatte erzählt, dass er im Evin-Knast mit Schlafentzug gefoltert worden war, weil er kommunistische Schriften verbreitet hatte. Vielleicht sah er deshalb immer so hundemüde aus. Wie lange er wohl brauchte, um den verpassten Schlaf nachzuholen?

Über mir regte sich Nush, ich horchte auf. Sie murmelte irgendetwas. Ihre Stimme war so schlaftrunken, dass ich nicht einmal verstehen konnte, ob sie auf Deutsch oder Persisch sprach, doch es klang angestrengt.

»Nush?«, flüsterte ich leise. Doch es kehrte nur Stille ein. Ich hörte sie regelmäßig atmen und entspannte mich kurz darauf wieder. Mein müder Blick schweifte durch unser Zimmer und blieb an der bunten Schultüte hängen, die an der Wand lehnte. Nach ihrer Einschulung hatte Nush sie geöffnet und reingeschaut. In der Nacht zuvor hatte ich Mâmân dabei geholfen, die Tüte aus Pappe, Klebeband und Geschenkpapier zu basteln. Wir hatten Werbebroschüren, die im Treppenhaus unter den Briefkästen herumflogen, zusammengeknüllt und in die Spitze der Tüte gestopft, damit sie trotz spärlicher Füllung üppig aussah. Den übrigen Platz hatten wir mit ein paar Lutschern, einem Päckchen Kaugummi, einer Tafel Schokolade sowie einer Handvoll Traubenzucker, den es kostenlos in der Apotheke neben der Schneiderei gab, in der Mâmân arbeitete, ausgefüllt.

»Ich hatte gar keine Schultüte«, hatte ich noch angemerkt, als Nush das Ding enttäuscht in die Zimmerecke stellte.

»Du wurdest ja auch nicht hier eingeschult«, hatte sie gekränkt geantwortet und erzählt, dass die anderen Kinder in ihrer Klasse sogar Spielzeug und natürlich viel mehr Süßigkeiten drin gehabt hätten. Genervt hatte sich Mâmân zu uns gedreht, und in Sekundenschnelle war aus Nushins Schmollmund ein Lächeln aus zusammengepressten Lippen geworden. Keine von uns wollte Mâmân aufregen. Ich sowieso nicht. Daran, dass sie für uns nicht mehr emotional zugänglich war, gewöhnte ich mich sehr schnell, denn für mich war sie es eigentlich schon vor Bâbâs Tod nicht mehr gewesen. Ich hatte ihre Erziehungsmethode, für die kleinsten Fehltritte mit Backpfeifen und festen Kniffen in den Oberarm bestraft zu werden, schon in Teheran kennengelernt.

War sie nach der Arbeit zu Hause, war ich schon froh, wenn sie sich alleine vor dem Fernseher ablenkte, denn sie war so reizbar, dass jedes Gespräch mit ihr zu einem Minenfeld wurde. Die Atmosphäre des Vergnügens und der Entspannung löste sich in dem Moment auf, in dem ihr Schlüssel ins Türschloss glitt. Das angsteinflößendste Geräusch der Welt. Die Tage, an denen sie ihre Trauer zuließ, anstatt sie mit Talkshows zu übertönen, waren sehr wenige, aber es gab sie. Die ehrlichsten Momente waren die, in denen sie still im Wohnzimmer saß, Musik hörte und weinte. Manchmal umarmte ich sie, fragte, was los sei, und sie reagierte immer gleich. Mit ihrem Handrücken wischte sie sich die Tränen aus ihrem Gesicht und behauptete, es wäre nichts, sie hätte nur beim Putzen Staub ins Auge bekommen. Die körperliche Nähe fühlte sich angesichts dieser Lüge mit einem Schlag wieder falsch an, es kribbelte auf der Haut. Der Stacheldraht um meinen Körper war unsichtbar, doch er pikste, wenn wir uns aneinanderdrückten.

Der kalte Entzug traf Nush viel härter, doch auch sie fand sich nach ein paar Monaten damit ab. Schließlich veränderte sie sich. Sie war nicht mehr das freche, laute Kind, das durch unsere geräumige Wohnung in Teheran rannte und mich provozierte. Eigentlich hätte ich froh sein können, dass sie mich nicht mehr ärgerte und ruhiger geworden war, wäre der Anblick nicht so schmerzhaft gewesen. Plötzlich vermisste ich die lebensfrohe Bratze.

An diesem Nachmittag saß sie wie meistens in sich gekehrt mit Buntstiften malend am Tisch. Amu Manoucher hatte uns ein Malset mitgebracht, ein Werbegeschenk, das es auf dem Flohmarkt für lau gegeben hatte. Die Farben waren so deckungsstark wie meine Spucke, die Buntstifte und Wachsmaler brachen ständig ab, aber Nush liebte sie trotzdem. Während sie im Badezimmer war, schaute ich durch ihre Zeichnungen: überwiegend Bilder von unserer Familie, meistens draußen, mit ganz vielen Vögeln. Sehr sommerlich. Ich fuhr mit meinem Finger über die bunten Stellen, die wie eingestanzt im Papier versanken, die Linien ließen sich auch mit geschlossenen Augen nachfahren.

Als sie wieder ins Zimmer kam, drehte ich mich unauffällig weg und tat so, als räumte ich den Tisch auf. Ich versuchte, dabei ganz unbeschwert zu pfeifen, doch es kam keine richtige Melodie dabei heraus. Nervös pustete ich noch etwas doller durch meine Lippen. Meine Bemühungen waren jedoch gar nicht notwendig gewesen, Nush schien meine kleine Spionageaktion gar nicht bemerkt zu haben, denn sie setzte sich wieder hin und fing ein neues Bild an, als wäre alles ganz normal.

Die Geräusche ihres Stifts, den sie auf das Papier drückte, waren ohrenbetäubend laut.

»Na, was wird das für ein Krickelkrakel?« Sie reagierte nicht. Auch meine schnipsenden Finger, mit denen ich ihre Aufmerksamkeit zu erregen versuchte, ignorierte sie. Ich guckte beiläufig über ihre Schulter. »Habt ihr einen neuen Buchstaben gelernt?«

Sie blickte nicht auf, sondern malte weiter. »Was meinst du?«

Ich schmunzelte und zeigte auf die Spitze ihres Stiftes, mit dem sie seit einigen Minuten immer wieder die gleiche Bewegung machte. »Na ja, weil du so viele kleine Ms machst. Ich dachte, du hast das M gelernt und übst das gerade.«

Sie drehte sich irritiert zu mir um. »Ms? Das sind doch keine Ms! Das sind Vögel!«

O

»Ich dachte schon, ich komme jetzt in ein Heim.« Parvins Stimme ist so monoton, dass ich nicht deuten kann, ob sie erleichtert oder enttäuscht von den Neuigkeiten ist.

Entrüstet schaue ich sie an. »In ein Heim?! Parvin, das würde ich niemals zulassen. Du hast doch mich!«

Mit gesenktem Blick zuckt Parvin die Schultern. »Ja, und? Oma und du, ihr kamt gar nicht aufeinander klar. Kinder sind doch voll der Trip. Richtig anstrengend. Deswegen hat mein Vater doch auch Mama gedumpt. Und jetzt hat sie mich gedumpt. Wahrscheinlich hatte sie auch einfach keinen Bock mehr ...«

Scheiße. Hätte ich gewusst, dass meine Suizidtheorie so was in Parvin auslöst, hätte ich sie für mich behalten. Ich packe sie am Arm. »Nein, nein, nein, Parvin, das darfst du niemals denken. Du bist doch nicht schuld daran, dass Nush sich – dass sie gestorben ist. Dafür kannst du nichts. Deiner Mama ging es schon nicht gut, als sie ganz klein war. Versprichst du mir, dass du dich von diesem Gedanken verabschiedest?«

Zögerlich nickt Parvin. Ihr Blick ist so abwesend, dass ich unsicher bin, ob meine Worte zu ihr durchdringen.

»Wirklich?«, frage ich mit sanfter Stimme noch mal nach.

»Ich versuch's.«

Auf die lange To-do-Liste in meinem Kopf setze ich ganz unten den Punkt »Kindertherapeut_in für Parvin suchen«. Seit der Testamentsverkündung sind nur wenige Stunden vergangen, doch es kommt mir vor wie eine Woche. Alles ging so schnell: Die Entscheidung, zu Parvin in Nushins alte Wohnung zu ziehen, meine eigene unterzuvermieten, die Verantwortung für einen anderen Menschen zu übernehmen, mein altes Leben ist jetzt definitiv passé.

»Ich habe mir ein paar Tage freigenommen und werde zusammen mit ein paar Freundinnen den Umzug machen«, erkläre ich Parvin und nippe an meinem fünften Kaffee, während mein linker Fuß bereits nervös zuckt. In Alkohol lassen sich Zweifel nicht ertränken, vielleicht ist Koffein die Lösung. Wir sitzen auf ihrem Bett und machen gemeinsam einen Plan.

»In welches Zimmer ziehst du dann ein?«, fragt Parvin.

Ich blicke vom Notizblock zu ihr hoch. »Was meinst du? Es gibt doch nur ein freies Zimmer?«

Parvin schweigt.

Auf einmal wird mir klar, worauf sie hinauswill: »Meinst du, dass du nicht möchtest, dass ich in Nushins Zimmer ziehe?«

Sie schaut mich nicht an, doch sie nickt. Ich höre sie leise schluchzen. Als ich meinen Arm um sie legen will, schiebt sie ihn sofort weg und versteckt sich in ihrem großen Sweatshirt. Nush hatte die perfekte Methode drauf, ihrer Tochter immer die teuersten Markenklamotten aus dem Skate-Shop oder Sportgeschäft zu zocken. Ich war darin schon als Jugendliche eine Niete. Ich hatte einfach zu viel Schiss, erwischt zu werden. Diesen Lebensstandard werde ich Parvin also nicht weiterhin bieten können. Ob sie wirklich denkt, ihre Mutter hätte Hunderte Euro im Monat für ihre Kleidung ausgegeben? Noch so ein Geheimnis, von dem nur ich weiß. Parvins Schrank platzt eh aus allen Nähten, hoffentlich braucht sie erst mal nichts Neues. So viele Extraschichten könnte ich gar nicht machen, um das auszugleichen.

»Ich will nicht, dass wir Mamas Sachen wegwerfen«, sagt sie ganz leise.

Wegwerfen, bist du dumm? Niemand will irgendwas wegwerfen, will ich sie anschreien, doch ich halte inne. Das Offensichtlichste habe ich verdrängt. Wir haben noch nicht darüber gesprochen, was mit Nushins Sachen passiert. Allein der Gedanke daran, zum Aussortieren ihre Schränke zu öffnen, überfordert mich auch. Wie wird es sein, ihre Kleidung, die vielleicht noch nach ihr riecht, in Taschen zu packen? Oder mich durch ihre persönlichen Gegenstände zu arbeiten, die teilweise gar nicht dafür bestimmt sein könnten, dass ich sie zu Gesicht kriege – geschweige denn, dass Parvin sie sieht? Mir fällt auf Anhieb mindestens eine Kiste ein, die ihr definitiv nicht in die Hände geraten sollte.

»Das Allerletzte, was ich will, ist, Mamas Zimmer auszuräumen«, murmelt sie.

»Okay, ich habe eine Idee. Weggeschmissen wird ohnehin gar nichts, das ist klar. Was hältst du davon, wenn ich ein paar große, schöne Kisten oder Koffer besorge, in die meine Freundinnen alles, was in Nushins Zimmer ist, ganz vorsichtig reinpacken, damit ihnen nichts passiert. Wir können diese Kisten oder Taschen dann in eurem Keller lagern. Wenn wir Nush vermissen und mal an ihren Sachen riechen wollen, können wir sie einfach rausholen. Aber wir müssen sie dann nicht jeden Tag sehen. Was meinst du?«

Parvin schweigt. Schließlich: »Tamam.«

»Cool.«

»Andere Frage. Warum dachtest du, dass es bei Oma nicht so bocken würde?«

Ich schaue angespannt in die leere Ecke des Wohnzimmers, wo bis vor einer Stunde noch Mâmâns Reisetasche gelegen hat. Bevor sie gekränkt zurück nach Lübeck abgezogen ist. Wie viel von dem, was vor ihrer Zeit passiert ist, muss Parvin wissen?

»Ach, weißt du«, sage ich schnell, »Lübeck ist so deprimierend. Ich war nie glücklich da. Deine Mama auch nicht. Ist doch viel schöner, wenn du hierbleiben kannst. Du und ich, wir haben doch immer eine gute Zeit zusammen gehabt, wenn ich auf dich aufgepasst habe. Und überhaupt, du hast doch deine ganzen Friends hier in Berlin!«

»Ja. I guess.«

O

In der Nacht vor dem offiziellen Umzug warte ich, bis Parvin im Bett ist und aus ihrem Zimmer kein Licht mehr herausdringt. Sobald ich sie durch den Türspalt gleichmäßig leise schnarchen höre, schleiche ich mich in Nushins Zimmer. Meine private Abschiedszeremonie, denke ich und atme tief durch.

Es riecht nach einer Mischung aus Nushins Parfüm, den getrockneten Blumen auf dem Tisch neben ihrem Bett, Duftöl aus einer Schale und Staub. Es ist seitdem das erste Mal, dass ich ihr Zimmer betrete.

Ich knipse ihr Nachtlicht an und betrachte das Foto darunter, das nun angeleuchtet ist: Nush und ich lachen in die Kamera, zwischen uns blinzelt Parvin gegen die blendenden Sonnenstrahlen und zieht ihre Lippen zu einem Lächeln auseinander. Ihre großen Vorderzähne mit der kleinen Lücke dazwischen liegen frei, das kleine Muttermal neben ihrer Nase war damals noch nicht so sichtbar. Wie lange ist das her? Fünf Jahre? Sechs?

Auf dem Sessel neben dem Bett liegt ein langes Baumwollkleid von Nushin. Ich hebe es vorsichtig auf und schaue es mir an: Es ist ein dunkelblaues Wickelkleid mit einem weißen Blütenmuster und einem tiefen Rückenausschnitt, das sie letztes Jahr mit mir zusammen auf einem Flohmarkt gekauft hat. Ich erinnere mich noch gut daran, dass sie es erst zu dem Preis nicht kaufen wollte, weil bereits eine Naht offen war, doch sie entschied sich letztlich für das Kleid und nähte es zu Hause wieder heil. Im Sommer trug sie es, sooft es ging, im Herbst mit einer dicken Strumpfhose und einem langärmligen Rollkragenoberteil drunter.

Ich setze mich auf ihre Bettkante und halte den Kragen des Kleides vor mein Gesicht. Sofort dringt Nushins Duft zu mir: neben ihrem Parfüm auch ihr Waschmittel sowie eine Mischung aus ihrem Deo und Schweiß. Ich atme den Geruch ein, als könnte ich ihn durch das heftige Inhalieren in meine Nase einbrennen. Als ich die Augen schließe, lasse ich die Erinnerungen zu. Das heißt auch: Tränen zulassen. Ich lege das Kleid zur Seite. Jetzt, wo ich keine Angst mehr habe, durch die salzige Körperflüssigkeit und den Schnodder Nushins letzte Spuren auf ihrem Lieblingskleid zu verfälschen, fließt ein ganzer Wasserfall über mein Gesicht. Ich drücke mein Gesicht auf ein Kissen. Ich achte extra darauf, dass es nicht das Kopfkissen ist, das noch nach ihr riecht, sondern eines der vielen Zierkissen auf ihrem Bett. Die Tränen hinterlassen runde Flecken auf dem Stoff, als wäre die Trauer durch die Löcher eines Siebs daraufgetropft.

Mein Blick fällt auf den abgewetzten Hafiz-Band auf ihrem Nachttisch. Die einzige Hinterlassenschaft von Bâbâ. Die Leerstelle, die er nach seinem Tod hinterlassen hatte, hatte sich schon zuvor angedeutet. Monatelang lebten wir auf einem anderen Kontinent als er, hatten seine verzerrte Stimme immer nur kurz gehört, wenn wir uns in die gelbe Telefonzelle quetschten und uns nur einbilden konnten, alles verstanden zu haben.

Mit einem Telefonat hat auch mein Kontakt zu Nush geendet. Hätte ich gewusst, dass es unser letztes wird, dann ... Ich stoppe mich selbst. Es bringt nichts, im Konjunktiv zu verharren. Jetzt bin ich hier. In Nushins Zimmer zu liegen heißt im

Kern ihrer Essenz zu liegen, in der Materialisierung ihrer Seele. In diesen vier Wänden bewahrte sie nicht nur ihre Kleidung auf, sondern auch ihre Geheimnisse. Ich schaue unter ihr Bett und entdecke, wie erwartet, die rote Kiste mit den Überbleibseln ihres alten Jobs.

Ich weiß nicht, was überwiegt: meine Neugierde oder mein Respekt vor Nushins Privatsphäre. Ach, was für Neugierde, du willst dich einfach gebührend verabschieden, lacht eine Stimme in meinem Kopf. Nein, Nas, das geht zu weit, ermahnt mich eine andere. Ich lasse die beiden Stimmen miteinander streiten, in der Zwischenzeit halte ich bereits die rote Box in meiner Hand und stelle sie vor mich. Ist es wirklich übergriffig, in diese Kiste zu gucken, wenn Nush sie mir ohnehin schon mal gezeigt hat? Schließlich geht es mir darum, von allen Facetten meiner Schwester Abschied zu nehmen. Das beinhaltet auch Zeiten, über die sie vielleicht nicht mit Parvin gesprochen hat. Bevor sie Mutter und Friseurin wurde. Mit einem langen Ausatmen fahre ich mit der Hand über den Deckel, hebe ihn schließlich an – und schaue verdutzt in die leere Kiste. Dort, wo ich eine lange Blondhaarperücke mit einem geraden Pony, eine Parfümflasche – Muglers »Alien« –, ein Paar schwarze Pleaser, eine winzige rote Handtasche und ein rotes Unterwäscheset erwartet habe, liegen nur noch zwei kleine rote Pailletten, die von der Tasche abgefallen sein müssen. Ich versuche, mich zu erinnern, wann Nush mir die Kiste zuletzt gezeigt hat. Länger als ein Jahr kann es nicht her sein. Sie hatte mir anvertraut, dass dies alles sei, was aus den vier Jahren Sexarbeit übrig geblieben sei. Ich erinnere mich genau an die Unterwäsche, die hier drin lag, und an all die Male, die ich beim Aufhängen der frisch gewaschenen Wäsche diese und andere Arbeitsunterwäsche von ihr in den Händen gehalten habe. An die Abende, an denen sie nach Feierabend müde in unsere gemeinsame Wohnung kam und mir von ihrem Tag erzählte, während wir gemeinsam eine Tüte rauchten. Diese Tage, die dann irgendwann seltener wurden. Erst, weil ihr Boyfriend ins Bild rückte, dann, als sie mit ihrer Ausbildung begann, und schließlich mit ihrer Schwangerschaft, wegen der sie in ihre eigene Wohnung zog. Sexarbeit übte sie nie wieder aus, sie machte im Salon einer Freundin eine Friseur_innenausbildung, das war's. Zumindest denke ich, dass die Geschichte so endete. Sie hat mir nie eine andere Version erzählt. Hat sie selbst die Kiste vor ihrem Tod geleert? Wollte sie vermeiden, dass Parvin die Kiste findet? Oder war Parvin in Nushins Zimmer?

Ich schließe die Kiste wieder und stelle sie vorsichtig zurück. Ein letztes Mal durchforste ich alles danach, ob Nush nicht doch irgendeinen Hinweis für uns hinterlassen hat. Aber wenn sie gewollt hätte, dass ich ihn finde, dann hätte sie ihn wohl nicht in einer Schublade versteckt, sondern leicht auffindbar platziert. Enttäuscht stelle ich nach einigen Minuten fest, dass sie ihr Zimmer wahrscheinlich haargenau so hinterlassen hat wie an jedem anderen Tag auch. Vielleicht war das Testament wirklich alles, was sie noch zu sagen hatte.

O

Am nächsten Morgen klingelt es exakt in dem Moment, als ich den Espressokocher auf den Herd stelle. Gigi grüßt mich durch die Sprechanlage und steigt mit fünf weiteren Personen aus der Bar im Schlepptau die Treppen hoch. Mir wird schwindelig beim Anblick der versammelten Gruppe im engen Hausflur.

»Was ist der Plan?«, fragt Alex, Gigis Love Interest. Obwohl die beiden schon seit drei Jahren eine On-off-Beziehung führen, fällt mir zum ersten Mal der Kontrast zwischen Alex' sanfter Stimme und ihrem harten Look mit Gesichtstattoos, großen Baseball-Trikots und den goldenen Grills auf. Vielleicht liegt es auch daran, dass Alex meistens nicht so gesprächig ist, sondern schüchtern danebensitzt, wenn alle Augen sich auf Gigi richten. Gigi und ich haben uns kurz nach meinem Berlin-Umzug im Club kennengelernt. Es war das erste Mal, dass ich ohne Nush auf einer Party war. Oder überhaupt ohne irgendwen. Meine Verabredung hatte mich an dem Abend versetzt, ich realisierte das erst, als ich schon in der Schlange stand und fast drankam. Vor mir standen Gigi und ihre Freund_innen. Eine von ihnen fing mit mir ein Gespräch an, sie adoptierten mich, nahmen mich in ihre Clique auf, die nur aus Berliner_innen bestand. Auf der Toilette gab es für mich in dieser Nacht viele erste Male, das schönste davon: Zum ersten Mal eine Gruppe fremder Menschen im öffentlichen Raum antreffen, die mir gegenüber nicht feindlich eingestellt waren. Danach verloren wir uns aus den Augen, bis Gigi acht Jahre später in der Bar anfing, in der ich schon arbeitete. Seitdem sind wir unzertrennlich. Eigentlich. Bis Nushins Tod mich vom Rest der Welt trennte.

Ich registriere die erwartungsvollen Blicke und hole aus meiner Hosentasche eine zerknüllte Liste hervor. Die Buchstaben ergeben keinen Sinn. »Lasst erst mal eine rauchen«, schlage ich vor. Gigi reißt mir das Blatt Papier aus der Hand und streicht es glatt. Ich schaue nervös dabei zu, wie ihre langen neongrünen Gelnägel über den Zettel fahren. In ihrem schulterfreien Top und der engen Schlaghose mit Python-Print sieht sie eher aus, als sei sie auf dem Weg in den Club statt bei einem Umzug, doch selbst wenn wir uns verkatert zum Spazieren treffen, erscheint sie immer so aufwendig gestylt wie für die Party ihres Lebens. Wahrscheinlich würde ich es genauso machen, wenn ich wie sie den Großteil meines Gehalts für Make-up und Kleidung ausgeben könnte. Laut eigenen Angaben besitzt sie kaum etwas nicht, das Rihanna auf den Markt gebracht hat, dafür liebe ich sie. Besonders, weil sie sich Fenty Beauty nicht nur für den Club oder die Arbeit schminkt, sondern auch für die Demos am nächsten Tag. Rihanna *und* Revolte, *get yourself a best friend who can do both.* »Alda, Nas, machst du jetzt auf Concept Art, oder was«, kommentiert sie mein chaotisches Gekritzel. Sie steckt sich den Zettel in den Ausschnitt und bindet ihre langen Haare zu einem Dutt zusammen. »Geh du mal eine rauchen und gib mir zehn Minuten für einen neuen Plan.«

Ich bitte alle, sich erst mal ins Wohnzimmer zu setzen, und hole Kaffee, Milch, Kekse und Tassen aus der Küche. Während die anderen sich bedienen, klopfe ich bei Parvin an, doch sie reagiert nicht. Behutsam öffne ich die Tür einen Spaltbreit und sehe, dass sie mit leerem Blick auf ihrem Bett sitzt.

»Guten Morgen«, begrüße ich sie. Sie erwidert nur ein leises »hey«.

»Willst du auch zu uns rüberkommen und die anderen kennenlernen?«

Ich bekomme keine Antwort, stattdessen zieht sie ihre Cap ein Stückchen tiefer ins Gesicht.

»Parvin, hast du gehört, was ich gesagt habe?«

»Brauche grad Alone-Time.« Unter ihrem Nacken schauen mich die Knopfaugen eines Stofftiers an, das sie zu einem Kissen drapiert hat, ein Husky, der so mitgenommen ist, dass ihm mittlerweile ein Ohr fehlt. Die Stofftiere in ihrem Bett beißen sich mit der Clipper-Feuerzeug-Sammlung in ihrem Wandregal, das über ihrem Kopf schwebt. Wozu braucht sie die überhaupt?

»Sag Bescheid, wenn du noch irgendetwas brauchst.«

Sie bittet mich, die Tür beim Rausgehen zuzumachen, und setzt sich ihre Kopfhörer auf.

Gigi und Alex widmen sich Nushins Zimmer, während ich mit den anderen zu mir fahre, um meine Kisten zu holen. Viel nehme ich nicht mit, schließlich gibt es in der anderen Wohnung alles Wesentliche, nur meine Klamotten (ein großer Koffer), Bücher (ein Bananenkarton) und alles, was mir noch am Herzen liegt (drei Boxen und ein zusammengerollter Teppich), ziehen mit mir um. Die restlichen Möbel überlasse ich meiner Untermieterin.

Ein letzter Gang mit glühender Kippe zwischen den Fingern durch die Wohnung, ein letztes Mal die Freiheit einatmen, die ich mir ohne Kind, ohne Mitbewohner_innen, ohne Kontrollinstanzen aufgebaut habe, und schon sitze ich in dem VW Bus, den wir uns für meinen Umzug von der Bar geliehen haben.

Parvin hält sich konsequent raus und bleibt selbst dann in ihrem Zimmer, als der Lieferbote uns Pizza bringt. Vorsorglich rette ich ihr ein paar Stücke und bringe sie zu ihr, doch sie beachtet mich gar nicht. Cool, ich hab mein Leben für eine Jugendliche aufgegeben, die 24/7 Fresse zieht.

»Es gibt Pizza«, sage ich trocken, als hätte sie es nicht schon mitbekommen.

»Hab keinen Hunger«, murmelt sie.

Ich renne am Kanal entlang und leuchte mit einer Taschenlampe ins Wasser. An der Oberfläche schwimmt Nushs Lieblingskleid, einige Meter weiter ein Schuh, der ihr gehören könnte, dazwischen ein Autoreifen. Aus der Ferne höre ich den Hall ihrer Stimme, die lachend nach mir ruft. Sie fordert mich auf, kein Angsthase zu sein und endlich mit ihr ins Wasser zu springen. Wie damals, als sie es jedes Mal geschafft hat, dass ich zuerst springe, nur um mich dann von oben auszulachen, weil sie eh nie vorhatte, hinterherzuspringen. Doch jedes Mal, wenn ich ihren Namen sage, kommt keine Reaktion. Als hätte ich mir ihre Stimme eingebildet. Verzweifelt renne ich weiter, ich will sie wenigstens kurz sehen, mich von ihr verabschieden, wenn sie wirklich gehen will.

»Nush, ich komme zu dir, aber ich finde dich nicht!«, murmele ich erschöpft. Und da setzt es plötzlich wieder ein, dieses schrille Geräusch, das im Loop unüberhörbar in meine Ohren dringt. Es ist so laut und so allgegenwärtig, dass ich überhaupt nicht verorten kann, aus welcher Richtung es kommt. Hektisch schaue ich mich um, doch eine Telefonzelle ist nirgendwo in Sicht. Bin ich überhaupt auf der richtigen Uferseite? Ich renne in einem großen Bogen, halte weiter Ausschau. Der Geschmack von Eisen macht sich in meinem Mund breit, nicht, wie wenn man sich beim Essen auf die Zunge beißt, sondern wie im Sportunterricht, wenn man sich durch die Turnhalle gequält hat. Ich bekomme Seitenstechen, doch der Schmerz des Vermissens ist stärker, und so ignoriere ich meine körperliche

Reaktion, irre umher zwischen Bäumen, durch Seitenstraßen, bis ins Industriegebiet. Jeder klare Gedanke verschwimmt zwischen meinen Ohren, irgendein Ohrwurm überschreibt ihn, ich kann nicht mal den eigentlichen Song zuordnen. *Run just as fast as I can to the middle of nowhere, to the middle of my frustrated fears and I swear you're just like a pill 'stead of makin' me better you keep makin' me ill.*

Das Klingeln des Telefons hört nicht auf, es jagt mich über die weitläufigen Parkplätze bis zu einer Grünfläche, auf der ein Wohnmobil steht. Ich erstarre. Es ist nicht das erste Mal, dass ich diesen Wagen sehe. Ich will kehrtmachen, doch hinter mir ist dort, wo eben noch der Boden war, ein riesiges Loch entstanden, so tief, dass ich nichts als endlose Dunkelheit darin erkennen kann. *Wake me up inside. Wake me up inside. Call my name and save me from the dark.* Das Klingeln wird lauter, ich erkenne das Dach der Telefonzelle hinter dem Wohnmobil. Bis vor wenigen Sekunden habe ich mich kaum bremsen können, und jetzt stehe ich auf dieser Wiese, angewurzelt und unbeweglich.

In diesem Moment schrecke ich auf und werde wach. Meine Schläfen pochen immer noch vom penetranten Ton des Klingelns. Gigi hat mal zu mir gesagt, dass die Träume der ersten Nacht in einer neuen Wohnung von Bedeutung seien. Ich wehre diesen Gedanken in meinem nass geschwitzten T-Shirt als billigen Aberglauben ab.

Ich steige aus dem Bett und schleiche mit meinen Zigaretten durch das Wohnzimmer auf den Balkon. Es ist leise auf den Straßen, vom üblichen Verkehrslärm ist nichts zu hören. Der Alptraum hallt immer noch nach. Ich sollte wieder anfangen, jede Nacht zu kiffen, um dieses Echo zu ersticken und den

Spuk zu beenden. In meine Gedanken vertieft gehe ich zurück ins Wohnzimmer und lasse mein Feuerzeug vor Schreck aus der Hand fallen, als ich Parvin auf dem Sofa sitzen sehe.

»Sitzt du die ganze Zeit schon hier?«

Sie antwortet nicht.

Ich gehe langsam auf sie zu, frage mich, ob sie überhaupt wach ist oder schlafwandelt. Die Straßenlaternen beleuchten ihr Gesicht leicht, sie starrt aus dem Fenster, als hätte sie mich nicht gehört. Träume ich immer noch?

»Parvin, kannst du mich hören?«

Sie verzieht keine Miene. Ratlos verschwinde ich zurück in mein Zimmer, unsicher darüber, ob ich mir die Szene eingebildet habe. Mein Schweiß ist längst getrocknet, mir ist kalt, und so versuche ich zu schlafen, eingehüllt in die dicke Decke und mein Unbehagen.

Am nächsten Morgen schaue ich mir Parvin genau an, als sie sich an den Frühstückstisch setzt. Ihre Augen sind etwas angeschwollen, auf ihrer Wange zeichnet sich der Abdruck ihres Kopfkissens ab, und an ihrem rechten Lippenrand flockt eingetrockneter Speichel. Verschlafen sieht sie aus wie eine dickere, androgynere Version von Nushin in ihrer Jugend.

»Hast du gut geschlafen?«, frage ich vorsichtig.

Sie sieht aus, als würde sie überlegen, und antwortet schließlich: »Nö. Aber du auch nicht, oder?«

Überrascht schaue ich sie an. Sind wir uns nachts doch begegnet?

»Warst du nicht im Wohnzimmer?«, will ich wissen.

Verwirrt guckt sie von ihrer Müslischale hoch. »Hä? Nein. Ich war in meinem Zimmer.«

Ich versuche mir nichts anmerken zu lassen und lächle sie

an. »Komisch, dann habe ich es mir wohl eingebildet. Warum glaubst du, ich hätte nicht so gut geschlafen?«

Für einen kurzen Moment habe ich Angst vor ihrer Antwort. Was, wenn sie von einem Dämon besessen ist oder so? Sie wirkte die letzten Tage ganz anders.

Ohne aufzublicken, entgegnet sie: »Die Wände sind hier nicht so dick. Du hast voll viel gelabert im Schlaf. Mama hat das auch gemacht, wenn sie Alpträume hatte.«

»Parvin«, beginne ich mit einer Prise Unsicherheit in meiner Stimme. »Darf ich dich was fragen?«

Mit großen Augen starrt sie mich an. »Ich habe nichts gegen deine Freundinnen, ich wollte einfach chillen«, antwortet sie wie aus der Pistole geschossen und hebt ihre Hände in die Luft.

Ich muss ganz schön verdutzt aussehen, denn sie fügt einige Sekunden später hinzu, dass sie sich wirklich freut, mit mir zu leben und nicht mit ihrer Oma nach Lübeck gegangen zu sein.

»Danke, dass du das sagst«, murmele ich und bin plötzlich ganz verlegen.

Sie lächelt zurück und schaut wieder auf ihr Müsli.

»Du hast vorhin erzählt, dass Nush im Schlaf geredet hat, wenn sie Alpträume hatte. Hat sie dir jemals anvertraut, wovon sie geträumt hat?«

Nachdenklich bewegen sich ihre Augen, die mittlerweile wieder abgeschwollen sind. »Ich erinnere mich nicht ... Unterschiedlich, glaub ich. Aber Tante Nas, mach dir doch keine Sorgen, jeder hat mal Alpträume, auch ich oder meine Freunde.«

»Erinnerst du dich daran, wie häufig Nush Alpträume hatte?«

Sie zuckt nur mit den Schultern. »Nein. Ab und zu vielleicht. Manchmal hat sie nachts ja auch noch telefoniert, ich hab sie nicht so gestalkt. Sie hat nie gesagt, unter ihrem Bett seien Monster oder so.« Ihren letzten Satz spricht sie mit so viel Nachdruck aus, dass ich keine Lust mehr auf das Gespräch habe. Unbefriedigt stehe ich auf. »Danke für deine Zeit«, sage ich und fange an, den Tisch abzuräumen.

Als ich meinen Fuß über die Türschwelle setze, ruft Parvin mir hinterher: »Aber ich weiß noch, dass ich mal einen Wellensittich als Haustier wollte und Mama richtig pissed war. Ich glaube, sie hatte Angst vor Vögeln oder so.«

O

1986

Am letzten Tag meiner Kindheit war ich 12. Der Tag, an dem ich vom Mädchen zur Lücke, als mein Gedächtnis zum Netz wurde, begann wie jeder andere Tag in den Sommerferien auch. Nushin und ich standen erst auf, als Mâmân für die Arbeit das Haus verließ. So mussten wir uns dieses Mal nicht ihren Abschiedsspruch anhören, nicht zu vergessen, auch etwas für die Schule zu machen. »Aber was macht die Schule für uns?«, fragte ich Nush, und sie kicherte. Wenn sie lachte, war ich erleichtert, das hieß, es ging ihr gut, ich hatte nichts falsch gemacht.

Wir füllten unsere Schalen mit Cornflakes und H-Milch, setzten uns vor den Fernseher und standen erst auf, als unsere Hintern wehtaten. Das Flimmern der Zeichentrickfiguren übermalte einen großen Teil des Unbehagens in unseren Köpfen, aber irgendwann hielten unsere Körper es nicht mehr aus. Normalerweise gingen Nush und ich gemeinsam auf den Spielplatz, bis Mâmân nach Hause kam. Nach ihrem Feierabend versuchten wir jeden Tag aufs Neue, sie dazu zu überreden, mit uns am Wochenende in den Hansapark zu fahren. Sie bügelte unseren Vorschlag jedes Mal genervt ab. Wir gaben trotzdem nicht auf, und bis es so weit war, vertrieben wir uns die Zeit draußen im Viertel. An diesem einen Tag hatte Nush aber keine Lust, sie wollte lieber malen als schaukeln.

»O Mann, du bist voll süchtig nach dem Papier und deinen Stiften«, motzte ich sie beleidigt an in der Hoffnung, ihre Entscheidung beeinflussen zu können, doch das ließ sie kalt. Sie wollte zu Hause bleiben. Insgeheim, dessen war ich mir sicher, lag es sicher auch daran, dass Zozan und ihre Söhne am Tag davor zu ihren Verwandten gefahren waren, weswegen die Wahrscheinlichkeit, Jîwan könnte spontan zum Spielen zu uns kommen, bei null lag.

Ich hatte Mâmân geschworen, Nush niemals aus den Augen zu lassen. Aber was sollte ich tun, wenn sie nicht mit mir kommen wollte? Seufzend zog ich meine Schuhe an und ging alleine raus. Für ein Stündchen würde es schon okay sein.

Über mir erstreckte sich eine hellblaue Fläche, von wenigen weißen Wolken unterbrochen, nicht wie in Nushins düsteren Zeichnungen, sondern so fleckig wie später meine Erinnerungen. Die Luft roch nach heißem Beton, und die anderen Kinder aus dem Block spielten draußen. An diesem Tag war mir jedoch nicht nach spielen. Ich wollte unsere Siedlung erkunden, wollte die Ecken sehen, in die wir uns bisher nicht getraut hatten, weil sie außerhalb des Radius lagen, den Mâmân uns erlaubte. Hier im Viertel war alles gleich, ich wollte mehr sehen. Ohne Nush auf diese Mission zu gehen, erschien mir strategisch am besten, dann bestand keine Gefahr, dass sie sich verplappern und uns auffliegen lassen könnte.

So spazierte ich an den Kindern vorbei auf den Parkplatz, wo ich einen langen Zweig fand, er wirkte wie ein Wegweiser. Ich hob ihn auf und trug ihn mit mir, wie einen Gehstock. Ich merkte nicht, wie weit ich mich von der Siedlung entfernte, alles erschien mir wie im Traum. Oder wie in einem Mysteryroman. Ein Gestank machte sich in der Luft breit, das Surren von Fliegen war das einzige Geräusch, das mich umgab. Ich folgte ihm und stand plötzlich vor einem toten Vogel, aus dessen Körper Würmer quollen. Angewidert und zugleich fasziniert stocherte ich mit dem Zweig in seinem Bauch herum. Ich wollte sehen, wie der Tod von innen aussah und ob so etwas wie die Spuren einer Seele erkennbar waren. Außer blutigen, zerfaserten Organen entdeckte ich nichts. Mir wurde davon noch schlechter, und ich lief weiter. Zwischen den Gräsern einer riesigen Wiese glänzten einige Glasscherben im Sonnenlicht. *One shaft of light that shows the way.* Ein geheimnisvolles Stillleben, von dem ich kaum erwarten konnte, es Nush zu zeigen, wenn sie doch mal mitkommen würde.

Wie von einer fremden Stimme geführt bog ich so lange immer wieder in verschiedene Himmelsrichtungen ab, bis ich die Orientierung völlig verlor. Wie viel Zeit vergangen war, konnte ich nur durch die heiße Sonne erahnen, die nicht länger im Zenit stand. Ich sollte zurück zu Nush, dachte ich irgendwann, doch ich wusste nicht, wie. Von der fremden Stimme war nichts mehr zu hören. Die Stimme in mir, war ich das in Wirklichkeit selbst?

Das Kribbeln in meinen Schläfen wurde zu einem unerträglichen Pochen, je mehr ich mich an den Weg zu erinnern versuchte. Nirgendwo gab es noch Straßenschilder oder Gebäude, überall waren Bäume und dichte Büsche. Ich bereute es, mir nicht mit Cornflakes oder Steinen eine Spur gelegt zu haben.

In der Ferne erkannte ich einen Wagen, aus dem Rockmusik drang. In der Hoffnung, dort jemand nach dem Weg fragen zu können, lief ich hinüber. Erleichtert atmete ich auf, als ich da tatsächlich jemanden sitzen sah. Ich näherte mich dem stämmigen, blassen Mann mit der schmalen Brille und den braunen Locken. Er saß mit ausgestreckten Beinen auf einem Klappstuhl, auf seinem Schoß lag ein Magazin. Als er mich bemerkte, schaute er mich mit einem Blick an, der für mich schwer zu entschlüsseln war. Einerseits fühlte er sich an, als hätte ich etwas falsch gemacht, als dürfte ich hier nicht sein. Andererseits kam er mir vor wie die Lösung eines Rätsels. Der Zweig, der tote Vogel, die Scherben auf der Wiese, sie hatten mich hierhergeführt, und vielleicht hatte dieser Mann eine Antwort. Aber was war meine Frage?

»Na, hast du dich verlaufen?«, fragte er mit seiner rauen Stimme. Ich nickte und fragte ihn nach dem Weg zu unserer Adresse. Beim Sprechen merkte ich, wie durstig ich war. Er wollte wissen, ob ich dort wohnte, ich bejahte. Gierig starrte ich auf die Cola-Dose in seiner Hand, auf der sich kleine Wasserperlen gebildet hatten. Der Mann bemerkte meinen Blick und fragte mich, ob ich auch eine Cola wolle. Ich nahm dankend eine kühle Metalldose entgegen. Er erkundigte sich nach meinem Namen und stellte lauter Fragen. Ob ich alleine hier sei. Ob meine Eltern wüssten, dass ich so weit weg von zu Hause gehe. In welcher Klasse ich sei. Auf eine Art genoss ich diese Aufmerksamkeit und beantwortete alles, manches erfand ich. Hier konnte ich sein, wer ich sein wollte, er konnte nicht überprüfen, ob ich log oder nicht.

Über ihn erfuhr ich nicht viel, außer dass er Gerhard hieß. Gerhard war irgendwie anders als die Erwachsenen, mit denen ich sonst zu tun hatte. Er hörte mir zu, er fand, ich hätte etwas zu sagen.

»Du bist ganz schön schlau für dein Alter«, kommentierte er, als ich ihm erzählte, dass die Person, die ich in der Schule vorgab zu sein, nicht dieselbe war, die ich zu Hause war. Ich freute mich über das Kompliment, denn die meisten anderen Kinder nervten mich mit ihrer Naivität und ihren Problemen, die auf mich unwichtig wirkten. Nicht zuletzt fand ich die anderen Kinder auch deshalb dumm, weil sie mit ihrem Verhalten stets sichergingen, dass ich nicht auch nur für eine einzige Sekunde glaubte, jemals dazugehören zu können.

Irgendwann fiel mein Blick auf das Wohnmobil, aus dem das Radio tönte. Meine Neugierde entging ihm nicht. »Hast du schon mal ein Wohnmobil von innen gesehen?«, fragte er amüsiert.

Ich schüttelte den Kopf.

»Komm, ich mach mit dir eine kleine Tour«, schlug er vor, dabei klang es eher nach einem Befehl als nach einem Vorschlag. Für einen kurzen Augenblick dachte ich daran, dass Mâmân mir verboten hatte, mit Fremden überhaupt zu reden, doch wie oft bekam man schon die Chance, ein Haus auf vier Rädern von innen zu sehen? Reisen, ohne sein Zuhause zurückzulassen, war das überhaupt möglich?

Ich stieg durch die hintere Tür hinein, er folgte mir. »Das ist mein Klo, da meine Küche. An dem Tisch sitz ich, wenn es draußen regnet. Da oben ist mein Bett.« Ich hörte gespannt zu. Im Wohnmobil war es noch heißer als draußen. Beim Reden tupfte er ständig mit einem hellblauen Lappen den Schweiß von seinem Gesicht. An den Wänden klebten Schwarz-Weiß-Bilder. Es waren nicht wirklich Fotos, sondern eher Ausschnitte aus Zeitschriften, sie zeigten Männer in Uniformen, vielleicht Soldaten, und wirkten sehr düster.

»Du interessierst dich für Geschichte«, murmelte ich beim Betrachten.

»Das kann man so sagen«, antwortete er, er lächelte dabei schelmisch, als habe er ein Geheimnis, bei dem er noch nicht bereit war, es mit mir zu teilen. Vielleicht dachte er, ich würde es nicht verstehen. Ich war unsicher, ob ich es überhaupt wissen wollte. Manche Türen blieben lieber verschlossen. Zumindest vorerst. Überraschungen waren nicht immer gut.

»Ich hab auch ein Hochbett«, sagte ich schließlich und deutete mit dem Finger auf seins.

»Mein Hochbett ist besonders«, erklärte er mir. Er erzählte, dass man durch ein Fenster an der Decke direkt in den Himmel schauen konnte, wenn man dort lag. »Kletter da ruhig mal hoch und sieh es dir selbst an«, bot er an. Gespannt auf den Ausblick befolgte ich seine Anweisung. Ich lag oben und schaute durch die Glasluke, eine fluffige Wolke zog über mir vorbei, ich verlor mich in ihr, wie ich mich zwischen den weißen Seiten der Romane verlor, die ich mir aus der Bücherei holte. Auf einmal hörte ich die Leiter erneut knarzen. Ehe ich mich aufsetzen konnte, befand sich Gerhard ebenfalls auf dem Bett.

»Ich glaube, ich muss jetzt echt mal nach Hause«, murmelte ich. Ich sagte es mehr zu mir selbst als zu ihm. Sein schwerer Körper blockierte den Weg nach unten. Regungslos starrte er mich durch seine Brille an, sein Blick war aus Stahl. Er bohrte Löcher in mich hinein, schuf ein Gedächtnis aus Gips. Mit zusammengekniffenen Augen konzentrierte ich mich auf die Musik aus dem Radio, meine Wahrnehmung des Raums wurde unzuverlässig, ließ alle Geräusche zu einem einzigen Song verschmelzen. *I just died in your arms tonight. And the darkness inside of you can make you feel so small. Let me steal this moment from you now.*

II

»This feel like a quaalude
No sleep in my body
Ain't no bitch in my body«

FRANK OCEAN

O

Parvin und ich haben unseren Rhythmus gefunden, vielleicht trifft Monotonie es auch besser. Nicht die Wochentage oder Jahreszeiten sind es, an denen ich merke, dass die Zeit vergeht, sondern Beiläufigkeiten. Zum Beispiel meine Antidepressiva. In einem silbernen Blister sind zehn Stück drin. Jeden Morgen nehme ich eine, gleich nach dem Aufstehen mit einem Schluck Wasser. Die Tabletten und meine Wasserflasche befinden sich immer auf der Ablage neben meinem Bett. Wenn der Blister leer ist, schmeiße ich ihn weg und hole aus der Schublade einen neuen aus der Pappschachtel. Dann weiß ich: Zehn Tage sind vergangen. Und wenn die Schachtel leer ist, weiß ich, jetzt waren es hundert Tage. Und so weiter.

Über den Tag hangele ich mich durch das Staffeln von Tätigkeiten. Aufstehen (auch wenn ich mich dazu zwingen muss), duschen (zumindest jeden zweiten Tag), Wäsche waschen oder putzen oder einkaufen (einmal die Woche), Mittagessen kochen (Mâmân hat bei ihrem letzten Besuch viel vorgekocht und eingefroren, damit wir es nur auftauen und warm machen müssen, sie hat mittlerweile akzeptiert, dass Parvin bei mir bleibt), auf Parvin warten, gemeinsam essen (zumindest ein bisschen), irgendwann zur Arbeit gehen (vier bis fünf Mal die Woche), nach Hause kommen (manchmal mit einem Umweg über die Wohnung irgendeiner Frau, die ich auf der Arbeit kennengelernt habe), schlafen (oder so tun, als ob). Und so weiter.

Parvins und meine Gespräche sind durchchoreographiert wie Synchronschwimmwettbewerbe, nur nicht annähernd so anmutig. Wie war die Schule, musst du viele Hausaufgaben machen, bist du verabredet, wann kommst du nach Hause, brauchst du irgendwas vom Supermarkt, klar unterschreibe ich dir die Entschuldigung, bitte sei vor neun zu Hause, auch wenn ich nicht da bin, ruf mal deine Oma an, sie fragt, wann du sie wieder besuchen kommst. Und so weiter.

O

Ich finde mich leicht wieder in dem bunten Haufen, der sich so schnell dreht, dass die einzelnen Bestandteile kaum erkennbar sind, so heftig, dass es in ein kräftiges Schleudern übergeht. Alles drum herum zittert, fällt zu Boden, droht zu brechen, dann: Stillstand. Ich hole die frisch gewaschene Buntwäsche aus der Waschmaschine heraus und mache direkt eine neue Ladung mit Handtüchern und Bettbezügen an. Früher habe ich manchmal neue Unterhosen kaufen müssen, weil ich mich nie rechtzeitig ums Wäschewaschen gekümmert habe. Seit ich für Parvin verantwortlich bin, muss ich abwägen: Ist das Wäschewaschen schlimmer oder die Scham, wenn ich ihre Kleidung vernachlässige? Ich denke, Letzteres.

Summend stelle ich den Wäscheständer auf dem Balkon auf und trage den Korb mit der nassen Kleidung rüber, um sie aufzuhängen. Farblich lässt sich Parvins Kleidung von meiner kaum unterscheiden. Wir tragen beide überwiegend schwarze und graue Klamotten mit weiteren Schnitten. Sie nennt ihre *skater look*, ich meine *soft butch couture*. Auf meine Frage, warum Skater-Marken ihr so wichtig sind, wenn ihr Deck ohnehin in der Ecke Staub fängt, zuckt sie nur die Schultern. Trägt man halt so im Gleisdreieck-Park.

Das einzige Kleid in diesem Haushalt ist das blaue Wickelkleid von Nush, das wie eine Installation zwischen einem getrockneten Blumenstrauß und eingerahmten Bildern an meiner Schlafzimmerwand hängt. Davor ein Tisch mit einem Bund getrocknetem weißen Salbei, Kerzen und einer Schale Paprikachips, ihrem Lieblingssnack, nur der Joghurt dazu fehlt, weil er auf Dauer schlecht werden würde. Meine Therapeutin hat mir geraten, einen kleinen Altar zu bauen, irgendetwas, was Nushins Abwesenheit als eine Leerstelle anerkennt, die nicht gefüllt werden muss, sondern für immer da sein wird. Manchmal, wenn ich alleine zu Hause bin, fahre ich bei offenem Fenster auf ihrem alten Sessel in meinem Zimmer mit einem Joint auf Billigurlaub, zünde die Kerze an und rede mit Nush. Das heißt, ich erzähle alles, was mir auf dem Herzen liegt, und vertraue darauf, dass sie es irgendwie mitbekommt. Anfangs bin ich mir albern dabei vorgekommen, in einen menschenleeren Raum hineinzusprechen, doch ich habe mich daran gewöhnt. Wenn ich mit Parvin spreche, ist es schließlich auch, als würde ich mit einer Wand reden. In meinem Zimmer kann ich mich immerhin der Illusion hingeben, Nush höre mir zu, und wenn mir danach ist, esse ich dabei Chips mit Joghurt-Dip.

Noch bevor ich die letzte Tennissocke von Parvin auf den Ständer hänge, höre ich die Wohnungstür zuknallen. Verwundert schaue ich vom Balkon ins Wohnzimmer. Es ist noch viel zu früh, als dass Parvin Schulschluss haben könnte. Aber vielleicht sind die letzten Stunden einfach ausgefallen.

Als ich fertig bin, gehe ich zu ihrem Zimmer. Ich halte inne und lausche. Weint sie? Durch die Tür dringt ein Schluchzen, doch es klingt ein wenig gedämmt, als ob sie ihr Gesicht in ein Kissen drückt oder sich zurückhält. Ich will reingehen, sie in den Arm nehmen, aber bleibe verunsichert draußen stehen. Letztes Mal, als ich sie trösten wollte, hat sie mich angefahren und gesagt, ich solle sie in Ruhe lassen.

Keine Lust, jetzt da reinzugehen und wieder eine Diskussion darüber anfangen zu müssen, dass ich mich irre und ihre Mutter gesund war. Parvin kennt Nush einfach nicht so gut wie ich. So wie Mâmâns Geschwister sie besser kennen, als ich es je könnte.

Zurück in der Küche setze ich Reis und Linsen auf. In letzter Zeit isst Parvin selten mit, weil sie nicht immer direkt nach der Schule nach Hause kommt. In zwei Monaten wird sie fünfzehn – eigentlich alt genug, um sich selber um ihr Essen zu kümmern. Nush und ich waren damals sogar noch jünger, als Mâmân aufgehört hat, sich täglich um unser Mittagessen zu sorgen.

Ich räume noch etwas auf, hole die nächste Wäscheladung heraus und erledige Kleinigkeiten, bis das Essen fertig ist. »Parvin, deckst du den Tisch?«, rufe ich aus der Küche.

Einen Moment später höre ich sie aus ihrem Zimmer kommen.

»Hey«, begrüße ich sie. Die langen Haare hängen ihr ins Gesicht, so dass ich ihre verheulten Augen nur erkennen kann, weil ich weiß, dass sie da sind. Seit ein paar Wochen umrandet sie sie mit schwarzem Kajal, das nun zu einer grauen Wolke verschmiert ist.

Sie murmelt »Salam« und drückt sich in der engen Küche an mir vorbei.

»Teller und Besteck habe ich dir schon rausgelegt«, sage ich in einem bemüht gelassenen Ton, als würden wir nicht beide von dem Elefanten im Raum erdrückt. Wenn sie darüber reden will, warum sie geweint hat, wird sie das schon tun.

»Es gibt heute Adas-Polo«, erzähle ich, während die Rosinen und die Zwiebelstücke in der Pfanne braten.

»Cool«, sagt sie nur knapp und trägt die Sachen ins Wohnzimmer.

Wir sitzen schweigend vor unseren leeren Tellern, jeglicher Versuch eines Small Talks scheitert an Parvins Abweisung.

Manchmal ist Zeit ein Teller mit trockenem Reis und zu kurz gekochten Linsen, der nie leer zu werden scheint.

»War in der Schule alles okay?«, frage ich schließlich. Ich halte es einfach nicht mehr aus.

»Ja, wieso?« Sie schaut mich nicht einmal an, als sie antwortet. Ich atme tief aus und bemühe mich, gelassen zu bleiben.

»Du warst heute drei Stunden früher zu Hause, deswegen frage ich.«

Parvin zuckt mit den Schultern. »Die letzten Stunden sind ausgefallen.«

Immer noch kein Blickkontakt.

»Dann muss ich dir also keine Entschuldigung schreiben?«

Jetzt treffen sich unsere Augen.

»Mir war schlecht, ich musste los. Hab Sport geschwänzt.«

»Oh, was ist los? Hast du deine Tage?«

Verärgert schlägt Parvin mit der Hand auf den Esstisch und schaut zur Seite. »Mann, Tante Nas, kümmer dich um deinen eigenen Scheiß. Ich will nicht darüber reden.«

Übertreib halt, denke ich in mich hinein. Die Zeiten des pubertären Body Horrors liegen so weit hinter mir, dass ich mich schwer in Parvin hineinversetzen kann. Klar habe ich mich früher auch vor meinem Körper geekelt, aber Zeiten ändern dich. Ich würde sie gerne von dieser unnötigen Scham rund um Körperflüssigkeiten und -funktionen erlösen. Gleichzeitig weiß ich nicht, wie so ein Gespräch aussehen kann. Wie früh ist zu früh, um in die Welt der Body- und Sexpositivität geführt zu werden? Wir müssen ja nicht über Piss Play reden, aber vielleicht wären für Parvin die News hilfreich, dass wir in diesem Haushalt locker über Blutungen und Krämpfe sprechen können? Aber braucht jemand aus der Generation PornHub meine Expertise überhaupt? Ich wünschte, sie könnte einfach ehrlich mit mir kommunizieren. Schließlich habe ich ihr nie einen Grund dafür gegeben, mir so zu misstrauen. Wenn sie wüsste, was Nush und ich in ihrem Alter alles von Mâmân ertragen mussten.

Ruckartig steht Parvin von ihrem Stuhl auf, nimmt ihren Teller und geht.

»Es gibt im Gefrierfach noch Eis«, rufe ich ihr hinterher. »Und im Schrank ist Fenchel-Kümmel-Anis-Tee, falls du Bauchschmerzen haben solltest.«

Keine Antwort. Frustriert staple ich das restliche Geschirr und bringe es in die Küche. Ich spiele über die Lautsprecheranlage die Playlist, die ich immer höre, um mich auf meine Schicht an der Tür vorzubereiten oder wenn ich von der Schicht runterkommen will oder wenn ich einfach die Stille übertönen will. Diese Songs wurden einfach für mich geschrieben, denke ich mit jeder Zeile und fühle mich sofort wie die Annikas, die in der Bar laut rufen, wie sehr sie auf genau diese Musik abgehen und sich von ihr verstanden fühlen. Dieselbe Annika, die hinter jedem random Schwarzen Typen in Kreuzberg einen Drogendealer vermutet, erkennt in Tyler, the Creator plötzlich ihren Seelenverwandten. Als es noch nicht cool war, sich in seinen Dreißigern als Underdog zu profilieren, machte sie in der Mittelstufe allen Außenseiter_innen das Leben zur Hölle. Und mit vierzig wird sie eine überambitionierte Fußballmama, die ihre Kinder zu genau jenen Monstern erzieht, deretwegen Parvin vor zwei Jahren die Schule gewechselt hat. Annikas sind langweilige Frauen mit zu viel Selbstbewusstsein, die allem von der Norm Abweichenden feindselig gegenüberstehen und sich gleichzeitig als *cool moms* wahrnehmen. Uff. Bin ich weniger Annika, nur weil ich Joghurt- und Eisbehälter als Tupperdosen verwende? Am Anfang der Zeit, nachdem ich in Nushins Wohnung eingezogen war, war ich sicher: Mit Parvin und mir passiert das nicht, wir sind einander viel zu vertraut, aber unser Verhältnis ist mittlerweile auf das Level einer Zweck-WG abgekühlt. Bin ich für sie einfach nur eine Annika oder, viel schlimmer, eine Brigitte, die nicht einmal den Anspruch auf Coolness erhebt? Und wenn ja, liegt es an Parvins Pubertät oder an mir?

Als ich den letzten Topf abtrockne, fühle ich um meinen Bauch zwei Hände und eine Umarmung von hinten. Überrascht drehe ich mich um und lege meine Arme um Parvins Schultern. Nach einigen Sekunden löst sie die Haltung und hält mit ihrer linken Hand ein Eis hoch.

»Danke«, lächelt sie. Bevor ich antworten kann, verschwindet sie wie ein Phantom wieder in ihr Zimmer.

O

Ich betrachte mich noch ein letztes Mal im Spiegel und atme tief aus. Den obersten Knopf meines Hemdes öffne ich wieder, dann den zweiten, und frage mich, ob diese Option nicht etwas lockerer wirkt, nicht ganz so streng. Auf jeden Fall femininer. Nach ein paar Sekunden knöpfe ich mein Hemd wieder bis ganz oben zu. Der Anblick ist schwer zu ertragen, ich fühle mich verkleidet und weiß, dass ich den ganzen Abend lang an nichts anderes werde denken können als an mein Outfit. Ich zupfe meine Kette, die um den Kragen herum geht, noch einmal zurecht, sprühe mich mit meinem Parfüm ein und lächle mir selbst ermunternd zu.

»Du schaffst das, Nas«, murmele ich leise. Mein Bauch reagiert mit einem Grummeln, und mir wird wieder bewusst, warum Nush es die letzten Jahre vermieden hat, zu den Elternabenden in Parvins Schule zu gehen. Schlimmer als Kinder sind meistens nur ihre Eltern. Aber wenn ich wirklich mitbekommen möchte, was in ihrer Klasse abgeht, um Parvin besser zu verstehen, dann muss ich mich auch bei solchen Gelegenheiten blicken lassen.

Ich drehe mich zum Nush-Altar. »Hast du noch irgendeinen Tipp?«, frage ich sie und bekomme wie immer keine Antwort. »Dachte ich mir«, murmele ich und zwinkere einem Foto von Nush zu.

»Du kommst zu spät«, ruft Parvin aus ihrem Zimmer. Hastig schaue ich auf die Uhr und schlüpfe in meine Schuhe. Sie kommt in den Flur und mustert mich.

»Nice, nice«, kommentiert sie. Heute ist sie ungewohnt zugewandt.

Meine Verunsicherung muss offensichtlich sein, denn sie fügt sofort hinzu: »Nein, wirklich! Mach dir keinen Kopf. Ich denke nur ... was willst du da? Das bockt doch eh nicht.«

Seit Tagen versucht sie, mir den Elternabend auszureden.

»Du hast doch irgendwas zu verbergen«, lache ich.

Sie lacht mit. »Diese anderen Eltern sind alles Pyskos. Du weißt schon.« Sie zieht eine Grimasse, die ich nicht wirklich einordnen kann.

»Pyskos? Meinst du Pisser?«

»Nein, Mann, Pyskos. Pyskopaten.«

Nervös kaue ich auf meiner Unterlippe herum. »Ich muss los.«

Parvin kommt auf mich zu, drückt mich kurz an sich und flüstert ein leises »Have fun« in mein Ohr.

»Und du bist brav, okay?«, scherze ich und schnappe mir meinen Schlüssel.

Parvin verdreht die Augen, und ich verabschiede mich mit einem Nicken. Ich nehme zwei Treppen auf einmal, schließe mein Rad auf und strample zu ihrer Schule – schnell genug, um pünktlich zu sein, und doch so langsam, dass ich nicht ins Schwitzen komme. Dort angekommen, folge ich Parvins Wegbeschreibung zu ihrem Klassenzimmer, merke nach einigen Schritten jedoch, dass ich einfach den anderen Erwachsenen folgen kann. Sie kennen sich anscheinend schon alle, jedenfalls unterhalten sich viele von ihnen angeregt miteinander.

Die Tische im Raum sind zu mehreren Gruppen angeordnet. Ganz hinten in der Ecke sitzen zwei Mütter mit Kopftuch und drei Väter, zwei davon mit dichtem Bart, die auf Arabisch miteinander sprechen. Vor ihnen stehen Thermoskannen mit

Tee und eine Schachtel Datteln. »Hamoudi, komm rüber«, ruft einer von ihnen dem Typen zu, der neben mir steht und sich lachend zu ihnen gesellt. Hamoudi sieht sehr jung aus, an der Art, wie seine Tischgruppe ihn empfängt, merke ich, dass es der Bruder und nicht der Vater von jemandem sein muss. Am Nebentisch formiert sich die Türkisch sprechende Community, bestehend aus drei Frauen und einem Mann. Auch sie haben sich Snacks mitgebracht: eine aufgerissene Tüte Sonnenblumenkerne, dazu einen leeren Gefrierbeutel für den Müll. Eine der Frauen mustert mich unauffällig und flüstert ihrer Sitznachbarin etwas zu. Als diese sich zu mir dreht, lächle ich ihr zu. Sie wendet sich jedoch direkt ab, offensichtlich habe ich das kritische Beäugen mit einem Bonding-Versuch verwechselt.

An den anderen Tischen wird Deutsch gesprochen. Vor den Leuten steht nichts zu essen, dafür liegen ein Notizheft und ein Stift bereit, gelegentlich hat jemand eine Flasche Wasser dabei. Während ich abwäge, welchem Gruppentisch ich mich aufzwängen soll, klatscht mir jemand plötzlich auf den Rücken. Ein wenig irritiert schaue ich mich um und blicke in das Grinsen der Person neben mir.

»Du bist Nasrin, wa?«

Ich nicke verdutzt. »Haben wir uns schon mal kennengelernt?«, frage ich peinlich berührt. Ich will nicht eine dieser unhöflichen Personen sein, die sich an niemanden erinnern.

»Nö«, antwortet sie, »aber ich weiß schon, wer du bist. Parvin und mein Kind Deniz sind befreundet. Ich heiße Sakine.« Sie nickt in Richtung des freien Tisches in der ersten Reihe. Eigentlich will ich auf keinen Fall so weit vorne sitzen, aber noch weniger möchte ich zu den anderen Leuten, also folge ich ihr. Ich schätze sie auf ein paar Jahre älter als ich, ihr Stil ist so funktional wie ihr Haarschnitt. Ob sie wohl auch eine migrantische Lesbe ist, rätsele ich und setze mich auf den Stuhl neben ihr.

»Mein Mann hat nie Bock auf solche Veranstaltungen«, brummt sie und holt auch etwas zu schreiben heraus.

Scheiße, daran hätte ich denken müssen. »Kann ich vielleicht ein Blatt aus deinem Block?«, frage ich und spüre, wie mein Gesicht zu glühen beginnt.

Wortlos reißt sie mir vier Seiten raus und holt einen weiteren Werbekugelschreiber aus ihrer Handtasche.

»Ist dein erstes Mal, wa.« Sie formuliert es mehr wie eine Feststellung als wie eine Frage. Ich nicke beschämt. Sie bietet mir ein Kaugummi an, ich schüttele nur den Kopf, woraufhin sie die Verpackung vor mir deponiert. »Falls du es dir anders überlegst«, schmatzt sie in mein Ohr. In dem Moment betritt eine Frau meines Alters den Raum, und außer in den hinteren Reihen wird es etwas leiser.

»Das ist Frau Möller-Hagebeck«, murmelt Sakine mir zu. Frau Möller-Hagebeck läuft zielstrebig auf das Pult zu und lässt ihre runde, geflochtene Tasche auf den Tisch fallen. Ist sie jetzt schon schlecht gelaunt oder einfach der Typ Frau mit permanentem *resting bitch face*? Auf jeden Fall merke ich, dass sich der Kleidungsstil von Lehrkräften in den letzten drei Jahrzehnten nicht verändert zu haben scheint. Sie begrüßt uns und teilt Zettel mit den Themen für den Abend aus. Ich überfliege die einzelnen Punkte und bleibe bei »Klassenfahrt nach Rostock« hängen – insbesondere bei dem Datum, das bereits in einigen Wochen ist.

»Was, es gibt so kurzfristig eine Klassenfahrt?«, flüstere ich Sakine zu. Sie wirft mir einen verständnislosen Blick zu.

»Warum kurzfristig? Das steht doch seit einem Jahr fest.« Parvin hat die Reise nicht ein einziges Mal erwähnt. Ich hätte doch bestimmt schon längst Geld dafür überweisen müssen? Oder hatte Nush sich vorher darum gekümmert? Hoffentlich, denn mehrere Hundert Euro kann ich so spontan nicht aufbringen. Eventuell könnte ich mir von Mâmân etwas leihen. Nicht, dass sie viel Kohle hätte, aber ich weiß, dass sie in ihrem Unterwäschefach ein paar Scheine zur Seite gelegt hat. Nushin und ich haben uns als Jugendliche an diesem Fach bedient, zwar nur zwei, drei Mal, aber das schlechte Gewissen hängt mir immer noch nach. Bereits jetzt fühle ich mich von der Wucht des Abends erschlagen, dabei hat er noch nicht einmal richtig angefangen.

Doch ich muss mich mit meinen Fragen bezüglich der Klassenfahrt mindestens gedulden, bis wir bei Punkt 4 angekommen sind, wenn nicht sogar bis nach der großen Runde, um es unter vier Augen zu besprechen. Sosehr ich mich bemühe, bei den ersten Punkten aufmerksam zuzuhören, ich kann mich kaum darauf konzentrieren. Außerdem lenkt mich das Getuschel in meinem Rücken ab.

»Gibt es ein neues Kind in der Klasse?« – »Wie kommst du drauf?« – »Da vorn in der ersten Reihe sitzt doch eine Neue.« – »Nee, kein neues Kind in der Klasse. Die gehört zu Parvin.« – »Ist das die Babysitterin?« – »Ich glaube, das ist die Schwester!« – »Die Schwester von dem Kind?« – »Nee, von der Mutter.« – »Wo ist denn die Mutter? Ich sehe die nie!« – »Na, die ist doch neulich gestorben. Aber die war auch vorher nie da! Ich glaub, sie war Alkoholikerin oder so. Ist mit dem Auto gegen einen Baum gerast.« Schlagartig drehe ich mich um und folge den Stimmen bis zu drei weißen Frauen, die zusammenzucken und verstummen, als sich unsere Blicke treffen. Eine von ihnen errötet leicht und lächelt mich mit zusammengepresstem Mund an. Ihre orange geschminkten Lippen verschwinden dabei, die dünnen spermienförmigen Augenbrauen sind zu einer Welle hochgezogen. Ich werfe ihr einen bösen Blick zu und drehe mich wieder nach vorne.

Die einzige Genugtuung, die ich habe, ist das Wissen darum, dass ich mir keine Sorgen um eine Bestrafung für diese unsensiblen, ignoranten Bemerkungen überlegen muss, das hat Gott bereits für mich getan, als er ihre Gesichter erschuf. Ich lache leise in mich hinein, bis Sakine mir ihren Ellbogen in die Seite rammt und mir auffällt, dass mich die Lehrerin irritiert anstarrt.

»Finden Sie es etwa lustig, dass der Matheunterricht ausfällt, weil der Lehrer Burn-out hat?« Ich schüttele schnell den Kopf und entschuldige mich.

Als es endlich um die Klassenfahrt geht, schaue ich mich wieder um und merke, dass diese Reise tatsächlich keine Neuigkeit für die anderen zu sein scheint. Aus Angst, mich vor versammelter Runde als inkompetenter Vormund zu outen, warte ich lieber auf ein persönliches Gespräch im Anschluss. Auch wenn ich ohnehin schon für den Babysitter gehalten werde. Doch ich fasse das als Kompliment auf. Ist doch schön, nicht so auszusehen, als hätte ich bereits ein Kind aus mir herausgepresst, das meine Brüste durch Saugen und Knabbern zum Absturz gebracht hat. Oder dass mein Kleidungsstil nicht so wirkt, als hätte ich mich schon komplett aufgegeben. Eigentlich schäme ich mich für diese Gedanken. Ich will nicht die Person sein, die sich nur durch das Abwerten anderer Frauen, deren Aussehen und Fuckability von ihrer unangenehmen Art abgrenzen kann. Meine Konzentration wandert wieder zum Gespräch um mich herum. Die anderen Eltern fragen, wie viel Taschengeld sie ihren Kindern mitgeben sollen, ob die Aufsichtspersonen wirklich sichergehen werden, dass die Jungen und Mädchen sich nachts nicht heimlich treffen, und wie strikt das Alkoholverbot sei.

Ich lausche der Diskussion und erwische mich dabei, wie ich zu jeder sprechenden Person eine negative Assoziation habe. Wie kann man nur so spießig sein? Den Höhepunkt bildet eine Mutter vom Nebentisch, die mit irgendeinem süddeutschen Akzent bemerkt, dass die Gefahr ja nicht nur zwischen den unterschiedlichen Geschlechtern lauere, sondern sie sich darüber Sorgen mache, dass ihre Tochter von anderen Mädchen verführt werde. Sie habe ihre Tochter darüber sprechen hören, dass es in der Klasse eine Lesbe gebe.

»Immerhin können die sich gegenseitig nicht schwängern«, ruft die mit den Sperma-Augenbrauen in den Raum, woraufhin ihre zwei Freundinnen losprusten.

»Also ich gehe jedes Jahr sehr gerne auf den CSD«, keucht eine von ihnen zwischen ihren Lachern. »Berlin bleibt bunt!« Ich drehe mich irritiert nach ihr um, ernte jedoch nur ein eifriges Nicken in meine Richtung. Ist das ihr Ernst?

Die kanakischen Tische in der letzten Reihe haben sich schon längst ausgeklinkt, sie unterhalten sich im Flüsterton, schauen auf ihre Smartphones oder diskutieren intern ihre Fragen zum Thema.

Sakine streckt ihren Arm nach oben, Frau Möller-Hagebeck signalisiert ihr, einfach zu sprechen. Sakine räuspert sich. »Es ist ja toll, dass für manche Eltern das größte Risiko ist, dass ihre Kinder sich auf der Klassenreise mit ihrer Sexualität auseinandersetzen, aber mich interessiert viel mehr die Sicherheit der Jugendlichen, die im Osten ganze andere Sorgen als eine mögliche Schwangerschaft haben.«

Sie wirft der homofeindlichen Bibelklubmutti vom Nebentisch sowie der Annika-Clique vorwurfsvolle Blicke zu. Lautes

Getuschel bricht aus, jetzt schalten sich auch die hinteren beiden Tische ein. Frau Möller-Hagebeck ist sichtlich überfordert, sie wischt sich mit einem Baumwolltuch Schweißperlen von der Oberlippe und bittet alle darum, sich zu beruhigen. Doch das scheint niemanden so richtig zu interessieren, bis sie eine kleine Glocke aus ihrer Tasche holt und sie zum Läuten bringt. »Ich bitte Sie, jetzt ruhig zu bleiben. Es gibt absolut nichts zu befürchten, ich reise seit zehn Jahren nach Rostock, und es ist bisher wirklich nie etwas Derartiges vorgekommen. Und früher waren unsere Klassen noch viel mehr ... Sie wissen schon ... es gab mehr Kinder mit Migrationshintergrund. Kein Grund zur Sorge.« Ein wenig angeekelt beobachte ich das hämische Grinsen so mancher Eltern, die stolz auf diese neue demographische Zusammenstellung der Schule zu sein scheinen.

»Sie meinen, weil die Familien der anderen Schüler_innen vertrieben wurden?«, frage ich provokant in den Raum.

»Die Schule hat jetzt nun mal einen anderen Ruf, das tut auch Ihrer Nichte gut«, kommt es sofort von hinten.

»Och Leute, müssen wir jetzt wirklich darüber streiten?«, höre ich einen Typen der Marke gewaltfreie Kommunikation fragen. Sönke mit der Nickelbrille. Sakine blinzelt mir zu und scheint sich zu amüsieren.

»Wir haben noch einen Punkt auf der Tagesordnung, den würde ich gerne noch besprechen«, sagt die Lehrerin mit genervter Stimme. Den meisten geht es wohl auch so, alle wollen endlich nach Hause und beruhigen sich.

Sobald der offizielle Teil des Abends beendet ist, eile ich nach vorne zu Frau Möller-Hagebeck.

»Hallo«, sage ich etwas kleinlaut. »Ich bin Nasrin Behzadi, die Tante von Parvin. Ich hätte da noch ein paar Fragen zur

Klassenfahrt.« Sie schaut mich verblüfft an. »Warum das denn? Parvin fährt doch gar nicht mit.«

»Was? Warum?« Jetzt weiß ich nicht, wer von uns beiden verwirrter ist.

»Sie haben doch schriftlich mitgeteilt, dass Ihre Nichte hierbleiben soll, weil es finanziell nicht realisierbar für Sie sei. Und auf mein Angebot hin, einen Solidaritätspreis auszumachen und Zuschüsse zu beantragen, haben Sie nie geantwortet. Parvin hat die Anzahlung, die Ihre Schwester gemacht hatte, wie von Ihnen im Brief verlangt, in bar von mir ausgezahlt bekommen.« Meinem Gesicht ist wohl abzulesen, dass ich keinen Schimmer habe, wovon sie spricht.

»Vielleicht sollten Sie noch mal mit Ihrer Nichte sprechen«, sagt sie knapp und wendet sich von mir ab, um sich den Nächsten in der Schlange zu widmen, die sich hinter mir gebildet hat.

»Jetzt erst mal ein Kippchen, oder?«, fragt mich Sakine, die an der Tür auf mich gewartet zu haben scheint. Ich nicke und folge ihr.

»Für dein erstes Mal hast du dich doch super geschlagen«, sagt sie, als wir draußen ankommen. Schulterzuckend hole ich meine Zigaretten raus.

»Ich weiß nicht. Ich glaube, Parvin hat mich angelogen. Ich wusste nichts von dieser Klassenfahrt. Und angeblich soll ich irgendeinen Brief geschrieben haben ...«

»Ach, mach dir nichts draus«, unterbricht sie mich. »Die Kinder fälschen die ganze Zeit Briefe und Unterschriften. Hab ich selber in meiner Schulzeit auch. Ist doch okay. Dann geht deine Nichte halt für eine Woche in die Nachbarklasse, wenn sie lieber hierbleiben will, als mit den anderen zu verreisen. Da ist sie sicher nicht die Einzige, es bleiben jedes Jahr ein paar zu Hause.« Sakines Gelassenheit beeindruckt sogar mich.

»Fährt Deniz mit?«, will ich wissen. Sie nickt.

»Ja, ja, der freut sich über jede Gelegenheit, ohne uns in den Urlaub zu fahren. Oder überhaupt mal wegzufahren. Soll er doch! Ich kann es ihm nicht verübeln. Ich hätte in der 9. Klasse auch keine Klassenreise verpassen wollen. Da hatte ich meinen ersten Kuss.« Sie kichert und zieht an ihrer Zigarette, die schon zum zweiten Mal ausgegangen ist. Ich reiche ihr mein Feuerzeug. Wir lehnen uns beide an die Steinmauer vor dem Schulgelände. Mir sind Klassenfahrten auch positiv in Erinnerung geblieben, wenn ich mitfahren durfte. Ohne Mâmân und Nush für eine Woche wegzufahren, war vielleicht sogar mein Highlight der Schulzeit. Ob sich Parvin nicht so sehr dafür interessiert, weil sie meinetwegen nicht wegfahren muss und sich auch zu Hause wohlfühlt? Aber das hätte sie mit mir besprechen können. Nichts ahnend vor ihrer Lehrerin zu sitzen und von solchen Infos überrumpelt zu werden, pisst mich an. Jetzt weiß ich zumindest, warum sie mich davon abhalten wollte, hierherzukommen.

»... und dass ausgerechnet sie so aggressiv kommt und uns praktisch vorwirft, schuld daran zu sein, dass jetzt weniger Ausländer in der Klasse sind!« – »Man fühlt sich schon fast schlecht, keine asoziale Lesbe zu sein. Ich mein, tut mir leid, dass ihre Schwester verrückt war, aber das macht niemanden zu einem besseren Menschen!« – »Kein Wunder, dass ihre Nichte so drauf ist. Benedikt meinte, dass sie so gut wie keine Freunde hat.« – »Ja, hab ich auch gehört. Man fühlt sich fast dazu bemüßigt, das Jugendamt einzuschalten.«

Sakine und ich schauen uns an. Die Stimmen kommen von hinten, das angeregte Gespräch findet hinter der Steinmauer statt. Dass ich auf der anderen Seite stehe und mithören kann, damit scheint keine der Lästerschwestern zu rechnen. Obwohl ich mir schon denken kann, wer die drei sind, will ich nachsehen und mich selbst überzeugen. Doch Sakine hält mich am Arm fest und signalisiert mir, ruhig zu bleiben.

»Ganz ehrlich«, ätzt eine von ihnen weiter. »Mein Kind ist schon so lange mit Parvin in einer Klasse, ich hab ihre Mutter auch noch miterlebt. Die war immer eigenartig. Immer auf politisch korrekt. Hat mich mal angekackt dafür, dass ich ihrem Kind keine Extrawürste gekauft habe, als hier Grillfest war. Ganz ehrlich, ich hatte extra Geflügel gekauft, woher soll ich denn wissen, dass die kein Fleisch isst?« – »Das kann man doch nicht ahnen!« – »Nee, nee.« – »Oder man sagt es halt ein bisschen netter. Ich hab auch mal eine vegane Kur gemacht. Erst mal kein Grund, so frech zu werden.« – »Kennt die vielleicht nicht anders.« – »Ich bin froh, dass sie nicht nach Rostock fährt.« – »Ach, sie fährt nicht?« – »Nee, die haben kein Geld dafür. Angeblich.« – »Jetzt, wo das ganze Hurengeld fehlt ...« – »Ach ja, das hattest du schon damals erzählt!« – »Was denn?« – »Die Mutter war auch noch Prostituierte, mein Bruder hat sie mal gesehen, zufällig, beim Ausgehen!« – »Ja, dann fehlt bestimmt eine ganze Stange Geld jetzt!« – »Kriegt sie nicht Geld vom Amt? Oder Waisenrente oder so?« – »Wird bestimmt von der Tante versoffen. Die sah doch einfach nur fertig aus.« – »Hoffe, sie ist nicht auch noch gewalttätig.« – »Auch, wie die redet!« Eine der drei Frauen äfft mich mit aufgesetztem Slang nach.

Meine Hände sind zu zwei Fäusten geballt, jederzeit bereit, den Gesichtern dieser Fotzen den Rest zu geben. Neben meiner kochenden Wut spüre ich jedoch Verunsicherung. Woher wissen die denn, dass Nush Sexarbeit gemacht hat? Sie hat doch schon vor vielen Jahren aufgehört. Hatte sie doch wieder angefangen? War die Kiste deshalb leer?

Wieder bemerke ich die sachte Berührung von Sakine an meinem Arm. Sie schüttelt den Kopf.

»Ich kümmer mich drum«, flüstert sie, nimmt meine Hand und geht mit mir auf den Vorhof, wo genau die drei Kandidatinnen stehen, mit denen ich gerechnet habe. Die Annika-Clique.

Sie bemerken uns zunächst nicht, sondern lachen sich kaputt und rauchen ihre Parisiennes und Vogues. Mit ihren teuren Haarschnitten, ihrer cleanen Kleidung und den Designerhandtaschen ekeln sie mich härter an als mit ihren hohlen Sprüchen. Plötzlich fühle ich mich, als wäre ich selber wieder ein Teen, Opfer dieser drei Mobberinnen und ihrer Intrigen. Solche *Mean Girls* hatte ich auch in meiner Klasse, solche Frauen kaufen neben mir ein, sie trainieren neben mir im Fitnessstudio. Sie sind meine Nachbarinnen, meine Arbeitskolleginnen, meine Ex-Freundinnen. Sie sind Klischees und gleichzeitig so verschieden. Aber sie alle haben eine Sache gemeinsam: Ihre Zartheit, mit der sie mich erdrücken. Egal, wie gewaltvoll ihr Verhalten ist, sobald man sie zur Rechenschaft zieht, brechen sie in Tränen aus und geben dir das Gefühl, du hättest ihnen unrecht getan. Und wenn du wirklich mal etwas verbrochen hast, schaffen sie es, die Sache um ein Zehnfaches aufzubauschen. Fällt dir ihr Glas aus der Hand, tun sie so, als wäre es ihr Neugeborenes gewesen. Und sobald die heulen, kannst du nichts tun. Sie erinnern dich permanent daran, dass sie immer sanft und du immer grob sein wirst. Sie immer verletzt, du wütend. Sie mutig, du aggressiv. Sie Menschen, ich ein Monster. Weiße Frauen brauchen keine Gewehre, um dich als Geisel zu nehmen, sie haben ihre Tränen. Ihre Performance der Unschuld mag billig sein, doch sie wirkt trotzdem, denn niemand zweifelt ihre Reinheit jemals an. Anders als bei mir, die immer frech, immer provokant, immer laut, immer schuldig ist. Selbst wenn keine weiße Frau im Raum ist. Meine Zunge wird bitter, der Hass in meinem Magen kocht hoch. Das Letzte, womit ich mir einen Ruf an dieser Schule verschaffen will, ist, eine dieser Fotzen auf dem Pausenhof zu Tode geprügelt zu haben. Das ist mir schon mal fast passiert, diesen Stress brauche ich nicht noch mal. Ich bin nicht mehr vierzehn.

»Guten Abend, die Damen«, grüßt Sakine sie betont freundlich. Sie hören sofort auf zu lachen, als sie sehen, dass ich neben ihr stehe.

»Was willst du?«, fragt mich die Annika mit den Sperma-Brauen. Außerhalb des Klassenraums muss wohl keine von uns so tun, als empfänden wir auch nur einen Funken Respekt füreinander. Nicht schlimm. Ich beherrsche solche Spiele sehr gut. Wie eine Schranke streckt Sakine ihren Arm vor mir aus und erwidert: »Was ich will, ist, dass du mit den wilden Anschuldigungen gegenüber Nasrin aufhörst. Ich sag dir mal was. Ich bin selber ohne Mutter aufgewachsen, bei meiner Oma und meiner Tante. Die haben sich den Arsch für mich aufgerissen. Dein Arsch scheint mir auch ziemlich offen, wahrscheinlich weil du von deiner Familie alles reingeschoben kriegst. Auch okay. Aber das heißt nicht, dass du dich wie ein Arschloch verhalten musst. Der Arsch der anderen geht dich nichts an. Sonst muss ich dir nächstes Mal deinen versohlen, auch wenn er nur sehr wenig Fläche zu bieten hat.«

Ich weiß nicht, was mich stärker beeindruckt: Die häufige Verwendung von Arsch-Metaphern oder Sakines Solidarität. Auf jeden Fall sitzt ihre Ansage, denn alle drei starren uns sekundenlang baff an. Die Tür zum Schulgebäude geht auf, nach und nach kommen die letzten Eltern nach draußen und hauen schnell ab.

»Darf ich dich auf ein Getränk einladen?«, frage ich Sakine.

Sie schüttelt den Kopf. »Du bist mir nichts schuldig. Und ich muss nach Hause. Mein Mann hat Spätdienst. Ich muss sichergehen, dass die Kinder sich nicht wieder rausgeschlichen haben.« Sie lacht auf.

Ich verstehe nicht ganz, warum, aber ich schließe mich ihr an und fake ein Kichern. Irgendwann klopft sie mir auf die Schulter. »Pass auf dich auf. Nächstes Mal bring ich mehr Zeit mit. Dann rauchen wir einen Kopf zusammen.«

»Bong?«, frage ich überrascht.

»Shisha«, erwidert sie, schaut mich verwirrt an, drückt mich kurz und verschwindet in die Dunkelheit der Nacht.

»Danke«, rufe ich ihr noch mal hinterher.

Die ganze Nacht liege ich wach und zermahle den Elternabend zwischen meinen Kiefern. Vor allem den Kommentar über Nushins früheren Beruf. Sie hat mit mir immer offen darüber gesprochen, wenn sie wirklich wieder mit der Sexarbeit angefangen hätte, dann hätte sie es sicher nicht verheimlicht. Aber warum wussten diese Mütter dann davon? *Wobei* hat dieser Bruder sie gesehen?

Ich schleiche mich in den Keller und öffne jede einzelne ihrer Kisten auf der Suche nach einem Hinweis, doch wie erwartet finde ich keine Spur, die mich weiterbringen könnte. Was ist mit den Gegenständen aus der Box passiert, die von der Sexarbeitszeit übrig geblieben sind? Hat sie die vor ihrem Tod entsorgt? Haben Gigi und Alex irgendetwas weggeworfen? Ich schaue auf mein Handy, es ist kurz vor 6 Uhr. Zu früh, um Gigi anzurufen und sie zur Rede zu stellen. Frustriert gehe ich nach oben und lege mich hin.

Am nächsten Tag warte ich ungeduldig darauf, dass Parvin von der Schule kommt. Ich rauche eine Kippe nach der anderen auf dem Balkon und behalte die Straße im Blick, um mich mental aufzubauen, sobald sie ins Treppenhaus kommt. Doch von Parvin keine Spur. Bis gegen Nachmittag plötzlich das Festnetztelefon klingelt. Das passiert selten, und eigentlich gehe ich nie ran, aber ich hebe reflexartig den Hörer ab. Was, wenn es Parvins Schule ist und irgendetwas passiert ist?

»Schönen guten Tag, Berliner Polizei am Apparat, spreche ich mit Frau Behzadi?«

Mein Mund fühlt sich trockener an als ohnehin schon vom Kiffen. Ich bejahe. Scheiße. Was ist passiert?

»Es geht um Ihre Nichte Parvin Behzadi. Können Sie bitte vorbeikommen?«

Ich notiere mir die Adresse und nehme sofort ein Taxi. Der Ort ist nur wenige Kilometer entfernt, der Berufsverkehr jedoch so zäh, dass ich Ewigkeiten auf der Rückbank sitze und Filme schiebe. Bestimmt hat Parvin im Unterricht irgendwas vom Elternabend mitbekommen. Nur was? Haben die Kinder der Annika-Clique irgendwas an ihr ausgelassen? Oder hat ihre Klassenlehrerin sie darauf angesprochen, dass sie aufgeflogen ist? O Gott, was, wenn sich Parvin aus Angst vor den Konsequenzen irgendetwas angetan hat? Wäre die Polizei dann aber nicht zu mir nach Hause gekommen? Binnen Sekunden kickt mein schlechtes Gewissen. Parvins Bauchgefühl, ich würde geladen in der Wohnung auf sie warten, stimmt schließlich mit der Realität überein. Bis vor zwanzig Minuten habe ich im Kopf durchdekliniert, welche Strafe sie am härtesten getroffen hätte. Mir wird übel. Auch deshalb, weil der Taxifahrer *Wilde Maus* fährt. Ich kurble das Fenster herunter in der Hoffnung, so besser Luft zu bekommen.

»Da wären wir dann«, sagt der Fahrer nach einer scharfen Bremsung, bei der ich fast gegen seine Frontscheibe kotze. Ich zahle, gebe großzügiges Trinkgeld, weil ich nicht mehr klar denken kann, und stürme aus dem Auto. Noch eine Kippe, bevor ich reingehe? Besser nicht. Ich muss sofort wissen, was los ist. In dem Moment wird mir bewusst, wo ich mich überhaupt befinde: Vor dem fucking Karstadt.

Als ich in den entsprechenden Raum gebracht werde, atme ich beim Anblick meiner anscheinend unverletzten Nichte erleichtert auf. Sie lebt. Das ist alles, was zählt. Mein zweiter Gedanke: Der Ladendetektiv hat ihr hundert Prozent irgendeine Straftat untergeschoben. Denn eines ist mir klar: Meine Parvin würde niemals irgendetwas tun, um mich erneut in die Situation zu bringen, mich mit Cops auseinandersetzen zu müssen. Dafür ist sie viel zu sensibel und verantwortungsvoll. Oder?

Mein Wunschdenken zersplittert wie ein fallender Spiegel, als mein Blick durch den stickigen Büroraum wandert und an Parvins Rucksack, der offen auf dem Schreibtisch steht, hängenbleibt. Daneben ist ein Berg Klamotten drapiert. Es sind so viele, dass ich kaum erkennen kann, was da im Einzelnen liegt.

Wortlos und mit einem genüsslichen Grinsen lässt der Ladendetektiv seinen Blick zwischen Parvin und mir hin und her wandern. Als wollte er mit dieser dramatischen Pause meinen Kopf mit Spin-offs des Filmes füttern, den ich auf dem Weg hierher geschoben habe. Er wirkt zufrieden. Er hat wohl genau das gefunden, wonach er sich in seinem langweiligen Alltag zwischen den Kleiderstangen gesehnt hat: ein bisschen Kanak-Drama. Parvin hingegen starrt auf den Boden und weicht jedem meiner Versuche aus, mit ihr Blickkontakt aufzubauen. Gib mir nur ein Zeichen, flehe ich innerlich, komm schon, irgendwas. Zeig mir, dass ich mich nicht in dir getäuscht habe. Sag mir, dass es sich lohnt, dich zu verteidigen. Aber ich bekomme nichts. Nicht einmal eine Begrüßung. Die Lage, das wird mir immer bewusster, ist ziemlich klar. Kanak-Drama in 3, 2 …

»*Was* hast du angestellt?«, platzt es aus mir heraus.

Schweigen.

Dann, der Kaufhausdetektiv: »Sie sind der Vormund?«

Ich nicke und laufe direkt rot an. Noch so eine Situation, auf die mich niemand vorbereitet hat.

»Ihre Nichte Parwien Bessadi wird mit einer Anzeige wegen Ladendiebstahls rechnen müssen«, informiert mich der Polizist, ein älterer Typ mit einem Gesicht wie ein Hai und einer Stimme wie eine rostige Säge.

Mein Zorn steht wieder kurz vor der Explosion, ich bin so sauer, dass ich den Typen nicht mal korrigiere, als er unsere Namen falsch ausspricht.

»Können Sie das beweisen?«, frage ich, weil mir nichts anderes einfällt. Wann ist noch mal der Zeitpunkt, an dem ich die Aussage verweigern und um einen Anwalt bitten muss?

»Ja, ich hab es gesehen«, sagt der Detektiv aufgeregt, »ich hab alles auf Band.«

»Was laberst du?« Jetzt meldet Parvin sich zu Wort.

»Ey, Mädchen, werd nicht respektlos«, blafft der Detektiv sie an, und ich weiß nicht, wen von beiden ich als Erstes klatschen will.

»Der Typ labert Scheiße«, ruft Parvin. »Was genau hast du gesehen, hm? Erzähl mir bitte mal, was du gesehen haben willst.« Ihre Augen glühen, ihre Stimme ist rauer denn je.

Gespannt schaue ich den Detektiv an. »Was haben Sie gesehen? Können wir das Band, von dem Sie sprechen, sehen?«

»Ich hab gesehen, wie Ihre Cousine oder Nichte oder Schwester oder wer das da ist geklaut hat.«

Ich nicke in Richtung des Klamottenbergs und kann zumindest einen Pullover identifizieren, der ganz und gar nicht zu Parvins Stil passt. »Diese Opa-Klamotten da soll meine Nichte eingesteckt haben?«

Er schüttelt den Kopf. »Nein, nicht die da. Die da!« Sein Wurstfinger deutet auf einen viel kleineren Stapel auf der anderen Seite von Parvins Rucksack hin. Der Stapel besteht aus einer einzelnen grauen Calvin-Klein-Unterhose.

Ungläubig schaue ich ihn an. »Sie bestellen mich hierher wegen einem *Schlüpfer*?«

»Ladendiebstahl ist Ladendiebstahl.« Der Detektiv versprüht pro Satz zirka einen halben Liter Spucke. »Und so billig ist die auch nicht. Kostet fast 20 Euro ...«

»Noch mal«, zischt Parvin. »Ich habe die nicht geklaut. Ich war auf dem Weg zur Kasse.«

Ich beschließe, Parvin zu glauben. Die schieben ihr irgendwas unter. Ich bin mir sicher.

»Mit der Unterhose in der Jackentasche und einem entfernten Alarmknopf?«

Sie zuckt etwas verschämt mit den Schultern. Vergiss es, Parvin bekommt lebenslangen Hausarrest, sobald wir hier raus sind.

»Dann wäre das noch eine Anzeige wegen Falschaussage«, notiert der Polizist.

»Hey«, unterbreche ich ihn. »Sie darf gar nicht aussagen, sie ist doch noch ein Kind!«

»Sie ist kein Kind. Mit 14 ist man strafmündig.«

Fuck. In der Hoffnung, dass sie das Ganze später fallenlassen werden, weil der Warenwert so niedrig ist, schießt es aus mir heraus: »Als ihr Vormund sage ich: Wir verweigern die Aussage. Schicken Sie die Anzeige raus. Unser Anwalt meldet sich dann.«

O

Wir nehmen den Bus zurück, aber wechseln kein Wort, nicht einmal einen Blick miteinander. Unwillkürlich muss ich an Mâmân denken, die mich exakt so in Empfang genommen hat, wenn ich Scheiße gebaut habe: Ich halte sie fest an ihrem Handgelenk, aus Angst, dass sie sonst jeden Moment wegrennen könnte, und plotte gedanklich ihren Untergang, sobald wir im geschützten Raum unserer Wohnung sind. Aber es muss nicht so laufen wie mit Mâmân und mir. Ich bin nicht sie. Mit welchem Satz fange ich an? Wie wäre es mit: *Ich wusste nicht, dass ich mit einer Diebin zusammenlebe*? Puh. Der klingt ziemlich nach Mâmân. Und welche Botschaft transportiert er? Finden wir Dieb_innen auf einmal schlecht? Als Nushin gezockt hat, habe ich sie dabei unterstützt und ihr sogar manchmal eine Wunschliste mitgegeben. Wie viel weiß Parvin darüber? Noch so eine Sache, von der ich wünschte, ich hätte sie Nushin gefragt, als sie noch am Leben war. Auf meine verstorbene Schwester nicht wütend zu sein, fällt mir in Momenten der Hilflosigkeit besonders schwer. Aber bin ich so hilflos? Schließlich habe ich Handlungsmöglichkeiten. Alternativen. Mehr Spielraum als Mâmân. Im Gegensatz zu ihr reflektiere ich meinen Erziehungsstil.

Zurück zur Ansprache also. Welches Bild von der Gesellschaft vermittle ich Parvin, wenn ich das Thema so anspreche? Vielleicht muss deutlicher werden, dass das, was sie getan hat, nicht per se falsch ist, aber in dem System, in dem wir beide uns befinden, sehr problematisch werden und uns viele Schwierigkeiten bereiten kann? Ohne Vorbild ist es schwer, diesen Zirkel zu durchbrechen. Siri, wie sieht linksradikale Pädagogik jenseits der Deutschness aus?

Sobald wir durch die Wohnungstür sind, kickt Parvin ihre Schuhe weg und seufzt erschöpft. Bevor ich auch nur zu meiner Ansprache ansetzen kann, spaziert sie in ihr Zimmer, schließt die Tür hinter sich und macht Musik an. Was zur Hölle? Ich hämmere mit der Faust gegen die Tür, doch sie reagiert nur mit dem Aufdrehen der Lautstärke. Alle Gedanken, die ich mir auf der Fahrt gemacht habe, werfe ich über Bord und reiße die Klinke runter.

»Ähm, hallo, schon mal was von Privatsphäre gehört?!«

Allein dieser respektlose Alman-Satz bringt mich zum Kochen. Sie kann froh sein, dass ich ihre Zimmertür nicht ausgehängt habe, als sie in der Schule war. Ich ziehe den Stecker ihres Lautsprechers und setze mich auf ihren Schreibtischstuhl. Tief Luft holen. »WAS ZUR HÖLLE, PARVIN? WAS. ZUR. HÖLLE.« Puh. Das war laut. Aber es tut gut.

Sie sagt nichts, stiert mich bloß an. Ihre vom Schwitzen verschmierten Kajalaugen erinnern mich an die der Straßenkatzen von Teheran. Ich weiß gar nicht, wo ich anfangen soll. Vielleicht chronologisch.

»Wann hattest du vor, mir zu sagen, dass ihr in ein paar Wochen auf Klassenreise fahrt?«

Sie stöhnt genervt auf, verschränkt ihre Arme vor der Brust und fokussiert die Wand.

»Hallo?!«

Schließlich: »Ich fahr eh nicht mit.«

»Das weiß ich jetzt auch. Ich hätte es nur gerne gewusst, bevor du einen Brief mit meiner Unterschrift fälschst und behauptest, wir hätten nicht genug Geld. Checkst du, wie krass ich mich wegen dir zum Clown gemacht habe?«

Ohne mich anzuschauen, lacht sie laut auf. »Ich habe doch gesagt, das sind alles Pyskos. Aber du hörst ja nie auf mich.«

Ich will etwas erwidern, doch ich halte inne. Wenn die Mütter schon zu mir so scheiße waren, obwohl sie mich noch nie gesehen haben, wie gehen die Kinder dann mit Parvin um?

»Willst du nicht mitfahren, weil deine Mitschüler dich mobben?«

Keine Antwort.

»Wenn ja, dann tut es mir leid«, sage ich. »Wenn ich gewusst hätte, dass andere dich so behandeln, dann hätte ich …«

»Dann hättest du was? Mich zu Oma geschickt? Wolltest du doch nie. Du wolltest immer, dass ich bei dir bleibe. Wie so ein Gucci-Brustbeutel hänge ich an deinem Hals, einfach nur zum Flexen. Weil du Oma nicht gewinnen lassen wolltest. Aber dass man in der Schule gedisst wird, weil man mit einer Lesbe zusammenwohnt, das war dir wohl egal.«

Autsch. Nur das Muster von Parvins Bettdecke passt in diesem Moment in mein Blickfeld. Alles andere würde meinen Kopf zum Sprengen bringen. Hat sie das gerade wirklich zu mir gesagt? Ich atme tief durch und kämpfe gegen die Tränen an, die sich startklar in meinen Augenwinkeln sammeln. »Aber du wolltest doch auch nicht weg aus Berlin, oder?«

Parvin baut sich vor mir auf und schaut mich an, als sei ich ein Kleinkind. »Tante Nas. So was weiß man doch. Homos sind nichts für jeden.«

Jetzt stehe auch ich auf. »Nichts für jeden? Ist das dein Ernst? Was willst du mir damit überhaupt sagen? Bin ich jetzt schuld daran, dass deine Mitschüler_innen scheiße sind?«

»Die sind ganz normale Menschen! So ziemlich jeder tickt so.«

»Ach ja? Teilst du diese Meinung auch?«

Sie wendet ihren Blick ab und zuckt mit der rechten Schulter.

»Kein Plan«, murmelt sie.

Boom. Ich wollte meine Worte mit Bedacht wählen. Nuanciert. Wie feiner Nieselregen. Aber es geht nicht anders. In meinem Mund bricht ein Gewitter aus.

»Ist das deine Dankbarkeit dafür, dass ich dich abholen komme, weil du zu dumm bist, dich nicht beim Klauen erwischen zu lassen? Ich hab es mir auch nicht ausgesucht, mit einem inkompetenten Teenager zusammenzuwohnen. Ein bisschen mehr Verstand hätte ich trotzdem erwartet. Weißt du, wie sehr ich zurückstecke, damit du dein altes Leben weiterführen kannst? Warum kannst du dich nicht auch zusammenreißen? Vielleicht hätte ich dich in den Knast sperren lassen sollen, damit du ein bisschen Disziplin lernst!«

Ich warte auf eine Antwort, bekomme aber nur ein Augenrollen.

»Hallo?!«

»Ja, hallo, keine Ahnung, was willst du hören? Schick mich halt nach Lübeck, dich juckt's doch eh nicht, was mit mir ist.«

»Ach, halt doch die Fresse.« Wütend haue ich gegen ihren Schreibtischstuhl und stampfe zur Tür. Ein letztes Mal drehe ich mich um. »Es fehlen übrigens einige Gegenstände aus dem Zimmer deiner Mutter. Hast du irgendwas mitgenommen?«

»Hä?« Ihre erröteten Wangen lassen die verwirrte Miene aufgesetzt wirken.

»Stell dich nicht so dumm«, zische ich. »Du weißt genau, was ich meine.«

»Nicht wirklich. Ich check eh nicht, warum du denkst, alles in diesem Haus gehört jetzt dir. Ich hab nichts genommen, aber wenn, dann ginge dich das nichts an. Ich war zuerst hier.«

»Lüg mich nicht an, Parvin.«

Sie greift nach ihrem Rucksack, schmeißt willkürlich ein paar Gegenstände hinein. Perplex beobachte ich sie.

»Hallo, ich hab dich was gefragt«, sage ich gereizt.

Sie schiebt mich von der Tür weg und drückt sich an mir vorbei.

»Hey«, brülle ich, als sie ihre Schuhe anzieht und nicht weiter auf mich eingeht. Sie weiß genau, was sie macht. Sie weiß, dass ich niemals meine Hand gegen sie erheben würde, sie niemals festhalten würde. Und dass ich zu viel Angst vor dem Jugendamt habe, um noch mal zur Polizei zu gehen, wenn sie jetzt abhaut.

Mit der Hand an der Türklinke dreht sie sich zu mir. »Fick dich einfach«, sagt sie und verschwindet.

O

1989

Ein Mädchen, das so schön war wie Natascha, hatte ich noch nie gesehen. Ich traf sie in der Dämmerung. Sie saß alleine auf dem Parkplatz, rauchte und hörte auf ihrem Walkman Musik. Ich konnte nicht wegschauen, verlor die Zeit aus den Augen, bemerkte kaum noch die schwere Einkaufstüte in meiner Hand. Irgendwann hörte ich sie sprechen: »Is was?«

Ihr Blick war hart, in ihrer übergroßen Jeansjacke und den bunten Pumphosen wirkte sie noch härter. Sie trug ihr langes dunkelblondes Haar offen wie die Pferdemädchen in meiner Schule, aber sie war anders. »Ob du ein Problem hast, hab ich dich gefragt.« Sie stand auf, lief auf mich zu, machte sich noch größer, als sie ohnehin schon wirkte. Aus ihren heruntergezogenen Kopfhörern drangen Musikfetzen zu mir. *It's like a dream. No end and no beginning.*

Ich schüttelte den Kopf.

»Dann verpiss dich«, sagte sie leise, aber deutlich.

Ich schluckte und fragte: »Wenn ich in fünf Minuten wiederkomme, wirst du dann noch hier sein und mit mir eine Zigarette rauchen?«

Sie schaute mich irritiert an und murmelte: »Mal gucken.«

Noch nie hatte ich die Einkäufe so schnell einsortiert. Mâmân war am Telefon und beachtete mich kaum. Als ich in mein Zimmer stürmte, um Deo aufzutragen, lag Nush in ihrem Bett und las eine Zeitschrift. Aus ihrem Kassettenrekorder, mit dem sie sich aus Radiosongs Mixtapes zusammenstellte, lief »Jeanny« von Falco. Genervt drückte ich auf aus.

»Wie oft soll ich dir noch sagen, dass du diesen Scheiß nicht hören sollst?«, zischte ich sie an.

Sie verdrehte die Augen, das machte sie immer.

»Das Lied ist drei Jahre alt, reicht langsam mal.«

»Wozu brauchst du abends um sieben noch mal Deo?«, fragte sie spöttisch und wedelte den Duft der Sprühdose von sich weg.

»Ich bin bisschen draußen, bis später«, sagte ich nur und ignorierte ihren irritierten Gesichtsausdruck.

Ich eilte zurück zum Parkplatz, versuchte aber, nicht zu rennen, um nicht völlig aus der Puste anzukommen. Erleichtert atmete ich auf, als ich im Licht der Straßenlaterne Nataschas Silhouette erkannte.

»Das waren jetzt aber schon eher sieben Minuten«, kommentierte sie, als ich nur noch ein paar Schritte von ihr entfernt war. Ich entschuldigte mich und setzte mich neben sie auf den Bordstein.

»Hast du vielleicht eine Kippe für mich?«, fragte ich schüchtern.

Sie lachte auf. »Ich sollte auf dich warten, damit du mich anschnorren kannst? Wie bist du denn drauf? Warst du noch schnell kacken, oder was?«

Ich war froh, dass sie in der hereinbrechenden Dunkelheit nicht sehen konnte, dass ich rot anlief. »Nein, ich musste nur schnell die Einkäufe nach Hause bringen.«

Sie musterte mich, während sie sich selbst eine Zigarette zwischen die Lippen steckte und mir schließlich die Schachtel hinhielt. Ich zog eine heraus und bedankte mich.

»Hast du vielleicht auch noch Feuer?«

Hoffentlich steht sie jetzt nicht beleidigt auf und geht, dachte ich. Wortlos reichte sie mir ihr hellblaues Feuerzeug. Ich nahm meinen ersten Zug und hoffte, dass sie ein Gespräch anfangen würde.

Doch als ich die Zigarette schon halb aufgeraucht hatte und noch immer kein Wort aus ihrem Mund gekommen war, fragte ich vorsichtig: »Du bist erst neulich hergezogen, oder?«

Sie pustete den dicken Rauch aus. »Vor ein paar Wochen. Ist ein ganz schönes Drecksloch hier. Mal gucken, wie lang ich es aushalte.«

Sie sagte es so, als könnte sie jederzeit entscheiden, einfach nicht mehr im Hudekamp zu wohnen, aber wir wussten beide: Wer hier lebt, hat sich das nicht ausgesucht. Als Jugendliche sowieso nicht, denn das letzte Wort haben die Eltern. »Eigentlich wollte ich, dass wir in Hamburg wohnen bleiben. In unserer schönen Villa in Blankenese.«

Ich kannte Blankenese aus einer NDR-Sendung, und ich wusste nicht, ob es mehrere Orte gab, die so hießen, doch ich war mir sicher, dass Natascha nicht in Blankenese gelebt hatte. In Blankenese, so schien es mir, wohnten nur Pferdemädchen.

»Reitest du?«, fragte ich.

»Mein Pferd ist leider letztes Jahr gestorben«, antwortete sie, ohne mich anzuschauen.

»Wie hieß dein Pferd?«, stocherte ich weiter.

Sie drehte sich zu mir. »Mein Pferd hieß Wasbistdusoneugierig. Jetzt mal wirklich. Was ist das für ein Verhör hier? Wolltest du eine Kippe oder ein Interview?!« Ihre Stimme klang gereizt.

Ich versuchte, nicht nervös zu werden. »Ich frage nur, weil ... Niemand hier reitet. Niemand zieht hierher, wenn er auch in einer Villa in Blankenese leben könnte. Und du kommst mir viel zu sympathisch rüber dafür, dass du angeblich ein Pferdemädchen bist.«

»Ein Pferdemädchen?!«

»Na ja. So Bonzenkinder halt.«

Sie schwieg.

»Ich heiße übrigens Nas.«

Als sie daraufhin nichts erwiderte, hakte ich nach: »Und wie heißt du eigentlich?«

Sie verriet mir ihren Namen. Den schönsten Namen, den ich je gehört hatte.

Nach diesem Abend trafen Natascha und ich uns fast täglich. Sie war mit ihrem Vater und ihrer Oma neu in der Siedlung. Sie hasste es zu Hause, ich auch. Wenn Mâmân hypnotisiert am Fernseher hing, schlich ich mich raus. Nush gefiel das gar nicht, sie hatte keinen Bock, sich deswegen Stress mit unserer Mutter einzuhandeln.

»Alles, was du tun sollst, ist, ihr zu erzählen, dass ich spazieren bin«, meinte ich genervt. Spazieren war Sport, und von Sport nahm man schließlich ab. Das kam meiner Mutter entgegen. Nush verstand die Sache mit Natascha nicht. Sie konnte es nicht verstehen. Nush hatte ihre Zeitschriften und ihre arroganten Freundinnen, ich hatte nur meinen inneren Winter und zu lange Nächte. Natascha besetzte meine Leerstellen, die blanken Lücken, in denen ich mich verloren hatte. In der Wand neben meinem Bett, beim Lesen zwischen den Buchstaben, in den Wolken am Himmel. Löcher, die mich zu verschlingen drohten, sobald ich sie anschaute. Natascha schob sich zwischen mich und den Sog. Sie wurde zu meinem neuen Hobby. Wir waren nicht auf der gleichen Schule, wir waren streng genommen nicht einmal auf der gleichen Wellenlänge. Denn die meiste Zeit schwamm ich Natascha hinterher. Obwohl Natascha deutsch war, war sie der unzuverlässigste Mensch, den ich kannte. Ich wusste nie, woran ich bei ihr war, aber gerade das machte die Sache so interessant. Immer, wenn ich gerade dachte, sie hätte unsere Verabredung vergessen, sah ich sie am Horizont erscheinen, nie verlegen um eine Ausrede: Sie musste ihrer Oma bei etwas helfen, es hatte Zoff mit ihrem Vater gegeben oder sie hatte geweint und musste sich neu schminken. Ihre Oma brauchte viel Hilfe, sie lebte bei ihnen, weil sie nicht ins Heim wollte. Wenn sie schlief, klaute Natascha Geld für Zigaretten und Alkohol aus ihrer Handtasche, die die Oma stets bei sich hatte, obwohl sie entweder auf ihrem Sessel saß oder im Bett lag. Sie war so dement, dass sie nicht merkte, ob in ihrem Portemonnaie ein Zehner fehlte oder nicht.

»In ihrem Kopf hat der Krieg nie aufgehört.« Alle Sätze klangen so besonders, wenn sie aus Nataschas Mund kamen. Sie hatten etwas Poetisches an sich, obwohl sie so unmittelbar und direkt waren, wie Sätze es nur sein konnten. Für ihre Oma waren Menschen wie ich Gesindel. Natascha machte sich darüber lustig, wie ihre Oma von Juden und Ausländern und Homosexuellen und Asozialen sprach, aber als ich sie fragte, wie sie in Gegenwart ihrer Oma reagierte, wenn die so was sagte, zuckte sie nur die Schultern. »Ich bin unpolitisch. Und die Alte checkt eh nichts mehr.« Vor dem Tod ihrer Oma hatte Natascha trotzdem Angst. Sie sprach es nie aus, doch wir wussten beide, dass seine Mutter der einzige Grund dafür war, dass Nataschas cholerischer Vater noch niemanden umgebracht hatte.

Nataschas Vater machte viel Stress. Gelegentlich arbeitete er, Natascha erzählte aber nie, womit genau er eigentlich sein Geld verdiente. Die meiste Zeit verbrachte er sowieso zu Hause und soff. Er hatte viel Wut im Bauch und regte sich immer über irgendwas oder irgendwen auf. »Meistens über Ausländer«, erzählte Natascha mal. Auch ihm passte es also gar nicht, dass wir so viel rumhingen. Einmal kam sie mit einem blauen Auge zu unseren nächtlichen Treffen. »Mein Vater hat gesagt, wir können uns nicht mehr sehen«, meinte sie und holte eine kleine Flasche Schnaps aus ihrer Jackentasche. »Ich hab ihm gesagt, er soll sich ficken. Dann hat er mir eine reingehauen. Ich hab gesagt, dass ich von zu Hause abhaue, wenn er das noch mal macht. Dann hat er aber wirklich die Fresse gehalten. Er hat Schiss, dass ich ihn auch verlasse.«

Sie meinte: wie ihre Mutter. Die hatte keinen Bock mehr auf ihren Mann gehabt, bei dem die Fäuste umso lockerer saßen, je mehr er trank. An seiner Unzufriedenheit waren die anderen Schuld, vor allem seine Frau. »Irgendwann hat sie gesagt, mir reicht es jetzt, und dann ist sie abgehauen, mit ihrem neuen Freund durchgebrannt. Der ist nämlich reich, hat eine Villa in Blankenese. Sie schickt mir zum Geburtstag immer eine Karte mit einem Fünfziger.« Das alles erzählte Natascha mal in einer Nacht, in der wir am Kanal waren.

Wir hatten eine Decke unter uns ausgebreitet, und wir rauchten so viel, dass ich Halsschmerzen und einen ekelhaften Geschmack auf meiner trockenen Zunge bekam.

»Du findest mich jetzt bestimmt komisch«, meinte Natascha dann, und ich schüttelte den Kopf.

»Ich finde dich nie komisch.«

Und es stimmte. Für mich war Natascha eine Heldin, auch wenn ich bei ihren Geschichten nie sicher sein konnte, ob sie wirklich stimmten. In dieser Nacht aber glaubte ich ihr alles. Ich war so betrunken, dass ich mich endlich dazu überwinden konnte, zu tun, was ich seit unserer ersten Begegnung tun wollte. Wir lagen nebeneinander, ich strich ihr die langen Haare aus dem Gesicht. Sie fühlten sich weich an, und sie rochen jedes Mal nach fruchtigem Shampoo. Ihre Wimpern waren vom Mascara immer ein wenig verklebt, jetzt im Sommer verlief ihr Make-up auch ein bisschen. Dafür kamen ihre Sommersprossen zum Vorschein. Nush sagte immer, blonde Menschen mit heller Haut und blauen Augen sehen aus wie Gespenster. »Du jagst einem Geist hinterher«, hatte Nush in einem komischen Ton zu mir gesagt, als ich ihr erklärte, warum ich so wenig zu Hause war. Sie fand das alles dumm. Ich konnte es ihr nicht erklären. Dazu hätte ich erst mal über diese Lücken sprechen müssen. Woher sie kamen. Und dass weder Nush noch Mâmân in der Lage gewesen waren, sie so zu füllen, wie Natascha es konnte. Für mich stand eins fest: Sie und ich gegen den Rest der Welt. Für immer.

»Natascha, ich will dich küssen«, flüsterte ich betrunken in ihr Ohr. Ich hatte keinen Filter mehr. Der Gedanke, den ich weggeschoben hatte, wann immer er durch meinen Kopf schoss, war nun ausgesprochen. Ich konnte es nicht mehr rückgängig machen.

»Traust dich doch eh nicht«, antwortete sie, ihre Stimme war lauter als meine. Ich traute mich. *And now we're flying through the stars, I hope this night will last forever.* Für mich war es der erste Kuss, für Natascha nicht, sie hatte sogar schon mal einen Freund gehabt.

Ich wusste noch nicht, wie Sex geht, aber wir hörten nicht mehr auf, uns gegenseitig anzufassen. Zuerst war ich unbeholfen, was mit meiner Schüchternheit zu tun hatte und nicht etwa daran lag, dass es mir an Vorstellungskraft gemangelt hätte. Nachts, wenn ich nicht einschlafen konnte, schloss ich oft die Augen und dachte genau daran. In meinem Kopf war ich bloß mutiger als in diesem Moment. Danach fragte ich mich, ob ich jetzt eigentlich noch Jungfrau war.

Wir hatten nur noch eine Zigarette, die wir uns teilten.

»Was magst du an mir?«, wollte Natascha wissen.

Ich sagte: »Du bist furchtlos.«

Das stimmte nur fast, denn Natascha hatte Angst vor der Nacht – zumindest, wenn sie alleine war. Und vor dem Tod ihrer Oma. Aber das hätte sie niemals zugegeben.

»Ich glaube, du kennst mich gar nicht so gut«, meinte sie daraufhin.

Sie schlief ein, ich aber lag die ganze Nacht wach. Ich konnte nicht aufhören, daran zu denken, wie sehr ich in sie war. Als es heller wurde und Natascha endlich wach war, tat sie so, als wäre nichts, dann gingen wir zurück in die Siedlung. Wir verabschiedeten uns wie nach jedem anderen Abend auch. Vielleicht waren meine Sorgen, dass das Aussprechen meiner Gedanken alles zerstören würde, unbegründet gewesen. Das, was wir hatten, war so besonders und unzerstörbar, dass ich es mit meinem Leben beschützen wollte.

Meine Seifenblase stand unter Beschuss, sobald ich in unsere Wohnung trat. Nushin fuhr mich an, als sie mich dabei ertappte, wie ich leise hereinkam. »Mâmân und Manoucher fahren seit Stunden durch die Stadt, um dich zu suchen.«

Ich zuckte mit den Schultern. Sie hole mit der Hand aus und knallte mir eine. »Ganz ehrlich, was ist eigentlich mit dir los? Ich weiß überhaupt nicht mehr, wer du bist. Wo treibst du dich die ganze Zeit rum?« Ihre Stimme klang schrill, doch ihr Blick war schmerzerfüllt. Mir kam ihre Reaktion in dem Moment übertrieben vor, ich schwebte woanders, ihre Worte konnten mich nicht berühren. Wir standen uns gegenüber, doch wir waren so weit voneinander entfernt, dass der Pazifik zwischen uns gepasst hätte. Ich stieß sie zur Seite und ging ins Bad.

Natascha kam nie wieder zum Parkplatz. Am fünften Abend in Folge, den ich vergeblich auf sie wartete, klingelte ich bei ihr. Ich wusste, wo sie wohnte, obwohl ich noch nie bei ihr zu Hause gewesen war. Ein älterer Mann riss die Wohnungstür auf.

»Was willst du denn hier?«, fragte er, seine Augen waren rötlich unterlaufen, und er sah aus, als hätte er einige schlaflose Nächte hinter sich.

»Ist Natascha zu Hause?«, fragte ich.

»Nein«, bellte er, »Natascha ist nicht zu Hause, sie wohnt hier nicht mehr, sie ist zu ihrer Mutter gegangen.«

»Nach Blankenese?«, fragte ich verblüfft.

»Blankenese?«, erwiderte er verdutzt.

Ich schwieg ihn an. Er sagte den Namen des Ortes, als ob er ihn zum ersten Mal hörte.

»Ich dachte, ihr kommt aus Hamburg.«

Er lachte höhnisch auf. »Hamburg? Mama, hast du das gehört?«, rief er durch die Wohnung, bekam aber keine Antwort. »Nataschas Mutter lebt in Süddeutschland. Und Natascha hat noch nie woanders gewohnt als in Lübeck.« Damit knallte er die Tür vor meiner Nase zu und schubste mich zurück in die Leere.

O

Hastig wasche ich mein verheultes Gesicht mit kaltem Wasser in der Hoffnung, die Schwellung meiner Augen zu lindern, bevor ich zur Arbeit fahre. Den Trick mit den Gurkenscheiben auf den Augen probiere ich gar nicht erst aus, diese Reiche-Frauen-Lifehacks funktionieren bei mir fast nie, und ich bin ja auch weder reich noch so richtig sicher, eine Frau zu sein. Ein kurzer Blick in den Spiegel genügt, um zu erkennen, dass das kalte Wasser nichts bringt. In den letzten Stunden habe ich von Parvin nichts gehört, sie hat sogar ihr Handy ausgeschaltet. Ich kann mir nicht vorstellen, dass sie wirklich zu Mâmân fahren würde, dort anrufen und ihr erzählen, dass Parvin abgehauen ist, kann ich aber auch nicht. Dann würde Mâmân sie niemals zu mir zurückkommen lassen. Hoffentlich, denke ich, liegt sie in ihrem Bett, wenn ich heute Nacht wieder da bin.

In der Bar angekommen, gehe ich, ohne die anderen zu grüßen, direkt auf meinen Posten an der Tür. Ich brauche jetzt einfach nur eine Kippe. Kein Bock auf Small Talk, ich muss erst mal mich selbst zusammenflicken. Ich atme die herbstliche Abendluft tief ein, doch sie riecht nicht nach Laub, sondern nach Pisse. Mir wird schlecht. Aus den Augenwinkeln sehe ich die Pfütze, die Quelle des Geruchs, im Licht der Straßenlaterne vor einer Häuserwand einige Türen weiter glänzen.

Heute füllt sich die Bar schneller als sonst, scharenweise laufen die ganzen Queers rein, um die Tristesse der düsteren Jahreszeit wegzutrinken oder um sich vor dem Winter noch eine

Romanze zu klären. Immerhin lässt sich in diesem Raum die Cuffing Season unterschiedlich auslegen.

»Nas, man kann sich drinnen kaum noch bewegen, mach bitte Einlassstopp«, ruft mir Gigi durch die offene Tür zu. Ich signalisiere durch ein kurzes Nicken, dass ich sie verstanden habe, und schicke die Gruppe, die gerade vorgelaufen ist, wieder nach Hause. Zwischen den enttäuschten Gesichtern erkenne ich eine mürrische Fratze, die sich zu mir drängelt und vor mir aufbaut.

»Ey, ich hab da drinnen ein Date, das auf mich wartet«, raunt sie mir zu.

Ich zucke mit den Schultern. »Dann müsst ihr euch woanders treffen.«

Ihre Augen funkeln wütend hinter ihrer großen Fensterglasbrille. »Verstehst du nicht? Sie ist schon drinnen und wartet. Ich bin nur zu spät dran. Wenn ich ihr jetzt sage, wir müssen woandershin, dann ist der ganze Abend hinüber!«

Unbeeindruckt von ihrer Geschichte schaue ich sie an, ohne eine Miene zu verziehen. »Einlassstopp ist Einlassstopp.«

Schnaubend schielt sie an mir vorbei durch das Fenster, versucht wahrscheinlich, ihr Date zu finden. Irgendwas an ihr passt mir nicht. Da ist etwas, was mit meiner Leere korrespondiert. Meine Gedanken wechseln ihre Zugrichtung. »Mach jetzt bitte den Türbereich frei«, sage ich etwas lauter und härter.

Sie dreht sich um, entfernt sich einige Schritte von der Bar, aber schaut immer wieder zur Tür rüber. Als die Glasscheibe auffliegt, weil jemand rausgeht, stürmt sie plötzlich an mir vorbei und presst ihren Körper in den überfüllten Raum.

»Hey«, brülle ich und ziehe sie an ihrer Jacke heraus.

»Fass mich nicht an«, bellt sie zurück und schlägt auf meine Hand.

Dann ist es endgültig vorbei. Meine inneren Jalousien fahren runter, vielleicht sind es auch epische Opernvorhänge, hinter meiner Stirn blinkt es jedenfalls »Showtime«. Ich sehe in dem Raum nichts mehr außer dieser einen Person. Ich zerre sie aus dem Laden, sie wehrt sich, aber ich bin stärker, und ich schubse sie draußen auf den Boden, knie mich über sie, halte ihre Arme fest, keuche.

»Ich hab gesagt, du bleibst draußen«, knurre ich leise.

Sie starrt mich an, als wäre ich verrückt, mit weit aufgerissenen Augen und bebender Unterlippe.

»Alter, geh von mir runter, bist du wahnsinnig?«

Ihre tiefe Stimme ist nur noch ein Piepsen. Genüsslich drücke ich ihre Handgelenke noch fester.

»Was du machst, ist Körperverletzung. Ich ruf die Bullen«, fiept sie. Ich sehe das Display ihres Handys aus ihrer Tasche ragen, greife danach.

»Wenn ich dein Handy zertrümmert hab, hast du nichts mehr, womit du die Bullen rufen kannst«, zische ich.

In dem Moment schreit sie laut nach Hilfe, die Tür hinter uns öffnet sich, ein paar Leute kommen raus.

»Nas«, brüllt jemand, ich glaube, es ist Gigi, aber ich bin nicht sicher, denn alle Geräusche in meiner Umgebung klingen, als wären sie mehrere Hundert Meter von mir entfernt.

Jemand packt mich mit festem Griff von hinten am Kragen. »Nas, steh sofort auf.« Muss irgendein Typ sein. Ich reagiere nicht.

»Lass sie los, Mann«, sagt jemand anderes.

Plötzlich spüre ich, wie mein Körper hochgehoben wird, mehrere Hände greifen in mein Fleisch, ich will sie wegschlagen, doch ich fühle mich ganz starr. Ich bin ein dicker Karpfen, der aus dem Wasser gezogen wird.

Die Person, auf der ich bis eben gerade saß, richtet sich ängstlich auf, streckt den Arm nach ihrem Handy aus, das jetzt auf dem Boden liegt.

»Ich schwöre dir, ich bringe dich um, wenn du die Polizei rufst«, drohe ich.

»Alter, Nas, halt die Fresse«, zischt der Typ. Langsam erkenne ich, dass es mein Kollege Yasin ist.

Lora, eine andere Kollegin von mir, läuft zu der Person auf dem Boden und fragt, ob alles okay ist. Mich fragt niemand irgendwas.

»Wo tragt ihr mich hin?«, frage ich Yasin und die beiden anderen, die mich jetzt auf dem Boden absetzen.

»Nirgendwohin«, sagt Gigi und stellt sich vor mich.

Nun, wo wir außer Hörweite der anderen Gäste sind, kehrt die dritte Person, die ich immer noch nicht erkenne, zurück zur Bar, während Yasin und Gigi sich über mir aufbauen.

»Sag mal, spinnst du eigentlich?«, fährt Gigi mich an.

Verständnislos gucke ich sie von unten an. »Ich versteh euer Problem nicht, ich mach nur meinen Job.«

»Dein Job ist es, an der Tür für Ordnung zu sorgen, nicht, unschuldige Leute zu bedrohen«, platzt es aus Yasin heraus. Noch nie hat er mit mir in so einem Ton gesprochen. »Was du getan hast, ist fahrlässig. Du bringst nicht nur dich in Gefahr, sondern auch uns.«

Verdutzt frage ich, was er meint.

»Wir haben heute eine Räumungsklage bekommen«, erklärt Gigi. »Und wenn wir dagegen vorgehen wollen, können wir es uns nicht leisten, dass die Polizei wegen aggressivem Personal vorbeikommen muss.«

Entsetzen macht sich in mir breit. »Was? Warum sagt mir das keiner?«

»Wann hätte das denn passieren sollen? Du warst weder beim Plenum heute Nachmittag da, noch hast du mit irgendwem von uns gesprochen.« Yasin klingt nicht mehr ganz so kühl, sondern eher ein wenig beunruhigt.

»Wir machen uns Sorgen um dich, Nas«, murmelt Gigi.

»Wer soll das sein, ›wir‹?«

»Unser Kneipenkollektiv.«

Entgeistert stehe ich auf, gehe auf Gigi zu. »Ach ja? Warum gehst du mir dann permanent aus dem Weg? Du gibst mir ja nicht mal eine Chance, dir zu erzählen, wie es mir geht.«

»Du redest mit niemandem von uns, Nas. Niemand geht dir aus dem Weg. Du bist überhaupt nicht da, Nas.«

»Hört auf, die ganze Zeit meinen Namen zu sagen, als wäre ich ein Kind«, fauche ich. »Ihr seht doch genau, wie es mir geht. Scheiße geht es mir! Ich musste mir gestern beim Elternabend so eine Scheiße anhören. Und heute ist auch noch Parvin von zu Hause abgehauen, alles ist scheiße, scheiße, scheiße!« Ich erschrecke vom lauten Geräusch meines eigenen Schluchzens. Ehe ich michs versehe, hat Gigi ihre Arme um mich geschlungen und ganze Wasserfälle fließen über mein Gesicht.

»Hey«, flüstert sie und streichelt über meine Haare. »Wir sind für dich da, aber du musst uns auch reinlassen. Wir können nicht viel machen, wenn du uns monatelang abwimmelst.«

In mir findet ein halber Mauerfall statt, ein Dammbruch, alles läuft aus mir heraus. Minutenlang heule ich laut, ohne überhaupt ein Wort rauszukriegen. Ich höre Schritte, dann Loras Stimme. »Leute, wir sind massiv unterbesetzt, könnt ihr langsam zurückkommen?«

»Yasin, geh du mal hin, ich bleibe noch ein bisschen hier mit Nas«, höre ich Gigi sagen.

»Schreib eine SMS, wenn ich zurückkommen soll«, sagt Yasin und verschwindet mit Lora.

Gigi bringt mich auf eine Bank, sie sitzt, ich liege mit meinem Gesicht auf ihrem Schoß, weine einfach weiter, weiß nicht, wie lange. Es ist in den vielen Jahren unserer Freundinnenschaft das erste Mal, dass Gigi mich heulen sieht. Sie selbst weint oft, auch vor Freude, aber sie ist einfach Gigi, und Gigi ist *wholesome*. Meistens. Irgendwann, als meine Stimme zurückkehrt, richte ich mich auf und schaue sie an. Jetzt ist der Moment, sonst erfahre ich die Wahrheit nie, denke ich. Wie Kohlensäure sprudelt aus mir heraus, was ich seit Monaten zurückgehalten habe. »Gigi. Hast du was aus Nushins Zimmer mitgenommen?«

Gigi setzt ein verwirrtes Gesicht auf. »Was meinst du?«

»Ich muss es wissen«, sage ich schließlich. »Als ich in ihrem Zimmer war, war die Kiste mit den Sachen aus ihrer Sexarbeitszeit leer. Habt ihr die beim Ausräumen gefunden? So eine blonde Perücke und –«

Sie unterbricht mich, sichtlich irritiert. »Nein, ich habe so etwas nicht gefunden, und selbst wenn, hätte ich es wie alles andere in eine Box gepackt. Warum sollte ich so was mitgehen lassen? Was denkst du, wer ich bin? Alter, bist du krank, oder was? Ich klau doch nicht von deiner verstorbenen Schwester!«

Sofort schäme ich mich dafür, auch nur eine Sekunde einen solchen Verdacht gehegt zu haben. Seit Nushins Tod kann ich keinen klaren Gedanken mehr fassen. Ich bin besessen davon, alle hätten sich gegen mich verschworen. Ich suche nach Worten, finde sie nur schwer. »Es ist nur so ... ich weiß nicht, wo die Sachen sind. Sie hat sie jahrelang nicht angerührt, denke ich, aber plötzlich sind sie weg ... und dann höre ich Leute darüber reden, dass sie sie gesehen hätten ... aber sie hat mir nichts erzählt ...«

»Was genau meinst du?«

Ich seufze. »Ich hab das Gefühl, dass Nush vielleicht wieder mit der Sexarbeit angefangen hatte. Und irgendwas sagt mir, dass das etwas mit ihrem Tod zu tun hat.«

Sie schluckt.

Um meinen Bauchnabel kribbelt es vor Aufregung. Ich spüre, dass Gigi mir etwas verschweigt. Nur, wie kriege ich sie dazu, mir zu verraten, was?

»Sie hat dir nichts erzählt?«, fragt sie schließlich.

»Was genau hätte sie mir denn erzählen sollen?«

Schweigen.

»Gigi!«, rufe ich gereizt. Nervös rutsche ich auf der Bank hin und her. »Jetzt sag schon!«

»Ich weiß nicht, wie ich darüber reden soll.« Ihre Stimme wird etwas höher und schneller. »Ich habe Angst, Nush nach ihrem Tod zu verraten oder so ...«

Verdutzt gucke ich sie an. Gigi und Nush hatten nie was miteinander zu tun. Sie sind sich begegnet, wenn Nush mich auf der Arbeit besucht hat, aber wir haben nie als Gruppe gemeinsam abgehangen. Zwei getrennte Welten. »Was hattet ihr miteinander zu tun?«

Gigi atmet laut aus. »Nush und ich kennen uns von der Arbeit.«

»Von der Arbeit?«, frage ich verwirrt. »Was für eine Arbeit, du arbeitest doch hier ...«

Genervt schaut sie mich an. »Nas, ich lebe nicht nur von diesem Job. Nush und ich kennen uns von der Sexarbeit. Wir waren Kolleginnen.«

Sie sagt es so, als hätte ich es ahnen können. »Woher soll ich das denn wissen?«, sage ich. »Und was soll das heißen? Hat sie also doch wieder gearbeitet?«

Gigi verdreht die Augen. »Sieht doch danach aus, oder? O Mann, ey, ich wollte es dir nicht sagen, weil ich denke, es geht dich nichts an, wenn sie es dir nicht selbst erzählt hat.«

»Und warum erzählst du mir erst jetzt, dass du Sexarbeit machst? Ich dachte, wir sind beste Freundinnen?«

»Wenn wir beste Freundinnen wären, würdest du so einen Scheiß hier nicht bringen, Nas. Ich hab's fast niemandem erzählt. Wenn du ein bisschen aufmerksamer gewesen wärst ... Ach, egal.«

Mir wird heiß vor Wut. »Was weißt du noch über Nush, was ich nicht weiß?«

»Nichts! Was weiß ich, was du weißt und was nicht. Nur, weil ihr Schwestern wart, heißt es nicht, dass sie vor dir keine Geheimnisse haben darf.« Sie klingt gereizt.

»Wenn es etwas mit ihrem Tod zu tun haben könnte, dann will ich es wissen. Hat sie mit dir jemals darüber geredet, sich umbringen zu wollen?«

Gigi scheint zu überlegen. »Keine Ahnung. Sie war nicht immer in bester Stimmung. Aber sie hat jetzt nicht gesagt, dass sie irgendwelche Suizidpläne hatte ... Ich war auch überrascht.«

Tausend Fragen schwirren durch meinen Kopf wie flatternde Kolibris, die sich nur schwer einfangen lassen. »Okay«, grüble ich, »hatte sie irgendeinen Stalker oder so?«

»Nas, nicht alle Klienten sind Creeps«, sagt Gigi. »Und ich habe ihre nie getroffen. Wie auch?« Sie schaut um sich. »Hast du noch eine Kippe?«

Ich hole meine Zigaretten raus, stecke mir zwei in den Mund, zünde beide an und gebe ihr eine. »Wann hat sie überhaupt wieder angefangen?«

Sie inhaliert ihre kräftig, lässt sich Zeit, bevor sie den dichten Qualm ausbläst. »Vielleicht ein paar Monate bevor sie gestorben ist?«

Ein paar Monate vorher. Ich gehe im Kopf die Zeit durch. Sie hat damals weder finanzielle Engpässe erwähnt, noch war mir aufgefallen, dass sie plötzlich mehr Geld hatte als sonst. »Hat sie dir erzählt, warum sie wieder angefangen hat?« Es nervt mich, dass ich Gigi jedes Detail aus der Nase ziehen muss.

»Ich glaube nicht. Sie hat gar nicht viel erzählt, sie hat nur Fragen gestellt. Da seid ihr euch ähnlich. Nur am Bohren! Immer nur am Ausfragen. Ich hab mich wie die Gelben Seiten gefühlt.« Sie kichert in sich hinein.

»Aber du bist dir sicher, dass sie wieder angefangen hat zu arbeiten? Oder hatte sie nur Fragen?«

»Sie hat gearbeitet. Ich hab sie ein bisschen vernetzt, sie wollte ein paar Leute kennenlernen. Kann aber auch sein, dass sie schon wieder aufgehört hatte, bevor sie gestorben ist. Hatte eine Weile lang nichts von ihr gehört.« Gigi schaut mich vorsichtig an, ihre Augen wirken noch größer und tiefer als ohnehin schon. »Ganz ehrlich, Nas? Ich verstehe, dass du an dieser Suizidthese so festhältst, aber je mehr Abstand ich dazu habe, desto unwahrscheinlicher erscheint es mir. Vielleicht sollten wir einfach akzeptieren, dass es ein Autounfall war, so wie es die Polizei am Anfang gesagt hat. Zu hundert Prozent werden wir die Wahrheit nie erfahren können. Lass diese Gedanken los. Sonst wirst du damit nie abschließen können. Du machst dich nur verrückt damit.«

Bitte jetzt nicht auch noch sie. Bin ich etwa die Einzige, die checkt, dass Nushins Tod eine Konsequenz ihrer Depression ist, die außer mir niemand richtig ernst genommen hat?

Plötzlich kommt Lora wieder zu uns. »Gigi«, keucht sie. »Komm jetzt bitte, wir schaffen das nicht mehr.«

Ich stehe mit ihr auf, will den beiden folgen. Lora hält mich sachte am Arm fest. »Du gehst nach Hause. Ruh dich aus. Wir können heute nicht noch mehr Stress gebrauchen.«

O

Als ich nach Hause komme, bin ich so erschöpft, dass das Stolpern über Parvins Sneaker im Flur mich erst fluchen lässt, bis der Ärger innerhalb weniger Sekunden von Erleichterung abgelöst wird. Ihre Schuhe sind da. Sie ist zurückgekehrt. Leise gehe ich vor ihr Zimmer. Unter dem Türspalt dringt kein Lichtstrahl nach draußen. Ich öffne die Tür einen kleinen Spalt, nur um mich zu vergewissern, dass sie wirklich in ihrem Bett liegt. Immerhin ein Problem weniger. Zu müde, um mir einen Joint zu bauen, werfe ich den kleinen Vaporizer an, den ich in Nushins Wohnzimmerschrank gefunden habe, und puste dünne Dampfwolken in mein dunkles Zimmer, bis auch ich einschlafe.

In den Tagen darauf wird mir klar, dass Parvins physische Anwesenheit in der Wohnung nicht unbedingt heißt, dass sie wirklich da ist. Wir gehen uns aus dem Weg. Bevor Parvin sich bei mir nicht entschuldigt, weiß ich nicht, was ich zu ihr sagen soll. Wenn wir uns auf dem Flur begegnen, ignorieren wir einander. So geht es eine ganze Weile. Manchmal kocht sie (zugegebenermaßen besser als ich) und lässt einen Teller für mich stehen. Wenn ich einkaufe, bringe ich ihr trotzdem den Joghurt mit, den sie am liebsten in der Schulpause isst. Immer wenn ich alleine bin, erzähle ich Nush davon, doch sie kann mir auch nicht weiterhelfen. Wie auch? Was es bedeutet, für einen Menschen in diesem Lebensabschnitt verantwortlich zu sein, konnte sie selber nicht mehr herausfinden. Ohnehin wäre sie viel strenger mit Parvin umgegangen als ich. Ich war immer die coole Tante, nicht die nölige Mutter. Vielleicht war das ihr Geheimnis? Wenn ich Parvin keine Grenzen setze, ist es doch klar, dass sie meine überschreitet. Ich rufe auf meinem Handy die Suchmaschine auf und scrolle mich durch die besten Erziehungsratgeber. Fast alle von ihnen richten sich an Eltern, nicht an Leute wie mich. Und ich weiß jetzt wieder, warum ich selber nie Kinder wollte.

Eines Nachmittags höre ich aus dem Bad Musik und das laute Geräusch von Metall, das auf dem Boden klirrt.

»Fuck!«, brüllt Parvin. Ihre Stimme klingt dumpf durch die Tür, als lägen ganze Kontinente und nicht nur eine Wand zwischen uns.

»Alles okay?«

Stille.

Ich lege mein Handy weg und laufe zum Bad. »Parvin«, frage ich, »ich mach mir Sorgen. Kannst du bitte aufmachen?«

Wieder keine Antwort. Einige Sekunden später dreht sich der Schlüssel im Schloss. Als daraufhin nichts passiert, drücke ich vorsichtig die Klinke herunter, öffne die Tür und betrete ein verwüstetes Bad. Der Boden ist bedeckt von Kleidung, einer Schere, einem Kamm, einem Trimmer und büschelweise Haar. Auf dem Rand der Badewanne sehe ich Parvin in ihrer Unterhose kauern.

»Hast du geweint?«, frage ich, als ob ihr Gesicht sie nicht ohnehin verraten würde, und bekomme nur einen genervten Blick als Antwort.

»Warum sagst du nicht, dass ich dich zum Friseur bringen soll? So arm sind wir auch nicht.«

»Weil Friseure behindert sind.« Sie klingt genervt, aber auch frustriert.

»Ey, was hab ich dir zu diesem Begriff gesagt?!«

Sie rollt mit den Augen. »Weil Friseure ... scheiße sind.«

Ich lächle sie zufrieden an.

»Was lachst du so?«

»Sorry«, nuschele ich, »ich ... warum sind Friseure scheiße? War deine Mama auch scheiße? Wann warst du zuletzt in einem Salon?«

Ich kann förmlich dabei zuschauen, wie es in ihrem Kopf zu rattern scheint. Nush hat Parvins Haare immer selbst geschnitten, meistens bei sich zu Hause und nicht im Salon. Wenn mein Friseur keine Zeit für mich hatte, ging auch ich zu ihr. Anfangs war sie beleidigt darüber, nur die Notlösung zu sein, aber jetzt bin ich froh, dass der monatliche Friseurtermin zu den wenigen Dingen gehört, die unabhängig von ihr existiert haben.

Sie seufzt. »Guck mal. Ich war nach der Schule bei einem und hab genau gezeigt, was ich haben will. Und was sagt die Fotze zu mir? Geht nicht. Ist nichts für deine Haare. Ich sag, lak, was für *geht nicht*, das ist original mein Haartyp auf dem Bild, bist du blind, oder was? Sagt die: Nee, Haartyp ist nicht das Problem, aber ich schneid dir keine Männerfrisur. Was für eine Männerfrisur? Ist die dumm?! Ist jetzt alles, was kein Bauernzopf ist, eine Männerfrisur? Ich check nichts mehr ...«

»Und dann hast du probiert, das ganze DIY zu lösen?«

»Was für Diweiwei? Ich hab gesagt: ›Ich scheiß auf deinen Laden‹, und bin gegangen. Hab hier dann gesehen, wir haben sowieso 'nen halben Friseursalon im Badezimmerschrank. Ich hab so ein YouTube-Tutorial angeschaut, sah easy aus, aber irgendwie hab ich es verkackt ...« Sie vergräbt ihr Gesicht in den Händen.

»Ach, Parvin«, sage ich.

»Ach, Parvin«, äfft sie mich nach. »Ja, ach, Parvin, jetzt geh ich morgen in die Schule wie so ein Opfer aus einer Sekte oder so!«

»Was für eine Sekte?!«

»Hab ich auch auf YouTube gesehen, das ist voll krank, die schneiden ihren Kindern die Haare hässlich, damit die in der Schule gemobbt werden und keine Freunde finden …«

Ich versuche, ihren missglückten Haarschnitt zu verstehen, doch es sieht so aus, als hätte jemand mit geschlossenen Augen versucht, jede fünfte Haarsträhne zu erwischen, aber jede dritte zwischen die Klingen bekommen.

»Willst du mir mal zeigen, welche Frisur du ursprünglich wolltest? Vielleicht kann ich ja noch was retten.«

»Da gibt es nichts zu retten, Mann, ich setz eine Mütze auf und bete, dass ich auf dem Schulweg von einem Auto überfahren werde.«

Mein Blick muss so erschrocken aussehen, dass sie ihre Arme hebt und mir versichert, dass sie das nur so gesagt habe und ich nicht denken soll, sie wolle sich »jetzt auch abmetzeln oder so«.

»Du kannst doch bestimmt eh keine Haare schneiden«, sagt sie schließlich.

»Woher willst du das wissen?«

Sie zuckt mit den Schultern.

»Jetzt zeig doch mal, was du eigentlich wolltest. Ich kann es doch mal probieren. Schlimmer als das kann es nicht werden.«

Widerwillig nimmt sie ihr Handy und kramt nach dem Bild. »Aber ey«, mahnt sie, bevor sie es mir zeigt. »Versprich, dass du es wirklich so machst. Egal, ob du die Frisur magst oder nicht!«

»Okay«, sage ich und frage mich, was für eine Frisur es sein könnte, dass sie mich schockieren würde. Parvin hat mich schon mit sämtlichen lesbischen Haarschnitten, von denen zugegebenermaßen nicht alle immer so cool aussahen wie erhofft, gesehen.

»Versprich es, Tante Nas!«

Ich hole tief Luft und hebe beide Hände hoch. »Versprochen.«

Sie beißt sich auf die Lippen und hält mir das Handydisplay hin. Ein paar längere Locken in der Mitte, kurze, anrasierte Seiten: definitiv ein Lesbenhaarschnitt. Meine Spezialität.

»Hübsch«, sage ich und lächle ihr zu. »Das kriegen wir doch hin.«

Ich hole den kleinen Metallhocker aus der Küche, setze sie drauf und beginne die Rettungsaktion.

»Woher kannst du das eigentlich?«, fragt Parvin.

»Früher haben wir uns immer gegenseitig die Haare geschnitten.«

»Wer ist wir?«

»Meine Freundinnen und ich. Deine Mutter hat es mir beigebracht. Ist eine lange Geschichte.«

»Erzähl sie.«

»Es ist lange her …«

»Bring mich dahin. Zu diesem Zeitpunkt.«

Ich mustere sie im Spiegel. »Du warst damals noch ganz klein. Eure ehemalige Nachbarin hat für ein bisschen Geld auf dich aufgepasst, damit ich deine Mutter für eine Nacht mit in die Bar nehmen konnte.«

»Was war da?«

»Wir haben eine Soli-Party gemacht.«

»Solarium-Party?!«

Ich lache. »Nein. Solidaritätsparty. Wir haben Geld gesammelt für die Gerichtskosten einer Genossin. Jemand hat zum Beispiel Tarotkarten gelegt, jemand anderes hat Schnaps verkauft, und deine Mama hat Frisuren geschnitten. Einfach in so einer Ecke, wo sie einen mobilen Salon aufgebaut hatte. Die Einnahmen wurden dann auch gespendet.«

»Leute haben sich in einer Bar die Haare schneiden lassen?!«

»Ja, normal. Der Ansturm war krass. Ohne Termin und für einen guten Zweck eine neue Frisur bekommen? Ist doch geil. Der Laden war richtig voll, irgendwann haben wir die Tür abgeschlossen, man konnte nur noch raus, nicht mehr rein. Deine Mama meinte die ganze Zeit: Leute, ich muss langsam los, ich muss zu meinem Baby. Sie hatte nicht damit gerechnet, dass so viele sich von ihr die Haare schneiden lassen wollten. Ich stand bei Nush, hab mir angeschaut, wie sie das macht, und hab ein paar Soli-Shots getrunken. Die haben nach Nutella geschmeckt. Nach einer Weile war ich so übermütig, dass ich einen zweiten Stuhl dahin getragen habe und durch die Bar rief: So, Leute, wer es nicht so genau nimmt und Lust auf eine Punk-Ästhetik hat, kann auch zu mir kommen.«

»Hätte ich nie im Leben gemacht.«

»Dich getraut, anderen die Haare zu schneiden?«

»Nein. Mir von einer besoffenen Türsteherin eine Frisur verpassen zu lassen. Ciao, ey.« Sie registriert durch den Spiegel meinen beleidigten Blick. »Digga, tu mal nicht so, als ob ich dir jetzt die Ehre genommen hätte. Manchmal machst du ein bisschen extra auf Opfer, Tante Nas.«

Uff, was für ein Read. »Willst du die Geschichte jetzt zu Ende hören oder nicht?«

»Doch! Erzähl weiter.«

»Also. Deine Mutter war nicht begeistert von der Idee. Aber ich brachte ihr einen Nutellaschnaps und überredete sie, mir ein paar Basics zu zeigen. Ich erinnerte sie daran, dass sie am Anfang ihrer Ausbildungszeit auch schon mal ein paar Frisuren von mir verkackt hatte, Löcher reingeschnitten und so was. Sie war einverstanden. Und dann schnitten wir nebeneinander eine Frisur nach der anderen. Irgendwer brachte uns immer Drinks oder Snacks. Als wir das Geld zählten, wir hatten viel mehr zusammenbekommen als die Gerichtskosten, war es schon früh am Morgen. Wir haben Nush noch etwas Geld für ihren Babysitter ausgezahlt. Und so lernte ich improvisierte Haarschnitte.«

»Nicht schlecht ...« Sie nickt mir zu.

»Hey, still halten, sonst schneid ich dir noch ein Loch rein.«

Sie spannt ihren Nacken an, sitzt ganz starr vor mir.

»Wenn das Ergebnis dir gefällt, schneid ich deine Haare in Zukunft gern. Ich verspreche, ich würde niemals so einen Quatsch sagen wie die Frau aus dem Friseursalon.«

Sie lächelt müde, senkt ihren Blick, schaut schließlich hoch. »Ey, übrigens ... Sorry wegen neulich.«

Ich erwidere den Blickkontakt über den Spiegel. »Worauf genau bezieht sich dein Sorry?«

»Du weißt schon. Ich bin bisschen ausgerastet, hatte einen schlechten Tag. Wollte dich nicht so beleidigen oder so. Und auch mit dem Klauen. In meiner Klasse meinte jemand, das geht voll leicht, ich wollte es probieren. Hab aber daraus gelernt. Wirklich.«

»Und wegen der Klassenfahrt?«

»Oha, Tante Nas, du bist richtig nachtragend. Hatte halt kein Bock auf Klassenfahrt. Aber ich wollte dich in keine blöde Situation bringen ...«

Ich seufze. »Na gut. Ich vergebe dir. Aber eins hätte ich noch gern gewusst. Was ist mit dem Geld passiert, das du dir von deiner Klassenlehrerin auszahlen lassen hast?«

Parvin wird rot. »Hab das Geld nicht mehr. Schon verballert.«

»Verballert?! Für was?«

»Ach, du weißt schon. Dies und das. Manchmal hat man halt Mehrkosten.«

»Was für Mehrkosten?!«

»Mal hier ein paar Tintenpatronen. Da ein Pulli. Hier ein Börek. Geld kommt, Geld geht, weißt du doch.«

Ich beschließe, die Sache auf sich beruhen zu lassen. Wegen hundert Euro will ich den gerade erst aufgebauten fragilen Bond nicht gleich wieder einreißen.

»So«, sage ich. »Was denkst du?«

Parvin steht vom Hocker auf und begutachtet sich aus jedem möglichen Winkel im Spiegel. »Oha, Tante Nas!«, grinst sie. »Nicht schlecht. Nicht schlecht.«

O

1991

»Zum Glück ist Lübeck nicht Hoyerswerda«, seufzte Nush und biss in ihr Pausenbrot. Seit diesem Jahr hing sie in der Pause lieber mit uns Älteren in der Raucherecke ab als mit den Mädchen in ihrer Klasse. Zwischen dem Laub und den Müllsäcken waren wir immerhin unter uns. Wir, das waren Jîwan, Nush, Filiz und ich. Filiz wiederholte das Schuljahr und ging mit Jîwan in eine Klasse, beide im Jahrgang über mir. Ihre Eltern waren schon sehr lange befreundet, und Jîwans Mutter war auch die beste Freundin von Mâmân, wenn Mâmân überhaupt so was wie eine beste Freundin hatte. Ich freute mich über das neue Bandenmitglied, ich hatte schon immer zu Filiz aufgeblickt. Sie war einfach anders. Inmitten dieser piefigen Ödnis war sie ein Leuchtturm. Normalerweise machten wir den Deutschen im Gang Platz, aber Filiz war die Person, für die Platz gemacht wurde. Mit ihren breiten Schultern, ihren starken Armen und den dicken Brauen bekam sie den Respekt, von dem Jîwan und ich nur träumten. Vielleicht färbte etwas von ihrem schonungslosen Selbstbewusstsein jetzt auch auf mich ab, dachte ich damals.

Wir schwiegen uns an.

»Der Staat muss den Leuten doch helfen. Sie irgendwie schützen«, sagte Nush schließlich.

»Die Polizei ist doch genau dafür da«, murmelte ich, »damit sie Schurken fassen.«

Jîwan winkte ab. »Ach, die!« Plötzlich klang seine Stimme gereizt.

»Hast du den anderen gar nicht erzählt von neulich?«, fragte Filiz.

»Was war neulich?« Ich schaute Jîwan ins Gesicht, doch er wich meinem Blick aus.

»Jetzt sag doch«, drängte nun auch Nush.

Er zuckte mit den Schultern. »Die machen einfach ihren Job nicht richtig ... Ich habe letzte Woche bei denen angerufen, weil meine Mutter richtig verängstigt von der Arbeit nach Hause kam. Sie meinte, zwei Jugendliche hätten sie die ganze Zeit verfolgt und sie beleidigt. Die hatten einfach klar ein Problem mit Ausländern. Der eine hat sogar mit einer Glasflasche nach ihr geworfen, aber sie nicht getroffen.«

»Was?!«, rief Nush.

»Arme Zozan«, murmelte Filiz kopfschüttelnd.

»Ihr müsst zur Polizei«, sagte ich schließlich.

Er verdrehte die Augen. »Wozu? Ich hab da angerufen, und die meinten, die könnten jetzt ja auch nichts machen. Dass es sicher nur dumme Jugendliche wären, die halt getrunken hätten oder, keine Ahnung, irgendwie frustriert wären oder so was. Die haben das null ernst genommen.«

Die Stimmung war gedrückt, so richtig weiter wussten wir alle nicht. Was sollten wir auch tun, es war schwer zu beweisen, dass es sicher kein Zufall war. Hoyerswerda lag nicht mal im gleichen Bundesland wie Lübeck, aber dass das eine mit dem anderen zusammenhing, spürte ich irgendwie. Hier sah ich ausnahmsweise mal keine Lücken, sondern kleine Stricke, die alles miteinander verbanden.

Wir wechselten das Thema, Filiz erzählte von ihrem Schwarm Mattis, so einem Grunge-Typen mit fettigen, kinnlangen Haaren und karierten Hemden, über den Jîwan sich lustig machte. »Ich hab ihn mal auf dem Klo getroffen, er hat sich nach dem Pissen nicht die Hände gewaschen. Ich wette, er trägt im Haus seine Schuhe und wischt sich, wenn überhaupt, nur mit Klopapier ab. Dein Leben, deine Wahl!«

Filiz funkelte ihn missbilligend an: »Du wäschst dich und ziehst deine Schuhe aus, bist aber trotzdem ein dreckiger Hund, also was willst du mir damit sagen?«

Ich lachte, aber es war ein hohles Lachen, wie immer in dieser Zeit kam es nicht aus meinem Bauch heraus. Dafür hätte es zu viele Sorgenschichten durchbrechen müssen, seit Natascha verschwunden war, erschien mir alles schwer und zäh. *Nothing that I do or feel ever feels like I felt it with you.*

An diesem Tag hatten Nush und ich gleichzeitig Schulschluss und liefen zusammen nach Hause. Sie erzählte mir von Aida, der Neuen in ihrer Klasse. Aida war mit ihrer Familie erst vor Kurzem aus Bosnien nach Deutschland geflohen. Die Mädchen, mit denen Nush bisher rumgehangen hatte, machten sich über Aidas Deutsch lustig und brachten ihr falsche Begriffe bei, um sich kaputtzulachen, wenn Aida sie nachsprach.

»Deswegen habe ich denen gesagt, sie können mich mal, niemand verdient solche Freundinnen«, sagte Nush. Die Wut in ihrer Stimme war kaum zu überhören. Ich schlug ihr vor, Aida nächstes Mal mit in die Raucherecke zu bringen. Mir war es mehr als recht, dass Nush keine Lust mehr hatte, mit den Klassenzicken abzuhängen. Ich hatte sowieso nie verstanden, was sie an ihnen interessant fand. Für mich waren das alles Pferdemädchen, selbst wenn sie nicht ritten. Das Pony-eske kam eher aus ihren Gesichtern heraus. Nush hatte sich eine Zeit lang gewünscht, wie sie zu sein, und ich hatte lange gefürchtet, dass sie mich für sie fallenlassen würde. Denn dass die Pferdemädchen und ich sich nicht miteinander vereinbaren lassen würden, war mir sofort klar gewesen.

»Als ob ich es jemals zulassen würde, dich zu verlieren!« Nush reagierte mit einem entsetzten Kopfschütteln, als ich ihr von meiner Angst berichtete. »Fass dir vor allem mal an die eigene Nase. Du warst diejenige, die mich wegen irgend so 'ner Nadine oder Natalie im Stich gelassen hat.«

Was diese Sache anging, war Nush ganz schön nachtragend. Ich war jedoch der Meinung, dass sie übertrieb. Nur, weil ich verliebt war, war ich keine Verräterin.

Als wir in den Aufzug zu unserer Wohnung stiegen und ich den Knopf nach oben drückte, fiel mir ein mit rotem Edding frisch aufgemaltes Hakenkreuz an der Wand auf. Am Morgen war es noch nicht da gewesen. Ich tippte Nush an und deutete auf die Stelle. Ihre Augen weiteten sich, sie schüttelte ungläubig den Kopf. Sie holte ihren eigenen Stift raus, strich das Hakenkreuz durch und schrieb drüber: »Hoyerswerda ist überall«. Es war erst Herbst. Der Winter ließ nur einen größeren Abgrund vermuten.

Die Befürchtung bewahrheitete sich. Nationalismus war die billigste Droge, sie kostete nur ein paar Leben, die in diesem Land ohnehin nie von Wert gewesen waren, sie machte schnell high, doch der Kater danach war ein verdammter Abfuck, vor allem für jene, die nüchtern blieben. Nachdem bei einem Anschlag in Mölln drei Leute ums Leben kamen, erreichte die Düsterheit auch bei uns, 30 Kilometer weiter, eine neue Dimension. Die Stimmung war gekippt.

Wir hatten zunächst keinen Bock auf Stress, also vermieden wir es, nach Einbruch der Dunkelheit noch unterwegs zu sein. Unsere Einkäufe erledigten Nush und ich direkt nach der Schule, damit Mâmân nicht nach Feierabend noch in den Supermarkt musste. Bestimmte Ecken der Stadt betraten wir gar nicht erst.

»Und wisst ihr, wie scheiße das für die Leute im Heim ist?«, fragte Aida, die selbst erst seit Kurzem mit ihrer Familie in einer eigenen Wohnung lebte. Wir saßen gemeinsam mit Filiz und Nush in Jîwans Zimmer, alle um die Wasserpfeife seines älteren Bruders versammelt.

Nush zog besonders lange an dem nach Apfel duftenden Teil und bekam einen Hustenanfall. Ich klopfte ihr auf den Rücken und nahm ihr den Schlauch aus der Hand.

»Können wir hier drin kiffen?«, fragte Filiz.

»Du spinnst wohl«, lachte Jîwan. »Nur weil meine Mutter noch nicht zu Hause ist, heißt das nicht, dass wir wie die Tiere machen können, was wir wollen.«

»Shisha rauchen dürft ihr«, kommentierte ich grinsend.

Er schüttelte den Kopf. »Euer Gras müsst ihr draußen rauchen.«

Ich schaute auf die Uhr. »Wir sollten sowieso mal los«, sagte ich in Nushins Richtung. »Ist bald fünf. Bis der Bus kommt und wir zu Hause sind ...«

Nush seufzte nur und richtete sich auf.

»Das ist doch kein Leben«, murmelte Filiz. »Ich hab kein' Bock, für immer Schiss haben zu müssen, ob meine Freundinnen lebend nach Hause kommen. Als ob hier Krieg wäre!«

»Dafür sind wir nicht aus dem Iran geflohen«, pflichtete Nush ihr bei. »Wir wollten Freiheit! Nicht noch mehr Angst.«

»Schon klar.« Ich konnte nicht anders, als mit den Augen zu rollen. Seit Monaten sprachen wir darüber, wie ätzend alles war, doch wir machten immer nur dasselbe: nichts.

»Filiz, zeig uns doch mal ein paar von deinen Kampfsporttricks«, schlug Aida vor.

»Ja, genau.« Jîwan war auf einmal richtig aufgeregt. War ja klar, dass dieser Lauch mit den dünnen Armen nur darauf wartete, sich mit ein paar Handkantenschlägen gegen Zana, einen Schrank von älterem Bruder, beweisen zu können.

»Ein bisschen Selbstverteidigung wäre nicht schlecht«, sagte ich, »vielleicht kannst du ja auch Kurse für die Leute im Heim geben. Damit auch die gewappnet sind.«

»Und irgendwann sind wir so gut trainiert, dass die Nazis eher Angst vor uns haben müssen als andersrum!«, rief Jîwan. Seine Augen glühten vor Euphorie.

»Das machen Ausländer in den Großstädten auch so«, fügte ich hinzu. »Denkst du, die überlassen die Stadt ein paar Faschos?«

Filiz schien ernsthaft darüber nachzudenken. »Na ja«, begann sie schließlich. »Die paar Tricks kann ich euch zeigen. Aber dann verlange ich von euch vollen Einsatz!«

Wir versicherten ihr, keine Trainingseinheit zu verpassen, jeden Morgen vor der Schule für eine bessere Kondition joggen zu gehen und alles zu tun, was sie von uns verlangte. Außerdem mussten wir ihr versprechen, alle Texte zu lesen, die sie uns mitbrachte. Abgesehen von Filiz wusste an diesem Abend noch keine_r von uns, dass das Café Morgenland nichts mit Gastronomie zu tun hatte, sondern mit linkem migrantischem Widerstand.

»Na gut«, grinste sie. »Wir machen unsere eigene Antifa Gençlik.«

Mit dem Klingeln der Schulglocke brach in der Klasse ein lauter Jubel aus. Endlich Sommerferien, sechs Wochen Pause von der bedrückenden Stimmung in der Schule, stattdessen bedrückende Stimmung zu Hause oder noch bedrückendere Stimmung im Geflüchtetenheim. Jetzt hatten wir Zeit, für unsere autonome Jugendgruppe Aktionen zu planen und Theoriekenntnisse zu vertiefen. Mittlerweile hatte unsere Arbeit sich schon in mehreren Unterkünften herumgesprochen, alles natürlich unter Decknamen und so diskret wie möglich, und unsere Gruppe wuchs. Wir hatten keine Lust, uns darauf zu verlassen, dass sich Politiker_innen irgendwann vielleicht einen Ruck gaben und Beileidstourismus betrieben. Auf Charity-Schutz von Deutschen hatten wir genauso wenig Bock. Sie wollten ein reineres Gewissen, wir wollten ihr Mitleid nie.

Mittlerweile waren wir innerhalb des Hudekamps aus der Zweizimmerwohnung in eine mit drei Zimmern gezogen. Neben Mâmâns Lohn aus der Schneiderei steuerten Nushin und ich die Hälfte von dem bei, was wir bei unseren Aushilfsjobs verdienten. Nush räumte Lebensmittel im Supermarkt ein, ich hatte mein Alter hochgeschummelt und arbeitete ein, zwei Abende die Woche als Thekenkraft in einer räudigen Kneipe im Bahnhofsviertel. Mâmân hatte ich gesagt, es sei ein Fischlokal. Sie hasste alles, was aus dem Meer kam, also würde sie mich niemals bei der Arbeit besuchen kommen. Die Klientel war unangenehm, doch ich ließ mir nichts anmerken und betrachtete das Ganze als Schlagfertigkeitstraining. Filiz hatte mir zwei, drei Griffe beigebracht, falls mal ein besoffener Typ handgreiflich wurde, doch das passierte zum Glück selten. Es trafen sich nun mal alle möglichen Leute dort, auch mal Rocker oder Szeneschläger, die ihre vertraulichen Gespräche ab einem gewissen Alkoholpegel praktischerweise so laut führten, dass ich relevante Informationen abgreifen konnte. Mich hatten sie nie unter Verdacht, denn in meinem Ausweis war ich nicht nur

18, sondern auch Italienerin. Besonders hoch war der Stundenlohn nicht, aber das Trinkgeld war in Ordnung. Eine größere Wohnung für uns alle, eigenes Geld oder ab und zu mal eine neue Musik, deren Qualität über Hometaping hinausging, waren das wert. Allzu anders war es in der neuen Wohnung nicht, Nush und ich teilten uns immer noch einen Raum. Dafür hatte Mâmân jetzt ihr eigenes Schlafzimmer, es gab eine abgetrennte Küche und, das Beste, einen Balkon. Wenn Nush und ich alleine waren, saßen wir dort auf weißen Plastikstühlen, blickten auf das Meer aus Satellitenschüsseln und rauchten selbst gedrehte Kippen. Ich glaubte nicht, dass Mâmân auch nur eine Sekunde bezweifelte, dass wir rauchten, aber wir taten immer so, als haftete der Tabakgeruch nur deshalb an uns, weil die Leute auf meiner Arbeit oder wahlweise die anderen aus unserer Clique qualmten, alle außer Aida. Sie trank nicht einmal Alkohol, ich fand es cool.

Dieser Nachmittag jedenfalls schmeckte nach Dosenbier und Rauch, wir saßen so lange auf dem Balkon, dass wir dabei zuschauen konnten, wie sich der Himmel von Türkis zu Lachsrosa verfärbte, es sah ein bisschen so aus wie das Muster auf Nushins Mesh-Oberteil. Wir hörten Musik und grölten besonders laut *Smells Like Teen Spirit* mit, der Sound einer neuen Ära. Gerade, als ich meinem »hello« lauthals ein »how low« hinterherrufen wollte, wurde es seltsam still. Mâmân stand neben der Anlage und hielt den Stromstecker in der Hand.

»Was zur Hölle ist hier los?«, zischte sie.

»Wir feiern unsere Sommerferien«, sagte ich leise und hoffte, dass sie die Zigarette, die sich Sekunden zuvor noch zwischen meinen Fingern befunden hatte, nicht gesehen hatte. Sie riss mir die Bierdose aus der anderen Hand und schmiss sie vom Balkon.

»Denkst du, wir sind unter diesen Scheißbedingungen nach Deutschland gekommen, damit ihr wie Penner lebt?«

Nushin schluckte und schüttelte den Kopf.

»Richtig: Nein!«, fuhr sie mit ihrer schrillen Stimme fort. »Ich arbeite mich hier zu Tode, damit ihr Abitur macht, studiert und es besser habt als ich, die trotz ihrer kaputten Gelenke jede Woche über vierzig Stunden schuftet und nicht mal Zeit dafür hat, ihrem ermordeten Mann hinterherzutrauern.« Ob es die Bedeutung oder die Lautstärke ihrer Worte war, die mich so traf, war schwer zu sagen. Was auch immer es war, es war schlimmer als jede ihrer Backpfeifen.

»Du musst trotzdem nicht so schreien, ich sitze doch direkt vor dir«, murmelte ich.

»Anscheinend rafft ihr beiden es nicht anders«, brüllte sie weiter. Mit fragendem Blick schauten Nush und ich uns an. »Ach, ihr wisst doch genau, worum es geht. Zozan hat mir heute stolz erzählt, dass ihr mit Jîwan und ein paar anderen eine Art politische Gang seid. Autonome irgendwas. Antifa Mantifa.«

Ohne jegliches Verständnis giftete ich zurück. »Ja, und? Ist es jetzt auch was Schlechtes, gegen Nazis zu sein, oder was?« Und zack, da war sie, die Backpfeife, von der ich gedacht hatte, sie hätte sie in den letzten Jahren verlernt.

»Gott, warum habe ich so dumme Kinder erzogen?«, schrie sie in den Himmel. »Was denkt ihr, wer mich zur Witwe gemacht hat? Seid ihr wirklich so naiv, dass ihr denkt, eure Freunde stehen hinter euch, egal was passiert?«

Jetzt räusperte auch Nush sich. »Na ja, war es nicht eher ein korruptes, autoritäres Regime, das ...«

Mâmân schnaubte und schüttelte den Kopf. »Egal, wie sehr ihr euren Freunden vertraut, sie werden immer einen Weg finden, euer Leben zu ruinieren.« Sie ließ sich auf den leeren Stuhl fallen, griff nach meinem Tabak und drehte sich eine Zigarette, die sie wortlos rauchte.

So hastig, wie sie inhalierte, war ich mir sicher, dass es nicht die erste Zigarette ihres Lebens war. Ich stellte mir vor, wie sie in den 70ern mit glühenden Bahmans in der Hand auf Teherans Straßen posiert hatte, bevor sie Mutter wurde und sich ein anderes Image zulegen musste. Auf den wenigen alten Fotos, die wir mit hier in Deutschland hatten, traute ich es ihr zu, mit ihren Föhnfrisuren, den dünn gezupften Brauen und ihren bunten, engen Kleidern, die immer über den Knien aufhörten. Bâbâs Haare waren noch länger gewesen, seine Schlaghosen monströs weit und seine Hemden tief aufgeknöpft. Sie machten auf den Bildern den Anschein, eine coole Zeit gehabt zu haben.

Mâmân schaute uns nicht an, sondern beobachtete ihren eigenen Finger dabei, wie er die Form des Plastikstuhls, auf dem sie saß, nachzeichnete. Das schwere Gliederarmband, ein Hochzeitsgeschenk, das sie seitdem nie abgenommen hatte, klirrte bei der Bewegung leise. Nushin und ich warfen uns verunsicherte Blicke zu, doch wir sagten nichts, bis der Tabak schließlich leer war.

Raum für Stille gab es keinen mehr, als ein paar Tage später Xâle Marzieh, die ältere Schwester von Mâmân, mit ihren zwei Töchtern Mithrâ und Mahtâb sowie dem Sohn Dâriush aus Teheran für zwei Wochen zu Besuch kamen. Wir mussten schwören, dass wir über unsere Aktionsgruppe oder unsere eigentlichen Jobs kein Wort verloren. Offiziell arbeitete Nushin in einem ganz langweiligen Büro als Sekretärin und ich als Babysitterin. Für mich war die Lüge über meinen Beruf als Barkeeperin ohnehin sehr einfach.

Eigentlich hätte Mâmâns Bruder Mazyâr auch mitkommen sollen, aber ihm war das Visum verwehrt worden, was logistische Vorteile hatte, denn unsere Wohnung platzte auch so schon aus allen Nähten. Tagsüber surrten die Stimmen in jeder Ecke, es gab keine Sekunde Ruhe, abends verwandelten sich die beiden Zimmer in Matratzenlager, und selbst dann war es nie leise. Mâmân und Xâle sprachen im Flüsterton bis spät in die Nacht im Wohnzimmer miteinander und weckten uns morgens mit ihren lauteren Gesprächen. Ab und zu kam eine der beiden in unser Zimmer, wo meine Cousinen, Nushin und ich alle paar Minuten laut losprusteten, weil wir uns all die Dinge erzählten, die nur in Abwesenheit unserer Mütter ausgesprochen werden durften, in der Regel, weil es mit Jungs, Sex oder irgendwas Ekligem zu tun hatte. Mithrâ war ein Jahr älter als ich, Mahtâb ein Jahr jünger, früher hatten wir viel Zeit miteinander verbracht, damals hatte es Dâriush noch nicht gegeben. Weil er jetzt gerade mal sechs Jahre alt war, musste er auch im Wohnzimmer bei unseren Müttern schlafen, denn er sollte natürlich nicht mithören, dass Anahita, die Freundin seiner ältesten Schwester, mit ihrem Freund heimlich Analsex hatte, um Jungfrau zu bleiben.

Aber obwohl wir gut miteinander lachen konnten, fühlte ich mich in ihrer Gegenwart wie ein Alien. »Wenn ihr nach Teheran kommen würdet, würde uns niemand glauben, dass ihr unsere europäischen Verwandten seid«, sagte Mahtâb mal.

»Sie würden denken, wir verarschen sie und dass ihr aus dem Dehât gekommen seid«, stimmte Mithrâ ihr zu.

»Kleidest du dich mit Absicht so hässlich?«, fragte Mahtâb und nickte mir zu.

Nushin war feminin genug, um den Fashion-Beanstandungen zu entgehen, doch ich war für meine Cousinen ein absoluter Freak. Sie machten kein Geheimnis draus, dass sie mich merkwürdig fanden, ich hingegen verkniff mir hämische Kommentare, wenn wir in die Stadt gingen und sie Touri-Fotos voneinander machten, als seien sie in Paris. Sie posierten vor dem Holstentor, als wäre es der Arc de Triomphe, vor der St. Marienkirche wie vor Notre-Dame, vor dem Dom wie vor dem Eiffelturm. Manchmal zerrten sie mich mit auf das Foto. Ich schämte mich, als vorbeilaufende Deutsche mich anstarrten, und wollte, dass es schnell vorbei war. Mein Minderwertigkeitsgefühl kickte vor allem deshalb, weil ich mich in Anwesenheit meiner Familie nicht gegen die dummen Deutschen wehren konnte. Mir brannte regelrecht die Zunge dabei, gaffenden Ursulas nicht ins Gesicht zu spucken, und ich tat es nur nicht, weil Mâmân sie mir wohl zur Strafe zu Hause mit ihrer rostigen Küchenschere aus dem Mund geschnitten hätte.

An einem Nachmittag, wir waren in Travemünde, verloren wir für einen Moment Dâriush aus dem Blick. Panisch suchten wir ihn, und ich fand ihn irgendwann weinend hinter einem Strandkorb kauernd.

»Was ist passiert?«, fragte ich ihn.

Er schwieg mich an und kam mit mir zurück zu den anderen.

Zu Hause verriet er mir, dass ein älteres Paar ihn mit Sand und Müll beworfen hatte, als er mit ihren Enkelkindern spielen wollte. Ihr Glück, dass sie für mich nicht mehr in Sicht- und Griffweite waren. Seiner Mutter und seinen Schwestern erzählte ich nichts davon.

Nushin und ich warfen uns verstohlene Blicke zu, als meine Tante mit ihren Kindern und Mâmân ihre Sachen für den Hansapark packten.

»Und ihr seid sicher, dass ihr zu Hause bleiben wollt?«, fragte Xâle Marzieh misstrauisch.

Wir bejahten hastig, taten so, als hätten wir einfach zu viel um die Ohren wegen unserer Jobs. Dabei hatte Mâmân uns sehr deutlich zu verstehen gegeben, dass weder Platz im Auto noch genug Geld auf dem Konto war, um uns beide mit auf den Ausflug zu nehmen. Wir diskutierten nicht groß mit ihr. Für die Magie des Freizeitparks waren wir ohnehin schon zu alt. Und auch ein Tag Pause von den anstrengenden Gesprächen kam uns beiden entgegen.

»Warum nimmst du nicht ab?«, fragte Mahtâb mich, als ich mir ein Stück Schokolade in den Mund schob. Innerlich rollte ich mit den Augen, ich tat es die ganze Zeit. Ich lächelte sie nur höflich an und hielt ihr die Schachtel Lübecker Marzipan hin, die Mâmân extra für den Besuch gekauft hatte. Mahtâb griff hinein, biss in das dunkelbraune Rechteck und verzog das Gesicht.

»Das schmeckt wie Scheiße«, stöhnte sie auf und spuckte das angekaute Teil in ein Taschentuch.

»Xeyli An-e«, grinste Mithrâ, und alle lachten los. Der Running Gag hatte sich etabliert, als eine unserer Nachbarinnen, Anne, sich unbeliebt gemacht hatte, indem sie sich über unsere »Gartenparty« beschwerte. Wobei »Party« schon übertrieben gewesen war. Xâle Marzieh und Mâmân hatten stundenlang Metallspieße mit Hackfleisch, Hähnchen und halbierten Tomaten vorbereitet, die Amu Manoucher am Spielplatz grillte. Dâriush und Mahtâb spielten an der Schaukel, wir anderen saßen auf einer ausgebreiteten Decke und hofften, dass ein Stück Fleisch sich vom Spieß löste und mit einem Stück Lavâsh-Brot aufgefangen wurde, damit wir schon etwas naschen konnten. Anne passte das gar nicht in den Kram. Sie beschwerte sich über den Rauch, den Geruch, den Lärm, dabei waren ihre beiden Söhne auf dem Spielplatz die lautesten Bälger, und wenn aus dem offenen Fenster ihres Freunds die Böhsen Onkelz dröhnten, schien sie auch kein Problem mit Lautstärke zu haben. Mâmân wollte sie mit einem Stück Fleisch beschwichtigen, doch Anne lehnte mit einem abfälligen »So was ess ich nicht« ab und biss demonstrativ in ihre Bifi-Wurst.

Als meine Cousinen hörten, dass sie Anne hieß, rasteten sie aus.

»Das passt ja hervorragend«, prustete Mithrâ. »Chonke xeyli an-e.« *Weil sie richtig scheiße ist.*

Xâle Marzieh ermahnte sie, nicht solche Schimpfwörter zu benutzen, doch spätestens ab dem dritten »Xeyli an-e«, das Mithrâ zischte, wenn Anne an uns vorbeilief, lachte auch sie mit, und selbst Amu Manoucher schmunzelte in seinen Bart.

Mit vollen Bäuchen und mit heißem Tee blieben wir auch nach dem Essen draußen auf der Decke. Die Grillen zirpten im Gras, die Kinder der Nachbar_innen gingen langsam nach Hause, und die Luft wurde kühler. Mâmân brachte uns dünne Decken aus der Wohnung. Wir schmiegten uns aneinander und hörten mit geschlossenen Augen zu, wie Xâle Marzieh mit ihrer kräftigen Stimme für uns sang. Bei »Kiye kiye dar mizane« stieg auch Mâmân ein. Es war das erste Mal, dass sie sang, seitdem wir nach Lübeck gekommen waren. In Teheran hatten sie immer gemeinsam gesungen. Mir fiel auf, dass es überhaupt das erste Mal war, dass ich mitbekam, wie Mâmân ihre Stimme in der Öffentlichkeit erhob, und dann auch noch auf Persisch. Als hätte sie hier über die Jahre verlernt, laut zu sein, aber nur draußen, zu Hause war ihre Stimme eine Sirene geblieben.

Eine Weile lang knackten wir schweigend Kürbis- und Sonnenblumenkerne auf, aßen Rosinen, Pistazien und Mandeln, die Xâle Marzieh mitgebracht hatte.

»Eines Tages werde ich in Los Angeles leben«, sagte Mahtâb plötzlich. »Ich werde Fernsehmoderatorin, heirate einen Amerikaner, und wir leben mit unseren Kindern Jason und Brenda in den Beverly Hills.«

»Ich will nach London«, entgegnete Mithrâ. »Dort werde ich weltberühmte Pianistin. Die Herkunft meines Mannes ist mir egal, Hauptsache, er ist auch Künstler. Unsere Kinder Setâre und Cyrus sollen früh lernen, Instrumente zu spielen. Und du kommst mit, Mâmân, du wirst Sängerin, wie Googoosh.«

Xâle Marzieh lachte. »Dafür ist es zu spät, azizam.«

»Es ist nie zu spät, um deine Träume zu verfolgen«, sagte Nushin.

»Manche von uns mussten ihre Träume begraben, nur um selbst darüber entscheiden zu dürfen, ob sie überhaupt schlafen«, murmelte Amu Manoucher und rauchte eine der Bahman-Zigaretten, die er sich aus Teheran hatte mitbringen lassen.

Mâmân lächelte müde. »Als ich so alt war wie ihr, wollte ich Modedesignerin werden, mit einem Atelier in Paris.«

»Ich will Astronaut werden«, rief Dâriush.

»Und wovon träumst du, Nasrin?«

Lebend aus diesem Viertel rauszukommen, diesem Ort, wo jeder Traum vom Treppenhausgeruch erstickt wird und Wut das einzige Gefühl ist, das dich nicht wie ein Opfer dastehen lässt, dachte ich. Ich zuckte mit den Schultern. »Ich weiß es nicht«, murmelte ich.

Irgendwann merkten Mahtâb und Mithrâ, dass auch Nushin eine Ravâni, *eine Verrückte*, war. *Birds flying high you know how I feel.*

Eines Nachmittags hatte Nush sich stundenlang auf dem Klo eingeschlossen, unsere Mütter waren gerade mit Dâriush unterwegs, wir Mädchen waren allein. Nachdem ich eindringlich durch die Tür auf sie eingeredet hatte, ließ sie mich endlich zu sich herein. Das Bad war verraucht, das Waschbecken voller Zigarettenstummel. Wir hatten allerhöchstens eine Stunde Zeit, bis die Erwachsenen nach Hause kamen. Und das Badezimmer war nicht das einzige Problem. Nushins Augen waren rot unterlaufen, ihre Lippen waren verschmiert mit Blut und glitzernden Nagellacksplittern, die sie sich abgekaut hatte. Dunkelrote Kratzer und Beulen glühten auf ihren Oberarmen, auf ihren Wangen, an ihrem Kinn. Aus der Toilettenschüssel drang der Gestank von Erbrochenem zu uns herüber. Die Fragen danach, warum sie zum Rauchen nicht zumindest auf den Spielplatz gegangen war oder was sie mit sich angestellt hatte, schluckte ich herunter, ich wusste, dass sie mit ihrem Selbstekel genug zu tun hatte. Ich musterte sie besorgt, doch sie wich meinem Blick permanent aus.

»Ich kann so nicht raus«, murmelte sie leise. Ihr Atem roch nicht nur nach Kotze, sondern auch nach Schnaps.

Es musste schnell gehen. Ich drückte reichlich Zahnpasta auf ihre Zahnbürste und reichte sie ihr. Während sie mit festen Bewegungen schrubbte, drehte ich die Dusche auf, leerte das Waschbecken und sprühte es voll mit Badreiniger, mit dem ich auch das Klo putzte. Drei Mal musste ich die Spülung drücken, bis alle Zigarettenreste verschwunden waren.

»Das Wasser müsste warm genug sein«, flüsterte ich ihr zu, als sie sich den Mund ausspülte. Ich half ihr dabei, in die Dusche zu steigen, wusch ihre Haare, peelte ihren Rücken, ihre Oberarme, ihren Hintern. Der nach Shampoo duftende Dampf verdrängte schließlich die rauchige Luft. Ich legte ihr ein frisches Handtuch raus. »Lass dir Zeit. Ich setze den Samâwar an.«

Aus der Küche konnte ich hören, wie Mahtâb mit gesenkter Stimme zu Mithrâ sprach: »Xob malume. Bad baxto bache bud ovordan dehâte gharib, bâbâye bichâraro duste samimish lo dâd, bad edâmesh kardan, hâlâ kole hamsâyehâshun motâdan.« *Ist doch klar*, hatte sie gesagt, *sie haben die Arme in ein fremdes Dorf geschleppt, ihr Vater wurde erst von seinem besten Freund verraten, dann hingerichtet, und alle ihre Nachbar_innen sind Junkies.*

Ich tat so, als hätte ich nichts gehört, und brachte ihnen Tee.

Gigi hat auf meine Bestellung hin aus ihrem Griechenlandurlaub drei Paar gefälschte Calvin-Klein-Boxer für Parvin mitgebracht. Eine kleine Überraschung für insgesamt 6 Euro, unauffällig den restlichen Unterhosen beim Waschgang beigefügt, nun nach Ariel duftend und bereit für Begeisterung. Beim Einsortieren der frischen Wäsche finde ich ein blaues Notizheft im Unterwäschefach von Parvin. Vorsichtig fahre ich mit dem Finger über den Einband mit der faltigen Textur. Nas, lass es liegen, ermahne ich mich selbst, doch im selben Moment schlage ich es auf und lese, was auf der ersten Seite steht:

Ich habe nicht geweint, als meine Mutter starb. Ich habe nur an die Wand gestarrt und gehofft, ich wäre im gleichen Auto gewesen und wir wären gemeinsam verbrannt. Aber ich spürte kein Brennen. Ich spürte nicht einmal Schmerz. Noch Tage später spürte ich nur meine kalten Hände, während Nas neben mir den lautesten Heulkrampf der Welt hatte. Sie kannte meinte Mutter länger als ich.

Ist das ihr Tagebuch? Der erste Eintrag liest sich so schön, dass es genauso gut ein Poesieheft sein könnte. Hat sie das wirklich selbst geschrieben? Neugierig blättere ich weiter.

Was macht ein Zuhause zu dem, was es ist? Es ist nicht die Wohnung oder die Einrichtung. Mein Zimmer sieht aus wie immer, aber es ist nicht mehr das gleiche.

Die meisten Texte sind sehr kurz und ohne Datum. Ein paar Seiten weiter lese ich:

Ferien bei meiner Oma. Am liebsten mag ich es, mit Sultan spazieren zu gehen. Sie ist einfach so lieb. Wir sind heute zum Strand rausgefahren. Oma hat keine Badekleidung mitgenommen. Sie sagt, sie geht nicht gern ins Wasser. Ich auch nicht. Wie Mama. Wenn ich im Wasser schwebe, fühle ich mich frei, aber wenn ich meinen Körper im Badeanzug spüre, fühle ich mich gefangen in diesem Fleischgefängnis. Beides gleichzeitig halte ich nicht aus. Oma hat gesagt, wenn ich abnehme, geht es mir bestimmt besser mit meinem Körper. Sie versteht nicht, dass ich gar keine Bikinifigur will. Ich wünschte, sie würde mich einfach in Ruhe lassen. Hier mit ihr zu leben kann ich mir nicht vorstellen. Alles erscheint mir trostlos. Kein Wunder, dass sie den ganzen Tag nur fernsehen oder telefonieren will. Ich würde mich auch lieber ablenken, wenn ich in so einer grauen Stadt wohnen würde, wo alle Menschen gleich aussehen.

Ich wäre gern normal. Vielleicht erfinde ich einen Adapter. Ich könnte ihn um den Hals tragen. Wenn ich mich komisch fühle, mache ich ihn an. Dann passt alles wieder. Wenn ich erfinden könnte, würde ich als Allererstes etwas erfinden, das Tote zum Leben erweckt. Ein unrealistischer Traum, ich weiß, aber vielleicht kann ich die Idee für ein TikTok verwerten.

Wir geben uns alle Mühe. Oma sagt nicht mehr, dass ich abnehmen soll. So gehe ich automatisch lieber ans Telefon, wenn sie anruft. Nasrin hat sich Kochbücher gekauft. Das Essen schmeckt zwar fad, aber es gibt immerhin Essen. Und ich habe aufgehört, Therapiestunden zu schwänzen. Irgendwann muss ich wohl da-

mit anfangen. Nasrin geht ja auch zu ihrer. Jetzt bin ich froh, in Berlin geblieben zu sein.

Ich schlucke. Egal, was es ist, es ist nicht für meine Augen bestimmt. Allein, dass ich nur kurz mal reingeschaut habe, fühlt sich übergriffig an. Aber ich kann nicht aufhören. Mein Blut rauscht mit 180 km/h in meine Wangen. Jetzt ist es bestimmt eh zu spät. Ich blättere grob weiter.

Deniz ist der netteste in meiner Klasse. Ich wäre gerne er. Wir könnten Brüder sein. Oder ein schwules Paar. Nasrin ist mit Schwulen befreundet. Die sind auch okay! Hauptsache, man muss keinen Schlager hören.

Marvin hat heute eine Tintenpatrone aufgeschnitten und über mein Matheheft geleert. »Deine Tante schneidet es bestimmt gerne mit einer Schere für dich raus«, meinte er dazu. Dann hat die ganze Klasse gelacht. Außer Deniz. Als Nasrin gefragt hat, was mit meinem Heft passiert ist, habe ich sie angelogen. Sie soll kein schlechtes Gewissen deswegen haben. Schließlich ist es nicht ihre Schuld. Wenn ich es mir aussuchen könnte, würde ich mich aber dagegen entscheiden.

Ich habe keine Mutter. Einen Vater hatte ich nie. An meine Muttersprache erinnere ich mich kaum, und mein Vaterland stoße ich von mir weg, das war die Essenz der Muttermilch, das erste, was ich in meinem Leben schluckte. Verloren fühle ich mich trotzdem nicht. Nur verdammt einsam. Verdammt und einsam.

Ab jetzt wird alles anders. Das beliebteste Mädchen der Klasse hat sich heute neben mich gesetzt. In der Pause hat sie gefragt, was ich morgen nach der Schule mache. Ich sagte: nichts. Dann hat sie, Vivien, mir gesagt, wir fahren nach Mitte. Ich hab gefragt, was es dort gibt. Sie meinte: Bubble Tea. Es gibt für alles ein erstes Mal. Und ich bin bereit, mich von den kleinen Tapioka-Perlen verändern zu lassen.

Die Tür fällt ins Schloss. Hastig stecke ich das Buch zurück in die Schublade und stopfe den Stapel Wäsche rein, deretwegen ich überhaupt in ihrem Zimmer bin.

»Was machst du da?« Parvin steht im Türrahmen und mustert mich.

»Ich bringe dir nur frische Wäsche. Hier, ich hab dir Boxershorts gekauft, gefallen sie dir?« Ich werfe eine der Unterhosen in ihre Richtung. »Ist nicht ganz Calvin Klein, aber sieht doch so ähnlich aus.«

»Danke«, murmelt sie.

Ich mache ihre Schublade zu, nehme den Wäschekorb und drängele mich an ihr vorbei.

»Essen steht auf dem Herd«, sage ich und verschwinde in meinem Zimmer.

Ein tiefer Bass reißt mich aus dem Schlaf. Er dröhnt so stark, dass es sich anfühlt, als würden mein Schädel und meine Innereien gleich explodieren. Ich schiele auf die Uhr und stelle fest, dass schon nachmittags ist. Genervt hämmere ich mit der Faust gegen die Wand. Seit Parvin mit dieser Vivien rumhängt, verhält sie sich wie ein weißer Teenager, der keinen Respekt vor Erwachsenen hat. Wahrscheinlich kann ich von Glück reden, wenn sie nicht anfängt, mit ihren Straßenschuhen ins Bett zu steigen. Ständig muss ich sie bitten, die Musik runterzudrehen. Manchmal hört sie auf mich, wenn sie Besuch hat, aber seltener. Heute reagiert sie auch beim zehnten Klopfen nicht. Nach meiner langen Nachtschicht ist die Auseinandersetzung mit ihr und ihrem Besuch das Letzte, worauf ich gerade Lust habe. Ich stecke mir Ohrstöpsel in die Ohren und ziehe mir die Decke über den Kopf, doch nichts hilft. Schrilles Klingeln kommt aus dem Flur. Ich werfe mir die Kapuzenjacke, die auf dem Sessel liegt, über und gehe zur Wohnungstür. Durch die Wohnung schwebt der erdige Geruch von Gras. Habe ich gestern noch eine Tüte angemacht, frage ich mich und schaue durch den Türspion. Die Nachbarin von unten steht mit säuerlichem Blick auf der Matte. Ich setze mein freundlichstes Gesicht auf und öffne.

»Äh, Entschuldigung, ich versuche gerade meine Kinder zum Mittagsschlaf zu bringen, könnten Sie vielleicht die Musik etwas leiser drehen?« Sie lächelt so angestrengt, dass ihre Lippen komplett aus ihrem Gesicht verschwinden. Ich wimmle sie ab und sage, dass ich mich sofort darum kümmern werde.

Der Grasgeruch verdichtet sich immer weiter. Ich versuche ihm zu folgen und lande vor Parvins Zimmer. Ungeduldig klopfe ich an, doch wieder warte ich vergebens auf irgendeine Reaktion. Nach einer halben Minute sehe ich keinen anderen Ausweg und reiße die Tür einfach auf. Die verrauchte Luft schlägt mir entgegen. So laut, wie die Musik hier drinnen wummert, ist es kein Wunder, dass die beiden keine Geräusche von außen wahrnehmen. Nicht einmal, dass ich im Zimmer stehe, scheint wer mitzukriegen. Unberührt von allem sitzen Parvin und Vivien auf ihrem Bett, wobei Vivien eher liegt, während Parvin ihren Kopf über ein Reagenzglas hält, das sie zu einer Bong umfunktioniert zu haben scheint. Erst als sie mit halb geschlossenen Augen den Kopf hebt, fällt ihr Blick auf mich. »Oh«, lacht sie mit einer leiernden Stimme. »Tante Nas! Ich wusste nicht, dass du zu Hause bist.« Ich starre die beiden entsetzt an, besonders Vivien, die weiterhin unbeeindruckt auf dem Kissen liegt. Entweder sie registriert nicht einmal, dass ich hier bin, oder sie ist so schlecht erzogen, dass sie es nicht für nötig hält, mich zu begrüßen. Ich stapfe zur Lautsprecheranlage und schalte sie aus.

»Ey«, ruft Parvin. »Was soll das? Wir hören grad Musik.« Reflexartig stemme ich meine Hände in die Hüften und stelle mich vor ihr Bett. »Ja, und das ganze Haus hört mit. Die Nachbarin war eben schon hier. Beim nächsten Mal ruft sie bestimmt die Polizei. Fandest du es geil, als sie dich im Karstadt hopsgenommen haben? Und wenn die hier antanzt, wie erklärst du ihnen dann deine kleine Kifferparty?«

Die beiden prusten los, als hätte ich gerade einen Witz erzählt. »Frau B! Chillen Sie mal ein bisschen!«, lacht Vivien. Zu Parvin sagt sie: »Wer ›hopsnehmen‹ sagt, hat eindeutig die Kontrolle über sein Leben verloren.«

Am liebsten will ich ihr eine klatschen, allein dafür, dass sie mich »Frau B« nennt, als wäre ich ihre Lehrerin, aber nicht einmal Parvin würde ich so anfassen. Ich atme tief aus und drehe mich zu ihr. »Vivien«, sage ich, »ich glaube, du solltest erst mal nach Hause gehen.«

Parvin hält ihren Arm schützend vor sie. »Du gehst nirgendwohin«, entgegnet sie und schaut mir dabei tief in die Augen.

»Oh doch«, zische ich. »Ich glaube, es ist keine gute Idee, dass sie jetzt hierbleibt.«

Vivien setzt sich auf. »Frau B«, fleht sie, »ich kriege Ärger, wenn ich so nach Hause komme. Nicht alle Eltern sind so locker wie Sie. Bitte, bitte, bitte, lassen sich mich hierbleiben.« Sie macht ihre blauen Augen ganz groß, als ob mich das beeindrucken würde.

»Du kannst sie nicht in so einem Zustand auf die Straße schicken«, sagt Parvin mit bebender Stimme. »Wenn ihr auf dem Nachhauseweg etwas passiert, dann ist das deine Schuld.«

»Ich rufe ihr gern ein Uber«, entgegne ich mit einem lauten Schnalzen.

»Als ob Fahrer es nicht ausnutzen würden, wenn jemand so hinüber ins Auto steigt«, kontert sie.

Vivien bricht in Tränen aus. »Meine Eltern bringen mich um, wenn ich mich so blicken lasse. Bestimmt schicken sie mich auf ein Internat.« Ihr Schluchzen ist so laut, dass ich unangenehm berührt zur Seite schaue. Mir fällt es schwer, für Gören wie Vivien Empathie aufzubringen. Ich will sie in keine blöde Situation bringen, aber ich kann sie einfach nicht leiden.

»Vielleicht wäre es gar nicht so schlecht, wenn deine Eltern dich mehr auf dem Schirm behalten«, murmele ich vor mich hin. Erschrocken über meine eigene Straflust reiße ich mich zusammen. »Na gut«, sage ich etwas lauter. »Bleib. Aber du,

Parvin, du kommst mit mir sofort ins Wohnzimmer.« Sichtlich angepisst trampelt sie mir hinterher.

Sobald wir alleine sind, schließe ich die Tür und gucke sie entgeistert an. »Ist das dein Ernst?!«, zische ich. Ich weiß nicht einmal, wo ich anfangen soll. Sie schaut mich an, als wüsste sie nicht, wovon ich rede. Ungeduldig reiße ich die Augen auf und signalisiere, dass ich auf eine Erklärung warte.

»Was willst du denn von mir wissen, du hast doch alles gesehen«, leiert sie. »Meine Therapeutin hat mir gesagt, ich soll mir ein bisschen mehr Me-Time gönnen. Das mach ich gerade.«

Ich kneife mir selbst in den Oberschenkel und lasse den Druck so ab.

»Sich zusammen mit jemand anderem so zuzudröhnen, dass man alles um sich herum vergisst, ist so ziemlich das Gegenteil von Me-Time.«

Parvin prustet los.

»Ich hätte zum Beispiel gerne gewusst, seit wann du überhaupt kiffst«, fange ich an. »Und woher das Gras ist. Hat sie es mitgebracht? Oder wer hat es dir gegeben? Warum machst du die Musik nicht leiser, wenn ich dich drum bitte? Wieso bist du so frech zu mir? Und dieses Reagenzglas, hast du es aus der Schule geklaut?« Nervös laufe ich im Kreis und fühle mich wie ein Clown, der einen FBI-Sketch spielt. Erst recht, als Parvin zu kichern anfängt. »Du willst immer alles wissen, aber mich hältst du für dumm, oder?« Irritiert mustere ich sie. Ihre Augen funkeln. »Ich hab vielleicht auch ein, zwei Fragen an dich.«

»Ach ja?!«, zische ich. Ohne jede Vorwarnung kommt es aus ihr herausgeschossen: »Wer ist dieser Gerhard Walters?«

Ich lasse mich auf das Sofa fallen. Für einige Minuten ist es still um uns. Meine Finger zittern, sie brauchen mehrere Anläufe, bis sie endlich eine Zigarette aus der Schachtel pulen und sie direkt im Wohnzimmer anzünden. Heute geht vieles zu Bruch, auch die Hausregeln. Ich fühle mich wie bei einem Verkehrsunfall. Zwei Autos, durch Leitplanken getrennt, rammen ineinander, sie hätten sich niemals berühren sollen. Mir ist heiß.

»Woher kennst du diesen Namen? Bist du dem Typen über den Weg gelaufen?«

Wortlos schaut sie mich an. Ich ertrage es nicht, auf eine Antwort zu warten. »Ich hab gesagt: Woher kennst du diesen Namen?«

Meine Stimme klingt so laut und schrill, dass ich mich selbst erschrecke. Ich fühle mich, als hätte ich jegliche Kontrolle verloren: über meine Stimme, meinen Körper, mein Leben, Parvin. Ihr scheint das Spiel Spaß zu machen. Fasziniert beobachtet sie mich dabei, wie ich Schicht für Schicht auseinanderfalle wie eine gehäutete Zwiebel. Mit bebender Unterlippe ziehe ich an meiner Kippe. Die heiße Asche rieselt auf die nackte Haut meines Oberschenkels. Hastig fahre ich mit der Hand drüber, doch so verteilt sich alles zu einem dunkelgrauen Film auf meinem Bein. Es brennt.

»Rück doch endlich mit der Sprache raus!«, belle ich und höre, wie meine Stimme bricht und mein Atem hektischer wird. Ich hole tief Luft, doch es ist, als würde kein Sauerstoff in meiner Lunge ankommen, vielleicht ist es auch wirklich so, denn ich rauche in schnelleren Zügen.

»Fühlt sich scheiße an, wenn dir Informationen vorenthalten werden, oder?« Parvin wirkt fast schon amüsiert. Erschrocken von ihrer Häme und ihrem Ton kann ich nicht anders, als loszuheulen. Immer wieder schnappe ich nach Luft, versuche ruhig zu bleiben, doch es scheint unmöglich. Mein Weinen wird nur noch lauter und unkontrollierter. Tränen, Rotz und

Schweiß laufen mein Gesicht runter. Beschämt vergrabe ich es in meinen Händen, die immer noch meine abgebrannte Zigarette halten. Ich werfe den Stummel in die Wasserkaraffe auf dem Couchtisch.

Ich weiß nicht, wie lange ich dort so sitze.

»Bitte sag es mir«, probiere ich es erneut.

Sie schüttelt den Kopf. »Du bist diejenige, die immer alles über mich erfährt. Du spionierst mir nach und liest sogar mein Tagebuch!«

Ich will widersprechen, aber sie lässt mich nicht.

»Und wag es nicht, so zu tun, als wüsstest du von nichts! Ich habe keinen Bock mehr darauf, dass mein Leben für dich gläsern ist, während die Liste deiner Geheimnisse noch länger ist als die deiner Bettbekanntschaften!«

Ich schmeiße ein Kissen nach ihr. »So redest du nicht mit mir!«, schreie ich.

»Du weißt nicht, wie es ist, fast nichts über seine Mutter zu wissen, während man mit jemandem zusammenwohnt, der alles über sie weiß und die Infos systematisch fernhält!«, brüllt sie und fängt an, die Bilderrahmen von der Wand zu nehmen und auf den Boden zu schmeißen.

»Ich hab keine Ahnung, wovon du redest«, brülle ich zurück.

»Ach ja? Und warum lässt du alles von ihr in Kisten packen und versteckst sie im Keller?«

»Ich verstecke gar nichts! Ihre Sachen sind dort verstaut, damit ich hier wohnen kann. Oder willst du lieber zu deiner Oma? Ich schicke dich gern dahin, viel Spaß in der Peripherie!«

Sie lacht auf. »Das würdest du eh nicht machen. Dann müsstest du dir ja eingestehen, dass sie die ganze Zeit recht hatte.«

Mit einer Armbewegung fege ich sämtliche Vasen und Schalen vom Couchtisch.

»Halt die Klappe!«, schreie ich. »Halt doch endlich die Klappe!« Wütend greife ich nach der Glaskaraffe und werfe sie gegen die Wand. Kurzschlussreaktion. Erschrocken über mich selbst halte ich mir die Hand vor den Mund und muss direkt wieder weinen. Ich fühle mich, als würde mein Verstand herunterrieseln wie Zigarettenasche. Noch ein, zwei Knöpfe, die gedrückt werden müssen, und ich drehe völlig durch.

Parvin wendet ihren Blick nicht von mir ab. Sie scheint es förmlich zu genießen, mir dabei zuzuschauen, wie ich vor ihren Augen zusammenbreche. Als hätte sie jahrelang nur darauf gewartet, es mir heimzuzahlen.

Abrupt steht sie auf. »Ich geh jetzt.«

Ihre Stimme klingt so schroff, dass ich noch stärker weinen muss. »Was? Nein! Warte!«, rufe ich ihr hinterher. Als hätte sie es nicht gehört, geht sie in ihr Zimmer und sagt irgendwas zu Vivien. Scheiße, die gibt es ja auch noch. Hoffentlich verpetzt sie mich nicht bei ihren Eltern oder, noch schlimmer, beim Jugendamt.

Ich laufe in den Flur, versuche, die beiden zu erwischen. Parvin hat bereits ihre Schuhe an.

»Bitte, gib mir doch eine Antwort«, flehe ich sie an. Beide laufen an mir vorbei ins Treppenhaus. Kurz bevor sie die Treppe hinunter verschwinden, dreht sich Parvin zu mir und sagt: »Das Gras war übrigens von dir.«

O

Das Telefon klingelt. Ich reiße den Hörer an mich. Die Nummer ist unbekannt. »Parvin, bist du es?«, frage ich trotzdem.

»Hör auf, mich so zu nennen«, befiehlt sie mir.

»Tut mir leid«, sage ich. »Das ist doch dein Name?« Verwirrt überlege ich, ob sie sich mir je mit einem anderen Namen vorgestellt hat, aber mir fällt keiner ein.

»Nicht für dich.« Ihre Stimme klingt hart. »Du sollst nie wieder meinen Namen in den Mund nehmen.«

Ich weiß nicht, was ich sagen soll.

»Wo bist du?«, krächze ich schließlich.

»Das geht dich nichts an.«

Ich will sie fragen, warum sie überhaupt anruft, doch meine Aufmerksamkeit wird woanders hingelenkt. Im Hintergrund höre ich einen älteren Typen sprechen: »Du kannst ihr ruhig sagen, wo du bist.«

Irgendwie kommt mir die Stimme bekannt vor, doch ich weiß nicht, woher. Nervös zupfe ich am Kabel des Telefons, das bereits mehrfach verdreht ist. Olles, altes Teil.

»Na gut«, sagt Parvin schließlich. »Ich verrate es dir. Bis ich es in mein Tagebuch schreibe, ist es wahrscheinlich eh zu spät.«

Ich fühle mich ertappt. Zum Glück sieht sie nicht, dass ich vor Scham erröte. Gleichzeitig kommt Panik in mir auf. »Zu spät?«, frage ich. »Wofür denn zu spät?« Meine Stimme ist auf einmal zwei Oktaven höher. Ich habe ein ungutes Gefühl.

»Wenn du es ihr nicht sagst, tue ich es«, knurrt der Typ im Hintergrund.

»Parvin, bist du okay?«

Stille.

Dann: »Du sollst meinen Namen nicht sagen.«

»Vielleicht versteht sie es besser, wenn ich es ihr erkläre.«

Es raschelt am anderen Ende der Leitung. Der Hörer wird weitergereicht.

»Hallo, Nasrin«, erklingt es, und jetzt fällt es mir wie Schuppen von den Augen. Wie konnte ich diese Stimme auch nur für eine Sekunde vergessen? Mein Puls vervielfacht seine Geschwindigkeit. »Oder erkennst du mich nicht mehr?«

»Doch!«, entgegne ich. »Lass Parvin gehen.«

Gerhards Lachen ist so laut, dass es in den Ohren wehtut. »Ich muss sie nicht gehen lassen. Sie ist zu mir gekommen. Sie bleibt, so lange *sie* will.«

Ich will fragen, wo die beiden sind, doch mit einem Knallen haben sie aufgelegt. Ich versuche zurückzurufen, doch das Gerät ist zu alt, um sich den Anrufer zu merken. Ich werfe trotzdem Geld rein. Das beschissene Teil schluckt meine letzte Münze.

»Scheiße«, brülle ich und werfe den Hörer auf die Gabel. In der engen Zelle bekomme ich kaum Luft. Ich versuche, die Tür aufzustoßen, doch sie ist versperrt. Irgendwer muss sie von der Gegenseite zudrücken. Als ich durch das Glas schiele, stelle ich fest, dass dort niemand ist.

»Hallo?«, rufe ich in die Leere, doch ich höre nur das Echo meiner eigenen Stimme.

Ich schrecke auf. Weit und breit keine Telefonzelle in Sicht. Nur mein Zimmer. Ich schaue auf mein Handy in der Hoffnung, Parvin hätte mir eine Nachricht hinterlassen. Fehlanzeige. Ich schließe wieder die Augen, zwinge mich einzuschlafen. Ich zähle von 100 runter, aber bleibe im Loop hängen, nach 61 kommt wieder 69, nach vier Mal fällt es mir auf. Ich fange wieder von vorne an. Und plötzlich klingt es sehr real, dieses Telefon.

O

Brrrr. Brrrr. Brrrr. Jedes Mal, wenn das Festnetztelefon in Nushins Wohnung klingelt, ignoriere ich den penetranten Ton. Sie wohnt schon lange nicht mehr hier, also ist sie auch nicht unter dieser Nummer erreichbar. Der automatische Anrufbeantworter empfängt die Person auf der anderen Seite der Leitung, die geduldig genug ist, um lange genug dranzubleiben. Meistens sind es Marktforschungsumfragen – warum hat Nush denen überhaupt ihre Nummer gegeben? – und Beileidsbekundungen von Leuten, deren Namen mir noch nie zuvor untergekommen sind. Wer ruft denn bei einer Verstorbenen zu Hause an, um sein Beileid auszurichten? Wen erwarten sie am Hörer? Auch dieses Mal lasse ich den Klingelton durch das Wohnzimmer läuten, ohne mich zu regen. Als ich letztes Mal wegen Parvin rangegangen bin, war klar: Sie hatte der Polizei die Festnetznummer gegeben in der Hoffnung, mich gar nicht erst zu erreichen. Wenn es wirklich wichtig ist, wird sie mich auf dem Handy anrufen.

Nach der automatischen Ansage ertönt eine Stimme, die mir bekannt vorkommt.

»Hallo, Nasrin, Sakine am Apparat«, kommt es durch die Telefonstation. »Ich habe auf Deniz' Klassenliste nur diese Nummer finden können, ich weiß gar nicht, ob sie aktuell ist. Na ja, ich wollte Bescheid sagen, dass du dir um Parvin keine Sorgen machen musst, sie ist bei uns und kann auch ein paar Nächte bleiben. Mein älterer Sohn ist auf Klassenreise, und sein Zimmer ist leer. Ihr habt euch ganz schön gezofft, du und deine Nichte, wa? Na ja, vielleicht hast du ja Lust, demnächst bei einem Kopf Shisha darüber zu quatschen? Hier ist auf jeden Fall meine Nummer …«

Bevor Sakine dazu kommt, mir zu diktieren, wie ich sie erreichen kann, wird ihre Stimme von der automatischen Telefonstimme abgelöst. »Nachricht abgebrochen. Ihre Mailbox ist voll. Bitte löschen Sie Mitteilungen, um neue zu empfangen.«

Scheiße. Vielleicht ist dieses Telefon doch nicht so nutzlos, wie ich dachte. Ich überlege, alle alten Nachrichten auf einmal zu löschen, und tippe eine Anfrage zu einer entsprechenden Anleitung in die Suchmaschine meines Handys. Beim Durchlesen der verschiedenen Seiten höre ich immer wieder die Stimme meiner Therapeutin in meinem Kopf.

Sie können nicht vor allem wegrennen, Frau Behzadi.

Ihr lückenhaftes Gedächtnis oder Ihre Krater, wie Sie sagen, die sind nicht größer als Sie. Sie können lernen, auf diesem unebenen Boden zu laufen, ohne dabei einzuknicken.

Ihre Vergangenheit kann Sie nicht einholen, wenn Sie anfangen, sie an die Hand zu nehmen. Sie bleibt ein Teil von Ihnen.

Sie können nicht nur das hören, was Ihnen gefällt. Manchmal heißt zuhören auch zulassen.

Was in diesen Löchern lebt, sind keine Monster. Das sind Teile von Ihnen. Auf lange Sicht werden Sie nicht glücklich, indem Sie diese Teile unter den Teppich stampfen.

Das Problem sind nicht die Telefone, oder?

Ich seufze und lege mein Handy auf den Tisch. Vielleicht ist die überfüllte Mailbox ein Schritt in die richtige Richtung. Wie viele Nachrichten können auf dem alten Gerät schon drauf sein? Zehn? Zwanzig? Größer kann so ein Speicher doch nicht sein.

Mein Körper bewegt sich wie in Zeitlupe in Richtung der Telefonstation. Mein Atem fühlt sich schwer an, als schleife ich tonnenschwere Gewichte an meinen Fersen hinter mir her. Minutenlang starre ich es an, das grau-schwarze Ding mit dem blinkenden roten Lämpchen. Nein, dieses Ding ist nicht größer als ich. Ich lasse es nicht größer sein.

Ich sinke auf den Sessel neben dem Telefon, hole noch mal tief Luft und drücke auf den Knopf, um alle hinterlassenen Nachrichten abzuhören.

Die neueste von Sakine wurde gar nicht erst gespeichert. Danach folgt, wie vermutet, vor allem irrelevantes Zeug. Marktforschungsinstitute, eine Absage für einen Termin zum Ablesen der Heizungen, Beileidsbekundungen von Fremden an Parvin. Ich beschließe, diese nicht zu löschen, sie sind nicht für mich. Auf einmal überkommt mich wieder mein schlechtes Gewissen. Wenn es neben dem Konzept Rabenmutter auch das einer Rabentante gäbe, wäre ich wahrscheinlich genau das. Egal, wie schlimm ich mich damals mit Mâmân gestritten hatte, ich wusste, dass sie es nicht verkraften würde, wäre ich von zu Hause abgehauen. Sie hatte schon ihren Mann verloren, ihre Heimat auch, wir waren alles, was sie noch hatte. Für Parvin muss ich noch unerträglicher sein als Mâmân für mich, wenn es ihr so leichtfällt, wegzugehen. Und dann auch noch so.

»Eine neue Nachricht«, kündigt der Anrufbeantworter schließlich an. Die allerletzte. Dann habe ich es geschafft. Jetzt kommt die erste Nachricht, die Nushin nicht mehr selbst gehört hat. Tatsächlich von dem Tag vor ihrem Tod. Wie ein Ausblick in eine alte Zeit, denke ich und schmunzle, doch mein Lächeln gefriert, als Nushins eigene Stimme aus der Telefonanlage erklingt.

III

»The bell that rings inside your mind
It's challenging the doors of time«

QUEEN

O

1995

Auf dem Volksfestplatz war Jahrmarkt. Wir trafen uns gegen 18 Uhr bei uns auf dem Parkplatz, Nush, Jîwan, Aida und ich. Aida brachte Cola mit, Jîwan Korn, wir mischten das Zeug zusammen und kippten es in uns rein, nur Aida nicht, sie blieb nüchtern, sie sei schließlich keine Russin, und außerdem sei Alkohol haram, sagte sie. Was als haram galt, ließ uns andere schon lange kalt. In einer Welt, die in ihrem Kern haram war, konnte kein Leben halal sein, behaupteten wir. Schweinefleisch hätte trotzdem keiner von uns angerührt. Wir waren auf Adorno hängengeblieben, aber eben nicht konsequent genug.

»Was hast du überhaupt gegen Russen?«, fragte ich Aida.

»Nichts«, antwortete sie. »Ich will nur nicht für ’ne Russin gehalten werden.«

»Das ist das Dümmste, was ich je gehört habe«, prustete Nush. Obwohl ich ihr zu Hause extra gesagt hatte, sie solle noch was essen, bevor wir rausgehen, war sie mit leerem Magen gekommen, damit ihr Bauch flacher aussah und ihr kurzes Top besser saß. Sie war den ganzen Nachmittag lang schlecht gelaunt gewesen, weil sie beim Augenbrauenzupfen erst ein Haar zu viel entfernt und dann so lange versucht hatte, ihr Gesicht zu retten, dass die Brauen jetzt wie zwei Rattenschwänze aussahen. Vor drei Tagen hatte Filiz ihr mit einer Braunüle aus der Apotheke ein Bauchnabelpiercing gestochen, mit dem sie an diesem Abend angeben wollte. Mâmân durfte es natürlich nicht sehen, deswegen hatte sie ihr kürzeres Oberteil erst draußen zwischen den Müllcontainern angezogen. Das Abendbrot hätte ihr Outfit gesprengt, sagte sie. Dafür war sie nach einem Becher Mische hackedicht.

»Wann kommt Filiz eigentlich?«, fragte ich beiläufig, es sollte nicht nach einer großen Sache klingen, auch wenn es für mich eine war. Am Tag zuvor hatte Filiz mich in der Pause in ihren Klassenraum gezerrt, sie hatte gesagt, sie wollte mir etwas zeigen. Als wir im leeren Zimmer gestanden hatten, war sie mit mir hinter den Schrank gegangen, in die Ecke, die komplett verschwand, wenn jemand die Tür aufmachte. Meistens standen dort Papierkörbe. Wir hatten uns angeschaut, ich hatte darauf gewartet, dass Filiz etwas aus ihrer Tasche holte und irgendwas sagte, aber nichts davon war geschehen. Stattdessen hatte sie mich an sich gezogen und mich geküsst, einfach so auf den Mund, erst nur sanft und irgendwann mit Zunge, wir hatten uns gegenseitig immer weiter gegen die Wand geschoben, bis ich mit dem Rücken an ihr geklebt hatte, zwischen Filiz und mich hätte kein noch so billig gedrucktes Aktionsplakat der Welt gepasst.

»Ich wollte dir nur mein neues Zungenpiercing zeigen«, hatte sie gegrinst, als die Schulklingel läutete. Bevor die anderen Schüler_innen in die Flure geströmt waren, hatte sie ihren Griff von meinem Nacken gelöst. Ich hatte nicht gewusst, wohin mit mir, war vollkommen überrascht, hätte niemals gedacht, dass die coole Filiz an mir Interesse haben könnte, wo sie doch sonst immer nur auf diese schludrigen Typen stand. Aber es wäre gelogen, wenn ich behaupten würde, dass ich es nicht genossen hätte.

»Versprich, dass es unser Geheimnis bleibt«, hatte sie gefordert. Ich hatte es ihr versprochen, aber nur, wenn sie zum

Jahrmarkt mitkam. Wir hatten einen Deal: Nach ihrem Kampfsporttraining wollte sie nachkommen.

Ihretwegen war ich also schon den ganzen Tag aufgeregt, mit jedem Schluck wurde ich etwas aufgekratzter, ich spürte in mir so viel Energie, doch ich wusste nicht, wohin mit ihr. Auf die düsteren Gedanken in den tiefen Kratern meines Kopfs hatte ich plötzlich keinen Zugriff, berauscht vom frisch ausgelösten Dopamin-Kick war ich so hyper wie lange nicht. Ich trat eine leere Glasflasche um.

Jîwan zog seine Schultern hoch, seine langen Arme schwangen automatisch mit. »Ich wusste bis eben nicht mal, dass sie vorhat, zu kommen.«

Aida mischte sich ein. »Wenn, dann treffen wir sie bestimmt auf dem Volksfestplatz. Wird eh nicht so viel los sein.«

Unser Nachbar aus dem zweiten Stock stand seit einer halben Stunde mit seinen Kumpels wenige Meter von uns entfernt vor seinem Auto, die Fenster waren runtergekurbelt und das Radio bis zum Anschlag aufgedreht. Über den ganzen Parkplatz dröhnte die Musik aus seinen schlechten Boxen, in diesem Moment waren es die Nightcrawlers mit »Push The Feeling On«. Nushin war so voll, dass sie mit geschlossenen Augen zu der Melodie tanzte, als wäre sie auf dem Dancefloor, niemand sonst bewegte sich. Ich überlegte, ihr den Plastikbecher aus der Hand zu nehmen, es war ihr zweiter oder dritter, ich hatte nicht mitgezählt.

»Ätzend, diese Musik«, murmelte Jîwan vor sich hin und spuckte auf den Boden. Mit einem sachten Tritt signalisierte ich ihm, den Typen am Auto nicht aufzufallen, denn sie schauten schon die ganze Zeit so komisch zu uns runter. Zu einer Eskalation sollte es auf keinen Fall kommen, nicht so früh schon, wir waren ja noch nicht einmal unterwegs.

»Zum Einstimmen sind die Songs doch perfekt, was denkst du, was auf dem Jahrmarkt laufen wird?«, sagte ich verächtlich. Aida schlug vor, dass wir uns langsam auf den Weg machten.

Glühend von den Eurodance-Beats und dem Cola-Korn liefen wir gemeinsam zum Volksfestplatz. Wir fanden Volksfest panne, aber irgendwie auch geil, zumindest in der Vorstellung. Es war Samstagabend und wider Erwarten so voll, dass wir uns beieinander einhakten, um uns nicht zu verlieren. Noch war es so früh, dass Familien mit Kindern, Paare, Jugendliche und Männergruppen aufeinandertrafen. Jîwan bestand darauf, dass wir am Greifarmautomaten stehen blieben, er schwor, dass er für jede von uns ein Stofftier gewinnen könne. Nachdem er ohne Erfolg 12 Mark verzockt hatte, schimpfte er, die Maschine wäre kaputt, man werde hier nur betrogen. Daraufhin versuchte ich mein Glück und gewann auf Anhieb einen grauen Husky und drückte ihn Jîwan in die Hand, als kleinen Trost. Ich mochte Hunde nicht mal. Mit einem säuerlichen Blick warf Jîwan das Stofftier Nush zu. Sie umschlang das hässliche Ding, als wäre es ihr Baby. Am Automaten nebenan hämmerte ein Typ mit angeschwollenen Tränensäcken cholerisch gegen die Scheibe.

»Du bist wohl nicht der einzige frustrierte Verlierer«, kommentierte Aida das Geschehen. Mein Blick blieb an dem Mann hängen. Plötzlich begann er zu fluchen und den Automaten mit in Kugeln verpackten Armbanduhren zu beleidigen, als ließe ein Automat sich davon einschüchtern, von einem betrunkenen Deutschen als »Ostfotze« bezeichnet zu werden. Der Klang seiner Stimme kratzte etwas in mir wie ein Rubbellos auf. Unter dem grauen Film erkannte ich eine Niete. Es war Nataschas Vater. Ob er wohl ein Geschenk für seine Tochter suchte?

»Lasst uns weitergehen«, murmelte Jîwan, er klang etwas desillusioniert. Mir ging es ähnlich. Von Filiz fehlte weiter jede

Spur. Was auch immer sich wie eine weiche Decke über meine Krater gelegt hatte, wehte langsam davon. Scheiße. Das vergrabene Elend drohte wieder aufzutauchen. Wir gingen weiter. Nush wollte zum Autoscooter, sie reihte sich sofort in die Schlange ein, bis Aida hinterherging und sie wegzog.

»Mädchen, dein Magen ist labil«, zischte sie ihr stirnrunzelnd zu. »Nach dem ersten Zusammenstoß wirst du dich selbst vollkotzen, wie eine Asoziale!«

Ich fragte mich, was mit Aida los war, sonst redete sie nie so, vermutlich stieg ihr die Hitze der Jahrmarktaufregung einfach zu Kopf. Sie wollte zum Süßigkeitenstand für einen kandierten Apfel. Das langweiligste Dessert der Welt, wie ich fand, denn wen interessierten schon mit Zuckerglasur übergossene Äpfel? Obst sollte aufhören, sich als Nachtisch zu inszenieren. Und Filiz sollte endlich kommen. Die Schlange am Stand war so lang, dass ich mit Nush nebenan beim Breakdancer auf die Treppen ging und im Sitzen wartete. Zwischen den grellen Lichtern dröhnte »Vogue« von Madonna durch die Luft. »Strike a pose«, grölte Nush, begann die Arme zu bewegen, doch verzog nach ein paar Sekunden das Gesicht. Ihr war schlecht, ich gab ihr Wasser. Sie schüttelte den Kopf, stieß mich von sich und rannte zwischen die Wagen. Kurz darauf kam sie zurück und riss mir die Wasserflasche aus der Hand. Sie holte Kaugummi aus ihrer Tasche, schob sich zwei auf einmal in den Mund.

»Jetzt geht es mir besser«, grinste sie und lipsyncte theatralisch die Zeilen »they had style, they had grace«. Ich wischte mit einem Taschentuch einen Spritzer Erbrochenes von ihrem Hals, bevor wir vom Standbesitzer weggescheucht wurden.

Als Aida endlich ihren Apfel hatte, drückten wir uns an der Menge vorbei zum Musik-Express. In ihm fahren wollte niemand, wir hätten uns nach einer Runde in dem blitzenden

Rundfahrgeschäft übergeben. Wir waren hier, weil alle hier waren, für die gute Stimmung und für die Musik. Schon die Verzierung der Metallinstallation suggerierte mit aufgemalten Notenschlüsseln und tanzenden Leuten: Hier geht die Party. Die Songs hätten zwar besser sein können, aber wir beschwerten uns nicht, Gratis-Disco war besser als nichts, wenn wir Glück hatten, spielten sie in ihrer Rotation etwas von TLC. Im blinkenden Licht des Musik-Express war es leicht, die Welt außerhalb der besprühten Wände des Karussells zu vergessen, zumindest für einen Abend. Durch die Rauchmaschine wirkten die Strahlen nicht so grell, sondern milchig, die Sicht auf alles wurde weicher. Die coolen Jugendlichen tanzten, grölten laut mit, ein Typ brüllte den Text zu irgendeinem Fettes-Brot-Song in die vorbeirasenden Wagen hinein. Wir waren nie die coolen Leute. Ich fragte mich, ob die penetranten Lautsprecheransagen per Knopfdruck abgespielt wurden oder ob wirklich jemand in diesem kleinen Glaskasten saß, der die Eintrittschips verkaufte, das Gerät steuerte und MC-mäßig »L-L-L-LOS GEHT'S, GEHT'S, GEHT'S« in das Mikrophon reinmoderierte. Jetzt kam Scooter. »Hyper, hyper«, brüllte Nush mit und hüpfte, bis ich sie festhielt aus Angst, sie falle gleich in die fahrenden Wagen hinein. Wo blieb Filiz?

Nush schubste mich von sich. »Entspann dich mal«, rief sie mir zu und holte aus ihrer Handtasche eine PET-Flasche raus. Seufzend trank ich einen großen Schluck, dann noch einen und noch einen. Langsam konnte auch ich etwas loslassen. Aus dem schwebenden Nebel über den Kratern in meinem Kopf wurde mysteriöser Rauch, er wechselte seine Farben, ich dampfte mein Hirn mit bunten Bengalos ein. Ich schloss die Augen, versuchte mit der Musik mitzugehen, erst fühlte es sich komisch an, erzwungen, aber nach ein paar Sekunden wurden meine

Bewegungen fließend. Auf der Playlist ging es weiter, ich erkannte den Beat und ließ mich in ihn hineinfallen. Mir wurde fast schon schwindelig, meine Umgebung wirkte hektischer, ich sang einfach noch lauter mit. *If you're looking for devotion, talk to me, come with your heart in your hands because my love is guaranteed, so baby if you want me, you've got to show me love.* Ich hörte mich grölen und fühlte mich plötzlich frei zwischen den Zeilen. Endlich ein Popsong, der mich verstand. Wenn Filiz mich wirklich wollte, sollte sie halt herkommen, ich war es satt, anderen hinterherzurennen! *Natascha zumindest wollte dich nicht*, lachte eine hämische Stimme in meinem Kopf, die ich schnell mit den Lyrics übertönte.

»Scheiße.« Jîwans Stimme riss mich aus meinem High, ich fiel zurück in das stählerne Häuschen des Musik-Express und landete hart. Aida und Jîwan sahen gestresst aus, während Nush zwei Meter von uns entfernt irgendeinem Jungen die Zunge in den Hals steckte. Ich folgte Jîwans ängstlichem Blick. Fünf breit gebaute, riesige Typen hatten sich neben der Kasse versammelt, richtige Schränke, jeder mit einer Glasflasche in der Hand, alle hackedicht. Einer von ihnen, der mit dem Gesicht zu uns stand, trug ein *LONSDALE*-Shirt und hatte hässliche Tattoos auf den Armen. Beim genauen Hinsehen erkannte ich, dass einer seiner Kumpels in der anderen Hand eine schmale Metallstange hielt, die er zum Takt der Musik mitschwingen ließ.

Aida schlug vor, so unauffällig wie möglich über die andere Seite rauszugehen und abzuhauen. Entschlossen lief ich auf Nush zu, die dem pickligen Jungen mit der Nickelbrille gerade ihr Bauchnabelpiercing zeigte.

»Wir müssen sofort gehen, bitte mach jetzt keine Szene«, flüsterte ich ihr ins Ohr.

»Was?«, rief sie so indiskret, dass ich ihr am liebsten eine klatschen wollte.

»Ich hab gesagt, wir gehen«, zischte ich und schaute sie eindringlich mit hochgezogenen Brauen an. Sie verstand und verabschiedete sich von ihrer neuen Flamme.

Mit schnellen Schritten liefen wir im Rücken der anderen Gäste zum hinteren Ausgang der Bahn. Bei meinem letzten Kontrollblick waren die Glatzen noch mit dem Kartenkauf beschäftigt gewesen, wenn nichts schieflief, kamen wir unversehrt davon. Ich schielte prüfend noch mal zur Kasse und rempelte aus Versehen jemanden an.

»Augen nach vorne, Kümmelfotze«, brummte eine tiefe Stimme, aus der die Überlegenheit kaum auszublenden war. Erschrocken schaute ich hoch und erkannte einen der Nazis. Seine Gesichtszüge waren grob: der Kiefer eckig und riesig, wie bei einem Hai, sein Kinn hatte so eine Po-Falte, seine Nase war knollig, und seine Augen erinnerten mich an den Husky aus dem Greifautomaten. Gespensteraugen. Er war so muskulös, dass es aussah, als hätte er keinen Hals. Vor allem streckte er seinen Arm aus, hielt ihn wie eine Schranke vor mein Gesicht, so dass wir nicht ohne Weiteres vorbeikonnten. Genüsslich musterte er uns, die Furcht musste uns allen im Gesicht stehen, er pfiff seine Freunde rüber. »André, Ronny, Torge, Mike, guckt mal, wen wir hier haben!«

Ehe ich michs versah, stellte sich die ganze Brigade vor uns auf. Panisch durchforstete ich mein Hirn nach allen Griffen und Tricks, die Filiz uns beigebracht hatte, aber was sollten die schon bringen, wir waren in der Unterzahl, und die sahen nicht so aus, als übten sie bloß ein Mal die Woche, wie man sich von Griffen löste und vielleicht mal zurücktrat. Auch unsere Theorieeinheiten kamen mir auf einmal so nutzlos vor. Die einzige

Gewissheit: Sie waren alle besoffen, Aida zumindest war nüchtern.

»Ronny, hast du damit gerechnet, so eine schöne Beute zu finden?«, lachte einer der Typen. Ein anderer, vermutlich Ronny, rief zurück: »Nein, André, ich dachte, wir mischen einfach nur die Party ein bisschen auf.« Sie johlten laut, als hätte Ronny den Spruch des Jahrtausends geknackt. Ich spürte Nushins Hand in meiner und drückte sie.

Aida schob mich beiseite und stellte sich vor uns. »Entschuldigung«, piepste sie und räusperte sich. »Können wir bitte einfach vorbeigehen? Wir sind wirklich nicht auf der Suche nach Stress.« Unsere Chancen wären besser gewesen, hätte sie nicht gesprochen, denn ihr Akzent provozierte die Typen zusätzlich.

»Nett, dass du fragst, aber die Antwortet lautet: Nö!«, bellte einer, ich glaubte, es war André. Vielleicht können wir einfach losrennen, dachte ich, bis sie es registriert haben, sind wir schon längst in der Menge verschwunden. Doch wie signalisierte ich das den anderen? Jeder Versuch des Blickkontakts mit Jîwan scheiterte, er stand einfach nur da, mit versteinerter Miene. Jetzt schien er den anderen aufzufallen.

»Ey, Ali, du Geier«, quäkte der Typ mit der Eisenstange und spuckte Jîwan beim Reden an. »Findest du nicht, dass drei Frauen für dich alleine ein bisschen happig ist, du gieriges Aas?«

»Torge, das ist sein Haram«, blökte einer, der Mike heißen musste.

»Meinst du Harem?«, fragte Nush kleinlaut und kassierte von mir einen sanften Kniff in den Arm. Bitte, Nushin, dachte ich, bitte halt einfach die Klappe.

»Ach, die Süße ist mir bis eben gar nicht aufgefallen«, krächzte Ronny und streckte seine wurstigen Finger nach ihr aus. Die Art, wie er Nushins Körper mit seinem Blick abscannte, weckte in mir den Wunsch, mit einer Nagelfeile seine Augen auszukratzen, damit er nie wieder irgendjemanden so anguckte. Er kam ein Stück näher und brummte ihr zu: »Noch so 'n Klugscheißerkommentar, und ich zieh dich an deinem Piercing in dein Grab, du dreckige Nutte.« Nush schluckte und nickte langsam.

»Wollt ihr die Auseinandersetzung wirklich hier haben?«, fragte Jîwan. Ich drehte mich alarmiert zu ihm, wollte ihm meinen Ellbogen in die Rippen rammen, was machte er? Dachte er wirklich, wir hatten gegen diese Möbel-Kraft-Truppe irgendeine Chance? »Ich meine, warum wollt ihr unschuldige Außenstehende mit reinziehen? Lasst uns raus aus der Menge, dann klären wir das wie echte Männer.« Angewidert schaute ich ihn an. Sein Blick wirkte konzentriert, als wüsste er genau, was er da machte.

»Du kleine Schwuchtel hast doch keine Ahnung von echten Männern«, blökte Ronny.

»Wir sollten trotzdem weg hier«, raunte André dem Typen zu, der ganz vorne stand. Dieser knirschte: »Na schön, dann gehen wir zusammen auf den Parkplatz.«

Wir bewegten uns gemeinsam. Wie Bodyguards umrahmten sie unsere Gruppe, an jeder Seite umzingelten sie uns wie Hamburger Gitter. Falls Jîwan geplant hatte, in diesem Moment wegzurennen, hatte er sich verkalkuliert. Hektisch schielte ich zur Seite, ich wusste nicht mal, wonach ich suchte, wer sollte uns denn schon helfen? Viel wahrscheinlicher erschien es mir, dass sich den anderen noch mehr Leute anschlossen und die Gruppe zu einem Mob anwuchs. Ich hörte Aida hinter mir schluchzen. »Wein leiser, Russenschlampe«, wisperte einer der Typen ihr zu.

Torge und Mike unterhielten sich vor und neben mir darüber, wie viel Geld die Juden den Deutschen mit den Schießbuden und Losverkäufen wohl aus der Tasche zogen, als wären die Standbesitzer nicht viel wahrscheinlicher ihre eigenen Onkels und Cousins. »Die wollen sich doch nur an uns rächen«, höhnte Ronny, und ich dachte, wenn es hier eine jüdische Rache gegeben hätte, wäre sie sicherlich nicht in Form von Glücksspielen erschienen. Faszinierend, dass sie wirklich dachten, die angemessene Reaktion auf 6 Millionen Tote seien Wucherpreise auf dem Jahrmarkt. Vielleicht hatten wir ja doch eine Chance gegen sie.

Allmählich verließen wir das Gelände, wir waren nun auf dem Parkplatz. Die schreienden Kinder, die Musik der Stände und die Lautsprecheransagen dröhnten aus der Ferne zu uns herüber, doch sie schienen endlos weit weg, wir wurden aus ihrer Welt hinausbegleitet, auch wenn es dort für uns ohnehin nie einen Platz gegeben hatte. Nun irritierte sie unsere Anwesenheit nicht mehr. Einige Meter weiter parkte ein Polizeiwagen mit zwei Beamten auf den vorderen Sitzen. Einer von ihnen bemerkte uns, wir schauten uns kurz in die Augen, ich formte mit meinem Mund das Wort »Hilfe«. Für fünf weitere Sekunden guckte er mich an, dann drehte er sich zur Seite, als wäre nichts auffällig an einer Gruppe von Ausländern, die von fünf Glatzköpfen in eine dunkle Ecke gedrängt wurde.

»So«, sagte André ruhig, fast schon zufrieden. Wir standen uns jetzt gegenüber. Die Typen fingen an zu diskutieren, wer sich wen vorknöpfen wollte. Sie tendierten zur Rechnung, dass es für Jîwan zwei von ihnen brauchte, wohingegen bei uns drei Mädchen je einer ausreichte.

»Aber wollen wir die nicht noch irgendwie knallen, bevor wir sie zu Brei verarbeiten?«, fragte Ronny verwirrt.

»Du willst diese Kümmelschlampen ficken?«, bellte Mike ihn irritiert an.

»Am Ende schwängerst du sie noch, willst du etwa, dass die sich vermehren?«, stimmte Torge Mike zu.

Ronny versuchte ihnen zu erklären, dass es ja gar nicht darum ginge, ob er uns wirklich hübsch fände, sondern um den Akt an sich: »Das ist eine Lektion, Leute, davon nimmt man was fürs Leben mit!«

Entsetzt guckten wir uns an, formten mit dem Mund stumme Sätze, mit denen wir eine noch so labile Strategie zu entwickeln versuchten. Ich behielt die Typen im Blick, die jetzt in eine hitzige Diskussion darüber eingetaucht waren, ob ihre deutschen Schwänze es überhaupt wert waren, in uns hineingesteckt zu werden oder nicht. Jîwan bedeutete uns, auf drei loszurennen und zwischen den geparkten Autos zu verschwinden. Mit seiner Hand zählte er ab: 3, 2, 1! Und wir liefen los. Wir quetschten uns zwischen den Seitenspiegeln vorbei, hielten nach den breitesten Wegen Ausschau.

»Ey«, brüllte einer der Typen, »die Kanaken sind weg!«

»Dahinten sind sie, ich seh sie ganz genau«, johlte ein anderer, sie rannten jetzt auch.

»Das wird sich rächen, ihr werdet schon sehen!«, hörte ich einen von ihnen rufen.

Mir war übel, aber ich lief weiter, die anderen waren schneller als ich. Röchelnd setzte ich einen Schritt vor den anderen, versuchte, nicht aus der Puste zu kommen. Wir landeten auf der Hauptstraße.

Aida winkte vorbeifahrenden Taxis zu, doch sie hielten nicht, selbst wenn ihre Schilder leuchteten. Wir hatten immer noch etwas Vorsprung.

»Zur Bushaltestelle«, rief Jîwan mir mit gesenkter Stimme

zu. Ich erkannte das Schild bereits, es war nicht mehr weit. Am Ende der Straße kam ein Bus angefahren.

»Wir kriegen den«, sagte Nush.

»Aber er fährt in die falsche Richtung«, meinte Aida.

»Egal, einfach rein.«

Der Bus hielt, einige Leute stiegen aus, ich erkannte Filiz. »Filiz«, brüllte ich, »halt die Türen auf.«

Verwundert schaute sie zu uns, reagierte aber sofort und stellte sich mit einem Bein raus. Ich war in meinem Leben noch nie so schnell gerannt wie in diesem Moment. Das Konditionstraining schien sich gelohnt zu haben. Filiz diskutierte mit dem Busfahrer, der weiterfahren wollte. Die anderen waren schon da, mir fehlten noch ein paar Schritte. Endlich sprang ich als Letzte in den Bus. Genervt schloss der Fahrer die Tür und fuhr los. Mein Atem war nunmehr ein Keuchen, mir war schwindelig, ich hielt mich an einer Stange fest. Durch das Fenster erkannte ich die fünf eckigen Gestalten, vor denen wir geflohen waren, wie sie sich wütend nach uns umschauten. Frustriert riss Ronny seinem Freund die Eisenstange aus der Hand und schlug damit auf den Mülleimer neben sich ein. Bei dem Gedanken, wir hätten der Mülleimer sein können, wurde mir noch schlechter.

»Wohin fahren wir jetzt eigentlich?«, fragte Filiz betreten und ließ sich auf einen der freien Plätze fallen. Jîwan prüfte schwer atmend das Linienschild des Busses. »Ich glaube, an den Strand.«

O

Es ist nicht so, als hätte ich Nushins Stimme seit ihrem Tod nicht mehr gehört. Im Gegenteil. Als mir jemand in der Bar erzählt hat, dass sie sich nicht mehr an die Stimme ihres verstorbenen Bruders erinnern könne, habe ich panisch auf meinem Rechner, meinem Handy, auf alten Videotapes und in den Sozialen Medien sämtliche Mitschnitte zusammengesucht, in denen Nush zu sehen oder zu hören ist, und sie in einem Ordner abgespeichert, um diese Szenen immer wieder abspielen zu können. Mittlerweile kann ich lipsyncen, wie sie sich in einem Schlauchboot auf dem Landwehrkanal Sekt trinkend über ihre neuen Nachbarn aufregt (so geschehen am 6. Mai 2014 in Kreuzberg), wie sie auf dem Beyoncé-Konzert bei »Halo« mit falschen Lyrics mitsingt (Frankfurt am Main, Sommer 2016) und auch, wie sie als Vierjährige meinem filmenden Vater sagt, er solle die Gäste nach Hause schicken, bevor ihre Geburtstagstorte angeschnitten würde, denn es würde bei Weitem nicht für alle reichen (Teheran, 1980).

Doch das hier ist anders. Ungesichtetes Material zu einem unerwarteten Zeitpunkt. Ich versuche, mich auf den Inhalt ihrer Nachricht zu konzentrieren und den inneren Lärm, den das Kribbeln in meinem Magen verursacht, auszublenden. »Hey, Parvin joun«, tönt es aus der Telefonstation. »Du bist gerade wahrscheinlich noch in der Schule. Ich schaue auf das Meer und denke an dich. Vielleicht können wir bald mal wieder zusammen schwimmen gehen. Das magst du doch so gern. Wir waren so lange nicht mehr. Mit deiner Tante war ich früher oft.

Apropos, ich muss sie daran erinnern, dass sie sich mal bei ihrer Jugendliebe melden soll. Sie haben sich sicher viel zu erzählen. Wenn alles gut läuft, bin ich in ein paar Stunden bei dir zu Hause. Ich habe dich sehr lieb, und Nas auch. Ich schicke dir eine feste Umarmung.«

Ich greife aus Reflex nach einem Handy, halte es mit gedrückter Aufnahmetaste an die Telefonstation und spiele die Nachricht erneut ab. Bei jedem weiteren Abhören fallen mir mehr Details auf. Nushin war zu dem Zeitpunkt draußen, man hört den Wind, klar, am Meer, wobei Möwen oder Wasserrauschen nicht wirklich durchkommen. Aber schwimmen? Und warum zur Hölle soll ich mich bei meiner Jugendliebe melden? Wen meint sie überhaupt?

Ich fange an, ein Transkript anzulegen. Irgendwas muss sie sich bei dieser zusammenhangslosen Nachricht gedacht haben. Schlagwörter versuche ich rückwärts zu lesen oder durch Synonyme zu ersetzen, doch das ergibt noch viel weniger Sinn.

Irgendwann schreibe ich jedes ihrer Wörter auf einen einzelnen Zettel und versuche, sie in eine neue Reihenfolge zu bringen, doch auch das scheint mir reine Zeitverschwendung zu sein. Und wenn ich nur jedes dritte, vierte, fünfte oder sechste Wort lese? Fehlanzeige.

Mir gehen die Ideen zum Code-Knacken aus, meine Suchmaschine kennt ebenfalls keine neuen Strategien mehr, bis ich vor dem flimmernden Bildschirm, der einzigen Lichtquelle im mittlerweile dunklen Raum, eindöse.

Ich finde mich in einem alten Industriegebäude wieder. Von den Rohren über meinem Kopf splittert Farbe herunter und landet wie Schuppen auf meinen Schultern. Der Gang ist so eng, dass ich sicher sofort ertrinken würde, sollte eines dieser Rohre über mir explodieren. Zügig laufe ich auf die einzige Tür in Sichtweite zu. Zwar klemmt der Griff, doch ich rüttle so lange dran, bis ich ihn herunterdrücken kann. Mit meinem ganzen Körpergewicht drücke ich mich gegen die schwere Metalltür und lande im Maschinenraum. Hier ist es noch wärmer als im Gang, und die unterschiedlichen Geräte brummen so laut, dass ich mir die Ohren zuhalte.

Meine Brust verengt sich, die Wände kommen näher, bis mein Blick auf eine weitere Tür auf der anderen Seite des Zimmers fällt. Vorsichtig schleiche ich an den Maschinen vorbei und bin überrascht darüber, dass die andere Tür sogar einen Spalt offen steht. Sie führt in eine riesige Halle, wahrscheinlich das Herzstück des Gebäudes. Niemand ist hier, schon lange nicht mehr. Auf dem meterlangen Band hat sich eine dicke Staubdecke gebildet, sie ist so dicht, dass ich die einzelnen Gegenstände, die dort vor sich hin rosten, kaum erkennen kann. Es muss irgendeine Fabrik sein, aber was wurde hier hergestellt? Ich schaue mich weiter um. Die Decken sind unglaublich hoch, die Architektur erinnert mich an das Berghain, mächtige Metallgerüste durchziehen den kompletten Raum. In einer Ecke liegt ein Schrottberg, kaputt gerissene Kabel ragen zwischen verbogenen Stahlgehäusen heraus. Hier und da liegen ein paar Glasscherben auf dem Boden, teilweise sind sie viel größer als ich. Bei genauerer Betrachtung fallen mir auch zerrupfte Spielzeuge, Autoteile und zerbrochene Handyhüllen für alte Modelle wie das Nokia 3210, mein erstes Mobilgerät, im Schrottberg auf. Vielleicht ist das hier ein altes Gebäude der Berliner Stadtreinigung? Hoffentlich hat noch kein Investor dieses Immobilienobjekt auf dem Schirm, denke ich und lache in mich hinein.

Hinter dem riesigen Rohr, das horizontal durch die Mitte der Halle verläuft, fällt mir plötzlich ein weiterer Durchgang auf. Rotes Licht scheint durch ein offenes Tor, dann wechselt es die Farbe und wird blau, irgendwann gelb und schließlich grün. Ist hier doch jemand?

Ich ziehe eine Metallstange aus dem Schrottberg und nehme sie mit. Filiz hat uns damals beigebracht, mit einem Baseballschläger zu hantieren, vielleicht kommt mir das heute gelegen. Meine Atmung wird flacher, kaum hörbar, meine Schritte leichter, mein Blick schärfer. An der Wand entlang nähere ich mich dem Durchgang zum Raum mit den blinkenden Neonlichtern. Je weniger Abstand, desto größer der Einblick. Überrascht stelle ich fest, dass tatsächlich niemand dort zu sein scheint. Nur ein paar Objekte, die wohl eigens aufgestellt worden sind, zieren den Raum. Es sieht aus wie in einer modernen Galerie. Mit etwas Abstand zueinander stehen dort ein kaputtes Klo, zerstörte Leinwände, halb volle Farbeimer, Sprühdosen, eingetrocknete Pinsel, Töpfe und mittendrin eine pinke Telefonzelle.

O nee, denke ich, nicht schon wieder. An der rechten Wand hängt ein übergroßes Bild von einem Typen mit weißen Haaren, einem krassen Seitenscheitel und einer transparenten Brille. Daneben hat jemand ein großes Loch in die Wand geschlagen, der Beton ist bröckelig, und in krakeliger Schrift einen kleinen Absatz unter das Bild geschmiert: *Hier wurde Andy Warhol von der Terroristin Valerie Solanas erschossen. Doch was wäre ein Genie, wenn er nicht einen Anschlag in seiner eigenen Traumfabrik überlebt?*

Reflexhaft rolle ich die Augen. Gerade als ich wieder rausgehen will, höre ich ein schrilles Klingeln. Ich drehe mich automatisch zur pinken Telefonzelle, die sich wie vermutet als Geräuschquelle herausstellt. Im Rhythmus des Klingeltons flackert eine gelbe Glühlampe im Inneren des Häuschens.

Ich atme tief durch und gehe schließlich rein, bevor ich den Anruf verpasse. Der Hörer vibriert nicht mehr, sobald ich ihn in die Hand nehme und an mein Ohr drücke.

»Hallo?«, surrt es aus der Telefonmuschel.

»Hallo«, sage ich, als wäre ich diejenige, die den Anruf gestartet hat.

»Nasrin, bist du es?« Die Tonqualität ist so schlecht, dass die Stimme viel zu verzerrt klingt, um sie jemandem zuordnen zu können. Exakt wie damals, als irgendwelche entfernten Verwandten bei uns anriefen, weil sie irgendetwas wollten, und mich fragten, ob ich noch wüsste, wer sie waren, obwohl wir uns zuletzt gesehen hatten, als ich zwei Jahre alt war.

»Ja, ich bin es.«

»Gut. Endlich! Wir haben hier so lange auf dich gewartet.«

»Ach ja? Wer ... wer seid ihr? Wer ist ›wir‹?«

»Na, wir! Wo hast du denn so lange gesteckt?«

Wer zur Hölle soll das sein? Wo soll ich gesteckt haben?

Mein Schweigen entgeht der Person am Hörer nicht.

»Bist du beleidigt, weil wir uns so lange versteckt haben?«, fragt sie neckisch.

Ich sage nichts und starre auf die dunklen Punkte, wo eigentlich Tasten mit Zahlen sein sollten. Das Telefon ist so im Arsch, dass dort anstelle von Zifferntasten nur Löcher sind. Kein Wunder, dass der Sound so schlecht ist, wenn das Gerät so demoliert wurde. *If you're lost you can look and you will find me.*

»Aber immerhin bist du jetzt hier. Nun kann uns niemand mehr trennen.«

Diese anscheinend gute Nachricht klingt für mich nach einer Drohung. Ich lache nervös auf. »Uns trennen?«, frage ich, »Wo bin ich überhaupt? Was ist das hier?«

Am anderen Ende der Leitung sind es gleich mehrere Leute, die laut lachen, als hätte ich einen Scherz gemacht, ja, einen Running Gag vielleicht.

»Du Dummerchen«, sagt die Person, und jetzt ist die Abfälligkeit in ihrem Ton schwer zu überhören. »Du bist am Ziel. Willkommen in der Traumafabrik.«

O

Über meinen spontanen Besuch habe ich Mâmân nicht informiert, ich wusste schließlich, dass sie ohnehin zu Hause sein würde, und ich wollte nicht, dass sie sich meinetwegen zu viel Arbeit macht. Ohne Ankündigung muss ich mich außerdem nicht erklären, wenn ich es mir auf halber Strecke anders überlege. Eine Absage schuldet man nur bei Verabredungen. Seitdem es geschehen ist, vermeide ich alle festen Zusagen, außer es sind meine Türschichten.

Mit einer Sporttasche über der Schulter, einem Rosenstrauß aus dem Supermarkt in der Hand und einem schummrigen Gefühl im Magen stehe ich einfach so vor ihrer Wohnung. Einen Moment dauert es, bis sie endlich die Tür öffnet.

»Mit dir habe ich nicht gerechnet«, sagt sie zur Begrüßung und stemmt ihre Hände in die Hüften, doch vollständig verbergen kann sie ihre Freude über meine Überraschung nicht.

Der Duft von in Kurkuma angebratenen Zwiebeln und blühenden Lilien durchströmt Mâmâns Wohnung, als ich ihr ins Wohnzimmer folge. Kurz bevor sie vom Himmel verschwindet, verabschiedet sich die Sonne mit warmen Lichtstrahlen durch das Fenster und taucht den Raum in ein sattes Gold. Es ist drei Jahre her, seit meine Füße diesen Teppichboden zuletzt berührt haben, doch es sieht alles aus wie immer. Der einzige Unterschied fällt mir erst auf den zweiten Blick auf. Neben dem Schwarz-Weiß-Foto meines Vaters steht auf der Vitrine nun auch ein gerahmtes Bild von Nushin, dessen obere Ecke ebenfalls von einem schwarzen Stoffstreifen geziert wird.

»Hast du Hunger?«, ruft mir Mâmân von der Küchenzeile zu und hat bereits einen Teller in der Hand. Weil ich ihre Love Language beherrsche, sage ich Ja, obwohl ich eigentlich keinen Appetit habe, doch das war bei uns noch nie ein Grund dafür, nicht zu essen. Ob sie meine jemals lernen wird?

Ich lasse mich auf das Sofa fallen, sie bringt mir eine Portion Reis und ein Stück Hühnchen in Pflaumensoße. »Im Restaurant würde das fünfzehn Euro kosten«, sagt sie zufrieden und drückt mir Besteck in die Hand. »Aber ich habe immer für die Hälfte für drei gekocht.« Jetzt, wo der süßliche Duft der Berberitzen in meine Nase steigt, wächst mein Verlangen danach, den Inhalt des Tellers wie ein Wolf in mich hineinzuschlingen.

»Was bringt dich hierher? Wo hast du Parvin gelassen? Ist dir plötzlich eingefallen, dass du noch eine Mutter hast?« Sie mustert mich vom Sessel aus, ihr Blick ist ernst.

Ich schiebe mir einen vollen Löffel in den Mund und kaue extra langsam, um ein wenig Zeit zu gewinnen. Mir fällt immer noch keine Antwort ein, stattdessen höre ich mich fragen: »Hast du gar keinen Joghurt da?« Bevor sie auch nur die Chance hat, aufzustehen, stelle ich meinen Teller zur Seite und haste zum Kühlschrank, um selbst nachzusehen.

»Im oberen Fach sollte ein offener Eimer stehen«, dirigiert sie mich.

»Isst du nichts?«, frage ich, als mir auffällt, dass sie ohne Teller dasitzt.

Sie antwortet nicht. Ich mache ihr einen kleinen Teller aus den Resten aus dem Topf und stelle ihn ihr hin. »Du musst auch essen.«

Mit einem Löffel und einer Gabel zerschneidet sie das Huhn in kleine Teile und schiebt ein Stückchen Fleisch, Reis und Soße mit dem Löffel in ihren Mund. »Als du klein warst, du warst noch nicht einmal eingeschult, hast du mir immer gesagt, dass du dir dieses Gericht wünschst, wenn ich dich gefragt habe, was ich kochen soll. Du konntest Huhn nicht richtig aussprechen, du sagtest Morg statt Morgh. Erinnerst du dich?« Sie lacht auf.

Ich schüttele den Kopf.

»In meinem Schrank war damals ein Aktenkoffer mit unseren Pässen und den wichtigsten Dokumenten. Wir haben den immer griffbereit gehabt, wenn Bomben auf Teheran flogen. Oder falls wir unerwartet schnell ausreisen müssten. Du wolltest jedenfalls unbedingt, dass ich auch ein Huhn in den Notfallkoffer packe, damit wir jederzeit Pflaumenhuhn mit Reis essen können.«

Jetzt muss ich auch kichern. »Nush hätte das gehasst.«

»Unsinn, sie hat das auch gern gegessen!« Sie schaut mich empört an, als hätte ich gerade ihre Kochkünste beleidigt.

»Ich meine nicht wegen dem Essen. Sondern wegen dem Huhn. Sie hatte so große Angst vor Vögeln …«

Mâmâns Blick bleibt hart, er wirkt jetzt jedoch mehr verwirrt als beleidigt. »Hatte sie das? Wir waren damals doch mal bei Karaj auf dem Hof von Fereshteh Xânum. Sie hielten Hühner und Ziegen, Nushin hatte so viel Spaß mit denen, dass sie die ganze Rückfahrt lang darüber weinte, dass sie keines der Küken mitnehmen durfte. Mein Kopf ist fast explodiert.« Diese Redewendung habe ich oft von ihr gehört. Immer wenn Nushin oder ich minimal die Lautstärke aufgedreht haben, hieß es: Saramo bordin. Saramo terekundin. Daraufhin folgte entweder Stille unsererseits oder ein fliegender Hausschuh ihrerseits.

»Parvin ist übrigens bei ihrer Schulfreundin. Sie kann ja nicht mitten in der Woche herkommen. Sie schläft heute da, ich fahr eh morgen zurück.«

Mâmân mustert mich. Nush und ich durften unter ihrer Obhut nie irgendwo übernachten. Sie spitzt ihre Lippen, als halte sie dahinter eine dieser provokanten Bemerkungen zurück, die sie sich noch nie verkneifen konnte, aber dieses Mal wendet sie ihren Blick von mir ab und isst weiter.

»Wie geht es Manoucher?«, frage ich.

Mâmân seufzt. »Ach ... Er meldet sich nicht mehr so oft, seitdem er rückfällig geworden ist.«

Verdutzt drehe ich mich zu ihr. »Rückfällig?! Was meinst du?«

»Na, was wohl!« Ihre Stimme klingt plötzlich ganz ungeduldig. »Opium, Nasrin, er kann seine Finger einfach nicht davon lassen. Dabei war er jahrelang so stark. Er hatte sich im Griff. Aber weißt du, seit Nushin weg ist, habe ich keine Kraft mehr dafür, ihn zu motivieren. Ich hatte Angst, dass er mich mitzieht.«

Perplex vergrabe ich mein Gesicht in den Händen. All die Jahre habe ich nicht mitbekommen, dass unser Familienfreund mit einem Suchtproblem zu kämpfen hat. Manoucher war immer der Typ, der zu Hilfe eilte, wenn wir etwas brauchten, und ich habe kein einziges Mal darüber nachgedacht, ob er nicht auch irgendwas brauchte. Wer ist für die Starken da, wenn sie mal Unterstützung benötigen?

Als ich aus Mâmâns Schlafzimmer Bettwäsche holen will, fällt mein Blick auf einen Haufen Müll auf ihrer Kommode. Das ist ziemlich untypisch für sie, warum würde die Frau, die beim Frühjahrsputz sogar die Raufasertapete staubsaugt, Schrott aufbewahren? Bei genauerem Betrachten entdecke ich neben Süßigkeitenverpackungen einen kleinen Zettel mit Nushins Handschrift, auf der eine Adresse notiert ist. Mit dem Zettel in der Hand laufe ich zu Mâmân.

»Was ist das?«, frage ich und halte ihn vor ihr Gesicht.

»Eine Adresse«, antwortet sie trocken.

»Das sehe ich. Aber wo kommt die her? Das ist doch Nushins Handschrift?«

Sie seufzt. »Das hat Nushin bei ihrem letzten Besuch hier liegen lassen. Ich hab es nicht übers Herz gebracht, es wegzuwerfen. Auch wenn es Müll ist. War schließlich kurz vor ihrem Tod.«

Ich greife sofort nach dem Festnetztelefon und rufe Parvin an. Nach ein paar Sekunden geht sie ran.

»Hallo, Oma, ist alles okay bei dir?« Sie klingt müde, vielleicht ist sie aber auch nur bekifft.

»Ich bin es«, sage ich und füge hastig hinzu: »Aber bitte leg jetzt nicht auf, ich muss dich nur schnell was fragen.«

Schweigen auf der anderen Seite der Leitung. Ich probiere es.

»Wann warst du zuletzt mit deiner Mama zusammen bei Oma?«, will ich wissen.

Stille, aber dann: »Kein Plan? Vor ein, zwei Jahren oder so?«

»Weißt du, ob deine Mutter in der Zwischenzeit mal ohne dich hier war?«, stochere ich weiter.

»Hmm. Nee, glaub nicht. Nicht, dass ich wüsste.«

Jetzt bin ich diejenige, die schweigt.

»War's das?«, fragt Parvin schließlich etwas ungeduldig.

»Bist du bei Sakine okay? Willst du da ein paar Tage bleiben?«

Pause. Dann: »Ja. Ich bleibe erst mal hier.«

»Sag liebe Grüße.«

»Okay.« Sie legt auf.

Mâmân kommt verärgert auf mich zu. »Leg den Zettel wieder zurück dahin, wo er war, du zerknitterst ihn noch!«

»Du weißt nicht zufällig, was das für eine Adresse ist, oder?«, frage ich sie.

»Von irgend so einem Felix!« Sie sagt den Namen so, als wüsste sie genauso wenig wie ich, wer dieser Felix sein soll. Felix? Noch nie gehört. Vielleicht ist es auch nicht wichtig. Ich fotografiere den Zettel sicherheitshalber mit dem Handy ab und bringe ihn zurück an seinen Platz.

Ich drücke meinen Finger in die Löcher, in denen die Erinnerungen wie verkrustete Wunden liegen, und manchmal tut es nicht mehr weh. Ich denke an diesen grauen Nachmittag im Hudekamp, als Nush und ich auf dem Teppich in unserem Kinderzimmer lagen, sie auf mir, ich am Boden, und wir uns miteinander wegen eines kleinen Plastikbehälters voll weißen Pulvers prügelten, von dem Nush überzeugt war, dass es Koks sei. Ich war dagegen sicher, dass es Schrott war, alles außer Koks, schließlich hatte sie es auf dem Schulklo gefunden, und niemand war bei uns so reich, dass er in der Pause koksen konnte und den Stoff dann auch noch liegen ließ. Nush wollte aus Langeweile eine Line ziehen, einfach so unter der Woche an einem Nachmittag, und ich war dagegen, wollte es ihr wegnehmen. Mit wüsten Beleidigungen und fester Stimme boxte sie auf mich ein. Das war das letzte Mal, dass wir uns geprügelt haben.

Erst als wir hörten, wie Mâmân nach Hause kam, ließ Nush mich los, aus Angst, und ich schnappte mir den Behälter mit dem weißen Pulver, schubste sie von mir weg und rannte los, leerte ihn in die Kloschüssel. Ich habe mich sicher eine Dreiviertelstunde lang im Bad eingeschlossen, weil ich Schiss vor Nushins Reaktion hatte, und kam erst raus, als Mâmân wütend gegen die Tür hämmerte.

Auf diesem Teppich liege ich jetzt und starre die Decke an, die jedoch eine andere ist als damals, weil Mâmân wieder in eine kleinere Wohnung gezogen ist, als wir sie alleine ließen, als Nush und ich die Stadt verließen, weil sie nur Fragen und nie Antworten für uns war. Heute bin ich zurückgekehrt, auf der Suche nach Antworten, von denen ich damals nicht gewusst hatte, dass ich sie als solche hätte verstehen können. Ich wäre wohl aufmerksamer gewesen.

O

Natascha ausfindig zu machen ist schwerer, als von Mâmân ein aufrichtiges Kompliment abzugreifen. Und das ist in meinem Leben noch nie passiert. Ich habe Natascha seit der Nacht am Kanal nicht mehr gesehen, zumindest wenn ich ehrlich bin: Anfangs hatte ich auf dem Parkplatz noch Ausschau nach ihrem blonden Zopf und der großen Jeansjacke gehalten, manchmal war ich sicher, sie aus dem Augenwinkel erkannt zu haben, doch jedes Mal, wenn ich näher kam, stellte sich heraus, dass ich sie verwechselt hatte. Hätte mich ihr Vater kurz nach dem Schulabschluss nicht im Aufzug erkannt und angerempelt, hätte ich vielleicht irgendwann geglaubt, mir ihre Existenz gänzlich eingebildet zu haben. Wo fängt man an, nach einem Hirngespinst zu suchen?

Ich nutze die Ruhe des Vormittags, wo die meisten Kinder im Viertel noch in der Schule sitzen, und spaziere zwischen den Blocks umher. Selbst wenn die Sonne auf die Häuserwände knallt, strahlt der Beton Kälte aus. Wenn man hier nicht aufgewachsen ist, fällt es sicher leicht, einfach vor einem Gebäude zu posieren und sich für ein neues Profilbild mit Ghetto-Vibes ablichten zu lassen. Ich denke an dieses Foto, das ich von Nush auf unserem Balkon gemacht habe, als sie 14 war. Sie trug ihr Unterhemd mit Spitzeneinsatz, das Mâmân im Dreierpack bei Aldi gekauft hatte, als Top, den unteren Rand etwas hochgesteckt, dazu eine hellblaue Jeans. Mit einer Zigarette zwischen Zeige- und Mittelfinger, rotem Lippenstift von Mâmân und einem ernsten Gesichtsausdruck schaute sie direkt in die

Kamera. Fast schon vorwurfsvoll. Als hätte sie einen Spanner identifiziert und würde ihn konfrontieren. Ich sollte eigentlich nur ihr Outfit dokumentieren, doch als sie das entwickelte Bild in der Hand hielt, verbot sie mir, es irgendjemandem zu zeigen. Die Hochhäuser unserer Siedlung, die hinter ihrem Rücken emporragten, waren für sie kein Flexmaterial. »Egal, wie viel Mühe man sich gibt, anders auszusehen, die schäbige Herkunft holt einen am Ende doch ein«, murmelte sie und versteckte das Bild in der Schreibtischschublade. Heute wäre das Foto eine Aufmacherseite in der *Neon*, wenn es sie noch gäbe.

Auf den Bänken bei dem Spielplatz sitzen Erwachsene, manche starren auf ihre Handybildschirme, andere streiten oder lästern, während ihre Kinder, Nichten und Neffen miteinander im Sand herumwühlen. Wann werden sie lernen, dass sie im Leben nichts Beständigeres als diesen Sand in den Händen halten werden? Entweder erschlägt eine_n das Leben wie der harte Beton, oder es rinnt zwischen den Fingern hindurch. Vielleicht schützt es sie vor Enttäuschungen, wenn sie bereits so früh wie möglich mit der Realität konfrontiert werden. Ob sie wohl große Träume haben? Ob ich wohl große Träume hatte? Ob Parvin wohl große Träume hat? Ob Mâmân überhaupt noch zu schlafen wagt?

Meine Schritte werden schneller. Hinter mir höre ich eine Frau einer anderen auf Persisch zumurmeln: »Hast du sie gesehen? Das ist so eine.« Sie meint mich. Ich widerstehe dem Drang, mich umzudrehen und ihnen eine saftige Antwort aufzutischen, am besten gleich auf Persisch, aber ich suche keinen Streit, sondern Natascha.

Nach einer Stunde des Flanierens gebe ich die Hoffnung auf, Natascha zufällig auf der Straße zu treffen. In Wirklichkeit hat es mich fast dreißig Jahre gekostet, mich von diesem Wunsch zu verabschieden. Ob ihr Vater noch lebt? Ihre Oma, da bin ich mir sicher, ist schon lange nicht mehr hier.

Den Weg zu ihrer damaligen Wohnung finde ich auch mit geschlossenen Augen. Da ich außer meiner Würde nichts zu verlieren habe, probiere ich mein Glück. Auf dem alten Klingelschild steht jedoch ein anderer Name beziehungsweise drei andere Namen. Schade, es wäre auch zu leicht gewesen. Ich scanne die anderen Klingelschilder, aber die Wahrscheinlichkeit, dass ihr Vater nur in eine andere Wohnung und nicht in ein neues Viertel gezogen ist, ist gar nicht so gering. Man kommt von hier aus nicht besonders weit, schon gar nicht als bereits erwachsener Typ. Vielleicht ist ihm hier aber irgendwann die Quote an Migrant_innen zu hoch geworden, oder er ist besoffen vom Balkon gesprungen, aber das hätte bestimmt in den Nachrichten gestanden oder zumindest im Familienchat. Jedes noch so kleine Spektakel und jeder Schocker von Teheran bis Lübeck taucht neben Landschaftsbildern mit Gedichten und pseudowissenschaftlichen Videos mit Gesundheitstipps in der Gruppe auf, die bei mir schon seit meinem Hinzugefügtwerden stumm geschaltet ist. Ein Suizid in der eigenen Nachbar_innenschaft von Mercedeh Sadeghi wäre zwischen den Urlaubsbildern und Selfies von Mahtâb und Mithrâ nicht unerwähnt geblieben.

Die Aufregung schießt mir durch das Herz, als ich schließlich ein Klingelschild am Haus nebenan entdecke, auf dem Nataschas Nachname steht. Wenzel ist nicht total selten, aber dennoch nicht besonders gängig. Sollte es eine andere Familie sein, werde ich einfach erklären, dass es sich um ein Versehen handelt. Eine vergebliche Suche nach einer Jugendfreundin, warum nicht. Ich hole tief Luft und atme noch mal aus, bevor ich meinen Zeigefinger auf den Knopf lege und ihn langsam runterdrücke. Ein Klingelgeräusch ertönt, ich lege mir schnell ein paar Worte zurecht, um auf die Sprechanlage reagieren zu können, doch es kommt keine Stimme, die wissen will, wer da ist. Es drückt auch niemand einfach auf. Fuck.

Ich zähle die Klingelposition ab und versuche mir auszurechnen, welches der vielen Fenster zu der Wohnung gehören muss. Mal sehen, ob dahinter überhaupt Gardinen hängen.

Zwischen all den Verzählern und Verrechnern verliere ich die Zeit aus dem Blick und erschrecke mich, als mich eine Frau anblafft, ich solle gefälligst nicht die Tür blockieren. Errötend rücke ich zur Seite, denke aber, das könnte meine Chance sein, vielleicht kennt sie Nataschas Vater ja vom Sehen und weiß zumindest, ob er überhaupt noch hier wohnt.

»Entschuldigung«, krächze ich nervös, »kann ich Sie kurz was fragen?«

Sie kramt in ihrer Tasche nach ihrem Schlüssel und reagiert nicht auf meinen Konversationsanlauf. Herzlichkeit war noch nie eine Stärke des Hudekamps. Oder im Norden. Oder in Deutschland.

Ich räuspere mich laut. »Sagen Sie mal, kennen Sie vielleicht den Herrn Wenzel? Oder seine Tochter, Natascha?«

Ich erschrecke mich vom lauten Geräusch, das entsteht, als die Frau ihre Tasche auf den Boden fallen lässt. Nun streicht sie sich endlich die strähnigen Haare aus den Augen und schaut mir ins Gesicht. Ihr Blick ist eiskalt, fast schon verärgert. Vielleicht hat sie mit der Familie schlechte Erfahrungen gemacht, überraschen würde es mich nicht.

»Was willst du von denen?«, will sie wissen und bückt sich nach ihrer Tasche. Sie klingt, als wollte sie mich davor warnen, gar nicht erst mit ihnen in Kontakt zu treten. Aber dafür ist es eh schon zu spät.

»Ich suche Natascha Wenzel, wir waren früher befreundet …«, stammele ich langsam.

»Ach ja?«

»Ja«, murmele ich etwas verunsichert.

»Natascha Wenzel hatte hier keine Freunde.«

Jetzt bricht Empörung in mir aus. Wer ist diese Tante, die jetzt so tut, als hätte sie aus ihrem beschissenen Küchenfenster den ganzen Block im Blick gehabt?

»Woher wollen *Sie* das denn wissen?«, zische ich zurück.

Nun schaut sie mir zum ersten Mal richtig in die Augen. »Ich bin Natascha Wenzel.«

O

Nataschas Bewegungen wirken hastig und gleichzeitig wie in Zeitlupe. Wie das gehen soll, weiß ich nicht, aber ich weiß auch nicht, wie es passiert ist, dass wir uns plötzlich vor ihrer Haustür begegnet sind und jetzt nebeneinanderher spazieren, als wäre nie etwas gewesen.

»Und du arbeitest in Berlin in einer Bar?«, fragt Natascha verständnislos, als wäre es das Dümmste auf der Welt, in eine andere Stadt zu ziehen, um dort einen Job zu verrichten, den man genauso gut hätte in Lübeck machen können.

Ich nicke geduldig.

Sie mustert mich, ich kann ihren Blick nicht deuten, und steckt sich eine Zigarette zwischen die Lippen. Ich habe aufgehört mitzuzählen, die wievielte es ist, denn sobald eine ausgeht, brennt bereits die nächste. Trotzdem wirkt sie hibbelig, fast schon abwesend. Ich schaue auf meinen Handrücken, gegen den sie mit ihren zittrigen Fingern gekommen ist. Dort, wo ihre Kippe meine Hand berührt hat, glüht jetzt ein roter Kreis auf meiner Haut.

»Tja«, sagt sie und zündet sie sich an. »Da soll noch mal einer sagen, ich würde nichts aus mir machen.«

Irritiert schaue ich sie an, doch sie lächelt nur milde vor sich hin und raucht. »Weißt du was, ich hab neulich deine Schwester hier gesehen! Hatte kurz überlegt, nach dir zu fragen, aber hab's dann gel-«

»Du hast *was*?«, frage ich ungläubig.

»He, das war nicht böse gemeint, ich wusste nur einfach

nicht, ob ich von dir hören wollte. War echt nicht unhöflich gemeint gegenüber deiner Schwester.«

Meine Schläfen beginnen, zu kribbeln und meine Umgebung dreht sich. Ist Nushin etwa doch noch am Leben? Sofort denke ich an Parvins Vermutung, die Mâmân und ich so schnell abgewürgt haben, und bekomme ein schlechtes Gewissen, das jedoch von einem stressigen Rattern in meinen Gehirnzellen übertönt wird.

»Natascha, wann war das?« Ich gebe mir Mühe, ruhig zu wirken, als wäre es das Normalste der Welt, dass sie ihr »neulich« hier im Hudekamp begegnet ist. Ausgerechnet hier auch noch!

»Ach …« Sie winkt ab. »Vor zwei Monaten oder so.«

»Vor zwei Monaten?! Was hat sie gemacht? Hast du mit ihr geredet?«

»Was hab ich denn mit ihr zu reden? Nein. Hab ich doch gesagt. Sie sah sowieso busy aus. War am Machen und Tun. War wohl ein stressiger Tag. War auch richtig heiß. Ich saß hier nur mit meinem Mini-Ventilator im Schatten.«

»Vor zwei Monaten war Dezember …«, sage ich langsam.

Sie schaut mich verblüfft an. »Nee, oder?« Sie lacht panisch auf. »Sag mir einer … hab den Herbst schon wieder verpasst. Ja, dann ist es vielleicht doch etwas länger her …« Sie setzt einen grübelnden Gesichtsausdruck auf. »Ja, vielleicht so ein halbes Jahr? Im Sommer eben. Hab bisschen Probleme mit der Zeitrechnung, ich verhedder mich da in meinem eigenen Kopf. Nervt bisschen.«

Eins hat sich in den letzten dreißig Jahren zumindest nicht geändert: Die Art und Weise, wie aus »bisschen« ein norddeutsches »büschen« wird.

Ich versuche, mich selbst nicht ebenfalls in Nataschas Kopf zu verheddern. Vor einem halben Jahr war Nushin offiziell auch schon tot. Ich frage mich, ob die Nachricht sich gar nicht im Viertel rumgesprochen hat. Ich probiere es noch mal anders. »Erinnerst du dich vielleicht noch an ihr Aussehen?«

Natascha legt den Kopf etwas schräg. »Da fragst du mich was ... Aber ja, ich glaub, sie hatte so ein Sommerkleid an. So blau. Mit Blumen drauf.«

Mein Herz bleibt stehen. Das ist ihr Kleid! Andererseits, ihr Kleid hängt in meinem Zimmer. Vielleicht hatte sie mehrere davon, wie eine Zeichentrickfigur, und ich wusste all die Jahre nichts davon. Was für eine absurde Vorstellung. Ich schüttele den Kopf über mich selbst. Meine Hoffnung ist auf dem absteigenden Ast.

»Welche Frisur hatte sie?«, frage ich weiter.

Natascha hält ihre Handfläche an die Hüfte. »So. Ganz lang!«

Ich werde stutzig. Bei ihrem Tod waren ihre Haare richtig kurz. So schnell können sie nicht gewachsen sein. Außer sie hat eine Perücke getragen, vielleicht um nicht erkannt zu werden, Mâmân hätte sie schließlich sonst hier sehen können.

Natascha denkt weiter nach. »Sie hatte auch ein Kind dabei, 'n Mädchen. Die war vielleicht so 8 oder 9. Hat deine Schwester ein Kind bekommen?«

Verwirrt schaue ich sie an. In Lübeck gibt es, soweit ich weiß, keine Kinder, mit denen Nushin was zu tun gehabt haben könnte. Und auch die Frisur verunsichert mich.

»Bist du sicher, dass es letzten Sommer war?«, frage ich vorsichtig. Je mehr wir miteinander sprechen, desto größer wird mein Verdacht, dass »neben der Spur sein« ein Euphemismus für Nataschas geistigen Zustand ist. Fuck, wie kann man nur so hängengeblieben sein?

»Jaja, das war dieser eine Sommer! Ich erinnere mich noch

richtig gut an den Tag. Das war der Morgen, nachdem Deutschland die Fußball-WM gewonnen hat. Hab mir an dem Tag nämlich meinen Mini-Ventilator geholt. Fan-Artikel. War runtergesetzt ...«

Ich rechne in meinem Kopf herum. Von Fußball habe ich keine Ahnung, aber ich erinnere mich an die gehässige Euphorie in unserer Bar wegen des Vorrunden-Aus bei der letzten WM. Ich hole mein Smartphone raus und frage die Suchmaschine, die mir binnen einiger Sekunden die Antwort ausspuckt. Die WM, bei der die deutsche Nationalmannschaft zum letzten Mal gewonnen hat, war im Jahr 2014. Erschrocken fällt mein Blick auf Natascha, die verträumt in den Himmel starrt und mit grauer Asche bedeckt ist, weil der starke Wind ihren abgebrannten Glimmstängel erwischt und in ihre Richtung geweht hat. Zwischen ihren Lippen klemmt weiterhin der gelbe Filter.

»Natascha, wie alt bist du?«, frage ich vorsichtig.

Verwundert schaut sie jetzt zurück. »Ich? Na, ich bin 32. Wir sind doch gleich alt.«

O

Etwas benommen rühre ich mit einem kleinen Löffel den gelben Kandisbrocken in meinem Tee herum. Zurück auf Mâmâns Sofa scheint es mir, als hätte ich mir die Begegnung mit Natascha herbeiphantasiert. Das würde mir doch niemand glauben: Das Mädchen, das mir in meiner Jugendzeit das Herz gebrochen hat, ist wieder Mâmâns Nachbarin, und ich habe sie einfach vor ihrer Haustür abgefangen. Aber es ist wirklich passiert. Prüfend schaue ich noch mal auf meinen Handrücken, auf dem weiterhin ein rundes Brandmal leuchtet. Ich weiß nicht, was in den letzten dreißig Jahren passiert ist – sie selbst ja leider auch nicht –, aber irgendwann muss es einen Moment gegeben haben, in dem etwas passiert ist. Zurückgeblieben ist nur eine leere Hülle, während die Schallplatte mit einem Sprung vor sich hin rotiert. Der Gedanke daran, dass wir ein ähnliches Schicksal hätten haben können, bedrückt mich. Was, wenn sie nicht einfach abgehauen wäre, sondern mit mir im Hudekamp und für immer meine Heldin geblieben wäre? Hätte ich sie vor sich selbst retten können, oder wären wir gemeinsam in diesem Leben gelandet, das zu einer einzigen Abwärtsspirale geworden zu sein scheint? Hätte ich das Viertel trotzdem mit Nush verlassen?

Ich spüre plötzlich ein Gewicht auf meinem Schoß. Sultan hat es sich auf meinen Oberschenkeln bequem gemacht. Gedankenverloren kraule ich ihren Nacken. Mâmân hat sie bei mir gelassen und ist unterwegs, um Einkäufe zu erledigen. Für einen kurzen Moment habe ich gedacht, Nushins Nachricht auf dem Anrufbeantworter richtig interpretiert zu haben. Die Tatsache, dass ich Natascha wirklich aufspüren konnte und sie auch noch meinte, Nush vor Kurzem gesehen zu haben, hatte einen Hoffnungsschimmer geweckt, doch der ist nun auch verblasst. Warum hätte Nushin auch gewollt, dass ich Natascha suche? Sie mochte sie schließlich nie. Verständlich. Alles, was sie von ihr mitbekommen hat, waren abwertende Blicke und ein rassistischer Vater.

Jetzt, wo ich schon mal hier bin, will ich so schnell nicht aufgeben. Ein weiteres Mal spiele ich die Sprachmemo mit ihrer letzten Nachricht ab. Wen sonst meint Nush mit meiner großen Liebe, wenn nicht Natascha? Frustriert nehme ich einen Schluck vom mittlerweile lauwarmen Tee. Vielleicht ging es gar nicht wirklich um eine ehemalige Romanze von mir. War die Jugendliebe ein Code? Keine Person, sondern ein Ort? Ich versuche mich in Nush hineinzuversetzen. Wenn sie sich kurz nach der Nachricht das Leben genommen hat, was hatte sie dann noch schnell loswerden wollen?

Auf einmal fällt mir ein, was Mâmân über Nushins letzten Besuch erzählt hat. Warum ist sie nach Lübeck gefahren, ohne mir Bescheid zu geben? Was hat sie vor mir geheim gehalten? Und wer ist dieser Felix? Ich schaue mir die Adresse noch mal an. Wenn Nush gewollt hätte, dass niemand herausfindet, was sie hier gemacht hat, hätte sie wohl kaum die Anschrift liegen lassen und Mâmân verraten, wen sie getroffen hat – sofern sie die Wahrheit gesagt hat. Ungeduldig schaue ich auf die Uhr und denke an die einzige Möglichkeit, ihr auf die Spur zu kommen. In dieser Stadt muss ein fehlendes Puzzlestück verborgen sein, etwas, was die Lücke schließt. Ich muss es nur noch finden.

O

Ich gleiche den Standort des Gebäudes, vor dem ich stehe, mit der Adresse von Nushins Zettel ab. Das muss es sein. Jetzt stellt sich nur eine letzte Herausforderung: Wie zur Hölle soll ich irgendeinen Felix ausfindig machen, von dem ich nicht einmal eine Ahnung habe, wie er aussieht? In der Hoffnung, dass jemand ein »F.« vor seinen Nachnamen gesetzt hat, studiere ich die Klingelschilder des Gebäudes. Fehlanzeige. Das wäre zu einfach gewesen. Vielleicht wohnt dieser Felix gar nicht hier. Die Adresse könnte auch nur ihr Treffpunkt mit ihm gewesen sein. Ein Ort für eine Übergabe. Aber wovon?

Ich schaue mich ein bisschen um. Wonach genau ich Ausschau halte, weiß ich selbst nicht. Penibel studiere ich die Häuserwände nach Hinweisen wie Tags, Stickern oder Schildern, gebe bald auf, weil es nichts bringt. Immer stärker kommt in mir das Gefühl auf, dass diese ganze Reise nach Lübeck nichts bringt und ich anfangen muss, das Geschehene zu akzeptieren. Dinge auf sich beruhen zu lassen. Nicht weiter in Nushins Vergangenheit herumzugraben. Doch was, wenn sie sich genau dies gewünscht hätte? Die Nachricht auf dem Anrufbeantworter hat die in mir dösende Obsession geweckt, jetzt kann ich nicht einfach so tun, als hätte sie keine Bedeutung.

Neben dem Wohnhaus befindet sich ein Geschäft mit derselben Hausnummer. Es sieht dunkel aus, als wäre es geschlossen. In Lübeck machen Ladenbesitzer_innen noch Mittagspause. Ich gehe näher ran und schiele ins Schaufenster. Poster, Buttons, jede Menge Schallplatten und CDs aus den 90ern sind sorgfältig zu einem subkulturellen Stillleben drapiert. Der Laden sieht so vintage aus, dass ich mich frage, ob er seit 1999 überhaupt noch ein einziges Mal aufgemacht hat. Die Scheibe wirkt ziemlich verstaubt, dieses vernachlässigte Flair passt nicht zur liebevollen Schaufensterdekorierung. Wenn sich jemand so viel Mühe gibt, die Ware anzupreisen, wird er wohl kaum beim Fensterputzen seine Grenze ziehen.

Kurz erschrecke ich mich, als ich mein Spiegelbild sehe. In der Ecke des Schaufensters steht ein zerbrochener Spiegel mit einer Tarotkarte am oberen linken Rand, die in den Rahmen gequetscht wurde. Ein Reiter auf einem weißen Pferd, ein Skelett mit einer Fahne, umgeben von erschütterten Menschen, denen er eine schlimme Nachricht zu überbringen scheint. Ein Mann mit Krone, ein König, der ihn anbettelt. Nimm, was du willst, aber bitte mach es wieder rückgängig. Es sieht aus, als würden rote Tränen über sein Gesicht laufen, vielleicht ist es Blut. Der König wirkt verzweifelt. Ich lese am unteren Rand den Namen der Karte. Der Tod. Die Haare auf meinen Armen stellen sich abrupt auf. Mein Blick fällt auf eine abgebrannte weiße Kerze, die nur noch ein Docht in einem Meer aus zerflossenem Wachs ist. Was für ein morbider Ort. Fast schon verflucht. Am liebsten will ich sofort verschwinden, doch irgendwas hält mich hier. Drinnen brennt ein kleines Licht. Ich bleibe, schaue wieder auf die Schallplatten. Hole, Nirvana und L7. Erinnerungen flackern auf.

Vielleicht kennt der Ladenbesitzer ja diesen Felix. Oder andere Leute aus dem Viertel, die mir weiterhelfen könnten. An der Tür hängt ein »Open«-Schild. Ich drücke vorsichtig und stolpere über die Schwelle. Ein ganzer Glockensturm geht los. Die Luft wiegt schwer vom dichten Rauch aus Zigaretten, Räucherstäbchen und Muff. Ist hier überhaupt jemand, frage ich mich und höre jemanden aus der Ferne brummen: »Bin gleich da!«

Zu meiner Verwunderung klingt die Stimme viel heller als erwartet. Vielleicht gibt es heute doch kein Mansplaining über Vinyl oder die unterschiedlichen Genres aufs Haus. Trotzdem wird mir auf einmal flau im Magen, ich werde nervös. Um meinen Bauchnabel surrt es. Ist es die schlechte Luft? Oder eine Falle? Aber wer sollte mir hier eine Falle stellen? Ich schäme mich für meine Paranoia und blicke mich um. Die Musik ist so laut, dass sie meine Schreie dämpfen würde. Draußen läuft sowieso keine Menschenseele vorbei. Wer soll mich hier schon finden? Kurz überlege ich, sofort wieder rauszurennen. Doch dieser Ort, an dem ich noch nie zuvor war, hat etwas so Vertrautes an sich. Aber das muss ja leider nichts Gutes bedeuten.

In einer Ecke steht eine riesige Kiste, über der ein grelles Schild hängt: Reduzierte Platten. Schwarzer Edding auf neongrüner Pappe. Bei der Auswahl im Schaufenster könnten da kleine Schätze liegen. Die Musikrotation landet bei Warpaint. *The city I walk in, it feels like it swallows, with my hand in my pocket I feel like a shadow.* Seufzend beschließe ich, mich einfach auf den Laden einzulassen und ein bisschen zu stöbern. Was soll schon passieren?

Zu fast jeder Platte, die ich berühre, fällt mir ein Erlebnis ein. Erinnerungen an meine erste Zigarette, Sommerferien auf dem Balkon, Liebeskummer bei minus 8 Grad und Nushins siebzehnter Geburtstag. Was für Zeiten. Es kommt mir vor wie ein ganz anderes Leben. Eine Dimension, zu der ich keinen Zugang mehr habe, außer in meinem Kopf, aber dort verbergen sich auch Ängste, Träume, Wünsche, alles wirkt gleichermaßen unreal, ich weiß plötzlich nicht mehr, was wirklich passiert und was nur ein Trip gewesen ist.

Ich schwimme so tief in meinem Gedankenstrudel, dass ich die Schritte im Raum gar nicht bemerke. Als eine Stimme erklingt, erstarre ich zur Salzsäule, unbeweglich, schwer.

»Und ich dachte schon, du kommst nie«, ertönt es hinter mir.

O

1996

Das Grauen vor dem Winter hatte sich als berechtigt erwiesen, Deutschland wusste alle Erwartungen an seine Biedermänner und Brandstifter zu übertreffen. Bei einem Brandanschlag in der Hafenstraße waren zehn Menschen ums Leben gekommen. Weder Selbstverteidigungskurse noch Kinderbetreuung brachten irgendwas, wenn dein Haus in Flammen stand. Die Behörden taten so, als wäre es Zufall gewesen, dass es ausgerechnet dieses Gebäude getroffen hatte, in dem viele Asylbewerber lebten, von einem politischen Motiv könne man nicht unbedingt ausgehen, behaupteten sie und erklärten überhaupt jeden elendigen Akt der Gewalt, der sich in den letzten Jahren zugetragen hatte, zu einem harmlosen Einzelfall.

Dagegen gab es eine Demonstration, an der auch unsere Aktionsgruppe teilnahm, mit eigenem Transparent, das wir noch in der Nacht vorher bemalt hatten. Der Demozug war eng, ich zog mich kurz an den Rand zurück, um meine Schnürsenkel zuzubinden. Als ich in die Hocke ging und mit zittrigen Händen an meinen Schuhen herumfummelte, verlor ich auf einmal das Gleichgewicht und fiel nach hinten.

»Ey, spinnst du?«, rief jemand entrüstet, die Stimme kam von oben. Natürlich half mir niemand auf, ich blieb perplex liegen und schaute hoch zu diesem Typen, wahrscheinlich irgendein Journalist von der Lokalpresse, der sich für zu wichtig nahm und wütend durch seine Brillengläser auf mich herabschaute. Um seinen Hals hing eine schwere Kamera, auf die er mit seinen dicken Fingern deutete. »Das wär teuer geworden, wenn die runtergefallen wär.« Kurz hielt er die Linse in meine Richtung, knipste, stieg über mich hinweg und lief vorbei. Was für ein Arschloch.

Nush drängelte sich zu mir durch. »Alles okay?«, fragte sie, streckte ihren Arm nach mir aus und half mir hoch. Ungläubig starrte ich dem Mann hinterher, der weitere Fotos von den Demonstrierenden machte.

»Ja, ich weiß«, kommentierte Nush. »Diese ekligen Faschos schicken ihre eigenen Fotografen raus, damit die uns dokumentieren. Die sammeln so was. Deswegen immer schön den Schal und die Mütze im Gesicht behalten. Ist sowieso schweinekalt.« Sie zupfte mein Halstuch zurecht und lächelte mir zu, als wären wir nicht schon zigmal zusammen auf Demos gelaufen.

Mir war schwindelig, doch Nush war längst wieder auf dem Weg zu den anderen und zog mich durch die Menschenmenge an der Hand hinter sich her. Etwas an diesem Typen ließ mich nicht los. Warum kam er mir so bekannt vor? Ich fühlte mich wie in einem Traum, schummrig und dumpf, meine Schläfen begannen zu pochen, und ich bekam schwer Luft. Die Rufe der Demonstrierenden, Nushins Griff, der Schmerz des Sturzes, die große Menschenmenge, alles verschwamm zu einer stressigen Kulisse, die ich nicht mit meinem eigenen Körper wahrnahm. Die Krater. Ich schien wieder in einen von ihnen hineingestürzt zu sein. Mit meiner freien Hand rieb ich an meinem Hinterkopf. Hatte ich eine Gehirnerschütterung? Nein, das konnte nicht sein, schließlich war ich nicht auf dem Kopf, sondern auf dem Rücken gelandet. Als wir unsere Gruppe fanden, drehte sich Filiz zu mir und drückte mir einen Kuss auf den Mund. Als sich unsere Lippen voneinander lösten, fixierte ich mit meinem

Blick das Muttermal seitlich unter ihrer Lippe, das von Weitem wie ein Piercing aussah. Normalerweise hätte mein ganzer Körper jetzt gekribbelt, es passierte schließlich nicht oft, dass sie in der Öffentlichkeit diese Art von Nähe suchte, doch gerade fühlte sich alles in mir taub an.

Warum reagierte ich so stark auf diesen harmlosen Sturz? In den Übungen unserer Kampfsportgruppe hatte ich viel schlimmere Schmerzen ausgehalten und war sofort wieder aufgestanden, dagegen war das hier nichts. Plötzlich wurde das Bild klarer. Diese Stimme, die schmalen Lippen und diese Hand kamen mir nicht ohne Grund bekannt vor. Dieser Typ war mit mir im Krater. Nein: Er hatte die Löcher, die zu Kratern geworden waren, überhaupt erst hineingehämmert. Seitdem waren zehn Jahre vergangen.

»Einmal Täter, immer Täter«, sagte Filiz und streichelte mir durch das Haar, als ich ihr abends in ihrem Bett davon erzählte. Von ihr hatte ich gelernt, dass Vergewaltiger als Täter bezeichnet werden können, und Opfer von Vergewaltigung als Überlebende. Sie war selbst eine. Ihr Täter war der Nachbarsjunge gewesen, der im gleichen Haus wie ihre Oma in der Türkei gelebt hatte. Sie war damals 14. Deswegen fuhr sie nicht mehr dahin. Ihre Eltern schon. In der kalten Jahreszeit flogen sie immer dorthin, »in die Heimat«, sagten sie, so hatte Filiz für ein paar Wochen die Wohnung für sich. Mit dem niedrigen Lohn, den sie während der Ausbildung bekam, konnte sie es sich ohnehin nicht leisten, auszuziehen. Wozu auch, wenn sie in der gleichen Stadt blieb. Das Geld sparte sie lieber für ein Auto, und wenn ab und zu mal Konzerttickets drin waren, war ihr das mehr wert, als alleine in einer kleinen Wohnung zu hocken. Perspektivisch wollte sie eh in eine andere Stadt, aber erst nach ihrer Ausbildung. Am liebsten nach Seattle, auch wenn es dort nicht unbedingt weniger regnete als in Lübeck. Mâmân hätte gar nichts davon gehalten, wenn Nush oder ich in die USA hätten ziehen wollen, dabei wurden die ganzen iranischen Sendungen, die sie sich jeden Tag reinzog, dort gedreht. Sonst hätten die Moderatorinnen ja Kopftücher getragen, taten sie aber nicht, sie hatten lange braune Haare, manche von ihnen auch blond gebleichte, und sie hatten süße Namen, wie Asal, also Honig, süßer ging es kaum.

Filiz hatte mir nach der Demo Linsensuppe gekocht und die Haare geflochten. Wenn es jemandem schlecht geht, den man liebt, dann macht man das, hatte sie dazu gesagt, während alle anderen in die Kneipe gegangen waren. Ich hatte niemandem außer ihr erzählt, wer der Nazi-Fotograf war. Nicht einmal Nush. Das konnte warten, bis wir uns zu Hause sahen, ich wollte ihr den Abend nicht verderben, es reichte, dass meiner hinüber war.

Seit Stunden liefen in ihrem CD-Player Nirvana-Alben. Ich kannte niemanden, den Kurt Cobains Tod so hart getroffen hatte wie sie. Nicht mal, als mein Vater gestorben war, waren bei mir so viele Tränen geflossen wie an diesem Tag bei Filiz. Er war für sie so etwas wie ein Gott, so durfte man das in ihrem Beisein aber nicht formulieren, denn sie war eigentlich Atheistin. *It's better to burn out than to fade away* hatte sie kurz danach mit einem Bleistift auf ihre Raufasertapete geschrieben, dazu den Smiley mit den Kreuzaugen und dem gekringelten Mund, aus dem eine Zunge heraushing, direkt über ihrem Bett. Wenn ihre Eltern zu Hause waren, hing an der gleichen Stelle ein Poster von Atatürk, das ihr Vater ihr geschenkt hatte. Sie hielt nichts von Atatürk, aber es war das perfekte Alibi, um darunter eine Wandbemalung zu verdecken, die fast wie die Ankündigung eines Suizids klang, wobei ich bezweifelte, dass ihr Vater das gecheckt hätte. »Wenn ich mit 27 sterben will, muss ich vorher berühmt werden«, winkte sie jedes Mal ab, wenn ich wissen wollte, ob sie deshalb so ein großer Cobain-Fan war. »Und Courtney Love«, ergänzte sie immer. Sie hatte Nush zum Geburtstag ein Hole-Album geschenkt, »Live Through This«. Es sollte zu einem von Nushins Lieblingsalben werden, doch das wussten wir damals noch nicht. Damals hörten wir nämlich lieber die Fugees, 2Pac, Nas und TLC. Manchmal auch Madonna. Nur Filiz nicht. Sie war durch und durch Punk. Den einzigen Konsens mit Filiz fanden wir bei Tracy Chapman und Alanis Morissette. »Alles besser als Robert Miles«, meinte Filiz, und ich dachte an meinen Cousin Siâvash, Mazyârs Sohn, in Teheran, der mich erst neulich am Telefon darum gebeten hatte, nach der Maxi-CD zu Miles' Hit »Children« für ihn Ausschau zu halten. Wir redeten nur ein paar Mal im Jahr miteinander, als Kinder waren wir gemeinsam mit Mithrâ und Mahtâb unzertrennlich gewesen, aber wir hatten uns auseinandergelebt. Sie nahmen es uns übel, dass unser Leben hier nicht so glamourös war, wie sie es sich vorstellten. Vielleicht hatten Marzieh und ihre Töchter durch ihre Erzählungen dieses Bild selbst bei Siâvash entzaubert. So, wie unsere anderen Verwandten dort von Europa sprachen, dachte ich an Paris, London oder Rom, niemals an Lübeck. Teheran, so schien es mir aus den Erzählungen, war mehr Europa als die Siedlung, in der wir lebten. Ob ich wohl mit ihnen zusammen über das Satellitenfernsehen die europäischen Charts gepumpt hätte und Modern-Talking-Fan geworden wäre, wenn wir im Iran geblieben wären?

Ich schob die graue Gedankenwolke aus meinem Kopf. Nicht in noch einen Krater. Stattdessen zog ich Filiz an mich heran. »Wohin wolltest du dir noch mal die fleischfressende

Orchidee tätowieren lassen?«, fragte ich und verkniff mir ein Grinsen. Besser hätte ich mich von Gerhard nicht ablenken können.

O

Meinen Ohren zu trauen fällt mir schwer, und als ich mich umdrehe, hinterfrage ich auch meine Sehfähigkeit. Mit mehr grauen als schwarzen Strähnen in der fransig geschnittenen Frisur, dunklen Augenringen, tiefen Lachfalten und einem Blick, den ich überall wiedererkennen würde, grinst mich Filiz an. Dabei hat sie sich ziemlich verändert. Aus dem unscheinbaren Pferdeschwanz ist das geworden, was manche als frechen Vokuhila bezeichnen würden, an ihrer linken Augenbraue ist sie gepierct, und ihr einst rundes Gesicht ist etwas kantiger. Komplett in Schwarz gekleidet ist sie aber immer noch.

Sie breitet langsam ihre Arme aus, will zu einer Umarmung ausholen, aber ich stehe hier immer noch wie angewurzelt und kann mich keinen Millimeter bewegen. Ich lasse meine Augen langsam durch den Raum gleiten, betrachte diesen Ort, an dessen Echtheit ich nicht glauben kann. Hinter Filiz hängen so viele Poster an der Wand, dass sie sich überlappen, auf dem glänzenden, angeklebten Papier treffen Sleater-Kinney auf Zeki Müren, St. Vincent auf Kate Bush, Sezen Aksu auf Cher, dazwischen immer mal wieder kleine Bildchen von Kurt Cobain, ein Schwarz-Weiß-Druck von Nina Simone ist sogar gerahmt. Die Musik umschlingt mich weiterhin, ich weiß noch nicht, ob sie eine warme Decke oder eine kalte Schlange ist. *You and all your pieces made me come.*

Als sich die Schreckstarre langsam löst, krächze ich leise: »Was *machst* du hier?«

Sie lacht nervös auf. »Das ist das Erste, was dir einfällt, wenn du mich nach zwanzig Jahren siehst?«

»Ich dachte … du bist doch …?« Einfach abgehauen, will ich sie anschreien. Ich gehe gar nicht auf ihre Frage ein. Der Schock kippt schnell um in Wut, und die Gefühle von damals schießen mir wie ein harter, schwer auszuhaltender Rausch durch die Venen. Alles ist zu laut, zu voll, zu nah, zu viel auf einmal.

»Lange Geschichte …«, murmelt sie.

Ich winke ab. »Du verschwindest einfach, und jetzt trittst du eine Tür in meinem Leben ein, ich meine, was ist das für ein Zeitpunkt, bist du dir eigentlich im Klaren darüber, was bei mir die letzten Jahre abging, denkst du, ich jauchze vor Glück und serviere dir Tee, als wär nie was gewesen?«, fauche ich sie an. Es sprudelt alles so aus mir heraus. Ich will einen Schritt nach hinten treten, aber ich klebe schon mit dem Rücken am Plattentisch.

»Erst mal bist doch du zu mir gekommen, oder?« Ihr süffisantes Grinsen bringt mich zum Schnauben. Jetzt verschränkt sie ihre Arme vor der Brust. »Ich habe dir so viele Briefe geschrieben, und du hast keinen einzigen beantwortet.«

»Hab keinen einzigen bekommen«, lüge ich.

»Du lügst«, sagt sie. »Ich weiß genau, dass du sie gelesen hast. Gib's zu, du bewahrst sie sogar noch auf.«

Ich erröte vor Scham. Scheiße.

Sie lacht wieder auf, wie eine Mutter, die ihr Kind beim Masturbieren erwischt hat. Unangenehm. Ich schlucke und schaue weg, mein Blick fällt auf das Regal hinter Filiz, ganz vorne die Maxi-CD von Robert Miles' »Children«. Stimmt, Maxi-CDs. Ganz vergessen. Am liebsten würde ich sie damit aufziehen. *Was ist mit »Hauptsache kein Robert Miles« passiert?*, würde ich fragen und den Laden nach weiteren musikalischen Flops durchforsten, um ihr zu beweisen, dass, ja genau, was würde ich ihr eigentlich damit beweisen wollen? Dass sie trotz allem in einem gut sortierten Plattenladen arbeitet? Dass sie auf Umwegen dort angekommen zu sein scheint, wo sie immer hinwollte?

»Ich suche einen Felix«, sage ich hastig und will dieses Gespräch jetzt wirklich beenden, bevor ich wieder in einen dieser Krater stürze. Zurück zum eigentlichen Grund meines Besuches.

»Ich heiße Filiz«, schmunzelt sie.

Jetzt fällt es mir wie Schuppen von den Augen.

O

Filiz macht uns zwei Instantkaffees. Wir sitzen in einem Hinterzimmer mit einer zugestellten Küchenzeile und Lebensmittelmotten, die Schachtel Kekse, die sie auf den Tisch gestellt hat, ist locker seit drei Monaten offen. Seit ich im Laden bin, ist niemand anderes reingekommen. So überrannt scheint das Business nicht zu sein, dass sie mit dem Aufräumen nicht hinterherkommt, aber gut, ich bin nicht Tine Wittler und für den Einsatz in vier Wänden hergekommen.

Filiz deutet mit einem Nicken an, dass ich mich setzen soll. Ich höre meinen Magen laut knurren, greife trotz allem nach einem Keks und beiße hinein. Mein Verdacht, dass dieser Snack schon zu lange Kontakt mit der Luft hatte, bestätigt sich nach einer Sekunde. Ich spüle etwas noch zu heißen Kaffee hinterher und reiße meinen verbrannten Mund auf.

»Vorsicht, ist heiß«, sagt Filiz trocken, als ob ich es nicht gerade selbst gespürt hätte.

Wir schweigen uns an. Die Uhr über der Tür tickt so laut, dass sie die Musik übertönt. Dann fangen wir gleichzeitig einen Satz an und brechen ihn beide ab, weil wir lachen müssen. *Hahaha, wie lustig. Seelenverwandte, oder?*

»Was ist passiert?«, frage ich schließlich und weiß selbst nicht, auf welchen Abschnitt der letzten beiden Jahrzehnte meine Frage abzielt.

»Viel zu viel«, murmelt Filiz. Ihr Blick ist auf den Tisch fixiert. Sie pustet in ihre Tasse, nimmt einen Schluck, dann setzt sie an. Sie erzählt von ihrer gescheiterten Ehe, ihrem erkrankten Vater, wegen dem sie zurück nach Lübeck gekommen ist, den sie pflegte, bis er starb, und von ihrer immer noch trauernden Mutter. Und wie sie vor einigen Jahren diesen Plattenladen von ihren Ersparnissen gekauft hat.

»Läuft es denn gut?«, frage ich und versuche, nicht zu skeptisch zu wirken.

Sie zuckt mit den Schultern. »Das meiste verkaufe ich über eBay, oder es kommt ein, zwei Mal im Monat ein Sammler vorbei, der viel auf einmal einkauft. Ich halt mich über Wasser.«

Wir trinken schweigend unsere Instantkaffees.

»Und was machst du so?«, fragt sie, klingt aber, als kennte sie die Antwort ohnehin schon.

»Ich arbeite in einer Bar. Eine queere Bar.«

»Was ist denn eine Kwierebar?«, fragt sie verdutzt.

»Lesbenbar sozusagen ...«

Sie nickt. »Da gibt es in Berlin sicher mehr Leute als hier in Lübeck.«

»Wahrscheinlich«, sage ich leise. »Na ja, und ich kümmere mich um meine Nichte.«

»Parvin.«

Wir schweigen. Das Ticken der Uhr wirkt plötzlich unerträglich laut, wie das Offensichtliche, das wohl keine von uns aussprechen möchte. Aber der Elefant ist zu groß für diesen winzigen Raum.

»Du hast mit ihr gesprochen, oder?«, frage ich irgendwann. In meiner Stimme unüberhörbare Hoffnung, auch wenn ich so leise spreche, dass es eher ein Flüstern ist.

Filiz sagt nichts. Ihre dunklen Augen studieren einen Kekskrümel auf dem Tisch. Schließlich: ein Nicken.

»Warum hast du dich dann kein einziges Mal bei mir gemeldet, Filiz?«

»Nas«, murmelt sie. »Ich hatte Schiss. Es tut mir so leid. Weißt du, ich hätte an ihrer Stelle sitzen sollen. Wenn ich gewusst hätte, dass es so endet, hätte ich das niemals zugelassen. Ich mache mir jeden Tag Vorwürfe, ich …«

»Was zugelassen?«, unterbreche ich sie und erschrecke mich selbst über meinen schrillen Ton.

Sie guckt mich verdutzt an.

»Du … weißt gar nichts?«

»Was meinst du genau? Wovon weiß ich nichts?« Ich gebe mir Mühe, die Kontrolle zu behalten, doch am liebsten würde ich den Tisch gegen die Wand werfen.

»Ich dachte, du wüsstest zumindest einen Teil, ich meine, du … ihr … ich dachte …«, stammelt sie vor sich hin. Immer wieder setzt sie einen Satz an.

»Ich, du, sie, wir, ja, was denn?« Meine Ungeduld ist endgültig aufgebraucht.

Filiz starrt mich an. Keine Regung.

Ich hole tief Luft. »Alles, was ich weiß, ist, dass meine Schwester stirbt und du dich kein einziges Mal bei mir gemeldet hast, *obwohl* du davon wusstest«, platzt es aus mir heraus. Ich zittere vor Wut.

»Gib mir dein Handy«, sagt sie nach einer langen Pause.

»Was? Nö, fick dich«, zische ich, erinnere mich aber sofort, dass ich etwas von ihr wissen will und nicht andersrum.

»Gib mir dein Scheißhandy«, wiederholt sie genervt. Diesmal folge ich ihrem Befehl und gebe ihr mein Handy. Sie schnappt es mit einer raschen Bewegung aus meiner Hand und stapft mit schweren Schritten aus dem Raum. Einige Sekunden später höre ich sie die Ladentür abschließen und sehe im Flur das ohnehin schon gedämpfte Licht erlöschen.

»Hör mal, wird das jetzt eine Kidnapp-Aktion?«, rufe ich zu

ihr rüber. Ich meine es als Scherz, doch als sie im Türrahmen vor mir steht, wirkt sie sehr ernst.

»Halt die Klappe und hör jetzt mal schön zu.«

O

2001

Nush empfing mich mit einem ausdruckslosen Gesicht, in dem der Versuch eines Lächelns nur scheitern konnte. Ich nahm sie in den Arm und fragte leise, wie sie sich fühle.

»Scheiße. Und müde. Aber vor allem scheiße«, antwortete sie trocken. Wie sollte es ihr auch sonst gehen? Sie warf sich ihre Jacke über und schlug vor, nach draußen zu gehen.

Wir suchten nach einer Bank im Hof der Klinik, und ich zündete mir eine Zigarette an. Mir war schon schlecht von den fünf Kippen, die ich auf dem Weg zu ihr geraucht hatte. Ich konnte mich nicht daran erinnern, jemals so krampfhaft nach Gesprächsstoff mit meiner Schwester gesucht zu haben, aber alles, was mir durch den Kopf ging, hatte mit Tod zu tun. Ich dachte an den Gemüsehändler Habil Kılıç, der zwei Tage zuvor in seinem Laden ermordet worden war. Über den Sommer hatte es zwei ähnliche Fälle in Nürnberg und Hamburg gegeben. Ich zog meine Jeansjacke enger zu. Deutschland im Herbst, und es war gerade mal Ende August.

»Ich bin so unglaublich froh, dass du noch da bist«, sagte ich schließlich. »Ich hatte so große Angst, dich zu verlieren.«

Sie schaute mich wortlos an und zeigte deutlich, dass die Freude über ihre Anwesenheit einseitig war. Es schien mir brutal, sie noch weiter in ein Gespräch zu zwingen, also legte ich nur meinen Arm um sie und schwieg mit ihr. Seit wir zu zweit vor einem Jahr nach Berlin gezogen waren, hatte ich den

Eindruck, dass Nush wie ein Mentos in der Colaflasche übersprudelte. Bei Mâmân hatte sie sich zusammengerissen, funktioniert, eine musste ja. In Berlin konnten wir jetzt sein, wer wir waren. Der öffentliche Raum war dort mehr als nur das feindliche Außen. Fremde Menschen waren nicht mehr per se eine Gefahr. Partys waren für uns nun nicht mehr Abende, an denen wir uns vor den Aggressionen besoffener Deutscher wegducken mussten, sondern Orte der Freiheit und des unbeschwerten Hedonismus. Endlich wirklich angekommen in Europa. Wir durften sein. Das hieß aber auch: Die inneren Gullydeckel aufreißen. Herauskriechen lassen, was so lange im Verborgenen geschlummert hatte. Aufgeweckt durch den Lärm, die Hektik, die Strukturlosigkeit. Wie viele Nächte hatte ich Nush deshalb in unserer dunklen Wohnung liegen sehen, unfähig, Licht oder Musik zu ertragen, weil sie mit Reizen vollkommen überflutet war?

Erst wenige Wochen vorher waren wir für ein paar Tage zurück in Lübeck gewesen. Anlass: Jîwan und Aida hatten geheiratet. Auf der Feier fragten mich die Gäste ständig, ob mit Nush alles okay sei. Sie habe sich verändert, seit wir weggezogen seien, hatte Filiz besorgt gemeint, als Nushin für eine halbe Stunde auf der Toilette verschwand. Ich hatte sie verteidigt, natürlich macht es was mit dir, wenn du die Provinz hinter dir lässt, dein Rücken wird gerade, du wirst unbequemer, auch für andere, weil du schonungsloser wirst. Du hörst auf, ein Kompromiss zu sein. Alles oder nichts. Und Nush entschied sich eben für beides: Alles *und* nichts.

Das konnten die anderen vielleicht nicht nachvollziehen, Filiz schon gar nicht. Seitdem sie zwei Jahre zuvor geheiratet hatte und nach Antalya gezogen war, hatten wir kaum Kontakt. Sie hatte immer wieder bei mir angerufen und versucht, Teil meines Lebens zu bleiben, aber ich hatte sie nicht gelassen. Schließlich gab sie auf. Ihre Nummer tauchte nicht mehr auf dem Display meines Telefons auf. Stattdessen handgeschriebene Briefe an meine neue Adresse. Ich reagierte auch darauf nicht, sie sprach mich auf Aidas und Jîwans Hochzeit nicht drauf an. Mit einer Brieffreundinnenschaft wollte ich mich nicht zufriedengeben. Außerdem war ich jetzt schließlich in Berlin.

Und ich war immer noch sauer auf sie. Darauf, dass sie von einem Tag auf den anderen mit einem Verlobungsring angekommen und überrascht gewesen war, dass ich nicht mit Freudenschreien reagiert, sondern einen Heulanfall bekommen hatte. Der silberne Kreis um ihren Finger war ein weiteres Loch, das mich verschlang. In ihm verschwand eine Genossin, eine Liebhaberin, eine Schulter zum Festhalten, meine Faust, die ich zu einem Herzen geformt und in ihr vergraben hatte.

»Aber wir sind doch nur befreundet«, versuchte sie mich zu beschwichtigen, und ich hätte am liebsten mit der gleichen Schärfe zurückgeschnitten und sie gefragt, wie viele ihrer anderen Freund_innen sie in ihre *heart-shaped box* eingesperrt hatte. Ich ließ es bleiben. Die Antwort kannte ich. Fern vom Tageslicht, verdeckt von den Wollmäusen unter ihrem Bett, zwischen Platten und ausgelatschte Doc Martens gequetscht gab es nur mich. Nur ich war so naiv, immer weiter daran zu glauben, dass sie mich irgendwann nicht mehr verleugnen und zu mir stehen würde. Ich war davon überzeugt: Wenn ich mich nur klein genug machte, würde sie einsehen, dass niemand so gut in ihr Leben passte wie ich. Doch dieser Versuch machte alles nur noch schlimmer. Alles, was ich anfasste, ging kaputt. Unsere Beziehung war zerbrechlich, und ich hielt sie so fest, dass ich sie zwischen meinen Fingern zerdrückte.

Dann war Filiz weg, es war 1999, und ich konnte es kaum erwarten, das Jahrtausend hinter mir zu lassen. Ich beschallte mein Hirn mit Klängen, die eine Ahnung von Zukunft in sich trugen, und kaufte mir trotz Nushins Hohn ein Album von Gigi D'Agostino. In Berlin hörte man Techno, ließ ich mir sagen, und ich wollte mich mit »L'amour toujours« einstimmen. Mal zart hochgepitcht, mal ein tiefes Brummen, transportierte das Album für mich die Stimme des Millenniums. Besonders der gleichnamige Track traf mich ins Herz. Die Vocals hatten etwas Melancholisches an sich, und manchmal, wenn ich schlief, träumte ich von Filiz' Augen und wie wir, uns an den Händen haltend, über die Erde flogen. *I'll fly with you.* Nushin und ich, wir hatten uns und die Musik. Wen brauchten wir noch?

Doch was mich am Leben hielt, schien für Nush keinen Wert zu haben. Da kam dieser Typ, Mo, ich hasste ihn vom ersten Tag an, sie wäre für ihn gestorben. Ihr erstes Tattoo auf dem Arm, ein kleiner Schriftzug: برات میرم می – *ich sterbe für dich.*

Er nahm den ganzen Raum ein, drängte mich in die Ecke, nicht mal für Nush selbst ließ er Platz. Sie hatte sich eingesperrt, Wände hochgezogen, die eine kleine Zelle um sie herum bildeten. Es gab keine Tür. Um zu ihr durchzudringen, musste ich die Mauern zum Einsturz bringen, sie niederreißen. Ihn aus dem Weg räumen. Sie hörte nie auf mich. Je kritischer ich ihm gegenübertrat, desto öfter schnitt sie mich, desto tiefer schnitt sie mich.

Dann ihre SMS: *Er hat eine andere.* Auf dem Heimweg von meiner zweiten Barschicht in Berlin hatte ich die Nachricht gelesen. Als ich nach Hause kam, fand ich sie schon bewusstlos in unserer Küche. Der Krankenwagen brauchte neun Minuten und vierundzwanzig Sekunden, bis er eintraf und mich zur

Verräterin machte. Ich hatte ihren Suizidversuch sabotiert. Mir war egal, was sie wollte. In dem Moment hatte ich nur an Mâmân und mich gedacht. Unseretwegen musste sie bleiben, also zerrte ich sie zurück ins Leben.

»Als ich die Augen öffnete, hatte ich damit gerechnet, dass die Vögel mich endlich geholt haben. Nicht, dass ich vollgekotzt in diesem hässlichen Krankenhaus liege.« Nush schaute mich nicht an, als sie sprach. »Ich hatte mich entschieden.«

»Er darf dich mir nicht nehmen. Er verdient dich nicht.«

»Es geht nicht um ihn, Nas, ich wollte weg.«

»Ich bin deine ältere Schwester. Ich beschütze dich vor allem. Auch vor dir selbst.«

O

»Ihr habt WAS?«, frage ich entsetzt. Die Szene könnte nicht surrealer sein: Im räudigen Hinterzimmer eines verwunschenen Plattenladens qualmt Filiz mich voll, ausgerechnet Filiz, die ich seit fast zwanzig Jahren nicht mehr gesehen habe. Bis gerade eben war ich so sicher, zu wissen, was passiert war. Und ich dachte, die Begegnung mit Natascha sei der Mindfuck des Jahres gewesen.

»Alles, was wir wollten, war, uns alle zu schützen. Dich, mich, meine Familie, Parvin, eure Mutter. Und Nush sich selbst.« Filiz wirkt hastig beim Reden.

»Ist ja richtig gut aufgegangen, euer Plan.«

»Na ja«, murmelt sie. »Es kam halt alles anders als geplant. Nush hätte das nicht alleine machen sollen, eigentlich wollten wir die Aktion zu zweit durchziehen. Sie sollte fahren und ich das Ganze ausführen. Aber ausgerechnet als ich wegen meiner Familie in die Türkei musste, kam alles durcheinander. Es war klar: Entweder sie handelt jetzt in diesem winzigen Zeitfenster, ohne mich, oder die ganzen Vorbereitungen waren umsonst. Ob es gefährlicher wäre, wenn Nush es einfach alleine durchzog, oder es komplett zu lassen – das konnten wir damals nicht wissen. Um ehrlich zu sein, ich weiß es immer noch nicht.«

»Wie meinst du das?«

»Das Ding ist«, beginnt sie und steckt sich eine Zigarette zwischen die Lippen, »sie hat mich zwar angerufen und gesagt, dass sie die Mission vollbracht hat. Und dann der Unfall.«

»Na ja, Unfall.« Ich verdrehe die Augen.

Filiz schaut mich verdutzt an. »Wie meinst du das jetzt?«

»Na, ich dachte eigentlich, Nush hätte sich selbst umgebracht.«

Sie reißt ihre Augen nun noch weiter auf. »Sich selbst umgebracht? In einem Auto?!«

»Es ist nicht so schwer, wie du denkst. Ich habe das recherchiert ...«

Filiz lässt mich nicht einmal ausreden. »Wenn sie sich hätte umbringen wollen, dann nicht mit den aufwendig geretteten Akten aus dem Haus von ... diesem Nazi. Es ging ja nicht nur darum, zu verhindern, dass er unsere Namen an ein größeres Netzwerk preisgibt. Wir wollten ja auch wissen, wie umfangreich seine Datensammlung ist. Oder war.«

Ich reibe mir die Schläfen. Meine Wahrheit gerät ins Wanken.

»Was genau hat die Polizei euch gesagt?«

»Sie meinten zu mir, dass es ein Unfall war. Und dass irgendeine Kfz-Werkstatt, bei der sie vorher gewesen war, an ihren Reifen herumgepfuscht haben muss. Hatte sie dir von irgendetwas erzählt? Irgendeine sexuelle Belästigung dort?«

Filiz schüttelt nur den Kopf. »So eng waren wir dann auch nicht in Kontakt.«

»Na ja, die Polizei meinte, sie können sich vorstellen, dass irgendein Typ dort einen Film auf sie geschoben hat und aus Rache oder verletztem Ego oder sonst was ihr Auto sabotiert hat. Und dann ist sie wohl ins Schleudern gekommen, gegen einen Baum geprallt, und das Auto ist in Flammen aufgegangen.«

»Und?«

»Was, und?«

»Na, bist du hingegangen? Hast du die Werkstatt ausgecheckt?«

»Die haben den Laden dichtgemacht. Da ist nichts mehr.«

»Also sitzt jetzt irgendein Typ fälschlicherweise wegen versuchten Mordes im Knast?!«

»In den Presseberichten war davon nicht die Rede, es ging um andere Delikte ...«

»Was hast du dann gemacht?«

»Nichts.«

»Wie: Nichts?«

Genervt nehme ich die Arme vom Tisch und verschränke sie vor meiner Brust. »Filiz. Ich war mir sicher, dass sie sich umgebracht hat. Für dich ist das vielleicht abwegig, aber niemand kannte Nush so gut wie ich. Sie hat über ihre Depressionen nicht viel geredet, nur mit mir. Ich dachte, die Polizei würde von alleine nicht auf Suizid kommen. Frauen bringen sich angeblich doch immer nur so unauffällig um. Aber ich war mir sicher.«

»Also hast du die These so vehement verteidigt, dass deine Wahrheit – deine special Insights ins Leben deiner Schwester – als einzig gültige stehengeblieben ist?«

»Was willst du mir damit schon wieder vorwerfen?« Meine Stimme ist eine Klinge. Wenn es sein muss, schneide ich mit ihr.

»Bitte raste jetzt nicht aus. Ich verstehe, dass du und deine Mutter euch viel zofft und dass du ihr gerade bei deiner Schwester nicht die Narrative überlassen willst. Aber du musst deinen Stolz jetzt mal runterschlucken. Das kann auch heißen, dass du vor deiner Mutter einknicken musst. Es war kein Suizid.«

»Du denkst also, es war einfach ein Unfall?«

Sie schüttelt den Kopf. »Zuerst ja. Das hab ich mir eingeredet. Ich wollte darüber nicht noch weiter nachdenken, es war schmerzhaft genug. Weißt du, wie hart es ist, mit dieser Schuld zu leben? Diese Möglichkeit, für den Tod einer Genossin verantwortlich zu sein? Ich hab mit niemandem darüber geredet. Mich bei euch melden ging schon gar nicht. Was, wenn ich uns in Gefahr bringe? Nach zwanzig Jahren Funkstille wäre es dir doch aufgefallen, dass ich plötzlich mitbekomme, dass deine Schwester gestorben ist. Aber jetzt ... Ich glaube, wir müssen da noch mal ran. Wenn das Auto mit ihr und den Akten in die Luft gegangen ist, dann hat sie die Mission auf jeden Fall durchgezogen.« Filiz sieht nachdenklich aus. »Vielleicht dachte Nushin, dass dies der einzige Weg wäre, alle Spuren zu verwischen. Ich meine, falls sie jemand gesehen und verfolgt hätte, hätte man sie und euch in Berlin finden können ... Dann wäre die Aktion umsonst gewesen ... Das Risiko!«

Ich will sie klatschen. Warum zur Hölle denkt sie immer noch über diese verdammte Aktion nach, wenn wir versuchen, zu rekonstruieren, was meiner Schwester angetan wurde?!

»Warum habt ihr mir eigentlich nichts davon erzählt?«

Filiz wendet ihren Blick ab. »Aus guten Gründen. Du hättest es doch verhindern wollen. Damit hättest du uns alle in Gefahr gebracht.«

Ich weiß nicht, was mich mehr aufwühlt: Mit Filiz noch mal den Tod aufzuarbeiten oder die Tatsache, dass sie und meine Schwester über eine längere Zeit Pläne ausgeheckt haben, die Nushin vor mir verheimlicht hat. Als wäre ich nicht in der Lage gewesen, die beiden zu unterstützen.

»Nas, du bist richtig chaotisch, das weißt du selbst, du hast nie sauber gearbeitet. Wir hätten das niemals zu dritt machen können.« Kann Filiz neuerdings auch noch Gedanken lesen, oder was?

Mit verschränkten Armen drehe ich mich etwas von ihr weg, starre aus dem kleinen vergitterten Fenster, das mir erst jetzt richtig auffällt. Als wäre der Raum nicht schon beklemmend genug. Vielleicht ist das auch das Problem. Hätte ich so eine militante Aktion gebracht wie Filiz, wenn ich hiergeblieben wäre, gefangen in der Tristesse? Ohne Rücksicht auf Verluste, weil sowieso nichts auf dem Spiel steht? Für mich war diese Stadt immer ein grauer Ort der Trostlosigkeit, wo die Leute und das Wetter sich gegenseitig in ihrer Kälte zu überbieten versuchten. Hässliche Orte gibt es auf der Welt zur Genüge, das allein macht den Menschen nicht verrückt. Vielmehr sind es diese Widersprüche, auf die ich nicht klarkomme, seit wir hierhergekommen sind: Dieselbe Stadt, die ich als so grauenvoll wahrnehme, ist für andere ein pittoresker Urlaubsort am Meer, mit Sehenswürdigkeiten, die es zu fotografieren lohnt, kulinarischen Spezialitäten, deren Wucherpreise eher für als gegen den Genuss sprechen, und einer Luft, die man tief einatmet, um die Lungen zu reinigen. Ich konnte währenddessen hier nie durchatmen. Ich will diese Stadt nicht inhalieren, nicht länger in meinen Lungen halten müssen als nötig, denn es fühlt sich an, als würde sie mich nach und nach von innen vergiften. Wenn ich anderen Leuten beschreibe, welchen Hass ich auf diese Stadt schiebe, kommt es mir vor, als sei ich undankbar. Wie kann ich des einen Himmel so krass als meine Hölle empfinden? Trostlos soll es hier sein? Ob ich denn schon mal im Ruhrgebiet gewesen sei?

Das Geräusch von Filiz' sich bewegenden Fingernägeln reißt mich aus den Gedanken. Sie kratzt ihre Haut in einem regelmäßigen Beat, so hektisch und fest, dass jetzt rote Stellen auf ihrem Arm und weiße, abgestorbene Schuppen auf ihrer schwarzen Kleidung zu sehen sind. Sie hatte schon immer Neurodermitis, wegen der sie sich zeitweise in einer Modekrise befand, weil der Schnee auf ihrer ausschließlich schwarzen Kleidung besonders sichtbar war, jede andere und insbesondere jede helle Farbe aber einfach *off-brand* gewesen wäre. Wenn ich die weißen Flocken auf ihren Rücken rieseln sah, klopfte ich sie vorsichtig weg, woraufhin Filiz meine Hände wegstieß und mich anzischte, ich solle sie nicht anfassen. Irgendwann gestand sie mir, dass sie sich für ihre Hautschuppen schämte und sich wünschte, alle würden sie einfach ignorieren. Wenn sie nervös war, wurde ihr Kratzen obsessiver.

»Bist du nervös?«

Ihr Blick wandert über den Tisch, auch auf ihren Wangen bilden sich einige rote Stellen. Mit leiser Stimme kommt sie endlich zur Sprache: »Ein Grund, weswegen Nush und ich dich nicht in unseren Plan eingeweiht haben, ist auch, weil wir dich nicht triggern wollten.«

»Triggern?«, höre ich mich verblüfft fragen.

»Also, retraumatisieren …«

Ich rolle mit den Augen. »Filiz, ich weiß, was triggern bedeutet. Aber warum sollte es etwas in *mir* auslösen, dass ihr Nazis ausspioniert? Wir hatten es doch alle mit den gleichen Leuten zu tun?«

Sie schluckt. Ihr Kopf bleibt gesenkt. Ihre zögerliche Art macht mich wahnsinnig. Warum muss ich ihr alles aus der Nase ziehen?

»Hallo?«, frage ich ungeduldig und winke mit meiner Hand vor ihrem Gesicht.

»Das Ding ist«, beginnt sie langsam, »es waren jetzt auch nicht nur irgendwelche Nazis. Es waren, nennen wir sie so, alte Bekannte dabei. Und ein ganz spezieller.«

Ich spüre, wie mein Blut die Richtung wechselt. Wohin es fließt, weiß ich nicht, nur, dass mir plötzlich schwindelig wird. Mein Stuhl steht auf dem Boden, der Boden ist ein Laufband, das sich nach hinten bewegt, ich entferne mich von Filiz, ich sehe sie genauso groß vor mir wie zuvor, doch sie ist so weit weg, dass ich denke, egal, wie weit ich meinen Arm nach ihr ausstrecke, er kann die Distanz nicht überwinden, es sind keine 40 Zentimeter, es sind mindestens vier verschiedene Dimensionen, die zwischen uns liegen, und ich rutsche rückwärts in den Krater. Mein Kopf prallt auf, der Sturz ist tief. Meine Umgebung beginnt zu verschwimmen. Der Klang von Filiz' Stimme ist dumpf, als sie seinen Namen ausspricht. Er kommt ihr nicht einfach über ihre Lippen, sondern er drängt sich zwischen ihnen hervor, wie ein Ungeheuer, das mit seinen muskulösen Armen aus einer Schlucht herausklettert. Oder wie Erbrochenes, das sich nicht aufhalten lässt und mit viel Druck aus dem Innersten herausschießt, nur dass es einem danach schlechter und nicht besser geht. Das Klingeln setzt wieder ein. Es kommt von weiter weg, vielleicht steht das Telefon im Nebenzimmer.

»Nas, hörst du mir zu? Bist du okay?«

Ich höre sie, aber ich erreiche sie nicht mehr. *I look to you and I see nothing, I look to you to see the truth.* Regungslos sitze ich da, kann meine Arme nicht bewegen, nicht einmal meinen Kopf. *Brr. Brr. Brr.*

»Du musst rangehen, Filiz, ich kann nicht, ich schaffe das nicht selber.«

Filiz schaut mich verwirrt an. »Rangehen?«

»Ans Telefon!«

Sie regt sich nicht.

»Filiz, schnell, es klingelt.«

Sie streckt ihre Hand nach mir aus, greift mit ihr um mein Handgelenk, drückt es, eigentlich müsste ich sie spüren, aber alles fühlt sich so taub an. Filiz schüttelt meinen Arm, ich merke, wie er sich im Gegensatz zu meinem restlichen Körper bewegt, wie eine Welle, und mit jeder Welle wird mir stärker bewusst, in welchem Gewässer ich stehe.

»Nas, da ist kein Klingeln.«

»Verstehst du jetzt, warum ich mich nach Nushins Tod nicht bei dir gemeldet habe?«, flüstert Filiz leise in mein Ohr und drückt mir eine heiße Tasse Tee in die Hände.

Ich bin unsicher, wie ich darauf antworten soll. Ja, ich kann nachvollziehen, dass sie mich schützen wollten, aber habe ich dafür Verständnis? Ich zucke mit den Schultern. Erst nimmt dieser Wichser meinen Verstand, dann das Leben meiner Schwester.

»Wie lange war er im Spiel?«, frage ich.

»Von Anfang an«, sagt Filiz und guckt ängstlich in mein Gesicht, als könnte ich jeden Moment explodieren. »Er ist mittlerweile ein angesehener Unternehmer, hat Kohle ohne Ende. Er steckt das Geld in militante Netzwerke. Selbst macht er sich nicht die Finger schmutzig. Aber er hatte eben diese Datensammlung von damals. Dass er eigenhändig an Nushins Tod beteiligt war, wage ich zu bezweifeln. Er war an dem Tag nicht mal in der Stadt. Und er wohnt alleine. Deswegen war ich sicher, dass das mit dem Unfall auch stimmt.«

»Hat Nush wirklich niemandem davon erzählt? Von eurer Aktion, mein ich?«

Verwirrung macht sich in ihrem Blick breit. »Was meinst du?«

»Ich frage mich, ob Parvin nicht davon wusste.«

Sie winkt ab. »Das ist unmöglich, wir haben verschlüsselt kommuniziert, in Codes gesprochen, haben nie telefoniert, wenn Nush nicht allein war ...«

»Und warum kennt Parvin seinen Namen?«

Die Farbe weicht aus Filiz' Gesicht, das plötzlich den vergilbten Wänden hinter ihr ähnelt. »Was?«

Ich hole tief Luft. »Ich hab dich gefragt, warum Nushins Kind, das angeblich nichts mitbekommen hat, den Namen Gerhard Walters kennt.«

»Und ich hätte gern gewusst, wie du darauf kommst, dass sie den kennt?!«

Ihre Stimme wird lauter. Ich halte mich zurück und schaue sie herausfordernd an. Warum soll ich jetzt plötzlich den Springbrunnen der Wahrheit spielen und alle Fakten fröhlich aus mir heraussprudeln lassen?

»Mann, Nas«, fährt sie mich an. »Wir müssen zusammenarbeiten, wenn wir wirklich weiterkommen wollen. Deine Geheimnistuerei bringt niemandem was. Dir selbst am wenigsten.«

Ich atme ein. Atme aus. »Parvin hat mich neulich gefragt, wer er ist.«

»Okay? Einfach so? Aus dem Nichts?«

»Mehr oder weniger.«

Sie legt ihren Kopf etwas schräger und blinzelt mich verständnislos an. Ich seufze.

»Wir haben uns gestritten. Es ging um etwas ganz anderes. Plötzlich ließ sie diesen Namen fallen und wollte wissen, wer das ist. Ich habe sie gefragt, woher sie ihn kennt. Oder wo sie seinen Namen gelesen hat. Sie hat es mir nicht erzählt. Dann ist sie von zu Hause abgehauen.«

Betretenes Schweigen.

»Also?«, frage ich.

»Also was?«

»Also, woher kennt sie seinen Namen, wenn sie angeblich nichts mitbekommen haben kann?«

Mit versteinerter Miene sitzt Filiz vor mir.

»Wusstest du davon oder nicht?«

Langsam schüttelt sie den Kopf. »Ehrlich gesagt, ich halte es für unmöglich, dass Parvin etwas mitbekommen hat. Ich glaube nicht, dass Nushin so unvorsichtig gearbeitet hat. Es sei denn …« Ihre Augen werden ganz groß.

»Es sei denn, was?« Ich schlage meinen Mittelfinger auf die Tischplatte.

»Es sei denn, Nush wollte, dass sie den Namen weiß. Wir müssen mit Parvin sprechen, sie muss mit der Sprache herausrücken.«

Ich greife in meine Hosentasche, um mein Handy herauszuholen, doch sie ist leer, und mir fällt ein, dass Filiz es mir weggenommen hat.

»Wenn du mir mein Handy geben würdest, könnte ich sie anrufen …?«

Filiz lacht ungläubig auf. »Dein Ernst?«

Erst als sie versteht, dass ich nicht weiß, worauf sie hinauswill, fügt sie hinzu: »Wir können das nicht am Telefon besprechen. Ist zu gefährlich. Ich komme mit dir nach Berlin.«

IV

»We'll run away, keep everything simple
Night will come down, our guardian angel
We rush ahead, the crossroads are empty
Our spirits rise, they're not gonna get us«

t. A. T. u.

O

In der Dämmerung auf dem Parkplatz, ich war schon oft hier, eine Zeit lang täglich, doch heute erlebe ich hier zum ersten Mal einen Abschied. Mâmân drückt mich etwas fester an sich als gewohnt. Zwischen uns steht eine orange, transparente Tüte, in die sie im türkischen Supermarkt ihr Gemüse gepackt haben muss, doch jetzt befindet sich darin ein zu einer Tupperdose umfunktioniertes Joghurtfass, das sie mit Reis und gebratenen Auberginen gefüllt hat, außerdem zwei Mandarinen, zwei Äpfel, vier Aprikosen und zwei bräunliche Bananen. Der Rest ist zu groß für Worte. Er klebt in den Leerstellen fest.

»Das war jetzt aber ein kurzer Besuch«, sagt sie vorwurfsvoll.

»Ich muss doch zurück zu Parvin«, lüge ich. Ich klopfe ihr auf den Rücken, denn ich habe verlernt, wie es geht, die eigene Mutter zu streicheln. Oder irgendwen. Streicheln ist Teil einer Love Language, die ich nicht beherrsche.

»Fahr vorsichtig«, ruft sie Filiz durch das geöffnete Autofenster zu, es klingt nicht fürsorglich, sondern nach einem Auftrag. Nach: Ich will nicht, dass mein zweites Kind auch noch in einem Auto verreckt. Ich kann ihre Gedanken nicht oft lesen, bei diesem fällt es mir jedoch leicht.

Ich verstaue die Tüte auf der Rückbank, steige auf den Beifahrer_innensitz, schnalle mich demonstrativ an und winke ihr noch mal zu.

Filiz fährt einen dunkelblauen Opel Tigra, der so alt ist, dass ihr iPod über eine Kassette mit heraushängendem AUX-Kabel mit der Anlage verbunden ist. Allein schon, dass sie ihre Musik über einen iPod hört und nicht wie normale Menschen über einen Streamingdienst, sagt schon alles über Filiz. Ich nehme das dicke weiße Ding in die Hand und schaue auf das bunte Albumcover von *Ego Death* auf dem Display.

»Immerhin beleuchteter Bildschirm«, grinse ich. Sie ignoriert meinen Kommentar, vielleicht hat sie ihn auch wirklich nicht gehört, denn sie wirkt sehr konzentriert. Ich sage erst mal nichts mehr, schaue aus dem Fenster, sehe dabei zu, wie die Pastelltöne im Himmel nach und nach von einem satten Dunkelblau verscheucht werden. Es raschelt und knackt irgendwann. Ich drehe mich wieder zu Filiz, beobachte sie dabei, wie sie immer wieder in eine kleine Tüte neben dem Schaltknüppel greift und kleine Mengen gesalzene Sonnenblumenkerne herausholt, die sie zwischen ihre Lippen steckt, mit den Zähnen aufbricht und mit der Zunge entleert. Die Schalen lässt sie einfach auf den Boden fallen. Ihre Bewegungen sind dabei so routiniert und schnell, dass es fast so wirkt, als würde dieses Ritual ihre Aufmerksamkeit für die Autobahn erhöhen und nicht etwa verringern. Vielleicht eine gute Gelegenheit für einen neuen Gesprächsanlauf. Vorsichtig hole ich mir ein paar Kerne aus ihrer Tüte, beteilige mich an den Knackgeräuschen, frage beiläufig: »Hast du eigentlich mal wieder von Aida oder Jîwan gehört?«

»Hin und wieder, ja.« Sie wendet ihren Blick von der Straße nicht ab.

Dann wieder Schweigen. Als ich den Versuch für gescheitert erklären will, fängt sie plötzlich doch an zu sprechen.

»Die beiden wohnen jetzt in Bad Segeberg. Mit ihren Kindern. Haben sich dort vor ein paar Jahren ein Haus gekauft, weil Jîwan in der Nähe einen Job bekommen hat. In so einer Sicherheitsfirma. Baut Alarmanlagen ein und so was. Aida gibt Deutschkurse an der Volkshochschule und macht Übersetzungsarbeiten für Geflüchtete. Wir sehen uns alle ein, zwei Jahre, wenn sie in Lübeck zu Zozan fahren. Sie bringen die Kinder in den Schulferien immer zu ihr. Ihre ganzen Kurse finden in der Zeit ja auch nicht statt.«

»Was für Kurse?«

»Ach, für die Kinder. Ballett. Klavier. Handball. Die haben ein ziemlich ausgefeiltes Freizeitprogramm. Ich glaube, Aida liegt mehr dran als Jîwan.«

Ich weiß nicht, was ich darauf antworten soll. Es erleichtert mich, zu hören, dass es den beiden gut zu gehen scheint. Gleichzeitig macht es mich traurig, all diese Entwicklungen verpasst zu haben.

»Und du, hast du die beiden mal wiedergesehen?«, fragt Filiz mich zurück, als kennte sie die Antwort nicht sowieso.

Ich schüttele den Kopf. »Nee. Seit ihrer Hochzeit vielleicht ein, zwei Mal. Aber ist was her. Ich wusste nicht mal, dass sie Kinder bekommen haben!«

»Nush hat dir nichts erzählt?«

»Nush wusste davon?!«

Stille. Nicht einmal mehr das Knacken der Sonnenblumenkerne. Nur die Musik. All die Jahre war ich mir so sicher, dass Nush und ich gleichermaßen den Kontakt zu den Leuten von früher abgebrochen haben. Wir hatten schließlich unser neues Leben. Wie pflegte sie hinter meinem Rücken diese Freund_innenschaften?

»Vielleicht dachte sie, du willst das nicht hören«, murmelt Filiz.

»Hatten sie die ganze Zeit über Kontakt?«, frage ich leise. Wir sind alleine im Auto, es gibt keinen Grund, zu flüstern, trotzdem fühlt es sich so an, als müsste ich das. Vielleicht senkt die Stimme sich automatisch, wenn sie eine Frage ausspricht, deren Antwort man eigentlich nicht verkraftet.

»Ich weiß es nicht«, antwortet Filiz. »Ich glaube aber, eher nicht.«

Sie knackt wieder ihre Kerne. Ich schließe mich an, das scheint mir das Gespräch voranzutreiben. Als wäre es leichter, auf diese Art klare Gedanken zu formulieren.

»Habt ihr euch auch mal gemeinsam getroffen?«, will ich wissen.

»Nicht oft.« Es dauert ein paar Sekunden, bis Filiz das sagt.

Viele Fragen stellen sich mir. Allen voran: Ob die Einladung für mich in der Post verloren gegangen ist. Und wann soll das überhaupt gewesen sein? Wie oft war Nushin ohne mich in Lübeck? Sie hat zwar Parvin manchmal über die Ferien dorthin gebracht, aber ...

»Waren die beiden auch eingeweiht in euren Plan?«, schießt es aus mir heraus.

Filiz atmet scharf ein.

»Ich dachte, nur ihr beide wüsstet davon?« Meine Stimme schlägt um, sie klingt quietschig, wie die eines Kindes, das als einziges zu Hause bleiben muss, während die anderen sich zum Spielen verabreden.

»Jetzt sag doch endlich«, fordere ich sie auf, als sie immer noch nicht mit der Sprache herausrückt.

»Die beiden wussten nicht, was genau wir vorhatten. Wir brauchten Jîwans Hilfe.«

»Ist Jîwan noch aktiv gewesen?!«

»Nein. Nicht so richtig. Er hat manches verfolgt, aber mehr nicht. Wir brauchten von ihm eher eine fachmännische Einschätzung.«

»Was für eine fachmännische Einschätzung?!«

Filiz schnaubt. »Nas, zähl doch mal eins und eins zusammen. Was habe ich dir über seinen Job erzählt?«

Könnte mein Gehirn Geräusche von sich geben, würde man jetzt einen Lichtschalter anklicken hören. Klick.

»Sicherheitsfirma!«, sage ich langsam, als hätte ich gerade den Da-Vinci-Code geknackt. Langsam lichtet sich der Nebel, der monatelang in meinem Kopf herumgespukt hat. Dinge fangen an, einen Sinn zu ergeben. Zumindest ein bisschen.

Filiz bewegt ihren Kopf zu einem gemächlichen Nicken, spitzt dabei die Lippen. Ich muss kichern. »Wie in *Die fetten Jahre sind vorbei*!«

Sie lacht verächtlich, schüttelt leicht ihre Mähne, ein paar Schneeflocken rieseln auf ihre Schultern.

»Jedenfalls«, sagt sie schließlich, »wussten wirklich nur Nush und ich von der Mission. Jîwan haben wir erzählt, dass es dieses Haus gibt, in das wir reinkommen müssen. Und, falls es dich beruhigt, bei den ein, zwei gemeinsamen Treffen schien es mir, als hätten er und Nush sich schon sehr lange nicht mehr gesehen gehabt.«

Ich nicke nur, greife nach mehr Sonnenblumenkernen, die ich schweigend aufknacke, während sich in mir ein Gefühl der Zufriedenheit breitmacht.

Irgendein Parkplatz an der A 24. Die Dunkelheit ist schon lange über uns hereingebrochen, doch wir leuchten so hell, dass es uns nicht aufgefallen ist. In meinen Ohren das Rauschen vorbeiziehender Autos, Filiz' Schmatzen und die zweite Strophe von *Nothing Else Matters*. Zwischen meinen Fingern ein glühender Punkt, das Ende meiner Zigarette, an der ich mich festhalte. Das letzte Mal, als ich mit Filiz im Auto saß, hatte sie ihren Führerschein gerade mal zwei Tage lang. Wir wollten raus aus Lübeck, hin zu einem Ort, wo wir hätten schmecken können, wie es ist, einfach nur sein zu dürfen, so wie wir zu Hause das Salz auf den Lippen trugen, ohne mit den Füßen im Meer zu stehen. An einer Raststätte hielten wir an, zu gefährlich war es, auf der Autobahn weiterzufahren, während wir uns anschrien. Worüber wir uns gestritten haben, weiß ich nicht mehr, wusste ich auch damals nicht. Nur, dass ich nie wieder mit ihr reden wollte. Eine Stunde später hatten wir das Auto umgeparkt, wir waren im See, ich hing im Wasser an ihrem Körper, wir schwebten durch das trübe Grün, niemand dort außer uns, plötzlich dann aber doch: ein spitzer Stein, der unsere Seifenblase zerbersten ließ. Auf einmal waren wir der Welt wieder ausgesetzt. Sie nannten uns das, was wir uns zu dem Zeitpunkt noch nicht einmal selbst zu nennen trauten: Kanaken, Lesben, Schlampen. Der See hörte nicht auf, an uns herunterzutropfen, das Wasser vermischte sich noch auf meiner Wange mit meinen Tränen, als wir längst wieder mit unseren Taschen im Auto zurück nach Lübeck saßen. Wir sprachen nicht, wir hörten nur Filiz' Mixtape in Dauerschleife, doch das Band war so beschädigt, dass außer *Nothing Else Matters* kein einziger Song smooth lief, also hörten wir nur diesen.

»Wer macht morgen eigentlich den Laden auf, wenn du in Berlin bist?« Ich trage mich selbst zurück in die Gegenwart.

»Wer sagt, dass ich morgen noch in Berlin bin?«

Ungläubig drehe ich mich zu ihr. »Komm schon. Bis wir in Berlin sind, wird es sowieso zu spät sein, um noch mit Parvin zu sprechen. Du musst mindestens warten, bis sie von der Schule kommt. Und selbst wenn wir sie heute noch erwischen, du kannst doch nicht mitten in der Nacht so eine weite Strecke fahren ...«

»Ich kann und ich würde.«

Ihre Stimme ist merkwürdig abweisend.

»Du weißt, dass du einfach bei mir schlafen kannst, oder?«

Schweigen. Ich hole eine Aprikose aus der Provianttüte und beiße in sie rein.

»Es gibt im Wohnzimmer ein Schlafsofa …«

»Na gut.«

»Dein Ernst?«

»Was denn?!«

»Du würdest lieber ein paar Hundert Kilometer mitten in der Nacht fahren, als dir mit mir ein Bett zu teilen?« Ich bemühe mich, nicht beleidigt zu klingen. Klappt so semi.

Sie lacht leise. »Wann habe ich das gesagt?«

»Na ja, du meintest, dass du …«

»Ich wollte mich nicht einfach selbst einladen wie so eine Annette. Außerdem bin ich unsicher, ob du immer noch diagonal schläfst.«

»Du kannst dir natürlich auch ein Hotel nehmen!«

»Oha …«

»Was?«

»Oha, was bist du für eine Kanakin, die ihre Gäste ins Hotel schickt?«

»Ich schicke doch niemanden ins Hotel«, rufe ich empört. Meine Stimme überschlägt sich. »Du kannst bei mir schlafen. So lange du willst. Das Wohnzimmer gehört dir. Du kannst auch in Parvins Zimmer, ich beziehe ihr Bett für dich neu.«

»Okay, okay, ich habe es verstanden.«

Ich bin immer noch nicht sicher, ob Filiz genervt von mir ist. Meine Finger kleben vom tropfenden Saft der Aprikose. Unauffällig lecke ich sie ab, schmiere den Rest an meiner Hose ab.

»Er bleibt einfach so lange zu.«

Vielleicht spiegelt die Autoscheibe meinen verwirrten Gesichtsausdruck, denn sie fügt hinzu: »Der Laden. Du hast doch gefragt, wer ihn aufmacht, wenn ich nicht da bin.«

»Verstehe.«

Wir steigen wieder ein, fahren weiter. Ich nehme ihren iPod und scrolle durch die Mediathek. Neben neuerer Musik finde ich, wie vermutet, alte Platten wieder, wie *Live Through This*. Nushins Lieblingsalbum. Ich mache stattdessen *Lost* von Frank Ocean an. Für drei Minuten und 54 Sekunden können wir so tun, als wären wir einfach zwei Queers auf einem nächtlichen Roadtrip, wo die Sterne am Himmel mehr sagen, als wir es jemals könnten, und die Musik das Tempo vorgibt. Was für eine kitschige Vorstellung. Ich hasse sie. Ich liebe sie.

O

Ich vergrabe meine Finger in Filiz' Fleisch, ihre Hüfte quillt zwischen ihnen hervor, ich drücke noch fester, beiße die Innenseite ihres Oberschenkels und höre sie aufstöhnen, ob aus Schmerz oder Gefallen, weiß ich nicht, ich weiß auch nicht, ob sie es selber weiß. Dass Liebe nicht wehtun muss, weiß ich schon, aber ich kenne keine Liebe ohne Schmerz, denn wie soll man Zuneigung ausdrücken, wenn nicht durch einen blauen Fleck? Nicht umsonst sehen Blutergüsse aus wie das Weltall, sie symbolisieren die unendliche Tiefe der Gefühle, die Intensität, egal ob Liebe oder Hass. Beides liegt so nah beieinander, dass es schwer ist, in das eine zu greifen und das andere nicht zu berühren.

»Du tust mir weh«, flüstert sie, nachdem ich auf ihr sanftes Tippen auf meiner Hand nicht reagiere.

Entschuldigend löse ich meinen Griff und fahre mit den Fingerspitzen über die roten Druckstellen, die sie hinterlassen haben. Mit einer Person nach 21 Jahren zum ersten Mal wieder Sex zu haben, ist verdammt merkwürdig. Zwischen diesem und dem letzten Mal passt ein ganzes Leben.

»Hattest du eigentlich seit mir etwas mit einer anderen Frau?«, frage ich beiläufig und merke schon bevor das letzte Wort aus meinem Mund kommt, dass ich es hätte bleiben lassen sollen.

Ihre Miene rutscht mindestens zwei Etagen tiefer, sie rückt von mir weg, zieht sich die Decke bis zum Kinn hoch. »Muss man ein Interview geben und die eigene Queerness von dir absegnen lassen, bevor man bumst, oder was?« Ihh, *bumsen.* Was Queerness bedeutet, habe ich ihr erst im Auto erklärt, das ist vielleicht zwei Stunden her, genug Zeit für sie, meine eigenen Waffen gegen mich zu nutzen.

Sie lässt mich gar nicht erst darauf antworten – wozu auch, ihre Frage war rhetorisch – und setzt gleich hinterher: »Weißt du, Nas, es gibt uns nicht nur in Berlin. Und auch nicht nur im fortschrittlichen Almanya. Wir kennen vielleicht nicht alle Labels, die ihr euch verpasst, aber wir existierten schon lange bevor es eine Sprache für uns gab.«

Filiz steht auf, läuft zu ihrer Hose, die sie neben dem Bett abgestreift hat, und holt ihre Zigarettenschachtel aus der Tasche. Bevor ich die Worte finde, um sie zu bitten, nur auf dem Balkon zu rauchen, brennt ihre Gauloise in der einen Hand, mit der anderen hält sie den kleinen Aschenbecher vom Fensterbrett, in dem noch ein Jointrest liegt. Egal, denke ich, morgen früh, also in ein paar Stunden, muss ich einfach ganz lange durchlüften.

Sie läuft durch das Zimmer, betrachtet rauchend die Bilder an den Wänden, die Klamotten an der Garderobenstange, mein Inneres, in das ich sie nicht hätte einladen dürfen, denke ich und werde mit jedem ihrer Schritte nervöser, als stände ich auf dem Prüfstand. Schließlich bleibt sie vor meinem Laptop stehen und dreht sich zu mir.

»Ich werde andere Musik anmachen.« Sie bittet nicht um Erlaubnis, sie informiert mich vielmehr darüber, dass sie sich jetzt über meinen Rechner beugen und auf den Bildschirm starren wird, sie hat das laufende Lied von Retina Set angehalten, zu hören ist nur die dröhnende Stille und das leise Abbrennen ihrer Zigarette. Irgendwann scheint sie sich für etwas entschieden zu haben, denn aus der Bluetooth-Box ertönen wieder Klänge, selbst wenn diese für mich schwer einzuordnen sind.

»Ich hab bei diesem seichten Elektroplingpling echt die Krise bekommen«, murmelt sie und kommt zurück in meine Richtung, auf dem Weg zündet sie sich direkt noch eine Kippe an.

»Das war Deconstructed Club Music.«

Ihre dunkelbraunen Augen werden etwas verschlossener, wie Fenster mit halb zugezogenen Gardinen.

»Ich meine die Musik. Das war kein Elektro, das war Deconstructed Club Music«, erkläre ich ruhig.

»Denkst du, das juckt mich?«

Ich zucke mit den Schultern. »Na ja, ich meine ja nur ... wollte es nur sagen ...«

Sie lacht auf, es klingt hart. »Ich weiß, was der Unterschied zwischen Elektro und Deconstructed Club Music ist, Nas, ich arbeite im Plattenladen.«

Ich wette, sie hat ihr Leben lang darauf gewartet, diesen Satz sagen zu können, denn sie sagt ihn mit so einem Selbstbewusstsein, so einer Selbstsicherheit, dass ich unsicher bin, ob ich sie in diesem Moment verdammt arrogant oder extrem sexy finde, vielleicht ist es auch beides.

»Du hast es Elektroplingpling genannt, deswegen ...«

»Wie gesagt. Genre nicht relevant. Grund: Klang scheiße. Thema vorbei.«

Beleidigt setze ich mich im Bett auf. Versucht sie mit aller Kraft, einen verdammten Streit vom Zaun zu brechen, oder was soll das? Ich hole tief Luft und frage sie nach einer Zigarette. Sie greift neben sich und wirft mir die ganze Schachtel zu.

»Feuer ist drin«, sagt sie, ohne mich anzugucken.

Für einige Züge sprechen wir nicht, nur die Musik macht Geräusche. Irgendwann traue ich mich und sage zu ihr: »Wenn du keine Lust auf mich hast, kann ich auch im Wohnzimmer auf dem Sofa schlafen. Wir müssen nicht alles zu Ende bringen, was wir anfangen, es ist auch völlig okay, einfach zu–« Den Satz lässt sie mich nicht beenden, denn sie presst ihre Handfläche auf meinen Mund, drückt ihr Gewicht gegen mich und sitzt schließlich auf meinem Schoß.

»Halt endlich die Klappe«, flüstert sie in mein Ohr, ihre flache Hand wird etwas runder, sie hält nicht mehr meinen Mund zu, der Druck wandert von der Handfläche in die Fingerspitzen, mit denen sie meine Wangen zusammendrückt, mein Gesicht deformiert und an sich heranzieht, um mich schließlich zu küssen. Die Berührung fühlt sich einerseits erleichternd an, als wäre alles die ganze Zeit ein Missverständnis gewesen, der Pillow Talk, die Autofahrt, der ganze Tag, die letzten zwei Jahrzehnte. Eigentlich war alles die ganze Zeit gut, ich habe mich nur geweigert, das so zu akzeptieren. Andererseits zieht mein Zwerchfell sich zusammen, es tut weh, zu atmen, ich fühle mich gefangen unter dem Gewicht ihres Körpers, kann mich nur schwer bewegen. Mir ist nach Weinen zumute, aber es tropft woanders.

Wir sind ineinander verrenkt, wir schubsen uns herum, so wie ich Filiz auf dem Schulhof früher Leute herumschubsen sah und schweigend wünschte, sie würde mich auch mal so leidenschaftlich anfassen, ich war noch 16, so vergehen Minuten, vielleicht sind es auch Stunden, durch das Fenster fällt immer heller werdendes Licht ins Zimmer, es fühlt sich an, als wäre alles möglich, die erste sturmfreie Nacht, die Musik ist laut, wir noch lauter, am lautesten mein Lacher zwischendurch, und dann auf einmal reißt das Band der Kassette, die Platte springt, meine Stimme bleibt mir im Hals stecken, als ich plötzlich durch den offenen Spalt der Tür schaue und meine Augen an zwei glänzenden Punkten hängenbleiben, sich in dieses andere Augenpaar verhaken, ein Moment der Verwunderung, dann die Realisation, der Schock, dann die Scham, warum hört der Blickkontakt nicht auf? Halluziniere ich?

»Parvin?«, frage ich ungläubig, aber laut, und innerhalb von Sekunden verschwindet die Gestalt hinter dem Türspalt wieder, doch mein Körper bewegt sich nicht, er sitzt starr auf Filiz, die mich irritiert anschaut.

»Hast du gerade den Namen deiner Nichte gerufen, während du auf mir herumgegrindet bist?«, fragt sie langsam, und ich spüre förmlich, wie ihre Wut sich aufbaut.

Bevor ich die Worte finde, um ihr zu erklären, was ich gesehen habe, höre ich das laute Knallen einer Tür, wir hören es beide, sie reißt ihre Augen weit auf.

»Scheiße«, murmelt sie.

Ich bin längst aufgesprungen, habe mir ein T-Shirt übergestreift, laufe in den Flur, doch dort ist niemand.

»Parvin?«, rufe ich durch die Wohnung. Nichts regt sich. Ich stapfe in ihr Zimmer, es ist leer, doch es sieht nicht so aus, wie es aussah, als ich es vor einigen Stunden Filiz gezeigt habe.

O

Während ich schlaflos auf dem Wohnzimmerteppich auf und ab gehe, döst Filiz leise schnarchend in meinem Bett. Diagonal liegend. Es ist 11:04 Uhr, bis Parvins Schulschluss sind es noch vier Stunden. In den Pausen versuche ich, sie anzurufen, doch sie drückt mich sofort weg, es klingelt höchstens zwei Mal.

Als ich Filiz laut gähnen höre, gehe ich in die Küche und koche Kaffee. Die wenigen Lebensmittel im Kühlschrank stelle ich im verzweifelten Versuch, so etwas wie ein Frühstück zu kuratieren, auf den Esstisch. Mein Blick schweift über das Knäckebrot, den Klotz Burrata, das angefangene Glas Pesto, das zum Glück noch nicht schimmelt, die drei etwas matschig gewordenen Cherry-Tomaten und den Becher Birchermüsli. Als Nutella-Ersatz stelle ich ein Schälchen Schoko Crossies dazu. Besser als nichts. Ich habe sowieso keinen Appetit.

Nebenan stellt Filiz die Dusche an, ich nippe bereits an meinem Kaffee und nehme meine Zigarettenschachtel mit auf den Balkon. Die letzten vierundzwanzig Stunden wirken so unreal, dass ich mir ein Haar ausreiße, um zu testen, ob es kein Traum gewesen ist. Ist es nicht. Filiz steht immer noch unter der Dusche, und Parvin geht immer noch nicht an ihr Handy.

Nach anderthalb Kippen – ich muss die zweite ausdrücken, weil mir so schlecht geworden ist – verziehe ich mich zurück in die Wohnung, wo Filiz sich selbst einen Kaffee eingeschenkt hat und mit einem Handtuch um ihr nasses Haar gewickelt am Esstisch an einem Stück Knäckebrot knabbert.

»Ich sehe, du kaufst immer noch wie ein sechzehnjähriger

Stoner ein«, kommentiert sie das mickrige Buffet. »Yani, ich bin positiv überrascht, dass es überhaupt Kaffee gibt. Hätte auch Eistee oder Energy Drink sein können.«

Ich zwinge mich zu einem Lachen, breche es jedoch sofort wieder ab, weil es scheiße klingt, vor allem fake, und ich mich für mich selbst schäme, mal wieder.

»Hast du Parvin erreicht?«

Ich schüttele nur den Kopf.

»Aber was ist der Plan?«

Schulterzucken.

»Wir brauchen einen Plan. So gern ich deine Gastfreundschaft samt üppigem Essensaufgebot ausreizen würde, ich muss irgendwann zurück nach Lübeck. Ich kann nicht ewig darauf warten, dass du eine Entscheidung triffst.«

»Hör mal«, raune ich über den Tisch. »Ich habe keine einzige Minute geschlafen. Mein Kopf ist total durchlöchert. Was soll ich denn machen, wenn Parvin nicht an ihr Telefon geht?«

Filiz mustert mich ungläubig, fast schon abschätzig. Ihre Augen fahren langsam wie eine heiße Walze über mein Gesicht. Können Blicke Nasen brechen?

»Was denn?«, fauche ich schließlich.

Sie trinkt einen Schluck, grinst plötzlich. »Was würde denn deine Mutter tun?«

»Hm?«

»Ich meine, wenn du ihr wichtige Informationen vorenthalten würdest …«

Ich weiß nicht, worauf sie hinauswill, zucke nur wieder mit den Schultern. »Keine Ahnung? Mich mit dem Hausschuh durch die Wohnung jagen, bis ich ihr unter Tränen alles erzähle, was sie hören will?«

Filiz lacht auf.

Ich verstehe nichts.

»Na ja«, sagt sie schließlich. »Versetz dich ein bisschen besser in sie hinein.«

Mein Hirn rattert vor sich hin.

Es dauert einige Minuten, bis Filiz und ich in Parvins Zimmer stehen und jede Schublade aufreißen, jede Kiste durchwühlen, jeden Spalt abtasten. Wir wissen nicht, wonach wir genau suchen, aber wenn wir das Richtige in der Hand halten, werden wir es schon merken.

Ich fühle mich wie ein Eindringling in eine Sphäre, die nicht für mich bestimmt ist, und gleichzeitig durchforste ich dieses Zimmer, zu dem ich lange einen höflichen Abstand gehalten habe, mit einer so großen Leidenschaft, dass ich jetzt merke, wie neugierig ich seit Monaten darauf bin, in Parvins Privatsphäre hineinzustürmen wie vor 20 Jahren zur Ladenöffnung in den Aldi, als sie Discmans im Angebot hatten. Hier finden wir aber überwiegend nur unspektakuläre Dinge wie leere Süßigkeitenverpackungen oder Chipstüten, zerknüllte Taschentücher, dreckige Wäsche und stapelweise Bücher. Ihr Tagebuch ist leider nicht mehr dort, wo ich es das letzte Mal gefunden habe. Den Müll, beschließe ich, schmeiße ich auf einen Haufen. Ich muss nicht so tun, als hätte ich den Raum nicht betreten, außerdem ist »Ich habe dein Zimmer ein wenig aufgeräumt« die beste Ausrede von Müttern, um ihre Kinder zu kontrollieren.

»Du hast gar nicht erzählt, dass deine Nichte auch eine Lesbe ist«, sagt Filiz beiläufig, ganz so, als wäre es eine kleine Nebensache, die ich einfach nur vergessen habe zu erwähnen.

»Was?«

Ich drehe mich um, gehe in die Ecke, in der Filiz sitzt und irgendetwas durchblättert.

»Falls das ihr Tagebuch ist …«, beginne ich den Satz, doch ich brauche ihn nicht zu beenden.

Grinsend wedelt Filiz mit einem daumengroßen Block. Auf jedem der kleinen Papprechtecke ist eine mehr oder weniger nackte Frau abgedruckt, in sexy Pose und bereit, jederzeit abgerissen und zu einem Filter eingerollt zu werden. Es dauert ein paar Sekunden, bis ich das Ding identifiziert habe.

»Ach hier ist das gelandet«, murmele ich und setze mich aufs Bett, vor allem, weil ich nicht weiß, wohin sonst mit mir.

»Hat Parvin das von dir, oder was?«, lacht Filiz.

Ich nicke. Erst mein Gras, dann der *Sexy Tips*-Block, den Gigi mir mit einem ironischen Zwinkern zugesteckt hat, als ich neulich auf der Arbeit rumgeheult habe, seit Ewigkeiten mit keinem Date mehr gekifft zu haben. Wenn es so weitergeht, muss ich meine Sextoys-Kiste mit einem Schloss versehen, denke ich und vergrabe mein Gesicht in den Händen.

»Du wusstest nichts davon?«

Ich schüttele nur den Kopf. Irgendwann sage ich: »Mann, das ist Schikane. Sie versteckt meine Sachen, um mich bloßzustellen. Die letzten Dinge, die sie zu mir gesagt hat, waren nicht besonders homofreundlich. Parvin ist irgendwie böse. Ist es gemein, so was über die eigene Nichte zu denken?«

»Nein.«

»Manchmal denke ich, sie schiebt irgendeinen Film auf mich. Als würde sie mich hassen.«

Filiz sitzt jetzt neben mir. Wir rühren uns nicht vom Fleck, verharren in dieser Haltung, irgendwann wird es 13 Uhr, das sehe ich auf Parvins Wecker, und ich schlage vor, lieber weiterzusuchen, bevor sie nach Hause kommt. Falls sie überhaupt nach Hause kommt. Doch es ist zwecklos. Wir finden überhaupt nichts.

»Du weißt, was das heißt«, schnauft Filiz irgendwann.

»Nein? Was heißt das?«

Sie lacht auf, klingt dabei ein bisschen wahnsinnig, ich habe Angst vor ihrer Antwort.

»Na ja.« Sie kratzt sich am Kopf, als würde sie noch überlegen, ob sie das jetzt wirklich bringen kann. Sie bringt es. »Zieh dich an. Wir fangen sie vor der Schule ab.«

Ich pruste laut los, kriege mich vor Lachen kaum ein, bis ich realisiere, dass es ihr voller Ernst ist. »Du willst, dass wir meine Nichte entführen?«, frage ich ungläubig.

»Ach«, sie winkt ab. »Entführen würde ich das jetzt nicht nennen, du bist ja ihr Vormund.«

»Filiz«, sage ich im ernsten Ton. »Das Jugendamt hat mich sowieso schon auf dem Kieker. Ich habe echt keine Lust, in den Knast zu kommen, weil wir die anatolischen Erziehungsmethoden deiner Eltern an Parvin ausprobieren ...«

Platsch. Ehe ich den Punkt nach meinem Satz setze, kippt Filiz mir ihr volles Glas Leitungswasser ins Gesicht. Mein T-Shirt saugt die Flüssigkeit direkt auf.

»Spinnst du?«, fahre ich sie an.

»Nee, aber du anscheinend!« Sie funkelt mich mit zusammengekniffenen Augen an. »Noch so ein Spruch, und ich fahre ab. Ich versuch hier, dir zu helfen!«

»Deine sogenannte Hilfe ist absurd! Das ist kriminell! Das ist verrückt! Das ist illegal! Das ... das ist ...!« Ich grase meinen Kopf nach weiteren Begriffen ab, doch anscheinend habe ich mein Vokabular schon ausgeschöpft, mehr ist nämlich nicht zu holen.

Ausdruckslos, fast schon gelangweilt starrt Filiz mich an. »Bist du jetzt fertig? Kannst du dir ein trockenes Hemd anziehen? Wir kommen sonst zu spät. Dann war alles umsonst.«

Dann war alles umsonst. Ob sie Nushin wohl auch so lange mit solchen Sprüchen bedrängt hat, bis sie sich dazu breitschlagen ließ, die Mission alleine durchzuziehen? Ich seufze, stehe auf, gehe in mein Zimmer. Nach einer Minute stehe ich umgezogen im Türrahmen. »Wollen wir?«

O

Wir sprechen uns auf der Fahrt zur Schule genau ab. Ich werde versuchen, Parvin an den Fahrradständern abzufangen, Filiz steht mit dem Auto am Parkplatz. Sicherheitshalber schicke ich ihr vier aktuelle Fotos von Parvin zu, die auf meinem Handy schwer genug zu finden sind, weil Parvin sich nie fotografieren lässt, aber die verschwommenen Schnappschüsse reichen aus, um zu verhindern, dass Filiz auch noch ein fremdes Kind in ihren Pkw zerrt.

Mein Bauchgefühl schwirrt irgendwo zwischen dem ersten Ladendiebstahl meines Lebens und einem mir zugeraunten »Wir reden zu Hause darüber« meiner Mutter. Fairerweise muss ich zugeben, dass es auch daher kommen könnte, dass ich nichts außer Kaffee und Kippen im Magen habe. Er grummelt unruhig vor sich hin und lässt mir nichts anderes übrig, als zu hoffen, dass das dritte K für »Kidnapping mit Erfolg« stehen wird.

Das schrille Läuten der Schulglocke ertönt über den Hof. Die ersten Kinder sind bereits vor ein paar Minuten aus dem Gebäude gekommen. Nervös schaue ich mich um. Ich fixiere die Tür, schiele ab und zu in Richtung der Fahrräder. Ob Parvin überhaupt mit dem Rad oder dem Bus von Deniz aus in die Schule fährt, weiß ich nicht. Kurz überlege ich, Sakine anzurufen und sie zu fragen, ja, vielleicht kann ich sie in unseren Plan einweihen, sie könnte uns helfen, dann sehe ich Parvin, die aus dem Schulgebäude tritt und ihre weißen Kopfhörer aus der Jackentasche kramt. Mit großen Schritten nähere ich mich ihr, versuche dabei so unauffällig wie möglich zu bleiben. Vielleicht sollte ich eher seitlich auf sie zugehen? Zu spät. Sie hat mich längst entdeckt, schaut mich entsetzt an und dreht sich um, fängt an zu rennen. Ich lege ebenfalls an Tempo zu, habe aber keine Chance gegen sie. Ihre Beine sind flink, ich kann nur versuchen zu erraten, in welche Richtung sie rennt. Weg von den Fahrradständern, hin zum Parkplatz. Ich kann nicht mithalten, werde langsamer, rufe Filiz an. Zum Glück geht sie direkt ran.

»Sie läuft in deine Richtung«, keuche ich in den Hörer, versuche leise zu sein. »Schwarzer Parka. Weiße Turnschuhe. Weiße Kopfhörer.«

»Alles klar«, höre ich Filiz raunen. »Mach dir keinen Stress. Ich hab die Situation im Griff.« Sie legt auf.

Perplex schaue ich auf meinen Bildschirm. Ich weiß nicht, wie genau sie sich das vorstellt, geschweige denn was sie meint, als sie gesagt hat, sie habe »die Situation im Griff«, aber ich eile zum Parkplatz.

Viele der Kinder haben schon früher Schluss gehabt, immerhin ist es nicht mehr so voll. Weniger potenzielle Zeug_innen.

»Frau Behzadi?«

Scheiße. Ungläubig drehe ich mich um und schaue in das Gesicht von Parvins Klassenlehrerin, die mindestens genauso irritiert von unserer Begegnung zu sein scheint wie ich.

»Was machen *Sie* denn hier?«

Dasselbe würde ich sie auch gerne fragen, aber das wäre dumm, denn im Gegensatz zu mir arbeitet sie an dieser Schule.

»Ähhhh.« Ganz tief durchatmen, Nas. Du kannst das. Du bist eine Weltmeisterin im Lügen. Du konntest lügen, bevor du Deutsch sprechen konntest. Und bevor ich es überhaupt merke, sprudelt es schon aus mir heraus. »Ich war in der Nähe. Wegen meiner Arbeit. Und da dachte ich, ich hole Parvin einfach von der Schule ab. Ein kleiner gemeinsamer Spaziergang am Nachmittag, das tut doch jeder Familie gut.«

Sie mustert mich misstrauisch. »Arbeiten Sie nicht in einer Kneipe?«

Nicht rot werden. Nicht rot werden. Nicht ... Ich nicke hastig. »Doch, doch. Aber ich war ... bei meinem anderen Job. Hier um die Ecke.«

Sie schaut mich weiter an. Ich überlege krampfhaft, was genau sich in der Nähe befinden könnte.

»Ich pflege alte Menschen. Hausbesuche. Eine unserer Klientinnen lebt hier. Am Ende der Straße. Frau Hardenberg. Ulkige alte Dame. Ganz witzig ist sie. Auch sehr süß. Aber manchmal ein bisschen anstrengend. Redet viel, verstehen Sie?«

Parvins Lehrerin verzieht keine Miene. Ich merke schon, sie versteht ganz und gar nicht.

»Na ja«, sage ich hastig, »ich bin auch schon sehr müde, ich suche mal schnell Parvin, ich muss los, ciao!«

Bevor sie darauf antworten kann, power-walke ich von ihr weg. Ich versuche, mich nicht nach ihr umzudrehen, damit sie nicht auf die Idee kommt, mich noch einzuholen. Nach einer gewissen Entfernung schiele ich auf mein Handy. Vier verpasste Anrufe von Filiz. Verdammt, ich hatte mein Handy die ganze Zeit auf lautlos. Bei ihrem fünften Versuch erwischt sie mich und ich gehe ran.

»Wo zur Hölle steckst du?« Sie klingt aufgebracht.

»Lange Geschichte«, murmele ich.

»Wir haben keine Zeit für lange Geschichten. Komm schnell auf den Parkplatz.«

Am anderen Ende der Leitung höre ich ein lautes Klopfen und Brüllen, könnte das Parvins Stimme sein? Wie zur Hölle ...? Ich renne, so schnell ich kann.

Völlig aus der Puste komme ich auf dem Parkplatz an, wo Filiz ungeduldig im Auto sitzt und mich zu sich herüberwinkt. Ich laufe hastig zu ihr. Die Tür ist zu, sie lehnt sich rüber und macht mir auf.

»Schnell«, zischt sie.

Ich springe ins Auto und knalle die Tür zu. Ehe das Schloss klickt, hat sie schon das Gaspedal gedrückt.

Skeptisch drehe ich mich zur Rückbank und sehe – nichts. Niemand sitzt dort.

»Hast du sie nicht gefunden?«, frage ich vorsichtig.

»Doch«, sagt Filiz und kann ihre Zufriedenheit kaum verbergen.

»Aber du konntest sie nicht erwischen, habe ich recht?«

Sie sagt nichts. Sie zieht nur eine Augenbraue hoch und fixiert mit ihrem Blick die Straße. Ich verstehe nichts.

»Wo ist sie?«

Filiz lächelt schräg. »Hinten.«

»Hinten?« Ich schaue noch mal auf die Rückbank, nach wie vor leer, und spüre förmlich, wie meine Gesichtsmuskulatur versteinert, als ich endlich das dumpfe Poltern einordnen kann, das ich schon die ganze Autofahrt über höre.

»Filiz!« Entsetzt schaue ich sie an.

Sie reagiert nicht, fährt einfach weiter, immer weiter.

»Weißt du, wie verdammt gefährlich das ist? Was, wenn uns jemand hinten reinfährt?«

Immer noch keine Reaktion.

»Es ist doch überhaupt nicht nötig, das alles so geheimnisvoll zu inszenieren! Sie hat mich eben an der Schule gesehen, sie ist nicht dumm. Wir können das nicht bringen ...«

»Bitte, Nas«, sagt sie schließlich, ganz leise. »Reg dich ab. Dein hysterisches Geschrei lenkt mich ab. Mit dir redet sie offensichtlich nicht. Sie wird die Verbindung nicht mehr herstellen können, wenn sie nur meine Stimme hört. Vertrau mir einfach.«

Es ist schwer, jemandem zu vertrauen, deren exakte Beteiligung am Tod meiner Schwester – irgendwo zwischen nur ein bisschen und maßgeblich – ungeklärt bleibt. Die mich dazu überredet hat, mit ihr meine Nichte zu entführen. Die …

»Schreib der Mutter von Parvins Freund«, sagt sie und reißt mich aus meinen Gedanken. »Schreib ihr, dass sie sich keine Sorgen um Parvin zu machen braucht. Dass sie bei dir ist. Dass ihr miteinander redet und du deshalb den Nachmittag über nicht erreichbar bist.«

Ich bin mir jetzt wirklich nicht mehr sicher, ob ich gehorchen sollte.

Oder ob sie uns einfach beide zur Strecke bringen will: Parvin und mich. Aber warum sollte sie …?

»Na los«, befiehlt sie. Ihre Stimme klingt etwas härter. Sie macht mir Angst. Wenn ich Sakine nicht schreibe, könnte ich es immer noch so aussehen lassen, als hätte Filiz sowohl mich als auch Parvin entführt. Ich hätte sozusagen nichts mit der Straftat zu tun, wäre selber ein Opfer! Andererseits hat die Polizei gar keinen Grund, uns anzuhalten. Das Poltern im Kofferraum wird schon keiner bemerken. Ist es nicht viel verdächtiger, dass Parvin nicht bei Sakine zu Hause ankommt? Wahrscheinlicher, dass sie sich Sorgen macht und Parvin womöglich als vermisst meldet? Ich seufze und hole mein Handy raus. Mir fällt ein, dass ich noch nicht mal ihre Nummer habe.

»Sie hat doch bestimmt Facebook«, fordert Filiz mich auf. Tatsächlich, ich finde ihr Profil ziemlich leicht. Mit unruhigen Fingern tippe ich eine Nachricht. *hey sakine. nur damit du bescheid weißt, parvin ist bei mir, wir sind grade unterwegs, habe wenig empfang. melde mich später. danke, dass du so lange auf sie aufgepasst hast. öptüm, nas*

Ich lese sie mir noch mal durch. Bringe ich mich grade wieder in eine Crash-and-Burn-Situation? Was, wenn Filiz nicht ehrlich zu mir gewesen ist? Sich diese ganze Story mit der Mission und Gerhard Walters ausgedacht hat, um zu vertuschen, dass sie Nush umgebracht hat? Und jetzt einen Weg gefunden hat, auch Parvin und mich aus dem Weg zu räumen? Der Schweiß läuft mir den Rücken runter. Ich werde paranoid.

»Und?«, fragt Filiz mit etwas mehr Nachdruck.

Ach, was soll's. Ich sende die Nachricht ab.

»Ist erledigt«, murmele ich und sehe, wie mein Handy nur noch 4% Akku anzeigt. Auch das noch.

Sie lächelt zufrieden.

Ich schaue aus dem Fenster. Die Umgebung ist mir fremd. Ich war zu sehr in meinen Gedanken verloren, um darauf zu achten, wohin sie fährt.

»Wo fährst du eigentlich hin?«, frage ich. Meine Stimme klingt ganz piepsig. Hoffentlich merkt sie mir meine Angst nicht an.

»Keine Sorge«, flüstert sie. »Vertrau mir einfach.«

O

Filiz fährt ab und auf einen Parkplatz, bremst nicht, steuert direkt in den Wald hinein, minutenlang rollen wir durch das dichte Unterholz, bis sie schließlich anhält. Sie zieht den Schlüssel und dreht sich zu mir.

»So«, sagt sie entschlossen und klatscht in die Hände.

Ich sage nichts.

»Wir holen Parvin gleich da raus«, erklärt sie. »Und es ist ganz wichtig, dass du mir die Kontrolle über die Situation überlässt. Du kannst ihr Fragen stellen, aber bitte fass sie nicht an.«

Das Poltern aus dem Kofferraum wird wieder lauter. Ich halte es kaum aus, hier zu sitzen. Filiz überlegt es sich kurzfristig anders. »Ach, weißt du was? Sag lieber gar nichts.«

»Okay, okay«, murmele ich. »Können wir Parvin jetzt endlich an die frische Luft lassen?«

Sie nickt, zieht ihren Sitz nach hinten und steigt aus. Ich folge ihr. Mit zusammengekniffenen Lippen öffnet sie den Kofferraum, bückt sich hinein, holt ein Paar Kopfhörer heraus, das Poltern hört schlagartig auf.

»Hör zu, Parvin«, sagt sie. »Wir wollen dir nichts Böses. Ich werde dir gleich den Knebel aus dem Mund nehmen.«

WTF, den Knebel?!

»Das heißt aber, dass ich darauf vertraue, dass du keinen Lärm machst, sondern nur auf meine Fragen antwortest. Spürst du dieses kalte Metall, das ich gerade an deinen Nacken halte? Das ist ein Messer. Wir wollen vermeiden, dass du das in den Hals gerammt bekommst, oder?«

»Ein MESSER?«, zische ich leise, entrüstet.

Filiz wirft mir einen scharfen Blick zu. Ich verstumme.

»Kannst du nicken, wenn du das verstanden hast?« Sie wartet ein paar Sekunden. »Gut. Sehr gut. Dann löse ich den Knebel jetzt.« Sie beugt sich ins Auto, zerrt Parvin so heraus, dass sie nun sitzt, und nimmt ihr einen weißen Knebelball aus dem Mund. Parvins Hände und Füße sind mit einem Bondage-Seil gefesselt. Bei genauer Betrachtung stelle ich fest, dass es meine eigenen Sachen sind. Wann genau hat Filiz das alles gemacht?

»Was ist mit der Augenbinde?«, fragt Parvin. »Nimmst du sie mir auch ab?«

Filiz schüttelt den Kopf. »Nein«, flüstert sie leise. »Leider nein.«

»Mir ist voll schlecht«, sagt Parvin.

Filiz holt etwas aus ihrer Jackentasche, ich gehe einen Schritt näher heran und erkenne eine Kaugummipackung und ein durchsichtiges Fläschchen mit einer Pipette, aus dem sie ein Tröpfchen auf ein Kaugummi schmiert. Sie lächelt mich dabei gelassen an, wischt meine Bedenken mit einer Handbewegung weg.

»Hier«, sagt sie und führt es zu Parvins Mund. »Kau dieses Kaugummi. Mach den Mund auf.«

Parvin gehorcht.

»Das hätte Gift sein können, du dumme Nuss«, will ich Parvin anfahren, aber ich halte die Klappe und schreibe es mir auf den mentalen Notizblock. *Parvin daran erinnern, dass sie bei Entführungen keine Lebensmittel von Fremden annehmen darf.*

»Wer bist du überhaupt?«, fragt Parvin schließlich.

»Das ist eine gute Frage«, antwortet Filiz. »Ich beantworte sie dir, wenn ich von dir die passenden Antworten gehört habe.«

»Das ist lächerlich«, schnaubt Parvin.

»Erinnerst du dich an das, was ich wegen des Messers zu dir gesagt habe?«, hakt Filiz nach. Ich schaue auf ihre Hand, in der sie eine kleine Metallplatte hält. Es ist nur ein Fake-Messer. Ebenfalls aus meinem eigenen Bestand. Wie auch die Augenbinde. Wie sind diese Dinge überhaupt in Filiz' Hände gelangt? Leise nähere ich mich den beiden, so dass ich nun auch auf Parvin schaue und sehe, wie sie langsam nickt. In der Ferne erklingt ein schrilles Läuten, es dauert ein paar Sekunden, bis ich den Ton identifizieren kann, doch bevor ich ihn richtig orten kann, ist er längst wieder verstummt. Die Telefonzelle. Ich schaue mich panisch um, aber zwischen den Bäumen ist nichts zu erkennen. Die anderen beiden scheinen das Klingeln gar nicht erst bemerkt zu haben.

»Gut.« Filiz läuft zwei Schritte auf und ab. »Wo ist deine Mutter, Parvin?«

»Meine Mutter?« Parvins Stimme überschlägt sich. »Meine Mutter ist tot?«

»Das klingt nach einer Frage, nicht nach einer Antwort. Zweifelst du etwa an dieser Tatsache?«

Stille. Dann: Ein Kopfschütteln.

»Mittlerweile nicht mehr.«

»Mittlerweile?«

»Ja. Am Anfang dachte ich, dass sie nicht tot wäre. Dann wurde mir klar, dass das nur mein Wunschdenken ist …«

»Wie ist deine Mutter gestorben?«

»Sie ist gegen einen Baum gefahren.« Parvin scheint zu überlegen. »Offiziell war es ein Autounfall.«

»Und inoffiziell?«

»Das wüssten wir alle gerne.«

»Wer sind ›wir alle‹?«

»Ich. Meine Tante. Meine Oma.«

»Gab es denn vor ihrem Tod etwas, was dir verdächtig vorkam?«

Parvin kaut auf ihrer Unterlippe. »Hmmmm.«

»Ist das ein ›Ja‹?«

»Ich muss kurz überlegen.«

Filiz verschränkt die Arme, schaut mich an, lächelt, nickt zuversichtlich. Ich zwinge mich zu einem Lächeln. Es sieht sicher richtig fake aus, mit zusammengepressten Lippen und toten Augen.

»Und?«, hakt Filiz nach. »Ist dir was eingefallen?«

Parvin zuckt mit den Schultern. »Ach. Ich weiß nicht. Sie war in der Zeit vorher weniger zu Hause. Mehr auf der Arbeit. Geschäftsreisen.«

»Geschäftsreisen? Interessant. War sie immer so viel unterwegs?«

Parvin schüttelt den Kopf. »Nein. Nur in den paar Monaten vorher.«

»Und weißt du, wo sie war? Was sie gemacht hat?«

Kopfschütteln.

Filiz kramt eine Zigarettenschachtel hervor, hält sie mir hin. Was soll's. Ich ziehe eine heraus, zünde sie an. Der Qualm steigt in Parvins Richtung.

»Darf ich auch eine?«, fragt sie.

Mein Mund klappt automatisch zu einer Antwort auf, doch ehe ein Ton über meine Zunge rollt, spüre ich einen festen Kniff von Filiz in meinem Oberarm und unterdrücke einen Schmerzensschrei. Sie hält ihren Zeigefinger vor ihre Lippen und wirft mir einen ermahnenden Blick zu.

»Würde dir die Kippe helfen, klarer zu denken?«, fragt Filiz.

Parvin zuckt mit den Schultern. »Vielleicht ...«

»Du kriegst deine Kippe nach dem Interview.«

Enttäuschung fährt über Parvins Gesicht. Aber ihr Kiefer entspannt sich gleichzeitig. »Heißt das, ich komme lebend nach Hause?«

»Ja, Parvin. Natürlich.«

»Was ist mit dem Messer?«

»Das Messer muss nicht zum Einsatz kommen. Das hast du in der Hand. Wir haben nicht die Absicht, jemanden zu verletzen.«

»Wer ist eigentlich dieses ›wir‹? Du sagst immer wir, aber ich höre nur dich.«

Filiz signalisiert mit einer schnellen Handbewegung an ihrem Hals, dass ich nichts sagen soll. »Die anderen sind auch hier. Sie sind stumm. Können nicht reden. Sind nur dafür da, im Zweifelsfall mit anzupacken.«

»Im Zweifelsfall?«

»Wie gesagt. So weit muss es nicht kommen. Machen wir weiter. Gab es seit dem Tod deiner Mutter irgendwelche Namen, die dir durch den Kopf gehen?«

»Was für Namen? Meinst du Beschimpfungen?«

»Namen von Menschen. Ich habe gehört, da gab es so einen ... na, wie hieß er noch gleich ... Gerfried Werner? Nee, oder?«

»Meinst du Gerhard Walters?«

Grelles Scheinwerferlicht schlägt mir ins Gesicht, zwingt mich, zu blinzeln. Hinter dem Strahl erkenne ich einen großen Wagen, von dem die Helligkeit ausgeht. Mein Körper ist starr, ich bin plötzlich alleine im Wald, beleuchtet vom Fernlicht des Wohnmobils. Die langen Wurzeln der Bäume umschlingen meine Füße, kriechen meine Beine hoch wie Tentakel, es fühlt sich holzig an, fest, trocken, splitterig, mehr knallhart Evin als hot Hentai. Ausgeliefert wie ein Schaf am Opferfest. Ich schließe die Augen, versuche meinen Körper zu entspannen. Vielleicht kann ich den Schmerz, ausgelöst vom festen Griff der Baumwurzeln, in etwas Sinnlicheres transformieren, wenn ich mir genug Mühe gebe. *For a second my mind started drifting. You put your arms around me.* Als ich die Augen wieder öffne, ist alles weg: das Licht, das Wohnmobil, die Umklammerung. Es bleiben nur Filiz, Parvin und ich.

»Ach ja«, murmelt Filiz nachdenklich, »genau, das war er. Wer ist das eigentlich?«

»Frag doch meine Tante, die neben dir steht«, sagt Parvin leise.

Filiz und ich tauschen Blicke aus, sie schüttelt schnell den Kopf. »Hm? Ich weiß nicht, was du meinst. Also du weißt gar nichts über ihn?«

»Whatever, ey. Nur, dass er irgendeine Rolle gespielt hat. Meine Mutter musste wohl mal zu ihm gehen und irgendwas, was er gesammelt hat, holen. Irgendwelche Daten. Ich habe es nicht wirklich verstanden.«

Filiz und ich schauen uns beide mit großen Augen an.

»Echt?«, fragt Filiz schließlich. »Daten? Weißt du da Genaueres?«

Kopfschütteln.

»Woher hast du denn die Info? Hat deine Mutter dir das erzählt?«

Kopfschütteln.

»Hat jemand anderes es dir erzählt?«

Kopfschütteln.

»Sondern?«

Parvin rührt sich nicht.

»Also ist es nur ein Gerücht?«

Kopfschütteln.

»Woher weißt du es?«

»Von meiner Mutter.«

Ich verstehe nichts mehr. Nushin hat es also für zu gefährlich gehalten, mich in ihren Plan einzuweihen, aber ihre pubertierende Tochter wusste Bescheid? Wut im Magen, mir wird schlecht.

»Ich dachte, deine Mutter hat es dir nicht erzählt?«

»Das stimmt auch. Sie hat es mir nicht erzählt.«

»Sondern?«

»Die Info war nicht für mich bestimmt.«

»Sondern?«

»Für ihre Schwester.«

»Hat ihre Schwester die Info auch bekommen?«

»Müsstest du eigentlich wissen, oder?«

»Hat sie oder hat sie nicht?«

Kopfschütteln.

»Warum nicht?«

Parvin sagt nichts.

»Warum hat deine Tante die Information nicht bekommen?«, fragt Filiz nachdrücklicher.

»Ich habe das verhindert.«

O

In einem dunklen Wald war ich gelandet, als es damals passierte. Ich konnte mich nicht mehr daran erinnern, wie ich dorthin gekommen war, mein Körper hatte mich an diesen Ort gebracht.

Jetzt stehe ich wieder zwischen Bäumen, spüre mit den Füßen den durchweichten Boden, bin umgeben von Stille und Leere. Ich weiß auch diesmal nicht, wie ich hier gelandet bin. Alle paar Minuten höre ich es klingeln, ich werde gerufen, woher, kann ich nicht sagen. Der Ton verstummt so schnell, ich habe keine Chance, ihn zu orten. Niemand außer mir reagiert darauf. *Call all you want but there's no one home and you're not gonna reach my telephone.* Der Krater schluckt meinen Verstand. Ich laufe im Kreis, in meiner Kehle klemmt ein Schrei, den ich mit aller Kraft zurückhalte. Ich spüre meinen Finger an meinem Hals, als würde er ihn beruhigen, damit nicht dieses laute Brüllen aus mir herausbricht. So laut, dass die Blätter von den Bäumen fallen. So laut, dass die Fenster von Filiz' Auto zerspringen. Ich will, dass die ganze Welt einen Hörsturz kriegt. Sie hört mir sowieso nicht zu.

Parvins Augen sind immer noch verbunden. Ihre Kiefer mahlen das Kaugummi zwischen ihren Zähnen. Filiz mustert sie, sie starrt sie seit Minuten an, rührt sich nicht. Sie dreht sich erst zu mir um, als ich anfange, Äste von den Bäumen zu reißen und diese gewaltvoll zum Brechen zu bringen.

»Okay, okay«, zischt sie in meine Richtung. »Parvin. Wie hast du verhindert, dass die Info zu deiner Tante gelangt? Wie hätte sie zu ihr gelangen sollen?«

Parvin antwortet nicht.

Filiz trampelt auf sie zu, hält ihr die Metallplatte an den Hals.

»Das Ding ist gar nicht scharf«, sagt Parvin schließlich. »Du kannst mir damit die Kehle nicht durchschneiden. Habe ich recht?«

Filiz schluckt. »Ich kann dich zu Tode würgen, wenn es drauf ankommt«, sagt sie schließlich. Die Verunsicherung kann auch ich ihrer Stimme entnehmen. Parvin sowieso, sie grinst.

»Ich glaube, ich habe keine Lust mehr auf das Interview. Fahrt mich zurück.«

Klatsch. Ehe ich irgendwas einwenden kann, knallt Filiz' flache Hand auf Parvins Wange. »Das Interview ist beendet, wenn ich es sage. Verstanden?«

Damit hat Parvin nicht gerechnet. Sie nickt, wirkt ängstlicher.

»Also«, raunt Filiz, nun mit härterer Stimme, »wie hast du die Info abgefangen?«

Ein Schlucken, dann beginnt Parvin zu sprechen. »An dem Tag, an dem es geschehen ist, war ich alleine zu Hause. Ich wusste nicht, wohin ich gehen soll. Also habe ich mich in den Kleiderschrank meiner Mutter gesetzt. Da habe ich mich als Kind oft versteckt, da wusste ich, dass mir nichts passieren kann. Sie hat mich dann immer gesucht und gefunden und in den Arm genommen. Dieses Mal nicht. Niemand kam, um mich zu suchen. Ich saß da stundenlang. Neben mir stand dieser Strandkorb, in dem sie immer die Süßigkeiten gebunkert hat, damit ich sie nicht aus der Küche snatche. Ich dachte, vielleicht gibt es dort noch welche. Hatte Hunger. Ich habe den Korb aufgemacht, da waren ein paar Bonbons, ich habe die gegessen, und dann habe ich einen Umschlag gefunden. Da stand drauf: Für Nasrin. Ich habe die Handschrift meiner Mutter erkannt. Ich habe den Umschlag eingesteckt und unter meinem Kissen versteckt. Ich wusste nicht, was ich damit machen soll. Er roch noch nach ihrem Parfüm, ganz frisch, ich wollte den Geruch mit niemandem teilen. Ich habe jeden Abend daran gerochen. Bis er nur noch nach meinem Kissen roch. Dann habe ich den Umschlag aufgemacht. Ich wusste, irgendwann gebe ich ihn Nas, aber ich war noch nicht so weit. An dem Papier im Umschlag war noch etwas von ihrem Parfüm, aber auch nicht mehr lange. Ich war neugierig. Ich las den Brief, ich wollte wissen, was geht. Er war mit Datum. Ein Datum kurz vor ihrem Tod. In dem Brief stand, dass sie eine Mission vor sich hat. Dort stand auch, dass es ihr leidtut, falls sie es nicht lebend da rausschaffen sollte. Und da stand der Name von Gerhard Walters. Boah, sorry, hab irgendwie voll den Laberflash.«

Parvins Redefluss ist leiernd, irgendwie unkontrollierter als sonst. Ihre Gesichtsmuskulatur ist ganz schlaff, als wäre sie gerade erst aufgestanden. Filiz vermeidet es, meinen Blick zu erwidern. Laberflash? Hat Filiz Parvin mit dem Kaugummi doch gedruggt?!

»Warum hast du den Brief nicht deiner Tante gegeben?«, fragt Filiz.

»Als ich gesagt habe, dass ich nicht glaube, dass meine Mama sich umgebracht hat, hat sie mir nicht geglaubt. Und ich habe gemerkt, dass sie vieles über sie weiß, was ich nicht weiß. Ich war sauer. Ich hatte das Gefühl, meine Mutter stirbt ein zweites Mal, weil ihre Schwester sie nicht mit mir teilen will. Das tat mir weh. Ich kann nicht beschreiben, wie sich das anfühlt. Ich bin ein schwarzes Loch. Ein schwarzes Loch verschlingt Dinge. Ich habe den Brief behalten. Ich war sauer auf meine Tante. Ich will ihr wehtun, so wie sie mir wehgetan hat. Und ich will auch diese Macht, etwas zu wissen, was sie wissen sollte, aber nicht wissen kann, weil ich es verhindere. Ist ein Baba Move.«

Ich schlucke.

»Was glaubst du, wie deine Mutter ums Leben gekommen ist?«, fragt Filiz.

Parvin ist kurz still. Dann: »Na ja, so richtig wissen tut es ja niemand.«

»Aber du hast doch bestimmt eine Theorie, oder?«

Sie nickt.

»Was ist deine Theorie?«

»Also, ein Unfall, daran glaub ich auch nicht. Ich glaube auch nicht, dass sie sich selbst umgebracht hat. Meine Tante ist von dem Gedanken zwar besessen, aber sie ist ein bisschen verrückt. Sie singt manchmal im Schlaf und so was. Und sie denkt, sie weiß immer alles besser als wir.«

Ich spüre, wie meine Finger sich zu einer Faust ballen, aber ich halte still und unterdrücke das Bedürfnis, einen Baum umzuboxen. Stattdessen konzentriere ich mich weiter auf Parvins Monolog.

»Aber diesmal liege ich richtig, glaube ich. Jemand hat sie ermordet. Aber nicht diese Leute aus der Werkstatt, von denen die Polizei geredet hat. Ich war mit ihr in der Werkstatt an dem Tag, die waren ganz normal.«

»Weiß jemand davon, dass du dabei warst und das ausschließen kannst?«

»Nö. Ich wollte es an dem Tag, wo meine Tante das gesagt hat, ansprechen, aber dann hat die so einen dummen Streit mit meiner Oma angefangen. Hatte kein Bock mehr.«

»Du weißt schon, dass du mit dem Zurückhalten der Infos aus dem Brief die Ermittlungen verhindert hast, oder?«

Zu meiner Verwunderung schüttelt Parvin den Kopf.

»Ach ja?«, hakt Filiz skeptisch nach.

»Nein«, antwortet Parvin schließlich. »Ich glaube nicht, dass es Ermittlungen gegeben hätte. Der Moment, in dem die Polizei sagte, es war ein Unfall, und gar nichts anderes in Erwägung zog, hat mir klargemacht, dass es diese Leute nicht wirklich interessiert, was passiert ist. Mama hat mich gewarnt.«

»Wie das?«

»Sie hat immer gesagt, ich muss auf mich selbst aufpassen, wenn sie eines Tages nicht mehr da sein sollte, weil der Staat es nicht tun wird.«

»Und? Hast du auf dich aufgepasst?«

Kopfschütteln.

»Warum nicht?«

»Azzlacks sterben jung.«

»Was willst du damit sagen?«

»Dass es mir mittlerweile egal ist, ob ich weiterlebe oder nicht. Ich weiß, meine Tante und Oma geben sich Mühe, damit es mir gut geht, und meine Therapeutin sagt, irgendwann wird alles gut. Das ist eine Lüge. Es wird nie wieder alles gut.«

Nachdem Filiz Parvin eine Zigarette angezündet und ihr in den Mund gesteckt hat, stehen wir wortlos da, ich sowieso, aber sogar Filiz weiß mal nicht, was sie sagen soll.

»Fahren wir jetzt zurück?«, fragt Parvin schließlich.

»Zurück wohin?«, will Filiz wissen.

»Na ja, weg von hier halt. Setz mich einfach an der Schule ab.«

»Ich kann dich auch zu Hause bei deiner Tante absetzen.«

»An der Schule passt schon.«

»Aber es ist spät. Was willst du dort noch?«

»Ich finde meinen Weg schon alleine nach Hause.«

»Wie du willst.«

»Du wolltest noch sagen, wer ihr überhaupt seid.«

»Ist das jetzt wichtig?«

»Äh, hallo? Natürlich ist das wichtig. Ich will doch wissen, wer jetzt diese ganzen Infos von mir hat.«

»Sagen wir es mal so: Wir sind deine Verbündeten.«

Parvin schnaubt.

Filiz geht auf sie zu, bindet ihr erneut den Knebel um den Mund, setzt ihr ihre Kopfhörer auf, macht auf ihrem iPod irgendwelche Musik an und hievt sie schließlich zurück in die Liegeposition im Kofferraum.

»Können wir sie nicht auf die Rückbank setzen?«, flüstere ich Filiz ins Ohr.

Sie schaut mich entgeistert an. »Mit dem Knebel und allem? Spinnst du?«

»Ich mein ja nur«, murmele ich, »vielleicht braucht es den Knebel nicht. Es ist doch total auffällig, wenn wir sie in der Stadt so aus dem Kofferraum rausholen. Du hast sie doch gehört, sie checkt selber, was hier los ist. Ich weiß auch immer noch nicht, wie du sie überhaupt ins Auto bekommen hast …«

Filiz winkt ab. »Das ist ein anderes Thema. Sie vermutet, dass du dahintersteckst, aber sie weiß es nicht. Sie kann sich immer noch irren. Aber du hast recht. Wir setzen sie auf die Rückbank.« Sie öffnet den Kofferraum wieder. »Komm, hilf mir mal, sie wegzutragen. Aber sei leise.«

Ich öffne eine der hinteren Türen. Ich nehme Parvins Füße, Filiz packt ihre Arme, und wir heben sie auf die Rückbank.

Parvin sagt irgendwas, aber ich verstehe sie nicht, ihr Mund ist schließlich zugestopft. Mein schlechtes Gewissen malträtiert mich. Was, wenn sie mit ihrer Therapeutin hierüber spricht?

Filiz nimmt ihr die Kopfhörer noch mal ab. »Parvin. Eine Sache noch. Dieser Nachmittag hat nie stattgefunden. Verstanden?«

Parvin nickt benommen. Filiz setzt ihr die Kopfhörer wieder auf, schnallt sie an, nimmt ihr den Knebel aus dem Mund, schließt die Tür und steigt auf den Fahrer_innensitz.

»Was ist mit dir?«, ruft sie mir zu. »Willst du hierbleiben und zelten, oder was?«

Ich werfe ihr einen irritierten Blick zu und steige schließlich auch ein.

Filiz fährt los. »Ich bringe sie zu dir. Sakine wird sie sonst auf dich ansprechen. Wegen deiner Nachricht. Du gehst gleich vor und machst die Tür auf, wenn wir klingeln.«

Ich nicke.

»Wir treffen uns in einer Stunde wieder. Ich hol dich ab.«

»Wozu?«

»Wir brauchen einen Plan.«

»Was für einen Plan?«

»Ist der Fall für dich jetzt geklärt, oder was?«

Ich schüttele den Kopf. »Ich glaube nur, ich wäre heute Abend gerne alleine. Können wir uns nicht morgen treffen?«

»Was morgen? Ich fahre heute Abend wieder nach Hause.«

»Können wir wenigstens in zwei Stunden sagen?«

Filiz seufzt. »Wenn es sein muss, okay. Aber ich muss heute los. Ich kann diese Nacht nicht bei euch bleiben, wenn Parvin da ist. Sie erkennt meine Stimme.«

Als ob Parvin nicht genau wüsste, was hier abgeht. Ich drehe mich zur Rückbank, sehe ihr dabei zu, wie sie regungslos dasitzt. Aus den Kopfhörern dröhnt klassische Musik.

»Du weißt schon, dass das Verwenden von klassischer Musik bei Gefangenen eine Form der Folter ist, oder?«

Filiz antwortet nicht. Sie rast einfach still über die Stadtautobahn.

O

2006

I remember when I lost my mind. Auf dem Balkon gegenüber von meinem Küchenfenster hängte ein alter Typ eine selbst gebastelte Girlande mit kleinen Deutschland-Fähnchen auf. Die Linien auf den einzelnen Teilen waren so uneben und schräg, dass leicht zu erkennen war, dass sie von Hand bemalt worden sein mussten. Achtzehn hässliche Deutschland-Fahnen hatte dieser Opa mit seinen braun gefleckten, faltigen Händen angefertigt. Vielleicht war es auch ein Geschenk von seinen Enkelkindern mit den weißen Haaren, die nach *straight out of* HJ-Plakaten aussahen. Oder sie hatten gemeinsam gebastelt, Freizeitbeschäftigung für deutsche Familien eben. Als er den letzten Faden befestigt hatte, drehte er sich mit einem zufriedenen Grinsen zur Straße. Er wirkte mächtig, als hätte er gerade ein Königreich erobert.

»Nush, komm mal her, das musst du dir reinziehen«, rief ich.

»Ich kann gerade nicht, ich muss Parvins Windeln wechseln.«

Es kribbelte in meinen Fingern, zu gerne hätte ich in diesem Augenblick geraucht. Ich stellte mir vor, wie ich die fast heruntergebrannte, glühende Kippe mit einer sanften Handbewegung auf diesen Balkon schnipste, mitten in die Girlande. Erst würde sie ein Loch hineinbrennen, doch in Sekundenschnelle hätte das ganze Ding Feuer gefangen und wäre abgefackelt. Ob dieser Opa es noch rechtzeitig aus seiner Wohnung schaffen würde? *Does that make me crazy?* Der Geschmack von Rachegedanken füllte meinen Mund aus wie klebriger Karamell. Ein brauner Klumpen, dessen Zucker sich im Speichel auflöst, bis der Brocken ganz geschmolzen ist. Doch ich hatte Nush versprochen, es drinnen mit dem Rauchen sein zu lassen, wenn sie mit ihrem Baby zu Besuch war.

Ich setzte einen Kaffee auf und wartete ungeduldig darauf, dass die beiden endlich fertig wurden. Für mich war es immer noch absurd, dass meine Schwester dieses Lebewesen aus sich herausgepresst hat, obwohl es auch eine Hinterlassenschaft ihres toxischen Ex-Freundes war. Nur seinetwegen hatte sie damals mit ihrem Job aufgehört. Der Typ war nicht damit klargekommen, dass Nush mit anderen Leuten Sex hatte, und drohte ihr regelmäßig mit einer Trennung, dabei hatte er ihr erstens beim Kennenlernen versichert, kein Problem mit ihrem Beruf zu haben, und sie zweitens selbst mindestens zwei Mal mit einer anderen Frau betrogen. Schließlich ließ sie sich dazu erpressen, aus der Sexarbeit auszusteigen und eine Ausbildung im Friseursalon anzufangen. Ihr Traumjob war es nie gewesen, doch Nush hatte ohnehin nie an das Konzept Traumjob geglaubt. Es war halt Lohnarbeit. Dann wurde sie schwanger, ungeplant. Mo hatte sie erneut vor die Wahl gestellt: Er oder das Baby. Ich hatte Nush noch nie so entschlossen wie an diesem Tag erlebt, an dem sie diesen Hund endlich verließ. Das bedeutete aber auch: Nush und ihr Baby zogen aus unserer gemeinsamen WG in eine größere Wohnung.

Unsere Mutter hatte die Sache mit Mo am meisten bedauert, klar, sie wusste ja auch nicht, wie manipulativ er gewesen war. Das Ding war: Solange er Nush nicht schlug, hätte wenigstens eine ihrer Töchter den in ihren Augen richtigen Weg gewählt, und nichts anderes wollte sie. Das eigene Leben aufgeben für einen langweiligen Typen mit Geheimratsecken bis in den Nacken, fragiler Maskulinität und Schnarchgewohnheiten in Lkw-Motor-Lautstärke, alles für die Fortpflanzung. Gemeinsam ein Kind, für das eigentlich niemand Kraft oder Zeit hat, auf eine Welt werfen, die eigentlich niemand erträgt, und aus unerfindlichen Gründen darauf hoffen, dass sich dieser Kreislauf weiter fortsetzt. Aber auch nachdem Mo sich verpisst hatte, freute Mâmân sich so sehr über Nushins Schwangerschaft, dass all ihre anderen Sorgen für einen Moment verschwanden. Darunter auch jene, dass ihre andere Tochter eine Lesbe ist.

»Willst du mir sagen, dass es in ganz Berlin keinen einzigen Mann gibt, der dich interessiert?« Diese Worte hallten immer noch durch meinen Kopf, während ich auf Nushin und ihr Baby wartete.

Ein schwüler Sommertag. »Schwules Wetter heute«, so leitete Mâmân eines dieser Gespräche ein, die wir damals in leicht abgeänderter Form jeden Tag führten. Keine meiner Andeutungen, dass mich die Typen, die sie mir als Ehemänner anpries, grundsätzlich anekelten, hatte sie verstanden. Wollte sie nicht verstehen. Also platzte es aus mir heraus. In einer Sprache, in der ich keine Wörter für das kannte, was ich war, zeigte ich mich Mâmân zum ersten Mal, ohne das Wesentliche zu verstecken. Etwa fünfzehn Jahre lang hatte ich mein Selbst vor ihr verleugnet, nun war es ausgesprochen und konnte nicht mehr rückgängig gemacht werden. Sie versuchte es trotzdem.

Ihre Stimme am anderen Ende der Leitung klang plötzlich ganz kalt, hatte ungefähr die gleiche Temperatur wie all die Male, wenn ich als Kind oder Jugendliche einen Fehler gemacht hatte und auf einmal nicht mehr mit Sicherheit hätte sagen können, ob sie überhaupt noch meine Mutter sein wollte.

»Nein, das bist du nicht. Du bist verrückt. Das ist alles.« Damit war für sie das Gespräch beendet. Wie lebt ein Mensch eine Wahrheit, die selbst die eigene Mutter lieber verschwiegen hätte?

Scham oder Schuld für etwas, das ich gut fand, konnte ich nicht empfinden, also zerrte Mâmân mich eigenhändig in den Guilt Trip. Unter Tränen klagte sie täglich darüber, dass wegen meines Egoismus der letzte Funken Lebensfreude in ihr erloschen sei. Als wäre ihr nicht jedes einzelne Serotonin-Molekül im Körper an dem Tag abhandengekommen, an dem Bâbâ uns genommen worden war. Sie diktierte mir ständig die Adressen von irgendwelchen Spezialisten und Anleitungen für esoterische Heilungsprozesse gegen meine »Krankheit«, wie sie diesen Teil meiner Identität liebevoll taufte. Irgendwann reichte es mir. Voller Zorn schrie ich sie an, dass sie mit dieser Gehirnwäsche aufhören müsse, wenn sie ihre Tochter nicht verlieren wolle.

Sie lachte gehässig. »Ich habe nur eine Tochter, und sie heißt Nushin«, sagte sie in diesem kühlen Ton, und ich, ich legte auf. Darauf folgte eine Funkstille, die erst zwei Jahre später endete, als wir uns bei Parvins Geburt um Nushins Krankenhausbett versammelten und uns nicht mehr aus dem Weg gehen konnten. Ich ignorierte sie und sie mich, bis die in den stärksten Wehen liegende Nush uns anbrüllte. Die Laute kamen mit einer solchen Wucht aus ihrer Kehle, dass sich die Krankenschwester, die gerade ins Zimmer kommen wollte, erschrocken umdrehte und ich für einen Moment dachte, nie wieder irgendwas hören zu können. Dann ging alles sehr schnell: Das Baby kam, ich gratulierte Mâmân zum Omawerden, sie mir zum Tantewerden, und wir stritten zu dritt über mögliche Namen.

»So, was gibt es denn?«, fragte Nush und stolperte in die Küche. *I'm the question and you're of course the answer.* Parvin hatte sie wohl endlich in den Schlaf gewiegt, denn sie hielt sie ausnahmsweise mal nicht auf dem Arm.

Ich zeigte nur aus dem Fenster auf den Balkon, der frisch in Schwarz-Rot-Gold geschmückt war. Als wäre der Anblick des grauen, heruntergekommenen Altbaus nicht schon hässlich genug gewesen. Er harmonierte wunderbar mit dem Himmel, der fast durchgängig von dunklen Wolken durchzogen war.

»Nee, oder?«, stöhnte sie entsetzt und sah mich an. »Diese beschissene Fußballweltmeisterschaft ist doch erst in zwei Monaten.«

Ich zuckte mit den Schultern. »Als ob es diesem Typen nur um Sport ginge. Ganz ehrlich, der ist mir schon mega oft mit seltsamen Sprüchen aufgefallen.«

Mit hochgezogenen Brauen stand Nush auf, schaltete den Herd aus und goss uns beiden Kaffee ein. Sie stellte ihn zusammen mit Milch auf ein Tablett und trug es zum Tisch.

»Ist halt auch ein ekliges Timing«, murmelte ich und trank einen zu heißen Schluck aus meiner Tasse. Fragend schaute sie mich an.

»Na ja«, begann ich. »Hast du das nicht mitbekommen? Diese Woche gab es zwei Morde. In Dortmund und in Kassel. Du weißt schon.«

Nushins Augen wurden größer, sie wirkte nachdenklich.

»Lass mich raten«, meinte sie schließlich, »wird schon wieder behauptet, es sei irgendeine Mafia gewesen, die unschuldige Migranten abknallt?«

Ich nickte. Sie seufzte. »Erst spielen sie im Fernsehen diesen Clip mit dem Nazi-Spruch ... Du bist Deutschland. Was geht, ey. Und dann fühlen sich irgendwelche Arschlöcher darin bestärkt, endlich wieder stolz auf ihr Land sein zu können. Wie dein Nachbar. Wie die Täter dieser Morde. Brandstiftung kann auch ein Sport sein, anfeuern tust du immer jemanden. Der Sommer kann lustig werden.« Sie griff nach meinen Zigaretten und zündete sich eine an. Entsetzt schaute ich ihr dabei zu, wie sie ihre sich selbst auferlegte Regel brach.

»Nushin …?«

Sie pustete den Rauch aus und signalisierte mir, einfach das Fenster aufzumachen und nichts weiter zu sagen über das Sommermärchen, das zur German Horrorstory werden sollte.

Als ich die Klingel höre, atme ich tief durch. Ich drücke die Haustür per Knopfdruck auf und warte nervös darauf, so zu tun, als wäre ich überrascht, dass Parvin nach Hause kommt.

Die Schritte im Treppenhaus nähern sich. Filiz schiebt Parvin vor sich her, die aber nichts sehen kann, weil ihre Augen noch verbunden sind.

»Parvin!«, rufe ich mit gefakter Verblüffung. Ich gebe mir Mühe, nicht zu lachen.

»Ist das Ihre Nichte?«, fragt Filiz ernst. Absurd, wie sie zu glauben scheint, Parvin kaufe uns diese Möchtegern-Gangster-Aktion ab. Wenn ich jetzt von ihrem Plan abweiche, wird sie mir die Schuld dafür in die Schuhe schieben, dass wir aufgeflogen sind. Gar kein Bock darauf.

»Ja«, sage ich, ganz außer mir, »aber wer sind Sie?«

»Das spielt keine Rolle«, antwortet Filiz. Sie steht nun vor mir.

Ich nehme Parvin in den Arm, aufgelöst.

Filiz rennt die Treppen runter.

»Warten Sie, wo gehen Sie hin?«, rufe ich ihr hinterher. Keine Antwort.

Ich ziehe Parvin in die Wohnung und mache die Tür zu.

»Parvin«, sage ich wieder, »was ist denn los? Warum sind deine Augen verbunden?«

Sie hebt die Hände zu ihrem Gesicht, versucht das Ding runterzunehmen, erfolglos.

»Kannst du das bitte abmachen?«

Ich befreie sie von der Augenbinde. Ihre Augen sind etwas rot unterlaufen, müde, ihr Blick verballert. Okay, Filiz hat sie definitiv gedruggt.

»Was ist passiert? Wo warst du?«

Sie zuckt mit den Schultern, wirft ihre Schuhe und ihren Rucksack ab, läuft ins Bad. Zack. Tür zu. Spielt sie mit, oder hat Filiz wirklich recht damit, dass Parvin die Situation nicht durchblickt?

Ich warte ungeduldig vor dem Bad auf sie. »Ist bei dir alles okay?«

»Ja-ha!«

»Bitte komm raus«, rufe ich, »ich muss bald arbeiten gehen.«

Zehn Sekunden später schließt sie die Tür auf und drückt sich genervt an mir vorbei.

»Warum kommst du erst so spät von der Schule?«

»Warum warst du vor meiner Schule, ist doch die viel wichtigere Frage?«

Los, Nas. Ich räuspere mich. »Ich dachte, ich hole dich ab. Lade dich zum Essen ein. Mache dir ein Friedensangebot. Aber du bist ja weggerannt ... dann bin ich wieder nach Hause gegangen.«

Sie zieht ihre Augenbrauen zusammen, mustert mich. »Ah ja. Ich war unterwegs. Ich bin müde. Können wir morgen reden?«

Ich nicke, obwohl ich weiß, dass sie auch morgen nicht mit mir sprechen wird.

»In der Tiefkühltruhe gibt es Pizza«, rufe ich ihr hinterher.

»Okay. Vielleicht später. Hab grad keinen Hunger.«

»Warte kurz«, sage ich noch.

Sie dreht sich zu mir um, bläst die Nasenlöcher auf, ist ungeduldig.

»Ich frag das jetzt echt nicht, um dich zu bestrafen, sondern weil ich mir Sorgen mache: Bist du irgendwie bekifft oder so? Du wirkst neben der Spur.«

»Na-hein.« Sie verdreht die Augen.

»Ich mein nur: Bist du sicher, dass ich dich grad allein lassen kann?«

»Boah, Tante Nas, ja, ich bin okay, lass mich einfach.« Sie knallt ihre Tür so fest zu, dass der Schlüssel auf der anderen Seite auf den Boden fällt.

Ich lasse mein Handy etwas aufladen und schreibe Filiz, dass sie schon früher kommen kann. Zwanzig Minuten später steht ihr Auto vor meiner Tür.

»Wohin fahren wir?«, frage ich beim Einsteigen.

»Irgendwohin.«

Ich spreche nicht, bis wir schließlich auf einem Parkplatz halten. Wir steigen nicht aus.

»Was fällt dir eigentlich ein, meine Nichte zu schlagen, ihr irgendwelche Drogen aufs Kaugummi zu machen und sie auf diese brutale Art zu verschleppen?!« Meine Wut füllt das enge Auto, sie hat so ein großes Volumen, dass ich mich nicht einmal mehr gerade hinsetzen kann. Da ist einfach kein Platz mehr.

»Was ist dein Scheißproblem, Nas? Wie hättest du es sonst klären wollen?«

»Auf eine vernünftigere Art und Weise. Weniger auffällig. Und vor allem nicht so, dass sie dabei sterben könnte.«

Filiz lacht verächtlich auf. »Sterben? Jetzt beruhig dich doch mal. Niemand ist gestorben. Ist doch alles gut jetzt. Hat ja geklappt. Oder wie hättest du es gemacht?«

Ich merke an ihrem Blick, dass sie sich große Mühe geben muss, sich ihr spöttisches Grinsen zu verkneifen, während mein Hirn rattert und nach einer Antwort sucht. Bis sie sich nicht mehr zurückhalten kann. Sie hat schon wieder gewonnen.

»Also«, sagt sie schließlich. »Jemand muss Nushin aufgelauert haben. Ich bin mir sicher, dass sie ihr Auto nicht selbst manipuliert hat oder mit Absicht gegen einen Baum gefahren ist.«

Ich denke nach. »Ihre Nachricht auf dem Anrufbeantworter klang eigentlich normal ...«

Filiz schaut mich verwirrt an. »Was für eine Nachricht?«

»Na, in dieser komischen Voicemail von ihrer Rückfahrt.«

»Was für eine Voicemail?«

»Ich habe doch eine alte Nachricht von ihr gefunden, bevor ich nach Lübeck gekommen bin.«

»Warum erzählst du das erst jetzt?!«

»Ich dachte, ich hätte es dir erzählt ... keine Ahnung.«

»Okay, was für eine Voicemail? Hast du sie hier?«

Ich nicke, hole mein Handy raus.

»Warum hast du dein Handy dabei?«, fragt Filiz genervt. »Ich hab dir doch hundertmal gesagt ...«

»Mann, Filiz«, fahre ich sie an. »Hör auf, mir immer zu sagen, was ich falsch mache. Ich habe es vergessen, okay? Außerdem kann ich dir jetzt die Voicemail vorspielen. Ist doch gut, dass ich es dabeihabe.« Genervt mache ich mir eine Zigarette an und suche die aufgenommene Sprachmitteilung. »Sie hat das wohl an dem Tag aufgesprochen, an dem sie gestorben ist.«

»Weißt du, zu welcher Uhrzeit?«

Ich mache einfach das Memo an. Die Anrufbeantworterinnenstimme sagt: »Empfangen um 17 Uhr 32.« Dann spricht Nushin. Drei Mal im Loop. Jedes Mal, wenn sie das Wort »Jugendliebe« sagt, werde ich etwas rot und schaue weg in der Hoffnung, dass Filiz mich nicht drauf anspricht.

»Soso«, sagt Filiz, als aus meinem Handy kein Geräusch mehr kommt, »ich bin also deine Jugendliebe?«

Ich gebe ein gelassenes Seufzen von mir und bin froh, dass es zu dunkel ist, um zu erkennen, dass ich erröte. »Darum geht es doch jetzt nicht.«

Sie schaltet die Leselampe an, ich drehe mein Gesicht zum Fenster. Filiz kramt aus dem Seitenfach ihrer Tür ein kleines kariertes Notizheft hervor, in dem sie mit angefeuchteten Fingern herumblättert. Ich versuche, geduldig zu bleiben, doch es dauert Minuten.

»Da ist es«, murmelt sie. »Um 17 Uhr 32 hat sie diese Nachricht eingesprochen. Mir schrieb sie damals um 17 Uhr 24, dass sie die Dokumente hat und losfährt. Kurz darauf behauptet sie, am Meer zu sein. Im Hintergrund hört man aber weder Möwen noch Meeresrauschen, obwohl sie offensichtlich draußen ist. Sie kann innerhalb so kurzer Zeit nicht am Meer gelandet sein, wenn sie in Richtung Berlin gefahren ist.«

»Ich hab mich schon gewundert«, sage ich, »Nushin hasst es, zu schwimmen, ich wüsste nicht, warum sie ans Meer wollen würde. Was für ein Code könnte es sein?«

Filiz überlegt weiter. »Meer, Wasser, Strand ... Hatte Parvin nicht gesagt, dass sie den Brief an dich in einem Korb gefunden hat?«

Ich nicke. »Ja! O mein Gott. Wir kommen der Sache auf die Schliche.«

»Nicht wirklich. Ich glaube, sie wollte dir nur den Hinweis auf den Brief geben. Wir brauchen diesen Brief. Meinst du, du kannst ihn von Parvin bekommen?«

»Ich weiß ehrlich gesagt nicht, wie. Sie gibt mir doch nichts.«

Filiz verdreht die Augen. »Mann, es geht um Leben und Tod.«

»Ich weiß, aber trotzdem.«

Was soll ich denn tun? Parvin ein Messer an den Hals halten?

»Dann muss ich wohl mitkommen und etwas Druck ausüben ...«

O

Schon wieder ein Plan aus Filiz' Feder. Schon wieder ein so nervöser Magen, dass ich unauffällig über meinen Bauch streiche und hoffe, dass es in mir nicht gleich wie eine Gewitterwolke losbricht. Doch Filiz entgeht nichts.

»Hast du mittlerweile mal testen lassen, ob du einen Reizdarm hast oder so?«, fragt sie, während sie nach einem Parkplatz in der Nähe der Wohnung sucht. »Oder vielleicht verträgst du keinen Weizen ...« Meine Hand erstarrt auf meiner Bauchdecke, ich stecke sie langsam in die Jackentasche, als wäre sie da die ganze Zeit schon gewesen.

»Ich sag ja nur. Ist nicht zu unterschätzen.«

Ich schaue aus dem Fenster und halte konzentriert Ausschau nach einer Lücke für ihr Auto. »Da vorne«, murmele ich schließlich und nicke in die Richtung eines blinkenden Vans, der gerade ausparkt.

Filiz ist wie einer dieser nervigen Onkel geworden, der alles besser weiß und meint, sich deshalb überall einmischen zu können. Meinen Umgang mit Parvin, mit Nushins Tod, jetzt auch mit meinem Körper, an allem ist etwas auszusetzen.

»Willst du einfach im Auto bleiben?«

»Ich halte das Ganze irgendwie für eine beschissene Idee«, platzt es aus mir heraus. »Das wird niemals so klappen. Das ist das Dümmste, was ich je gehört habe, Filiz. Als ob Parvin das nicht eh schon blickt. Und was, wenn unsere Nachbarin das mitkriegt und die Bullen ruft? Die Frau steckt ohnehin mit ihrem Kopf in meinem Arsch, so neugierig ist sie. Ich glaube nicht, dass du mal eben in unsere Wohnung einbrechen kannst, ohne dass sie was merkt.«

»Guter Punkt. Du gehst vor, klingelst bei ihr und stattest ihr einen kleinen Besuch ab.« Sie greift nach einer Tüte auf der Rückbank und kramt darin rum. Stolz zieht sie eine eingedellte Keksschachtel heraus.

»Hier«, sagt sie und reicht mir die Kekse. »Als Mitbringsel für sie. Vielleicht eine Möglichkeit zur Versöhnung?«

Ich weiß nicht, ob sie uns beide oder die Nachbarin und mich meint, doch beide Optionen finde ich lächerlich. Sie winkt aufdringlich mit der Schachtel vor meinem Gesicht herum, bis ich sie mit einer Handbewegung von mir wegstoße.

»Lass das«, zische ich und hole eine Zigarette aus meiner Tasche, obwohl ich weiß, dass das hinsichtlich meines unruhigen Magens eine ganz schlechte Idee ist.

»Was ist los?« Filiz weiß genau, welchen Ton sie anschlagen muss, damit die Wut in mir verpufft. Auf meiner Zunge verdampft die Aggression, mit der ich gerade zurückfeuern wollte, ich vergesse meine zurechtgelegten Worte.

»Tut mir leid, falls ich dir mit dem Kommentar zu deinem Darm zu nahe getreten bin«, sagt sie schließlich. »Ich bin mir sicher, dass Parvin viel zu verballert ist, um zu verstehen, was sich hier abspielt. Versprochen.«

Ich weiß nicht wirklich, was ich darauf antworten soll, also murmele ich: »Lass mich wenigstens mitkommen.«

Filiz weiß genau wie ich, dass das alles schwerer machen wird, aber sie nickt einfach. »Wenn es die Sache für dich vertretbarer macht ... Dann okay.«

Wir lächeln uns müde an, sie wirft die Kekse zurück auf die Rückbank, und wir verlassen schließlich das Auto.

Im Treppenhaus ist wenig los, als wir die Eingangstür passieren. Der Typ aus dem vierten Stock kommt uns mit einer Mülltüte in der linken und seinem French Bulldog an der Leine in der rechten Hand entgegen, während er über seine AirPods in ein Telefonat vertieft ist und uns nur abwesend zunickt.

Vor unserer Wohnungstür angekommen, atme ich einmal tief ein. Ich gehe noch mal all unsere Absprachen in meinem Kopf durch. Das Wichtigste ist, schnell und entschlossen zu arbeiten. Sich an den Plan zu halten, aber auch auf Unvorhergesehenes reagieren zu können. Ich vernehme Musik, die hinter der Tür gespielt wird. Bestenfalls ist Parvin in ihrem Bett und hört uns gar nicht im Flur. Der Schlüssel rutscht in meiner schwitzigen Hand herum.

»Ey«, flüstere ich Filiz zu. »Was, wenn sie nicht alleine ist?«

»Ich dachte, sie hat keine Freunde?«, wispert Filiz irritiert.

»Hä? Wann hab ich das behauptet? Natürlich hat sie Freunde, willst du mir sagen, meine Nichte ist ein Loser, oder was?!«

Mit ihrem erhobenen Zeigefinger bedeutet sie mir hektisch, die Klappe zu halten. Sie beugt sich zu mir rüber und sagt ganz leise in mein Ohr: »Egal. Ich regel das.«

Klar. Sie regelt immer alles. Ich unterdrücke das Bedürfnis, demonstrativ die Augen zu verdrehen, und führe den Schlüssel langsam in Richtung Schloss. Das Treppenhauslicht erlischt. Als ich es wieder anknipsen will, zieht Filiz meine Hand weg.

»Falls sie im Flur steht, sieht sie uns sonst«, murmelt sie leise und nimmt mir den Schlüssel aus der Hand.

Wir schleichen in den Flur und schließen die Tür mit heruntergedrückter Klinke, um so wenig Geräusche wie möglich zu produzieren. Ich scanne als Erstes die Schuhe im Flur und spüre, wie meine Anspannung nachlässt, als ich kein fremdes Paar erkenne.

Filiz macht einen Schritt nach vorne, ich ziehe sie zurück.

»Zieh die Schuhe aus«, zische ich ihr leise ins Ohr.

Sie grinst spöttisch, aber gehorcht. Mir steigt der Geruch von Räucherstäbchen in die Nase, die erfolglos den Rauch von einem Joint zu überdecken versuchen. Die Musik in Parvins Zimmer läuft unverändert weiter. Sie klingt etwas lauter als die Maximallautstärke, die ich ihr zu dieser Uhrzeit erlaube, aber in diesem Moment kommt es mir gelegen, dass sie auf meine Regeln scheißt. Sie scheint uns nicht zu bemerken. Hoffentlich.

Filiz schaut mich prüfend an. Ich nicke ihr zu. Wir ziehen das jetzt durch. Während ich am Stromkasten stehe und mit meiner Handytaschenlampe die einzelnen Knöpfe beleuchte, geht sie auf Zehenspitzen auf Parvins Zimmertür zu. Sie hebt ihre Hand, zählt mit ihren Fingern von drei runter, und ich schalte mit einer einzigen Bewegung den Strom in der gesamten Wohnung aus. Aus Parvins Zimmer ertönt ein genervtes Stöhnen. Für ein paar Sekunden passiert nichts, dann höre ich ihre Schritte und einen Griff zur Türklinke. Ihre Tür öffnet sich – nach innen, wie ich mich beim Planen korrekt erinnern konnte –, und Filiz' Einsatz beginnt. Sie zieht einen Beutel über Parvins Gesicht und drückt dabei die Hand auf ihren Mund, aus dem nun gedämpfte Rufe kommen.

»Sei leise«, sagt Filiz. Ihre Stimme klingt wie Stahl, ganz hart und kalt, einschüchternd, es wirkt. Parvin verstummt. Ich mache den Stromschalter wieder an, es wird hell in der Wohnung, ich folge Filiz in Parvins Zimmer, wo meine Nichte gerade geknebelt und mit verbundenen Augen an ihren Schreibtischstuhl gefesselt wird. Was für ein unbehaglicher Anblick. Ich drehe die Musik, die nun wieder aus den Lautsprechern erklingt, leiser.

»Ich werde dir gleich den Mund wieder frei machen«, sagt Filiz zu ihr, »und ich schwöre dir, wenn du auch nur einen lauten Schrei von dir gibst, zerschmettere ich dein Gesicht, bis es aussieht wie die kaputten Schallplatten in deinem Regal. Kapiert?«

Parvin bewegt ihren Kopf zu einem Nicken. Ich schlucke. Was für kaputte Schallplatten eigentlich?

Filiz nimmt den Knebel aus Parvins Mund und hält vorsichtshalber ihre Hand davor, um im Zweifel jedes Geräusch zu ersticken. Doch Parvin gibt keinen Mucks von sich.

»Ist das ein Traum?«, fragt sie schließlich leise.

»Ein Traum?«

Ich versuche, Filiz per Pantomime zu verklickern, dass sie wahrscheinlich glaubt zu halluzinieren.

»Träumst du so was öfter?«

Parvin scheint zögerlich, schüttelt dann aber den Kopf. »Nicht wirklich.«

»Es muss zumindest kein Alptraum werden«, sagt Filiz. »Das wird hier ganz schnell gehen, wenn du mitspielst.«

Parvin schluckt.

»Wo ist der Brief?«, fragt Filiz.

»Was für ein Brief?«

Zack. Filiz holt aus und verpasst Parvin eine Schelle. Schockiert schaue ich sie an. Das war nicht Teil des Plans. Ebenfalls nicht Teil des Plans: das schrille Klingeln aus dem Wohnzimmer. Für einen Moment halte ich es für das Festnetztelefon, doch das hat einen ganz anderen Ton. Kann es etwa sein, dass …? Ich schaue Filiz an, doch sie reagiert gar nicht erst auf das Geräusch. Es ist auf einmal nicht mehr da. Habe ich es mir wieder nur eingebildet?

»Aua«, zischt Parvin Filiz zu. »Was soll das?«

»Ich hab dir eine klare Frage gestellt, und du versuchst, mich hier zu linken. Das nehm ich nicht einfach so hin.«

Parvin schluckt.

»Also noch mal. Wo. Ist. Der. Brief? Der Brief, den deine Mutter geschrieben hat, von dem du vorhin erzählt hast?«

»Ich habe ihn versteckt.«

»Draußen?«

»Nein?«

»In dieser Wohnung?«

»Vielleicht.«

Zack. Zweite Schelle. Das Klatschen bringt mich endgültig in den Raum zurück.

»In dieser Wohnung, ja oder nein?« Filiz versucht nicht einmal, ihre Ungeduld zu kaschieren.

Parvin nickt.

»Und wo?«

Parvins Lippe beginnt zu beben. Schließlich bricht es aus ihr heraus. Ein lautes Weinen. So laut, wie ich sie sicher seit einigen Jahren nicht weinen gehört habe.

»Parvin«, sagt Filiz und klingt etwas sanfter. »Sag mir einfach, wo der Brief ist, und dann ist alles vorbei.«

»Ich will aber nicht«, heult sie.

»Warum nicht?«

»Der ist von meiner Mama, du darfst ihn nicht mitnehmen.«

»Aber der Brief ist nicht mal für dich bestimmt, Parvin, das weißt du, oder?«

Parvins Weinen wird noch lauter. Ich spüre ein Ziehen in meiner Brust.

»Bitte nimm mir den Brief nicht weg«, wimmert sie.

»Ich nehme ihn dir nicht weg. Ich will ihn nur lesen«, antwortet Filiz.

»Wozu?«

»Das darf ich dir leider nicht verraten.«

»Dann kann ich dir auch nicht verraten, wo ...«

Parvin spricht den Satz nicht mal zu Ende. Schelle Nummer drei landet. Ich werfe Filiz einen zerstörerischen Blick zu. Wenn diese Aktion vorbei ist, gibt es richtig Stress.

»Also?«, fragt Filiz.

Parvin schluckt. »Wenn du mich losbindest, kann ich ihn dir geben und du darfst ihn in meiner Hand lesen.«

Ich sehe, dass Filiz' Miene sich entspannt und sie zur Zustimmung ansetzt, doch ich kneife ihr in den Arm und schüttele panisch den Kopf.

Filiz bedeutet mir mit der Hand, dass ich einfach aus dem Zimmer gehen soll.

Ich schüttele wieder heftig den Kopf.

»Sie wird dich erkennen«, versuche ich ihr stumm zu bedeuten, doch ernte nur einen verwirrten Blick. Parvin darf Filiz nicht sehen. Sie könnte sie wiedererkennen. Oder nicht?

»Du bist doch dieselbe Person, die mich von der Schule gekidnappt hat, oder?«, fragt Parvin. Die Ruhe in ihrer Stimme macht mir Angst. So klingt sie, wenn sie sicher ist, etwas in der Hand zu haben, das sie gegen einen verwenden kann. Wie damals, nachdem ich mal verballert vom Feiern direkt zum Babysitten gekommen war und vercheckt hatte, nach dem Kaffeekochen den Herd auszumachen, und so um ein Haar Nushins Küche in Brand gesetzt hatte. Die zu dem Zeitpunkt achtjährige Parvin hatte das verhindert. Nushin hatte wochenlang nicht mehr mit mir geredet. Danach galt die Regel: Entweder nur noch nüchtern zum Babysitten oder Parvin gar nicht mehr alleine sehen dürfen. Ich entschied mich natürlich für Ersteres. Parvin wusste die Situation jedoch gut für sich auszunutzen, als sie mich zwei Jahre später, kurz vor irgendeinem Fußballspiel, auf dem Balkon mit einem Joint statt einer Zigarette erwischte. Nushin war auf der Arbeit und hatte Parvin verboten, zum Public Viewing zu gehen. Parvin wusste, wie sie mich erpressen konnte: Entweder ich ging heimlich mit ihr zum Späti in der Straße und schaute mir mit ihr dieses dämliche Deutschlandspiel auf dem großen Fernseher an, oder sie verpetzte mich bei Nushin. Parvin bekam, was sie wollte, und zwar mit genau dem ruhigen Ton, den sie jetzt angeschlagen hat. Fuck. Erinnert sie sich doch? An Filiz' Stimme oder so?

»Ja?«, antwortet Filiz.

»Du bist nicht zum ersten Mal in dieser Wohnung, oder?«

»Was meinst du?« Filiz schaut mich fragend an, aber es ist zu spät. Scheiße. Ich habe sie gewarnt.

»Warst du nicht heute Morgen hier? Bei meiner Tante?«

»Ich kenne deine Tante nicht«, lügt Filiz, und ich erkenne an der Rötung ihrer Wangen, dass auch sie jetzt merkt, was los ist.

Parvin lacht. Sie kichert erst in sich hinein, dann prustet sie laut los. Filiz und ich schauen uns an, überfordert. Was zur Hölle ist mit ihr los?

Es dauert, bis Parvin sich einkriegt. Sie räuspert sich und holt zum finalen Schlag aus. »Muss man jemanden kennen, um mit der Person Sex zu haben?«

O

Es ist Parvin, die die Stille durchbricht. Mal wieder.

»Komm schon, ich weiß jetzt doch sowieso, wer du bist. Nimm mir doch endlich diese bescheuerte Augenbinde ab.«

»Ich weiß nicht, wovon du redest«, hält Filiz dagegen.

»Na schön«, murmelt Parvin. »Dann stich mich ab. Das willst du doch tun, wenn ich bei deinem Spiel nicht mitmache, oder? Ich steig aus. Keine Lust mehr. Du kriegst den Brief nicht.«

Mit offenem Mund schaut Filiz mich an. Ich zucke nur mit den Schultern. Ich habe es dir doch gesagt, will ich ihr am liebsten entgegenbrüllen.

»Na los! Mach schon. Wobei, wenn du mich umbringst, dann kann ich dir auch nichts mehr wegen des Briefs verraten. Schon blöd.«

Wir sagen nichts. Das füttert Parvins Überlegenheitsgefühl. Sie weiß genau, sie hat uns jetzt an der Leine. Gefesselt sitzt sie auf ihrem Schreibtischstuhl vor uns, doch eigentlich sind wir es, denen die Hände gebunden sind.

»Ich mach euch einen Vorschlag. Ihr bindet mich los und verratet mir, wer ihr seid und was ihr vorhabt, und ich zeige euch den Brief.«

Verunsichert schaut Filiz mich an. Ich weiß es doch auch nicht, will ich schreien. Schließlich nicke ich und deute an, dass ich jedoch rausgehen werde. Als ich in Richtung Tür schleiche, höre ich Parvin sagen: »Tante Nas, ich weiß, dass du auch hier bist. Du musst dich nicht verstecken.«

Ich erstarre. Scheiße.

»Ich hab die ganze Zeit bei eurem dummen Game mitgespielt. Ich werde schon nicht wegrennen. Kommt schon.«

Filiz seufzt und fängt an, Parvin loszubinden. Erst die Hände, dann schließlich die Augen. Ich schließe währenddessen die Zimmertür ab, nur für alle Fälle.

»Dein Ernst?«, fragt Parvin, und ich gucke sie nur beschämt an.

»Also«, sage ich hastig, »als Allererstes würde ich gern klarstellen, dass ich nicht damit einverstanden war, dass du geschlagen wirst, das hatten wir nicht abgesprochen!«

Filiz schaut mich an, als würde sie mich am liebsten als Nächste klatschen wollen. Parvin reagiert nicht drauf, stattdessen dreht sie sich zu Filiz. »Wer bist du überhaupt?«

»Filiz. Eine Freundin deiner Mutter und deiner Tante.« Sie streckt ihren Arm für einen Handschlag aus, Parvin kommt ihr jedoch nicht entgegen, sondern mustert sie nur skeptisch.

»Du hast da was«, sagt Parvin schließlich und deutet mit ihrem Zeigefinger auf den Schnee auf Filiz' Schultern. Filiz schielt unangenehm berührt auf den Boden.

Ich schaue Parvin erwartungsvoll an, sie registriert meinen Blick schließlich. »Was? Ich zeig euch den Brief nicht, bevor ihr mir nicht erklärt, was Sache ist.«

Müde lasse ich mich auf ihr Bett fallen, Filiz setzt sich auf den Rand der Matratze.

»Woher wusstest du, dass ich hier bin?«, will ich von Parvin wissen.

Sie tippt sich mit einem breiten Lächeln gegen die Schläfe. Ihre Bewegungen sind wie in Zeitlupe. »Dein Geruch, Tante Nas. Du bist wie Oma. Du kippst dir immer einen halben Liter Parfüm auf den Hals, bevor du rausgehst.«

»Sie ist richtig smart.« Filiz nickt ihr anerkennend zu.

»Und, na ja«, führt Parvin fort. »Du stehst vor meiner Schule, fünf Minuten später kommt diese Parkplatz-Action mit der Frau, die du heute Morgen gerailt hast, und ganz ehrlich, diese Kopfhörer hatten jetzt auch nicht gerade Noise-Cancel-Qualität.«

Railen?

»Und warum hast du es nicht gleich gesagt?«, schießt es aus Filiz, deren Wangen rot glühen.

»Also, ihr habt dieses Kidnapping so trashig abgezogen, da ist man schon gespannt, wie es weitergeht. Das Finale hat sich gelohnt. Wie ihr einfach dachtet, ihr kommt mit dem Schlüssel in die Wohnung und ich glaube, ihr wärt gefährliche Einbrecher.« Sie schlägt sich beim Lachen auf den Oberschenkel.

Mit meiner besserwisserischen Miene nicke ich Filiz zu, sie meidet meinen Blick.

»Seid ihr eigentlich zusammen?«, fragt Parvin, nachdem sie sich beruhigt hat.

»Nein«, rufen Filiz und ich gleichzeitig. Ich empört, sie lachend.

»Ah ja«, murmelt Parvin. »Also?«

»Wo fange ich an?«, murmele ich und sortiere nebenbei meine Gedanken.

»Am besten von vorne«, antwortet Filiz.

Also beginne ich zu erzählen. Es ist schwer, einen Anfang zu finden, noch schwerer ist es, die wichtigen von den unwichtigen Dingen zu trennen, doch jedes Mal, wenn ich zögere, innehalte, überlege, fordert Parvin mich auf, nichts auszulassen, also lasse ich jeden Filter weg, und plötzlich kommen die Worte aus mir herausgeflossen wie Wasser, das viel zu lange hinter einem Damm gebändigt wurde. Ich blende nichts aus, zwischendurch schießen mir Tränen aus den Augen, sie gleiten über mein Gesicht. Meine inneren Blockaden, Parvin bloß nicht zu viel zuzumuten, durchbreche ich zum ersten Mal, ich schäme mich nicht für meine verheulten Augen, und auch Parvins Wimpern kleben irgendwann feucht aneinander.

»Also bin ich ein Hurensohn?«, fragt Parvin, als ich den letzten Satz ausgesprochen habe.

»Eher eine Hurentochter«, grinst Filiz.

»Leute!«, rufe ich empört.

Die beiden lachen, ich verschränke die Arme vor meiner Brust.

»Macht Sinn«, sagt Parvin schließlich. »Hab mich schon gefragt, was es mit dieser Perücke und so unter Mamas Bett auf sich hatte.«

»Hast du sie aus der Kiste genommen?«, frage ich.

Parvin schüttelt den Kopf. »Nein. Sie waren irgendwann einfach nicht mehr da.«

»Hast du noch Fragen?«, will Filiz wissen. Sie klingt ungeduldig. Es ist mittlerweile nach Mitternacht. Ich werde sie heute definitiv nicht mehr nach Lübeck fahren lassen.

»Was ist aus eurer Gruppe geworden?«, fragt Parvin. »Ich meine, eure Aktionsgruppe.«

»Tja, gute Frage«, nuschele ich.

»Das lässt sich nicht so einfach sagen«, antwortet Filiz. »Teilweise wegen inhaltlicher Differenzen, aber auch, weil viele von uns umgezogen sind. Deine Mutter und deine Tante sind nach Berlin, ich in die Türkei. Jîwan und Aida haben geheiratet. Das war für deine Mutter … nicht so leicht.«

»Warum?«, fragt Parvin verständnislos.

Ich schaue Filiz an.

»Na ja. Aida war ihre beste Freundin.«

»Und? Freut man sich nicht, wenn die beste Freundin heiratet?«

»Unter gewöhnlichen Umständen schon. Aber vielleicht nicht, wenn es der Mann ist, in den man seit Jahren verliebt ist.«

Mir fällt die Kinnlade herunter. Filiz dreht sich zu mir und schaut mich verblüfft an. »Das wusstest du nicht?«

Ich schüttele den Kopf. Klar, Nush hing sehr an Jîwan, aber ich war immer davon überzeugt, dass sie ihn, wie ich auch, wie einen Bruder gesehen hat. Nicht als einen Liebhaber.

»Und was waren das für Konflikte? Inhaltliche, meine ich.« Parvin ist das Thema offensichtlich nicht so angenehm.

Ich bin für die Ablenkung dankbar. »Manches deutete sich in den Neunzigern an, aber der Knackpunkt war der 11. September 2001. Wir waren uns nicht so einig über den Umgang damit. Komplizierte Geschichte. Erkläre ich dir bei Gelegenheit. Jetzt bist erst mal du dran. Zeigst du uns den Brief?«

Parvin nickt, steht auf und geht zu ihrem Schreibtisch. Sie zieht ihn ein Stück hervor, legt sich mit einer Schere in der Hand darunter und fummelt an der Tischplatte herum.

»Darauf hätte ich auch kommen können«, sagt Filiz leise, eher zu sich selbst, und schlägt sich mit der flachen Hand auf die Stirn.

Kurze Zeit später klettert Parvin wieder hervor und hält einen mehrfach gefalteten Umschlag mit Gaffer-Tape-Resten in der Hand. Vorsichtig macht sie ihn auf und holt einen Zettel heraus.

»Bitte vorsichtig sein«, sagt sie und gibt ihn mir schließlich.

Ich versuche, die Hektik zu bändigen und den Zettel beim Auseinanderfalten nicht zu zerreißen. Mit zitternden Händen halte ich es, das mittlerweile knittrige Papier mit Nushins

Schrift, die schnörkeligen Buchstaben, die sie mit ihrem liebsten Gel-Schreiber in Dunkelblau geschrieben hat. Filiz rückt neben mich und schaut mit mir auf den Brief.

Hey Nas.
Ich weiß nicht, ob und wann du diesen Brief hier findest. Ich hoffe natürlich, dass er sich erübrigt, doch falls nicht, tut es mir leid. Die Pogrome in Chemnitz haben in mir endgültig die Alarmglocken zum Läuten gebracht. Wir haben keine Zeit mehr. Ich wollte unseren Plan zu Ende bringen, damit Gerhard Walters nicht noch ein weiteres Mal unser Überleben gefährdet.
Mein eigenes Leben muss ich noch einmal gefährden. Sollte ich es nicht schaffen, gibt es für alle Fälle ein Testament. Ich habe dich darin als Parvins Vormund benannt. Ich glaube, ihr braucht euch gegenseitig. Ich will nur, dass du weißt, dass ich dich liebe und dass, wenn du nichts mehr von mir hörst, ich es für uns alle getan habe. Pass bitte auf dich und Parvin auf. Und, ich flehe dich an, erzähl Mâmân nichts davon. Denk dir irgendwas aus, darin bist du immer sehr gut gewesen.
Deine Nush.
PS: Bitte sei nicht sauer, dass ich dir vorher nichts erzählt habe. Du hättest nur mitkommen wollen oder mich aufgehalten.
PPS: Meld dich mal bei Filiz.
PPPS: Gestern lief ich an einer Telefonzelle vorbei. Jemand hatte in roter Farbe »SORRY MAMA« auf die Glasscheibe geschmiert. Irgendwie musste ich weinen.
PPPPS: Im Radio läuft gerade »'03 Bonnie & Clyde« von Jay und Bey. Weißt du noch, als wir auf dem Kon-

zert waren? Für mich waren Bonnie und Clyde nicht unbedingt Lover. Ja, es sind Liebende, aber können Schwestern nicht auch Liebende sein? Jedenfalls diese eine Zeile, na ja, eigentlich sind es mehrere, fühle ich übertrieben: She do anything necessary for him and I do anything necessary for her, so don't let the necessary occur. Yep.

O

»Bitte lass mich mitfahren«, fleht Parvin. »Ist doch Freitag, ich verpasse nur einen Tag Schule, und heute gibt es eh keine wichtigen Fächer.«

Es ist zu früh am Morgen für solche Entscheidungen. Letzte Nacht haben wir alle kaum geschlafen. Filiz hat mich überredet, ihr die Bar zu zeigen, und Parvin wollte unbedingt mitkommen. Sie ließ nicht locker, bis ich erlaubte, dass wir alle auf einen Absacker reingehen.

»Wenn jemand fragt, wie alt du bist, sagst du 19, verstanden?«, habe ich ihr vor dem Eingang zugeraunt. Sie nickte aufgeregt. Es war mal wieder so brechend voll, dass man von der Bar gar nicht viel sehen konnte. Trotzdem machten sowohl Filiz als auch Parvin große Augen, während ich hinter die Theke ging und uns dreien Getränke holte.

»Das sind mindestens dreihundert Dykes auf einem Haufen?«, staunte Filiz und nippte an ihrem Bier.

Ich nickte zufrieden.

»Wow«, seufzte Parvin. »Tante Nas, ich wusste gar nicht, dass so coole Leute zu deiner Arbeit kommen.«

»Was, warum bist du so überrascht?« Ich versuchte, nicht beleidigt zu klingen.

Parvin zuckte unbeeindruckt mit den Schultern. »Irgendwie habe ich es mir alles hässlicher vorgestellt. Vor allem die Leute.«

Filiz hat so laut gelacht, dass eine Gruppe weißer Queers sich empört zu ihr umdrehte. Der Rest ist Filmriss.

Ich nippe an meinem Kaffee und durchforste meinen Kopf nach Begründungen, Parvin nicht zu erlauben, mit Filiz und mir zu Jîwan und Aida zu fahren. Immerhin habe ich die beiden selbst seit ihrer Hochzeit nicht mehr gesehen. Ich weiß überhaupt nicht, was bei diesem Wiedersehen auf uns alle zukommen wird.

»Parvin, du hast schon gestern Nacht zwei Ausnahmen erlaubt bekommen: In eine Bar gehen *und* ein Radler trinken.« Es ist eine Farce. Ich versuche, streng zu klingen, aber kann mich nicht mal selber ernst nehmen.

Parvin lacht nur.

»Was?«, frage ich.

»Ich weiß nicht, ob es an den Achtzigern oder an Lübeck liegt, aber du hast echt komische Vorstellungen davon, was Leute in meinem Alter so machen, Tante Nas. Bei uns nimmt man mit 13 seine erste Pille, nicht seinen ersten Schluck Bier. Und ich bin quasi 15.«

»Pille?! Mit 13? Wer ist ›man‹? Willst du sagen, du nimmst Ecstasy, Parvin?« Ich muss wie Mâmân klingen, Filiz beobachtet mich amüsiert.

»Nee, ich nehm kein Ecstasy«, sagt Parvin in ihrem ruhigen Ton. »Ich hab das vor zwei, drei Jahren mal ausprobiert, hat mir nicht gefallen. Ich steh eher auf Tranquilizer. Oder halt Gras.«

»Wusste deine Mama davon?!« Etwas anderes fällt mir nicht ein. Provoziert sie mit Absicht, weil sie weiß, dass ich vor Filiz cool bleiben muss und sie keine Konsequenzen zu befürchten hat?

»Natürlich nicht. Aber Mann, Tante Nas, ich sag das nicht, damit du flippst. Du tust nur so, als wäre ich ein Baby und alles wäre zu hart für mich. Das nervt. Lass mich doch einfach mitkommen. Die erste Schulstunde verpasse ich jetzt schon. Ich hätte heute eh geschwänzt.«

Sie zuckt leicht mit den Schultern, deutet mit dem Mund und ihren Augen ein Lächeln an, schaut mich entspannt an. Ist das für sie ein Joke? Ich starre sie an, bin einfach nur baff.

»Komm schon«, nickt Filiz mir zu, im Gegensatz zu mir etwas ausgeschlafener, »es geht schließlich auch um ihre Mutter. Du kannst nicht alles vor ihr verheimlichen. Sie hat genau wie du ein Recht darauf, die Wahrheit herauszufinden.«

»The volume inside of this bus is astronomical«, ruft Parvin und erntet verständnislose Blicke von uns Fast-Boomern. »Genau«, übersetzt sie sich selbst, »es ist auch mein Recht!«

Ich seufze. Irgendwie schätze ich es, dass sie plötzlich so radikal ehrlich zu mir ist, auch wenn mich dieser neue Modus überfordert. Vielleicht liegt hier eine Chance für eine Vertrauensreform. *Harm Reduction* als Erziehungsstil sozusagen. »Na gut. Aber du musst mir versprechen, auf mich zu hören und keinen Quatsch zu machen. Okay?«

Sie springt in die Luft. »Juhu, ich liebe deine Freundin!«

Filiz lacht auf, ich will sagen, dass sie nicht meine Freundin ist, und gleichzeitig daran erinnern, dass sie Parvin noch vor wenigen Stunden gekidnappt und geschlagen hat. Aber irgendwas muss in der Bar gestern Nacht in der Luft gewesen sein. Oder war es einfach der Alkohol? Der Rauch? Die Musik? Was auch immer es war, es hat geholfen. Die Abscheu, die sich in letzter Zeit wie ein Schleier über Parvins Blick gelegt hatte, wann immer sie mich anschaute, löst sich langsam auf.

Für die Fahrt stellt Filiz zwei Regeln auf: Sie bestimmt die Musik – zu meiner Erleichterung, denn wenn es nach Parvin ginge, hieße es stundenlang nur Deutschrap – und: kein Beef.

»Ich esse eh kein Fleisch«, sagt Parvin achselzuckend und holt ihre Kopfhörer aus der Tasche.

»Streit«, entgegne ich. »Sie meint Streit, Parvin.«

»Ihr seid wie Geschwister, ey.« Filiz schmunzelt und fährt aus unserer Straße heraus. Vor einer Woche hätte mein Imaginationsvermögen für einen Roadtrip nach Bad Segeberg nicht ausgereicht – insbesondere in dieser Konstellation.

Parvin hört uns gar nicht mehr zu, sie hört ihre eigene Musik und bewegt ihr Kinn zu den glatten Beats von Shindy, die bis zu mir herüberklingen. Filiz lässt sich davon nicht beirren. Sie stellt ihr eine Frage nach der anderen. Anfangs pausiert Parvin noch ihren Streamingdienst zum Antworten, doch nach vier Fragen legt sie die Kopfhörer schließlich ab und unterhält sich so lebhaft mit Filiz über Musik, dass ich kurz denke, es muss ein Erziehungszaubertrank gewesen sein, den die ihr gestern auf das Kaugummi geschmiert hat. Und während Stevie Nicks von den schneebedeckten Bergen singt, auf denen sie ihre Spiegelung beobachtet, bis sie von einer Lawine hinunterbefördert wird, fahren wir durch die kontrastreichste Text-Bild-Schere der Welt.

Aida und Jîwan leben in einem Reihenhaus, das wir erst beim zweiten Anlauf finden, obwohl Filiz schon mal hier gewesen ist. Es sieht ziemlich gewöhnlich aus. Wie ihre Nachbar_innen haben sie an der Hausfassade hässliche Dekorationen aufgehängt. An der Tür baumelt eine hellblaue Holzfigur, auf deren Bauch »Willkommen« steht, vor ihr eine Fußmatte mit der Aufschrift »Home Is Where The Wifi Is«. Ein paar leere terracottafarbene Blumenkübel stapeln sich vor einem Fenster. Dass Jîwan, dessen größter Traum es war, ein Gangmitglied bei den Thirtysixern zu werden, ausgerechnet hier landen würde, hätte er sich wohl kaum vorstellen können. Wobei landen etwas unwillkürlich klingt. In so einem Haus landet man nicht einfach so, man nimmt einen Kredit auf und baut es selbst, lässt es bauen oder kauft es jemandem ab. Man entscheidet sich dafür, so zu leben.

»Jetzt guck nicht so mürrisch«, flüstert Filiz mir mit einem strengen Blick zu.

Als Filiz auf die Klingel drückt, lockere ich meine Gesichtsmuskulatur, lege meinen Arm um Parvins Schulter und spüre, wie sie ihn sofort abschüttelt. Na gut.

Es dauert vielleicht zwanzig Sekunden, dann öffnet jemand die Tür und setzt das Windspiel an den Armen der Holzfigur, das mir erst in diesem Moment auffällt, in Gang.

Eine Frau mit herzförmigem Gesicht, einer spitzen Nase, hellbraunen Augen und dunkelbraun glänzendem Bob öffnet die Tür. Sie ist etwa so groß wie ich, trägt einen beigen Oversize-Strickpulli mit rundem Halsausschnitt und dunkelblaue Jeggings. Von ihrem Kleidungsstil her hätte ich sie älter als mich geschätzt, doch ihr Gesicht sieht so jung aus, wie ich Nushin in Erinnerung habe. Sie formt mit ihren schmalen Lippen ein freundliches Lächeln, das ihre Augen lebendig und ihre Wangenknochen markanter erscheinen lässt.

»Willkommen«, sagt Aida und breitet ihre Arme zu einer Umarmung aus. Filiz reagiert mit einem herzlichen Drücker, ich tue es ihr nach.

»Schön, dich zu sehen«, sagt sie leise, als ihr Gesicht auf der Höhe meines Ohrs ist, und mir kommt die Umarmung lang vor, fast zwanzig Jahre, um genau zu sein. Ihre Augen glänzen feucht, als sie ihre Arme schließlich von mir löst und nun Parvin bemerkt.

»Und du bist Parvin, oder?«

Parvin nickt schüchtern und will ihre Hand ausstrecken, doch für so ein Alman-Getue hat Aida keine Geduld, sie hat meine Nichte schon längst an ihre große Brust gedrückt.

»Ich hoffe, ihr habt Hunger mitgebracht«, verkündet sie und wirft uns allen jeweils ein paar Hausschuhe zu. Wir laufen an der Küche vorbei, aus der es nach Essen duftet.

»Ach, das wäre doch nicht nötig gewesen, dass du extra kochst«, sage ich und registriere, wie meine Hände unbeholfen vor mir gestikulieren.

»Natürlich ist das nötig«, sagt Aida und klingt fast beleidigt, »ihr nehmt so einen langen Weg auf euch, kommt pünktlich zur Mittagszeit, dann besuchst du uns zum ersten Mal seit überhaupt und erwartest, dass ich dir ein Glas Leitungswasser hinknalle? Berlin hat dich echt komisch gemacht, meine Liebe!«

Filiz lacht und haut mir auf den Rücken, als wäre ich ihr Schwager, Parvin schaut sich mit großen Augen im Wohnzimmer um. Ein süßlicher Geruch hängt in der Luft, ich bekomme das Bedürfnis, alle Fenster aufzureißen, doch stattdessen reiße ich mich zusammen.

»Setzt euch«, sagt Aida und zeigt mit ihrer Hand in Richtung der dunkelgrünen Sofalandschaft. Filiz und Parvin lassen sich in die beiden Couchecken fallen, ich suche mir zwischen ihnen meinen Platz.

»Jîwan holt gerade die Kinder von der Schule ab, sie müssten jeden Augenblick kommen, dann gibt es auch Essen.« Aida ruft uns das aus der Küche zu, ein paar Sekunden später kommt sie mit einem Tablett und drei Gläsern Schwarztee auf uns zu.

Ich bedanke mich, nippe am heißen Tee und stelle ihn auf dem Couchtisch neben der orangen Duftkerze ab, dessen *Pumpkin Spice*-Aufschrift den Raumduft erklärt. Mein Blick schweift über die gerahmten Fotos an der Wand. Alte Kinder- und Jugendbilder von Jîwan und Aida, aber auch aktuelle Familienbilder von verschiedenen Studio-Shootings hängen dort ordentlich nebeneinander. In der Vitrine des Wohnzimmerschranks stehen schönes Porzellangeschirr, kleine Kristallfiguren und drei unterschiedlich große Pokale, alles glänzt. In einem anderen Fach stehen alphabetisch sortierte Bücher, dicke Kerzen und eine weiße Orchidee in einem hellgrünen Topf. Neben dem riesigen Sofa steht ein schwarzes Klavier mit aufgeschlagenem Notenbuch auf dem Ständer und kleinen Engelsfiguren obendrauf. Ich kann mir förmlich vorstellen, wie Aida jeden Zentimeter ihrer Einrichtung durchdacht hat.

Von draußen sind jetzt Kinderstimmen zu hören, kurze Zeit später schließt jemand die Haustür auf.

»Da sind wir«, höre ich eine Männerstimme rufen.

»Wir haben Hungeeeeeeer«, brüllt eines der Kinder. Das Geräusch von weggeschleuderten Schulranzen und Schuhen hallt zu uns rüber.

»Kinder, wie oft habe ich euch gesagt, dass ihr eure Sachen ordentlich im Flur abstellen sollt?«, ermahnt der Mann sie.

»Ja, Papa«, quakt eines der Kinder und gehorcht ihm anscheinend.

»Und Händewaschen nicht vergessen!«

Aus dem Gäste-WC im Flur ist jetzt ein laufender Wasserhahn zu hören.

Ich versuche angestrengt, meinen Kopf nicht in die Richtung zu drehen, sondern weiterhin die Bilder anzustarren. Mein rechtes Bein wippt mit 250 km/h vor meinem restlichen Körper auf und ab, ich kann nichts tun, um es aufzuhalten. Ich fühle mich nicht bereit für all das, gleichzeitig weiß ich nicht, ob ich es jemals wäre.

Das hier, denke ich mit einem Blick durch den Raum, ist wohl, was Mâmân sich von Nushin und mir auch gewünscht hätte. Immer wieder hat sie damals neidisch darüber gesprochen, wie viel Geld Zozan und ihr Mann für die Hochzeit ihres Sohns sparen mussten und wie stolz Zozan auf Jîwan war. Manchmal denke ich, Mâmân trauert um das Leben, das wir alle drei nicht leben. Sie als Witwe, Nushin als alleinerziehende Mutter, ich als Lesbe. Vor allem wegen Letzterem. Als hätte ich ihr mit dem, was ich bin, etwas weggenommen: eine Hochzeit, auf die sie sparen muss, Enkelkinder, die sie betreuen muss, und das Gefühl von Normalität, das sie jedoch schon lange verloren haben muss.

»Grüß euch«, höre ich den Mann im Türrahmen sprechen. Ich drehe mich in seine Richtung und sehe einen schlaksigen Typen in meinem Alter, unter dessen Pullunder trotz des lang gezogenen Körpers ein kleiner runder Bauch hervorragt und bei dem sich ganz oben auf dem Kopf schon einige Haare verabschiedet haben. Das Gesicht würde ich aber überall wiedererkennen, auch wenn es damals noch keinen Schnurrbart zierte: Jîwan.

Ich gehe mit wackligen Beinen auf ihn zu.

»Lange nicht mehr gesehen«, nuschle ich, und wir gehen nach kurzem Zögern in eine feste Umarmung über.

»Du hast dich frisch gehalten«, lacht er und greift mit seiner Hand durch mein dichtes Haar.

Ich weiß nicht, was ich dazu sagen soll, außer dass das Geheimnis meiner ewigen Jugend Queerness heißt und dass ein Leben ohne cis Männer die Haut besser pflegt als die teuerste Skin-Care-Routine. Vielleicht nicht ganz, Queerness schützt nicht vor dem Altern, nur sieht mein Altern anders aus, doch das würden Aida und Jîwan nicht verstehen, also sage ich nichts und bin erleichtert, dass Filiz ihn jetzt für eine Umarmung an sich zieht.

Parvin steht neben mir, und ich stelle die beiden einander vor. Auch an Jîwans Seite stehen nun Kinder. Er stellt sie uns als Yasha und Mirna vor. Sie strecken etwas widerwillig ihre Arme aus und geben Parvin und mir die Hand.

»So«, verkündet Aida, die im Hintergrund den Tisch gedeckt hat. »Setzt euch bitte, es wird sonst kalt.«

Natürlich hat sie es mit dem Kochen völlig übertrieben und serviert uns Dolma, Burek, Cevapi, einen Salat und sogar Klepe, die sie uns schon zu Schulzeiten manchmal für die Pause mitbrachte, wenn ihre Mutter frische gemacht hatte.

»Wow, ist das kroatisch?«, fragt Parvin. Ich versuche, sie unauffällig unter dem Tisch zu treten, sie ruft nur laut: »Aua, warum trittst du mich?«

»Nein, Parvin, das ist bosnisch«, sagt Filiz ganz langsam, aber bestimmt und zwinkert Aida zu.

Alle sind so hungrig, und das Essen ist so geil, dass wir es einfach ohne große Unterhaltungen in uns hineinschaufeln. Ab und zu machen Filiz, Parvin und ich Komplimente, Aida strahlt uns an.

»Schade, dass Nush nicht bei uns ist«, murmelt Jîwan, nachdem Aida Yasha und Mirna in die Musikschule gebracht hat.

Ich lächle traurig, frage mich gleichzeitig aber auch, ob dieses Treffen überhaupt zustande gekommen wäre, wenn sie noch am Leben wäre. Eigentlich sad, dass wir uns vorher nicht darum bemüht haben. Nachdem Nushin gestorben war, bin ich wochenlang nicht ans Telefon gegangen, habe keine SMS gelesen, nichts. Ich weiß, dass Aida, Jîwan und Zozan Mâmân einen Umschlag mit einer Karte und Geld geschickt und mehrmals versucht haben, mich zu erreichen, aber ich konnte es einfach nicht. Die Leerstellen in meinem Kopf waren für Erinnerungen an Nush reserviert, nur ihr gilt der Speicherplatz in meinem Gehirn. Alle anderen Geschichten mussten sich mit einem Unterverzeichnis zufriedengeben, damit sie im Notfall überschrieben werden konnten. Jetzt habe ich ein schlechtes Gewissen.

Aida kommt mit frischem Tee und einem Teller Baklava zurück zu uns. Ihr Gang hat etwas Stolzes, Erhabenes an sich, selbst wenn ihr Blick eher schüchtern wirkt.

»Euer Timing am Freitagnachmittag ist gut«, sagt Jîwan und nimmt sich ein Glas Tee vom Tablett. »Da haben wir beide frei, und die Kinder sind unterwegs.«

Ich beobachte Parvin aus dem Augenwinkel dabei, wie sie versucht, ein Stück Baklava auf ihren kleinen Teller zu hieven, das vor Sirup tropfende Blätterteiggebäck aber auf ihrer Gabel zerfällt.

»Und«, fragt Aida beiläufig, während sie weiteren Süßkram auf den Couchtisch stellt, »gibt es in deinem Leben jemanden,

Nas?« Ich merke, dass sie sich um eine genderneutrale Formulierung bemüht, falls ich mittlerweile doch Typen daten oder immer noch lesbisch sein sollte.

»Nennt man dich eigentlich immer noch ›Nas‹?«, fragt Jîwan hastig hinterher. Ich schaue ihn verwirrt an, unsicher, worauf er genau hinauswill. Denkt er, ich bin trans?

»Oder ist es inzwischen zu ›Nasrin‹ übergegangen?«, beendet Aida seine Frage.

Die Art, wie sie gegenseitig ihre Sätze ergänzen, irritiert mich extrem, aber ich will nach all der Mühe, die sie sich geben, nicht unhöflich sein, also nicke ich nur freundlich. »Nas passt.«

An Aidas Blick fällt mir auf, dass sie ja noch eine andere Frage gestellt hat, die plötzlich auch Filiz zu interessieren scheint, denn sie schaut mich erwartungsvoll an. Und selbst Parvin wartet auf eine Antwort. Stimmt. Ich habe mit beiden noch nie darüber gesprochen. Ihre Blicke wiegen zwei Tonnen, eine Last, die mir den ganzen Körper verspannt. Alle wollen andauernd von mir wissen, ob ich in einer Beziehung bin, diese Fragerei hört einfach niemals auf. Die Wahrheit ist, dass meine wichtigste Beziehung die zu Nushin gewesen ist. Erst recht seit unserem Umzug nach Berlin. Ich war mir immer sicher, dass sich mir das Problem der Einsamkeit im Alter nicht stellen wird, wenn ich eine so beständige Beziehung wie Schwesternschaft zu meinem Lebenszentrum mache. Und jetzt sitze ich hier mit Mitte vierzig und bin genervt davon, nach zwanzig Jahren als Erstes gefragt zu werden, ob ich mit jemandem zusammen bin.

»Und, ja, ich habe jemanden in meinem Leben.«

O

Aida lächelt so breit, dass ihre Zähne hervorblitzen. Sie sehen makellos aus, wie von einer Person, die nie eine Spange gebraucht hat, dafür täglich Zahnseide nutzt, eine elektrische Schallzahnbürste verwendet, einen Zungenschaber, Mundwasser und zwei Mal im Jahr zur professionellen Zahnreinigung geht und dabei sowieso nicht raucht oder trinkt, nicht mal Kaffee zu sich nimmt. Gibt es irgendeinen Bereich im Leben, in dem Aida keine Scheißstreberin ist?

Filiz hingegen strahlt gar nicht. Ihre Miene versteinert, als hätte Medusa persönlich sie gerade geeyefuckt. Auch Parvin guckt wie das Meme von diesem überraschten weißen blonden Typen, der ungläubig die Augen schließt, aufreißt und wieder blinzelt.

»Cool!«, kommentiert Jîwan aufgeregt, »wie heißt … die Person?«

»Eine Sie oder ein Er?«, fügt Aida hinzu.

»Sie«, nuschele ich. »Wir leben sogar zusammen.«

Filiz, die neben mir sitzt, zieht ihr Knie weg von meinem und holt demonstrativ ihr Handy raus, als müsste sie ganz dringend auf die Uhr schauen, obwohl die dunkelbraune Standuhr in der Zimmerecke alle fünfzehn Minuten eine penetrante Melodie vor sich hin läutet. Weil niemand von ihnen zu verstehen scheint, worauf ich hinauswill, nuschele ich mit einem unangenehm berührten Blick auf meine Knie: »Sie heißt Parvin!«

»Ach so«, sagt Aida und zwingt sich, laut zu lachen. Jîwan steigt mit ein, Filiz lässt ihr Handy sinken, und ihre Körperhaltung entspannt sich schlagartig, das spüre ich, weil unsere Oberschenkel sich wieder berühren. Parvins Blick kann ich nicht deuten.

»Ansonsten bin ich Single«, sage ich hinterher, um einfach alle Unklarheiten aus dem Raum zu schaffen.

Filiz klatscht ihre Hände zusammen. »Okay, Leute. Gebt mir mal bitte alle eure Handys.«

Ich drücke ihr meins widerstandslos in die Hand, ich kenne das Prinzip ja bereits. Jîwan stellt auch keine Nachfragen, Aida holt ihres aus der Küche, und Parvin beobachtet das Geschehen, seufzt schließlich und tut es uns anderen gleich. Filiz verschwindet mit den Handys und ist einen Augenblick später wieder bei uns.

»Kommen wir zum eigentlichen Grund unseres Besuchs«, verkündet sie im Stehen, »auch wenn das Wiedersehen sehr schön ist. Aida, Jîwan, wie ihr wisst, haben wir immer noch keine Ahnung, wie Nushin ums Leben gekommen ist. Laut Polizeiermittlungen war es ein Unfall, das habe ich mir die ganze Zeit auch eingeredet, ich wusste aber nicht, dass er aufgrund lockerer Reifenschrauben verursacht wurde. Angeblich in einer Werkstatt manipuliert, wobei Parvin beim Reparaturtermin dabei war und es bezweifelt. Ich denke auch, dass die lockeren Schrauben sich nicht erst auf dem Rückweg gelöst hätten, wenn sie schon Tage vorher in Berlin in der Werkstatt gewesen war. Dafür ist die Strecke einfach zu lang. Nasrin war lange von einem Selbstmord überzeugt, aber das schließen wir mittlerweile aus.«

»Selbstmord?«, unterbricht Aida sie und hält ihre Hand erschrocken vor den Mund.

»Es war kein Selbstmord«, wiederhole ich nur langsam und lächle sie etwas säuerlich an.

Filiz fährt unbeirrt fort. »Also, Unfall oder Mord, wir wollen das klären. Nur wie?«

Alle schauen sie erwartungsvoll an, ob sie die Antwort oder zumindest ein paar Optionen präsentieren kann.

»Ach so«, sagt sie, »das war keine rhetorische Frage.«

»Hast du denn irgendeine Vermutung? Irgendwas?«, will Aida wissen.

»Ich glaube, jemand muss Nushin bei der Aktion in Gerhard Walters' Haus gesehen und verfolgt haben«, sage ich. »Sie hat Filiz ja angerufen und gesagt, sie hätte die Dokumente mit unseren Daten gesichert, und etwas später hinterließ sie eine kryptische Nachricht auf dem Anrufbeantworter bei sich zu Hause. Vielleicht, weil sie schon vermutet hat, dass irgendwas nicht stimmt.«

»Nas«, bittet Filiz mich, »kannst du uns vielleicht diese Nachricht noch mal vorspielen?«

Ich nicke. »Ja, aber dafür brauche ich mein Handy.«

Filiz bringt es mir aus dem anderen Raum, ich spiele ihnen meine Aufnahme vor.

Aida wischt sich eine Träne aus dem Gesicht, Jîwan starrt betreten zu Boden.

»Schwimmen? Im Meer? Nushin hasste doch schwimmen«, ist das Erste, was Aida sagt.

»Genau, das dachte ich auch«, sage ich aufgeregt.

»Na ja«, sagt Jîwan schließlich. »Wenn du schon zu uns nach Hause kommst, nehme ich an, dass du einen Hinweis in irgendwelchen Kamera- und Sicherheitssystemen vermutest?«

Filiz nickt.

»Hoffentlich hat sich die Festplatte nicht schon längst selbst überschrieben«, murmelt er. »So groß ist der Speicher meistens nicht. Hätten wir nur früher gewusst ...«

»Ich weiß.« Filiz vergräbt ihr Gesicht in den Händen. »Es tut mir leid, Leute. Ich hätte einfach direkt schalten müssen, statt im Verdrängungsmodus zu verharren. Ich hab mir eingeredet, dass der Unfall schon nichts mit der Aktion zu tun hatte, dass ich damit nichts zu tun hatte. Hat es leichter gemacht, mich aus der Verantwortung zu ziehen. Die Gedanken kamen trotzdem: Es war meine Schuld. Ich hätte es verhindern können.«

»Hey!« Aida legt ihren Arm um sie. »Mach dich mal nicht so fertig. Du hast getrauert. Dir ging es schlecht.«

»Du hättest mit ihr sterben können«, wirft Parvin ein.

»Vielleicht wäre das besser gewesen«, flüstert Filiz.

»Sag das nicht«, ruft Jîwan. »Ohne dich wären wir gar nicht in der Lage, die Puzzlestücke richtig zusammenzufügen.«

Ohne dich hätte es dieses beschissene Puzzle auch nie gegeben. Mein Blick klebt am Teppich. Wahrscheinlich wird Filiz aus dieser Spirale nicht herauskommen, bevor ich ihr Gewissen beruhige. Ich seufze. »Also ich bin froh, dass du hier bist.«

Filiz lächelt mich traurig an. »Danke.«

Die Sentimentalität ist mir too much. »Ich glaube gerade, du bist unsere letzte Option, Jîwan. Kannst du dich nicht irgendwie in Gerhard Walters' archivierte Kameraaufnahmen von der Alarmanlage einfuchsen oder so?«

Er zögert. Schließlich: »Ich kann es probieren. Aber das könnte dauern.«

»Wir haben Zeit«, sage ich motivierend.

»Und wir haben ein Gästezimmer!«, strahlt Aida.

Jîwan bittet uns, ihn im Arbeitszimmer allein zu lassen. Ein Raum mit einem PC-Tisch, unzähligen Boxen, noch viel mehr Kabeln und unordentlichen Notizen.

»Das ist sein Privatbereich«, murmelt Aida verständnisvoll und führt uns in den Keller, wo sich eine Einliegerwohnung befindet.

»Ihr habt hier ein Schlafsofa für zwei Leute«, leitet sie die Tour ein, »eine Gästematratze, und dahinten gibt es ein Bad mit Dusche. In der Küchenzeile könnt ihr euch nachts Tee kochen, wenn ihr wollt. Ich bringe euch gleich noch frische Handtücher.«

»Das hat doch noch Zeit«, sage ich, hoffend, dass wir auf ihr Angebot nicht zurückkommen müssen und der Fall bis zum Abend geklärt ist, auch wenn mir das unrealistisch erscheint.

»Lass uns doch erst mal wieder nach oben«, schlägt Filiz vor.

»Müsst ihr nicht bald die Kinder aus der Musikschule holen?«, frage ich.

Aida lacht. »Die haben einen langen Nachmittag. Die Turnhalle, in dem sie ihren Vereinssport haben, ist auf dem gleichen Gelände wie die Musikschule. Ich hole sie zum Abendbrot ab. Apropos. Da muss ich gleich mal wieder in die Küche. Was wollt ihr essen?«

Filiz und ich können sie davon überzeugen, nichts zu kochen, weil vom Mittagessen ohnehin noch viele Reste übrig sind, und überhaupt können wir sonst auch einfach Pizza bestellen, finde ich. Sie protestiert zunächst, doch wir schaffen es, sie dazu zu überreden, stattdessen mit uns spazieren zu gehen und uns Bad Segeberg zu zeigen. Auch wenn diese Stadt mich nicht weniger interessieren könnte.

Nach dem Abendbrot spielen wir im Wohnzimmer Gesellschaftsspiele, ich bin ziemlich lustlos, aber lasse mir nichts anmerken. Basteln und Brettspiele – Familienaktivitäten im Allgemeinen – gab es in meiner Kindheit nicht. Nushin und ich haben mit Parvin, als sie jünger war, mal ein paar Spiele ausprobiert, aber sie hat sich eher für Videogames und Bücher interessiert als für *Phase 10* oder *Die Siedler von Catan*. Eines der Wohnzimmerregale bei Aida und Jîwan ist fast ausschließlich mit Spielekartons gefüllt. Nach jeder Runde will ich erleichtert aufstehen und rauchen, aber Mirna und Yasha holen sofort die nächste Schachtel aus dem Regal. Ich halte durch. Immerhin sitzt Jîwan an seinem Schreibtisch und versucht, uns zu helfen, und seine Kinder müssen abgelenkt werden. Gegen 21 Uhr ist es so weit: Sie sind endlich müde. Aida bringt sie ins Bett. Filiz und ich gehen zum Rauchen auf die Terrasse, während Parvin an ihrem Handy hängt. Wir beschließen, gleich geschlossen in den Keller zu gehen, um im Wohnzimmer keinen unnötigen Lärm zu machen.

»Da ist der Empfang bestimmt richtig scheiße«, motzt Parvin, aber reagiert auf Filiz' tödlichen Blick mit etwas mehr Einsicht.

Gerade als ich aus dem Bad komme, mit frisch geputzten Zähnen und gewaschenem Gesicht, höre ich hastige Schritte auf der Kellertreppe.

»Seid ihr noch wach?«, höre ich Jîwan flüstern.

»Ja«, rufe ich, halte mir dann die Hand auf den Mund, weil ich vergessen habe, dass Yasha und Mirna schon längst schlafen.

»Hast du was finden können?«, fragt Filiz mit gesenkter, aber nicht weniger aufgeregter Stimme.

»Ich glaube, ich hab was«, sagt er. »Kommt mit hoch, aber seid leise.«

Parvin steht hastig auf und folgt uns.

Stolz präsentiert er uns seinen Bildschirm, auf dem er eine

Videosequenz abspielt, die nur ein paar Sekunden lang geht und noch dazu ziemlich verpixelt ist.

»Okay?«, sage ich, versuche meine Enttäuschung nicht heraushängen zu lassen.

»Seht ihr das, was ich sehe?«, fragt er.

Filiz drückt ihr Gesicht näher an den Screen. Sie dreht sich schließlich zu ihm. »Ehrlich gesagt, nein.«

»Schaut genauer«, sagt er nachdrücklich.

»Ich hab's«, sagt Parvin und deutet mit ihrem Zeigefinger auf die grüne Fläche im Bild, wahrscheinlich irgendeine Hecke oder ein Busch. »Da bewegt sich doch was. Ist das eine Person?«

Filiz und ich gehen näher ran. Jîwan vergrößert den Bildausschnitt. Er schärft nach, doch etwas verschwommen bleibt es trotzdem.

»Aha«, murmelt auch Aida unsicher.

»Sag uns doch, was du siehst«, sage ich.

»Ach Leute.« Parvin klingt genervt. »Das liegt doch auf der Hand. Anscheinend versteckt sich jemand in diesem Busch, vielleicht, weil er Mamas Auto sieht, das vor der Einfahrt steht.«

Jîwan strahlt Parvin an. »Ganz genau so sehe ich das auch. Und jetzt passt auf!«

Er spult etwas weiter zurück: Jetzt sieht man eine Person vor einem Haus, Nushins Auto steht dort ebenfalls schon. Der Typ schaut es sich genau an, holt sein Telefon aus der Tasche, verschwindet wieder aus dem Bild. Als er erneut auftaucht, geht er an das Auto, hockt sich an der hinteren Ecke hin, ist nicht mehr zu sehen. Es dauert nicht lange, vielleicht eine oder zwei Minuten, dann steht er langsam auf und verschwindet im Gebüsch. Es dauert noch weitere fünf Minuten, bis Nushin mit einer großen Tasche ins Bild kommt, einsteigt und wegfährt.

Kurz darauf steigt er aus dem Gebüsch und telefoniert wieder, bis er endgültig aus dem Bild geht.

»Aber wer zur Hölle ist das?«, frage ich.

»Leider kriegen wir das Bild nicht noch schärfer«, murmelt Jîwan enttäuscht.

Aida massiert sich die Schläfen. »Das, was ich erkenne, kommt mir irgendwie bekannt vor. Spul noch mal kurz vor.«

Wir finden eine Stelle, an der dieser Mann für einen Augenblick direkt in die Kamera schaut. Mir sagt das Gesicht nichts, Filiz auch nicht. Jîwan ist ebenfalls unsicher. Doch Aida ist zutiefst davon überzeugt, ihn zu kennen.

Wir lassen sie grübeln. Eine Stunde vergeht, dann noch eine zweite. Aida macht Tee, Parvin scrollt auf ihrem Handy herum, bis sie fast einschläft. Filiz sitzt einfach da, mit einem Werbekugelschreiber in der linken Hand und einem Schreibblock auf der Sofalehne zu ihrer Rechten. Ihre Notizen bestehen aus mehrfach durchgestrichenen Kreisen und einer Blumenranke. Ich rauche so viel, dass ich zwischendurch zum Zigarettenautomaten in der Parallelstraße spaziere, um mir eine neue Schachtel zu kaufen. Aida ist sich sicher, dass wir diesen Typen alle kennen müssten. Bloß woher?

Schließlich gehen Parvin, Filiz und ich zurück in den Keller und liegen dort die ganze Nacht wach zwischen Aidas Michael-Kors-Taschen, ihren Ugg-Boots und mehreren Discounter-Koffersets. Ohne Worte, nur mit Fragezeichen.

O

Am nächsten Morgen bringen wir alle dunkle Augenringe mit an den Frühstückstisch, außer Yasha und Mirna, die ziemlich aufgedreht sind.

»Bâbâ, wann müssen wir los?«, fragt Mirna.

»Los?« Er schaut sie verwirrt an.

»Du weißt schon«, sagt Yasha und verdreht die Augen.

»Verdammt«, murmelt Aida und haut sich auf die Stirn.

Jîwan schaut sie an, dann steht er schlagartig von seinem Platz auf. »O Gott! Eure Schwimmprüfung!«

Er wirft einen Blick auf die Uhr. »Habt ihr eure Sachen schon gepackt?«

Die beiden schütteln den Kopf. Ehe ich verstehe, was genau gerade das Problem ist, stürmt Aida nach oben.

»Sind wir zu späääät?«, quäkt Mirna.

»Nein«, sagt Jîwan hektisch, »aber wir müssen uns beeilen.«

Aida kommt mit zwei vollen Turnbeuteln zurück. »Hier sind ihre Sachen«, keucht sie und drückt Jîwan die Taschen in die Hand.

»Was soll ich damit?«, fragt er überfordert.

»Was sollst du damit? Du sollst die beiden in die Schwimmhalle zu ihrer Prüfung fahren!« Aida klingt genervt, ihre Stimme ist jedenfalls zwei Oktaven höher als zuvor.

»Warum denn ich? Du wolltest doch unbedingt, dass sie ihre Abzeichen machen!«

»Weil ich hier bei unseren Gästen bin!« Von Aidas weichen

Gesichtszügen ist nicht mehr viel übrig. »Ich hab jetzt keinen Kopf für diese Prüfung«, zischt sie.

»Ich doch auch nicht«, bellt Jîwan zurück.

Mirna vergräbt ihr Gesicht in Aidas Bauch. Yasha rutscht nervös auf seinem Stuhl herum.

»Ich kann die beiden fahren«, sagt Filiz, »falls das hilft?«

»Nein«, donnert Aida ihr entgegen. »Jîwan ist dran. Er soll sich nicht davor drücken.«

»Wir kommen zu spät«, weint Mirna. »Wegen euch müssen wir noch ein halbes Jahr warten!«

»Nein, niemand muss warten«, sagt Aida. »Mirna, Yasha, zieht euch eure Schuhe und Jacken an!«

Jîwan seufzt. Er wirft sich die Turnbeutel über die Schulter. »Na gut«, murmelt er, »wir sehen uns später.«

Wir rufen ihnen ein »Tschüss« und »Viel Erfolg« hinterher, dann sind sie weg.

Parvin scheint peinlich berührt zu sein. Ob sie sich wohl vorstellt, Jîwan wäre ihr Vater gewesen und hätte solche Streits mit Nushin gehabt?

Filiz versucht abzulenken. »Ey, dieser Typ aus dem Videomitschnitt, ne? Der hat so ein Allerweltsgesicht. Das könnte jeder sein. Er sieht original genauso aus wie ein Polizist, der mich neulich aus dem Verkehr gezogen hat, weil mein rechtes Blinklicht kaputt war. Nur mit einer anderen Haarfarbe. Und gleichzeitig könnte es der Verkäufer aus dem Drogeriemarkt sein, der so obsessed damit ist, Jugendliche beim Klauen zu erwischen.«

»Er sieht ein bisschen aus wie der Vater von einem Mädchen aus meinem Kindergarten«, fügt Parvin hinzu. »Sie heißt Clara.«

Aida schüttelt heftig den Kopf. »Nein, Leute, ihr kennt ihn von früher, die Erinnerung, in der er vorkommt, ist total alt.

Und habt ihr im Video nicht das Muttermal gesehen? Er hatte am Kinn ein fettes Muttermal.«

»Dann kram mal weiter in deinem Archiv«, murmele ich und gehe rauchen. Wenn wir jetzt noch tagelang hier hocken und brainstormen sollen, wer dieser Typ sein soll, verliere ich den Verstand. Ich muss dringend zurück nach Berlin, ich brauche mein Zimmer, mein Arbeitsumfeld, meine Ruhe.

Ich scrolle durch meine Facebook-Timeline, als Gigi mir schreibt: *Hey Nas, kannst du zu deiner Schicht schon eine Stunde früher kommen?*

Scheiße, denke ich, wenn ich wirklich heute arbeiten soll, muss ich in den nächsten zwei Stunden losfahren. Ich rufe Gigi an.

»Was geht, Schlampe?«, grüßt sie mich.

»Nicht viel«, antworte ich, »beziehungsweise: Ziemlich viel, aber zu viel, um es dir am Telefon zu erklären.«

»Kannst von mir aus auch noch eine Stunde früher kommen.« Obwohl ich ihr Gesicht nicht vor mir habe, kann ich mir genau vorstellen, wie sie gerade grinst: Es ist dieses Lächeln, das sie aufsetzt, wenn sie mich an meine Verantwortlichkeiten erinnert, aber genau weiß, dass ich diese nicht einhalten werde.

»Das ist das Ding. Ich werde heute nicht arbeiten können. Ich musste mal aus der Stadt raus.«

»Vorgestern zu tief ins Glas geblickt, als du deine minderjährige Nichte reingeschmuggelt hast?« Okay, Gigi ist angepisst.

»Ach, come on«, versuche ich den Vorwurf abzublocken.

»Nee, Nas, echt nicht. Ich hab es nur von anderen gehört. Du bringst die Bar schon wieder in Gefahr. Wenn wir dabei erwischt worden wären, dass unsere Tür nicht vernünftig kontrolliert, hätten wir die Polizei schon wieder am Hals. Geht dir die Zukunft unserer Bar so am Arsch vorbei? Juckt's dich nicht im Geringsten, ob du oder ich oder die anderen unsere Jobs verlieren?«

Schlagartig rutsche ich in die Spirale des schlechten Gewissens, es gibt keinen Halt, nur ein Unten. Als Nush noch gelebt hat, war die Bar für mich wie eine Wahlfamilie. Wir verbrachten miteinander Urlaube, Feiertage, gingen gemeinsam auf Beerdigungen oder zum Amt. Wir waren füreinander da, wenn andere es nicht waren. Ja, Nush war meine Nummer eins, aber seitdem sie Mutter geworden war, gingen unsere Bedürfnisse weiter auseinander. Ich versuchte, für sie Kompromisse einzugehen und sie zu unterstützen, sosehr ich konnte. Auch sie kam mir häufig entgegen, verließ ihre Komfortzone für mich. Auf lange Sicht war es für uns beide frustrierend. Ich lebte mit angezogener Handbremse, sie mit durchgetretenem Gaspedal. Aus dem metaphorischen Auto ausgestiegen bin jedoch nur ich. Elternschaft macht einen Unterschied im Leben, egal wie sehr sich die Eltern vornehmen, anders als die anderen zu sein, und egal mit wie viel Mühe sich die kinderlosen Angehörigen in deren Lebensgestaltung hineindenken. Ich war nicht bereit, mein Leben vollständig kinderfreundlich zu führen. Erst recht nicht, wenn Mâmân mich jedes Mal darauf hinwies, dass ich schon noch selber merken würde, wie toll Kinder seien, wenn ich nur genug Zeit mit Parvin verbrachte. Ich habe Parvin immer gemocht. Die Sehnsucht nach Fortpflanzung ist trotzdem nie bei mir aufgekommen. Meine Kolleg_innen, allen voran Gigi, verstanden mich am besten. Jetzt habe ich plötzlich selber ein Kind, auch wenn es nicht meins ist. Und jetzt lasse ich meine Freund_innen, mein Kollektiv hängen, so wie ich mich damals von Nushin hängengelassen gefühlt habe. So wie ich von Mâmân dachte, dass sie uns hängenließ. Ein einziger Mensch kann nur ein begrenztes Gewicht stemmen, und ich hab Rücken.

»Es gibt Berge, die kann ich nicht versetzen.«

Ich höre Gigi am anderen Ende der Leitung verächtlich auflachen. »Ein Anfang wäre ja schon mal damit gemacht, dass du uns anderen keine neuen Berge anschleppst. Nur weil du danach casual Songzitate in Gesprächen droppst, heißt es nicht, dass du keine Verantwortung mehr übernehmen musst. Aber okay. Ich springe für dich heute ein letztes Mal ein. Ist ja nicht so, als ob ich nicht daran gewöhnt wäre, deine Berge mitzuschieben. Sei einfach zu deiner nächsten Schicht da.« Sie legt auf, bevor ich irgendetwas erwidern kann. Ich muss automatisch an Mâmân denken, die ständig zu mir sagt: Wenn du nicht wie ein Kind behandelt werden willst, dann benimm dich nicht wie eins.

In geistiger Abwesenheit hängen wir wortlos auf dem Sofa rum. Ab und zu stellt uns Aida Obst, Tee oder eine Kristallschale voller Süßigkeiten hin, doch keine von uns rührt die Snacks an. Mir fehlt das Gefühl für die Zeit, für meinen Körper, für den Raum. Ich weiß nicht, wie oft ich schon zum Rauchen auf die Terrasse gelaufen bin, als Parvin mich schließlich am Handgelenk festhält.

»Lass den Scheiß«, raunt sie mir zu. »Irgendwann reicht's auch mit dem Rauchen, du Junkie.«

Etwas beschämt stecke ich mir stattdessen ein Raffaello in den Mund. In dem Moment stürmen die Kinder in Begleitung ihres Vaters zurück ins Wohnzimmer. Euphorisches Gejubel, beide haben bestanden.

Aida holt stolz aus einem Fach des Wohnzimmerschranks zwei Stofftiere, die sie ihren Kindern in die Hände drückt.

»Ich wusste doch, dass ihr beiden es packt!«, strahlt sie.

Die Kinder empfangen ihre Geschenke wie kleine Babys. Sie

schlingen ihre Arme um die Tiere, Yasha küsst den schwarzen Puma, den seine Mutter ihm gerade gegeben hat, auf die kleine Schnauze. Mirna hält ihren neuen Stoff-Husky wie einen Pokal in die Luft.

»Schau mal, Parvin«, sage ich, »genau so einen hast du doch auch!«

»Ja«, sagt sie und lächelt traurig. »Er war Mamas.«

»Ist das nicht der, den ich damals auf dem Jahrmarkt gewonnen und ihr geschenkt habe?«, fragt Jîwan mich.

Ich überlege kurz, dann lache ich laut auf. »Das ist in deinen Träumen vielleicht so gewesen. Du hast nichts gewonnen. Ich hab ihn aus dem Greifautomaten geholt und dir gegeben, und du warst zu stolz, um ihn zu behalten, also hast du ihn Nushin zugeworfen!«

»O Gott«, murmelt Filiz. »War das DER Kirmesabend?«

»Ja …«, murmele ich.

Aida atmet scharf ein, sie zieht die Luft in Windstärke 10 zwischen ihre Lippen ein, als rauche sie ihren ersten Joint.

Filiz schaut sie irritiert an.

»Das ist es!«, ruft sie aufgeregt. »Ich hab's! André!«

»André?«, fragt Filiz verdutzt. »Hieß der Husky so, oder was?«

»Nein«, sage ich langsam. »So hieß doch … das war doch einer dieser …« Ich schaue auf Yasha und Mirna, die vertieft darin sind, auf dem Boden mit ihren Stofftieren zu spielen. »Das war doch einer dieser Nazis«, raune ich den Erwachsenen zu.

»Was für Nazis?«, fragt Parvin, laut genug, um von mir ein »Shhht!« einzufangen.

Jîwan wird kreidebleich. »Uff«, murmelt er. »André. Du hast recht. Das Muttermal. Wir kennen diesen Typen aus der Hecke.«

Mein Zahnfleisch kribbelt vom ganzen Zucker des Energydrinks, von dem ich mir ein Glas nach dem anderen einschenke. Meine Füße wippen unkontrolliert, ich bin ein Körperklaus und schaue ungeduldig auf Jîwans Bildschirm. Manchmal drehe ich mich zu Filiz und starre zur Abwechslung auf ihren Screen. Sie ist extra nach Hause gefahren, um ihren Laptop zu holen.

»Gibt's noch mehr Energydrink?«, frage ich in das Klappern der Tasten hinein.

»Digga«, murmelt Filiz, »hör auf, den Scheiß zu trinken, du zappelst hier schon wie so eine Speedrakete rum. Geh schlafen, wenn du müde bist. Du kannst gerade eh nichts machen.«

Schlafen? Wer soll bei dieser Aufregung denn ein Auge zukriegen? Ich muss wach bleiben, wacher als ich es je war.

»Ich will euch unterstützen. Vielleicht setz ich euch noch einen Kaffee auf?«

Jîwan antwortet nicht, Filiz schüttelt nur den Kopf.

Die Tür geht auf, Aida kommt im Morgenmantel ins Arbeitszimmer.

»Und?«, flüstert sie. »Habt ihr was finden können?«

»Nein«, antworte ich ihr, »aber ich denke, wir sind auf einem guten Weg.«

»Ist Parvin endlich schlafen gegangen?«, fragt sie.

Ich nicke.

»Das solltet ihr auch tun«, brummt Jîwan. »Im Ernst. Ihr könnt grad nichts machen. Macht euch nicht so verrückt.«

»Jîwan, das hast du schon vor vier Stunden gesagt, und wie

dir vielleicht aufgefallen ist, sitze ich immer noch hier, weil ich nicht pennen kann«, zische ich.

Wir schauen uns in die Augen, zum ersten Mal seit 19 Jahren so richtig, und ich weiß nicht, wie viel Zeit vergeht und wie viele Beleidigungen wir beide runterschlucken, doch es kommt mir vor, als legten wir füreinander eine Hautschicht nach der anderen ab, mit all unserem Frust und unseren Enttäuschungen, bis wir zu dem Herz der Zwiebel gelangen und realisieren, wer wir sind. Jîwan und Nas. Er ist das einzige Kind, das mit Nush und mir spielte, als wir noch kaum Deutsch sprachen und alle anderen auf dem Spielplatz einen großen Bogen um uns machten. Er ist der Junge, der uns auf seinen Familienfeiern, auf denen wir kein Wort verstanden, Halay beibrachte, denn zum Tanzen, sagte er, brauche man keine Worte. Er ist der Junge, dem ich in der Mittelstufe zeigte, dass er nicht wie sein Bruder sein muss, um in seiner Männlichkeit valide zu sein, und von dem ich lernte, dass Femininität auch Stärke bedeuten kann. Er ist der Junge, der mich vor den neuen Sanktionsmethoden seiner Mutter warnte, weil meine sie sich von ihr während der gemeinsamen Arbeit in der Schneiderei abguckte. Er ist der Junge, der mir das Gefühl gab, einen Bruder zu haben, als ich keinen Vater mehr hatte. Er ist der Junge, der Nush das Herz brach und mir bei einer Trainingseinheit einen Zeh. Er ist der Junge, dessen alte Schulhefte mich durch die Klausurenphase brachten, wenn ich zwischen meinen Schichten in der Kneipe unter der Woche kaum Zeit zum Lernen fand. Er ist der Junge, auf dessen Hochzeit ich mich weigerte zu tanzen, weil mir das alles zu blöd war. Er ist der Junge, der vor allen anderen begriff, dass ich an meiner Seite keinen brauchte. Er ist der Junge, bei dem ich mich nicht mehr meldete, weil ich ihm gar nicht erst erklären wollte, warum wir uns zu sehr auseinandergelebt hatten. Wir sind die besten Freund_innen von früher und gleichzeitig die Fremden von heute.

»Das kann wie gesagt noch Stunden dauern, bis wir die ganzen Infos über André zusammenhaben«, sagt er schließlich und richtet seinen Blick wieder auf den Bildschirm.

Ich beschließe, ein bisschen vor die Tür zu gehen. In dem Moment, in dem ich nach meinen Zigaretten auf dem Tisch greife, betritt Parvin das Zimmer.

»Und?«

Ich schüttele nur den Kopf.

Parvin setzt sich auf den Boden, zieht ihre Knie an und legt ihre Arme auf ihnen ab.

»Kannst auch nicht einschlafen?«, flüstert Aida.

Sie verneint, schaut dabei jedoch mich an. »Tante Nas, wir sind alle in Gefahr, oder?«

Ihr Ton ist so abgeklärt, dass ich es gar nicht wage, zu behaupten, es würde schon nichts passieren. Also sage ich nichts. Warum noch mehr leere Versprechungen in den Raum blasen?

Dann passiert es: Filiz klatscht in die Hände, führt sie wie in einer Gebetshaltung vor ihren Mund, faltet die kleineren drei Finger zusammen und dreht die Finger-Gun auf den Screen. Zockt sie nebenbei Online-Scrabble, oder was?

»Leute«, sagt sie schließlich. »Ich hab's.«

»Jetzt kommt's«, murmelt Jîwan, und er klingt ein wenig missgünstig, ganz so, als komme er nicht darauf klar, dass sie und nicht er uns die ersten Ergebnisse präsentieren kann. Manche Dinge ändern sich nie.

»Wir sind alle im Arsch, ne?«, fragt Parvin, diesmal etwas lauter.

»Ach Quatsch«, entgegnet Aida, zu schnell, um ihre Zuversicht glaubwürdig rüberkommen zu lassen.

Parvin blinzelt skeptisch. Ihr Gesichtsausdruck erinnert mich an die zwölfjährige Nushin, die eine Meisterin darin war, die harmlosesten Lügen aufzuspüren. Mâmân hat uns früh eingebläut, dass die Welt im Zweifel nicht auf unserer Seite steht. Das hat uns robuster gemacht. Wenn ich mit diesem Wissen aufwachsen und mich im jungen Alter aufs Zurückschlagen einstellen konnte, dann wird Parvin es erst recht. Ich seufze. »Ich würde dir gerne irgendwas Aufmunterndes sagen, aber ...«

»Hört mir doch erst mal zu.«

Wir drehen uns zu Filiz.

»Also?«, sage ich ungeduldig.

Sie richtet wieder ihre Finger-Gun auf. »Also. Dieser André, ne? Sein Name ist André Tönnies. Wir erinnern uns an ihn, er hat ja mit den Dorfnazis rumgehangen, da haben wir unsere eigene Anekdote, aber so richtig aktiv in der militanten Szene wurde er so um 1998 herum. In diesem Jahr mobilisierte er mit ein paar anderen Neonazis über ein Infotelefon zu den Rudolf-Heß-Aktionstagen, die in diesem Jahr zwar floppten, aber für viele ...«

»Darf ich dich mal kurz unterbrechen?« Jîwan massiert sich müde die Schläfen.

»Hast du ja grade schon.« Filiz stiert ihn genervt an.

»Ich frag mich, was das mit diesem Fall zu tun hat. Dein historischer Abriss ist schön und gut, aber bitte, kannst du ihn ein bisschen straffen?«

Filiz rollt mit den Augen. »Ich hätte es gern so erklärt, dass Parvin mitkommt, aber okay, das »Behind The Scenes« folgt dann morgen, wenn wir ausgeschlafen sind. Wie auch immer. Resümee: Ich hab bei ein paar Genoss_innen rumgefragt und ein paar, nennen wir sie mal, Datenbanken abgecheckt. Der Typ ist megagewalttätig. In den Nullerjahren hat ein afghanisches Paar, das er mit einem anderen Typen verprügelt hat, nur knapp überlebt, 2016 stand er unter Verdacht, einen Brandanschlag auf eine Unterkunft für Geflüchtete ausgelöst zu haben. Er kommt zwar aus Lübeck, ist aber viel rumgekommen. Zwischenzeitlich war er in Nürnberg, zuletzt hatte er sich bei Kassel niedergelassen. Mittlerweile ist er verschollen. Es gibt einen Haftbefehl gegen ihn, aber er scheint sich ein gutes Versteck gesucht zu haben: bei Gerhard. Ziemlich klug. Selbst wenn man ihn dort vermuten würde, hätte er einen Mann vor sich, der gute Connections in Behörden hat und nicht einfach so mit einem Hausbesuch überrascht wird. Als er Nushins Auto gesehen hat, dachte er wahrscheinlich – ironischerweise, muss man dazu sagen –, dass sie ein Cop ist.«

»Wir haben ihn erst vor der Kamera gesehen, als Nushins Auto schon eine Weile dort gestanden hat ...«, bricht es aus Aida heraus. »Er wusste wahrscheinlich nicht einmal, wem es gehört.«

»Nur, dass es niemand aus dem engen Kreis sein kann, der weiß, wo er untergetaucht ist!«, ergänzt Jîwan.

»Genau.« Filiz nickt zufrieden. »Ganz genau. Er musste schnell handeln, um seinen eigenen Arsch zu retten. Eine Tote mehr oder weniger, was macht das so einem Typen schon aus?«

»Also war es reiner Zufall, dass er meine Mutter ermordet hat?« Parvin schaut erst Filiz an, dann mich.

»Ich stecke nicht in seinem Kopf, Parvin«, sage ich etwas schroffer als gewollt. Woher soll ich denn wissen, was dieser André glaubte oder hoffte?

»Um ehrlich zu sein: Ja.« Besonders emotional mutet mich Filiz nicht an. »Meine These ist, dass er nicht wusste, wen er da umbringt. Woher auch? Mag sein, dass wir uns sein Gesicht gut merken können, er und seine Gang haben uns irgendwie ja auch traumatisiert oder so, aber für sie waren wir einfach irgendwelche Ausländer. Als ob ihnen 25 Jahre später einfällt, wer Nush ist. Zumal er sie höchstwahrscheinlich nicht mal gesehen hat, als sie ins Haus gegangen ist. Kann sogar sein, dass er nicht mal wusste, dass Gerhard diese Daten gesammelt hat. Würde die Polizei André finden, wäre das Risiko zu groß, dass er Gerhard verrät, wer weiß?«

»Das würde zumindest bedeuten, dass André, Gerhard und sonst wer nicht unbedingt auf der Suche nach uns anderen sind«, lächelt Aida.

»Was, wenn wir falschliegen?« Parvin wirkt unzufrieden mit unserer These.

»Hmmm.« Filiz legt den Kopf schräg, ein paar Sekunden steht sie starr, dann schüttelt sie ihn. Sie mahlt ihr Kaugummi beim Reden zwischen ihren Zähnen, ich sehe genau, wie sich ihr Mund bewegt, aber ich kann ihre Stimme nicht hören. Alle anderen schauen sie konzentriert an, nicken, sie scheint etwas Wichtiges zu sagen. Meine Umgebung verschwimmt. In meinen Ohren rauscht das Meer, ein scharfer Wind, der durch die Leere fegt, ich schwimme im Wasser, nein, ich sinke auf den Grund, hinunter in den tiefsten Krater, wo mich nichts als Ungewissheit erwartet. Tentakel und so. Bunte Bilder blinken auf, mein Kopf ist der Times Square, und die Erinnerungen überlappen sich, laufen parallel zueinander weiter, jede wirbt für sich und will mich verschlucken. Ich sehe den Plastik-Godzilla in vier Teile zerbrochen, der Stoff-Husky bellt laut auf, ABBA singt »Super Trouper«, doch das Wasser lässt die Musik nur in dumpfen Fragmenten zu mir durch, ein sperriges Wohnmobil walzt über Tom und Jerry, die nun mit dem Boden verschmelzen, ich kenne diesen Boden, es ist der Boden der Bar, wir haben ihn letzten Sommer frisch gegossen, er glänzt so krass, dass die Hochhäuser des Hudekamps in der Spiegelung neben den Reifenspuren klar erkennbar sind, weißes Pulver fällt in eine Kloschüssel, auf der Brille die Fetzen eines zerrissenen Nirvana-Posters, eine Achterbahn zischt mit Höchstgeschwindigkeit an meinem Ohr vorbei, und das Hansapark-Maskottchen sitzt kreischend auf dem vordersten Sitz, das Ding kracht in ein riesiges Verwaltungsgebäude, daneben Hunderte von brennenden Häusern, schmelzendes Eis tropft auf mein Gesicht, ich sehe das Panorama einer Landschaft – ein Wald aus Telefonzellen mit fliegenden Satellitenschüsseln –, und auf dem größten Bildschirm sehe ich uns alle, auch Nushin, beim Kampfsport. Mir ist schwindelig, ich hänge an Bâbâs Armen und lasse mich im Kreis schleudern, mein Körper ist klein und leicht. Ein anderer Mann fängt mich auf. Wir halten uns nicht fest, ich halte eine Pistole, es gibt keinen Halt. Mein Finger zuckt. Kurz piept es, es ist das Störgeräusch unseres alten Fernsehers, die Bildschirme verfärben sich, doch der Ton wird schnell vom schrillen Klingeln abgelöst. Diesmal verstummt der Lärm nicht nach wenigen Sekunden. Er ist beständig und so nah wie das laute Klopfen in meinem Herz. Die anderen sind auf der anderen Seite der Glasscheibe, und ich, ich strecke meine Hand nach dem Hörer aus.